凌建樑/著

诗思集

思，就是诗；
告别尘嚣，回归敞开的广阔之域，投向未来筹划的基地，让人诗意栖居大地。

思，就是使自己，
沉浸崇高思想；它将一朝飞升，若孤星明月宁静地，在世界的天空闪耀。

诗与思，就是装满梦想，
被事实铸造的大钟，今夜发出有限的声音，未来荡漾无限的回响。

中国言实出版社

图书在版编目（CIP）数据

诗思集 / 凌建樑著. -- 北京 : 中国言实出版社,
2024.1
ISBN 978-7-5171-4650-6

Ⅰ.①诗… Ⅱ.①凌… Ⅲ.①诗集 – 中国 – 当代
Ⅳ.①I227

中国国家版本馆CIP数据核字(2023)第208874号

诗思集

责任编辑：郭江妮　邱　耿
责任校对：王建玲

出版发行：中国言实出版社
　　　　　地　　址：北京市朝阳区北苑路180号加利大厦5号楼105室
　　　　　邮　　编：100101
　　　　　编辑部：北京市海淀区花园路6号院B座6层
　　　　　邮　　编：100088
　　　　　电　　话：010-64924853（总编室）　　　64924716（发行部）
　　　　　网　　址：www.zgyscbs.cn　　电子邮箱：zgyscbs@263.net

经　　销：新华书店
印　　刷：北京虎彩文化传播有限公司
版　　次：2024年1月第1版　　　2024年3月第2次印刷
规　　格：710毫米 × 1000毫米　　1/16　　26印张
字　　数：347千字

定　　价：79.00元
书　　号：ISBN 978-7-5171-4650-6

序言（宏观诗论）

以人为本的世界，诗人表达每个人的思想。英国散文家、历史家托马斯．卡莱尔说："每个人的心里都有一线诗意。人生来喜欢孕育高尚的思想，崇高的希望，但用高超文字表达唯有诗人；因此诗人向我们阐释每个人。"

诗人的价值，远不止于此。诗人用人类的词语，解释宇宙神圣法则，展现短暂生存的永恒结构，揭示事物差异中存在和谐。诗人音乐般的语言，宛若对称的叶片，拱形的天穹，像行星有节奏的运转；表明同一的真理，世界互有关联的美。每一首真正的诗，是伟大创造性史诗的缩影；因此真正的诗是世界上永恒的精神。

古希腊、古罗马的物质繁荣，在今天却只剩一些历史遗迹，但荷马和维吉尔的精神美，依旧如几千年前，具有活力；周朝和唐朝已成过往，《诗经》与《唐诗》流传至今；屈原、宋玉、李白、杜甫等成为中华民族之魂，成为人类精神的瑰宝。

世界是一首结构严谨的诗歌。诗人为人类的思想，提供的租用期最远最长。

诗人是大地的主人，海洋的主人，高山的主人，太空的主人。

诗人早已把世界的财富，看成人类共同的遗产，相信人类和平共处不是梦；相信世界犹如一首结构严谨、意境深远、思想睿智、优雅、庄严、崇高、永恒的诗。

世界的声音，在诗人的耳际，是协调的方言俚语，富有意义、节奏、音韵、是美的和声；无论用诗歌韵律、散文节拍，都是如此。

伟大的诗人，诞生于伟大的时代，成就伟大的读者。

爱好诗歌的人，是人类最优秀的人，最有智力的人，最有创造力的人。所以，现代需要现代的诗人，更需要现代的读者；因为人类已进入智慧的黄金岁月。

只有人与人心灵相通，情与情相融，人类才能创造奇迹；诗人与读者沟通，世界才会演变成一首诗，日月一样奉献，自然一样坦荡，宇宙一样壮观。

诗歌的真理：表达自然、社会和个人，浑然交融，心心相通。

◎ 序（微观诗论）

诗人是贫穷的，诗歌是富有的；诗人是痛苦的，诗歌是幸福的；诗人是有限的，诗歌是无限的；诗人是孤独的，诗歌是开放的；诗人是精神的孕妇，诗歌是新生的婴儿；诗人是历史长河的过客，诗歌是精神太空的恒星；诗人是现实社会的凡人，诗歌是心灵宇宙的智者。

当人类，在努力中互相抵触，斗争中相互摧残，竞争中彼此剥夺，生存中你我摩擦；最有价值的诗人能抖擞精神，精心安排价值和意义，细心统一情调和思想，平静心境，和缓欲望，助长正义，指点人生使命和抱负。

诗人有超常的灵智，诗人有远大的卓见，诗人有敏锐的触角，诗人有深沉的悟性，诗人有强大的穿透力，诗人有开阔的视野和意境，诗人有燃烧的热情和激情，诗人俯视往古远眺未来。

诗人是人类的精华：良知是诗人的躯体人格是诗人的头颅怜悯是诗人的双眼幻想是诗人的心灵想象是诗人的天赋远见是诗人的胸怀思想是诗人的灵魂哲理是诗人的意志行动是诗人的理性感情是诗人的本能。

诗人是捍卫天性的磐石，不管地域和气候的差别，不管语言和习俗的不同，不管法律和习惯的各异；不管事物是否会遭强暴蹂躏，不管人性是否会被欲望吞噬；诗人总是以纯正美好的理想，以坚定诚挚的信念，团结全人类社会的精神王国，走向更美好的世界。

精神和物质强大的国家都有伟大的诗人，例如，中国有屈原、李白和苏轼；俄罗斯有普希金、勃洛克、阿赫玛托娃；美国有惠特曼、狄金森和弗罗斯特；英国有乔叟、莎士比亚和拜伦；德国有海涅、歌德、席勒；意大利有但丁、彼得拉克和夸西莫多；法国有波德莱尔、雨果和拉马丁；希腊有萨福、荷马、维吉尔。

诗人是人类的菁华，诗心是创造者的灵魂，诗歌是超越物质的精神顶峰。

诗人都是大情怀、大抱负、大思想、大爱心、大能力的人。他们了解人类，洞悉人性，知道社会规律和自然规律相通，成就大作品、大功业、大思想。

伟大人物都有诗人的灵魂，例如唐朝的皇帝李世民是诗人；科学家诺贝尔和爱因斯坦是诗人；文学家曹雪芹和鲁迅是诗人；哲学家叔本华和尼采是诗人；画家米开朗琪罗和齐白石是诗人；他们都为人类作出不可磨灭的贡献。

◎ 目录

第一章

时代

1. 开放的大地

你博大的胸怀是生命的摇篮，你倔强的意志是山峦的灵魂，你温暖的怀抱是人类的家园，你理想的境界是浩瀚的天空。

你把创造的色彩融进大自然，让葱郁的美吸引爱情的眼睛，让清新的风儿吹散心灵的忧伤，让洁净的白云抹去痛苦的眼泪，让七彩的阳光照亮阴暗的心扉，让满天的繁星绽放脸庞的笑颜，让江河小溪完成遥远的航程，让五湖四海释放巨大的潜能，让小草花卉体现人民的崇高。

每一棵胡杨成为大漠的王子，每一座高山实现神圣的抱负，每一寸土地发挥自己的价值，每一滴细雨化作绚丽的彩虹，每一片雪花滋润心灵的沙漠，每一只蜜蜂酝酿甜美的心情，每一只小鸟张开色泽艳丽的羽翎，每一只天鹅舒展灵性绝色的丰姿，每一只大鹏展翅翱翔明媚的云天；大地的景色如画，生活的美好如诗！

2. 一副大秦的脸

一副大秦的脸，一颗大汉的心，一个大唐的魂，一位大中华的人。

脑袋中有精深，胸怀中有博大，眼睛里有慈祥，问候里有安慰，友谊里有真诚，笑容里有尊严，歌声里有大气，胸怀里有抱负，灵魂里有信仰，理想里有使命，梦想里有未来，事业里有执着。

堂堂中华民族，有小草，有胡杨；有铁树，有松柏；有大海，有高山；有长江，有黄河；有秦岭，有泰山；有故宫，有长城；有文治武功的英才，有兼容并包的文化，有龙飞凤舞的人民。

3. 巨人正向世界走来

思想之火，划破夜色的天空；思维之光，照亮永恒的岁月。
历史的辉煌，祖先的荣耀，昭示明天的希望，预言未来的崛起。
风吹落叶，雷击高山，雨飘大地；踏着夜路，唱歌为自己壮行。
一人独行，漫长的路，不能彷徨，不能犹豫，在摇摆不定的世界。
希望的大厦耸立，理想的道路通天，都市的黑夜长明，中国的梦想灿烂！
人类进步，今天和昨天，开辟不同的路；黎明的东方，现代的中国，巨人正向世界走来！

4. 开创世界的历史

真知像阳光，沐浴我的心；善良像孩子，打动我的情；胸襟像云彩，扩大我的视野；意志像小草，增强我的坚韧；在属于自我的世界，我昂首坚定地行走。

摆脱权威的压力，解开感情的缰绳；自我永恒的天空，拔一根精神羽毛，飘在心灵的苍穹；沿着宇宙的古迹，顺着时间的规律，求索这颗世界的心，解剖这个时代的魂。

属于中国人的世界，每一位炎黄的子孙，应该彰显做人的尊严，应该自信巨龙的神圣，应该相信自己的伟大，应该开创世界的历史。

5. 登上人类未竟的高峰

历史是真理，但不是现代真理。

我们不能同时踏进一条河，今天有别于昨天，东方有别于西方。

理解先辈，认识世界；我们才能超越，走自己开创的道路，登上人类未竟的高峰。

6. 大地发出和谐之音

登上高山，远眺天下，激情燃烧，大地发出和谐之音。

吹响号角，河塘的芦苇，原野的葵花，林梢的小鸟，山坡的小羊，梧桐的知了，麝香花铃里的蜜蜂，青草荫蔽下的蜥蜴，摇落闪亮露珠的大雁，都在捕捉天籁的音乐。

等到永恒的晨曦把它们唤醒，我的双手摇曳自然金色的美，直到照耀万方的旭日在心灵升起。

7. 梦想纷飞的年代

梦想纷飞的年代，人才交替的岁月，善恶搏击的大地；世界为每一个人，搭建挥洒才华的舞台。

春天你是香花，秋天成为果实；黄昏你是陨石，午夜成为明星；昨天你还一贫如洗，今天成为豪富名流；去年还是默默无闻，今年成为风云人物。

你看聪明的天鹅，埋葬缥缈的幻想，与美丽女神维纳斯歌舞，与智慧女神雅典娜论道，既拥有生命的活力，又拥有思维的自由，享受至爱的丰沛和润泽，享受智慧的放达和自律；在青山绿水，在蓝天白云，纯洁的羽毛划出优雅天姿。

8. 人与社会

每一个有理性的人，梦想金钱和财富，渴望权力和自由，希望机会与成功，拥有健康和智慧，获得自尊和尊严，成为幸福快乐的公民。

每一个文明的社会，需要正义和道德，需要和平与平等，需要教育和科学，需要哲学和诗歌，需要人才与创造，成为独立强大的国家。

9. 平等的理想

一只小鸟，一只蝴蝶，一朵鲜花，一片草地，就是一个美丽的春天。

一条小路，一道小溪；一缕思绪，一份希望，就是一个美好的人生。

一个劳力者，一位劳心者，合成一个平等的理想；就是一座不凋的森林，就是一座幸福的城市，就是一座神圣的诗库。

10. 中国瓷

地球不停旋转，生活不断翻新；我思故我行动，走向东西南北，一只淋湿的猴子。

形象无须改变，面子无须化妆，做事无须顾虑，思想自由自律，一个大众的太阳。

拭去厚厚的灰尘，我是封存的古董，我是历史的公民；扎根大地的中国玉，走遍世界的中国瓷。

11. 中国风啊

夜色美丽，注定没有光彩；风展雄姿，敢于遨游世界。

中国风啊！自由是你的灵魂，无畏是你的胆量，胸襟是你的气魄，力量是你的精神，博爱是你的心灵。

中国风啊！你歌颂崇山峻岭，你歌颂江河大海，你歌颂碧水蓝天，你歌颂花鸟虫鱼，你歌颂英雄好汉。

中国风啊！绿色的风，你把温暖给予春天，你把纯洁赐予冬天，你把热情交给夏天，你把豪情赠送秋天；你呼唤幸福和美好，为人类唱响友谊的歌。

12. 满面春风的形象

西山的虫唱，玉泉的鱼鲜，三潭的夜月，香山的红叶。

陶然亭的芦花，钓鱼台的柳影，钱塘江的涌潮，普陀山的凉雾，荔枝湾的残雪。

秋高气爽，菊黄蟹肥，熏染温香，纯熟练达，宏毅坚实的大地，雨水濯得新苗嫩绿。

晴好的暖流，苏醒的惠风；登上山峰瞭望，生活昂然阔步，精神气爽，满面春风的形象。

13. 中国现代城市

苍茫中有雪，天穹下有云；风在寻觅太阳，雨在追逐绿叶；落日西沉大海，星星点缀岛屿，月光走遍江湖；飞禽走兽的原野，花草树木的森林，篝火中藏着一个你。

网络一样速度，机械一样精确，科学一样万能，历史一样深沉，哲理一样抽象，道德一样标准，童话一样美妙，文学一样奔放，爱情一样浪漫，心灵一样辽阔，自然一样永恒。

人类智慧的血肉，浇铸你永久的名。

14. 撞开金碧辉煌的都市大门

城市的月光，给人沉重的麻痹感，洒在行人的四肢上，使路人的伤口感染，神经像草根似地扩张。

高耸的大厦，吸引你的目光；豪华的轿车，勾引你的欲望；黄色的金元，摇曳你的心灵；气派的豪宅，强化你的梦想；街上的美女，搭建你的海市蜃楼。

月圆之夜，星辰的字母表，拼出意义和希望，用不同的措辞——如果痛苦是地狱,我们不要去诅咒;如果幸福是天堂,我们不要去拒绝;但是必须逃离狡诈,欺骗和报应的命运;把自己扯离,并不忠实的时间,依靠势大力沉的肩膀,撞开金碧辉煌的都市大门。

15. 创造文明的城市

城市是人的第二身体,第二肌肤,第二心脏;它比自然感性和理性,它比自然美丽和多元。

钢筋水泥的森林,遍布智慧的绿色,绽放人性的花朵,飘逸科学的芳香,挂满劳动的果实。

现实的城市,它是心灵的奖赏,它是喜悦的桥梁,它是美德的楷模,它是思想的精品,它是财富的金字塔,它是科技的竞技场。

谁相信创造文明的城市,群山般耸立的高楼大厦,是一群善良淳朴、聪明勤劳、精力充沛、一往无前,不分昼夜劳动的伟大农民工。

伟业哉!壮举哉!

16. 这时代向你张开怀抱

叩击门环,踏进门槛;你是否被推开,你是否被绊倒。

山高路险,顶峰更难攀登;要大胆,生气勃勃;不要介意乌云密布,不要害怕电闪雷鸣;这舞台为你而搭建,这世界为你而存在,这时代向你张开怀抱。

17. 燃亮时代

三月的大雾那么浓,四月的春光那么美;生活舞台只相信欢笑,哪怕你一生历经磨难。

富饶的平原,繁华的都市,人声和琴声随风飘过;杨柳上传来燕雀的欢叫,陶瓷里传来祖先的赞叹。

我不扼杀美梦,尽管恶行伤人心;我不寻求复仇,暴力使地球鸡犬不宁,虽然思绪长满张望的伤口。

红色的时代,彩色的现实;我在大地点燃盏盏灯笼,千万盏灯笼在风中摇曳,它在付出生命燃亮时代。

18. 飞越神州大地巍峨群山

小鸟在搏击中羽毛丰满,雄鹰在翱翔中筋骨强健;我诗歌的翅膀乘风而上,飞越神州大地巍峨群山。

雄狮般站起的中华,有蓬勃向上的峰峦,有胸襟坦荡的大海,有大气磅礴的草原,有豪迈苍茫的黄土高原,有灿烂绚丽的彩云,有烟雨朦胧的湖泊,有恬静不朽的绿色,有山水相通的小径,有花絮飘拂的两岸,有曲折向前的长江,有百折不挠的黄河,有坚毅不屈的长城,有见证历史的典籍,有忧国忧民的圣贤,有雄踞世界的人民。

19. 民族兴 诗歌兴

民族兴,诗歌兴;中华复兴,诗人新生。

诗经和唐诗的绝唱,屈原李白苏东坡艾青,诗人一路高歌,华夏一路奋发向上。

诗人是太阳,诗人是星星,诗人是火炬;诗人是先知,诗人是预言家,诗人是报春鸟。

火一样的激情,光一样的理性;金玉一样的思想,天籁一样的箴言;永远在心灵燃烧,永远在大地歌唱。

20. 中国就是人间的天堂

希望中国人变得更崇高,希望中国人变得更自尊,希望中国人变得更高雅,希望中国人变得更自信,希望中国人变得更真诚,希望中国人变得更磊落,希望中国人变得更豪放,希望中国人变得更文明,希望中国人变得更平等,希望中国人变得更节制,希望中国人变得更理性,希望中国人变得更强大,希望中国人变得更和谐,希望中国人雄踞世界,这是一代新人的强音。

生龙活虎的神州大地,富足和强盛节节攀高,信心和梦想直上云霄,自由和光明唇齿相依,幸福和美满珠联璧合,感情和爱情天衣无缝,道德和荣誉名副其实,智慧和创造比翼齐飞,伟大和平凡相提并论,富人和穷人难分伯仲,正义和廉洁坚如磐石,自然和人生水乳交融,山河和天空晶莹如玉,真理和科学深入人心,政通人和又长治久安,中国就是人间的天堂。

第二章 —— 中 国

1. 中国情怀

我爱牛顿和爱因斯坦，诺贝尔和爱迪生；但我更爱蔡伦、李时珍和钱学森。

我爱卢梭和康德，斯宾诺莎和苏格拉底；但我更爱老子和孔子，韩非和墨子。

我爱但丁和惠特曼，普希金和莎士比亚；但我更爱屈原和宋玉，李白和苏轼。

我爱司汤达和乔叟，托尔斯泰和塞万提斯；但我更爱罗贯中、曹雪芹和鲁迅。

2. 漫步丝绸之路

我属于未来，属于正在生长的力量；充满梦想、充满渴望、充满憧憬、充满希望。

一缕春风，一束阳光，迎面向我扑来；我像原野的草，享受天空的快乐，拥有大地的激情。

漫步丝绸之路，沿着奔腾的黄河，顺着蜿蜒的长江，登上雄伟的长城，站在壮美的泰山；这片藏龙卧虎的土地，这片欢腾激浪的大海，我向上、向前、远方……

与世界交流，与时间竞争！

3. 世界文明的黄河

奔腾不息的黄河，传播力量的黄河，浇灌大地的黄河；一腔热血的黄河，大爱无垠的黄河，龙腾虎跃的黄河；养育中华的黄河，通向四海的黄河，世界文明的黄河！

鸟儿飞向远方，背朝黄土的人，沿着河岸抛洒血汗，为了报答母亲的爱；沙地、青石板、沃野，留下你们深深的脚印，留下你们高亢的号子，留下你们纯洁的硕果。

黄河的子孙啊！你们昂起高贵的头颅，你们挺起不屈的脊梁；巨浪为你们作证，滔滔不绝的悲壮歌声，是母亲为儿女成长的祈福！

中国人的黄河，桀骜不驯的性格，不可征服的精神，一腔激荡的热血；

犹如一条行星的天路，光明与黑暗一样古老，自由与无畏同样精彩；千百年来你投身大海，浩浩荡荡，雄姿奇伟，自豪叙述中国人血性的故事。

4. 我喜爱大草原

绿色的小草，卑微的小草，坚韧的小草，创造辽阔的大草原。

草原是星星的魂，草原是绿色的魂，草原是牛羊的魂，草原是骏马的魂，草原是诗人的魂，草原是英雄的魂。

我喜爱大草原，一望无际的小草，洁净无瑕的牛羊，四季飘香的奶酪，温暖祥和的蒙古包，小鸟巢般的马蹄印；躺在大地的猎人坟墓，默默注视光荣的道路，这是小草与人类共创的历史。

我欣赏大草原，我亲吻大草原，我的心在大草原，我的诗在大草原，我向草原深深鞠一躬；我热爱大草原，我尊敬大草原；因为它献给我，胸襟开阔，大气磅礴，神奇、纯洁、流畅的颂歌。

5. 为了你 祖国

我喜欢温馨的春天，洁白的百合，红色的玫瑰，碧绿的荆草，清灵的微风；这是家的味道，这是爱的象征。

广袤的原野，你看这树的繁茂，你瞧那水的晶莹；高山化作父亲的慈祥，大海化作母亲的博爱，雄鸡宣告朝气蓬勃的拂晓。

为了你，祖国；为了你崇高的品德，为了你美丽的江山，为了你悠久的历史，为了你灿烂的文化，为了你自强的英雄，为了你自尊的诗人，为了你辽阔的疆土，我愿意一生为你耕耘。

祖国，我将光荣的使命镌刻心头！

6. 恋人的情 祖国的爱

一年又一年，不见你的芳踪，难觅你的笑容；只有夕阳的余晖，映红沉默的星空。

春天来了，湖光山色更加美丽，花草树木更加娇艳，只有我孤零零徘徊踟蹰，因为爱你忍受着煎熬。

我望着炊烟，迎接月亮从落霞升起；我举着星火，走过曲径通幽的小路；我吹着竹笛，等待春风送来你的祝福。

恋人的情，祖国的爱；纵横世界，唯有你的天姿国色，唯有你的风韵神采，像故乡窈窕的西湖，像中国蜿蜒不绝的长城，烙在我无量的寂寞里。

7. 大地的女儿 我的情人

我看见她向我走来，晚霞笼罩她的姿容；飘逸如柔波上的天鹅，轻盈如温暖的春风，动人若优美的旋律。

一位卓尔不群的女郎，落落大方来到我身边，全身散发挚爱的芳香，脸庞洋溢妩媚的微笑；万卷诗画难描美的神韵，我的心又有寄托和激情。

我不必苦苦相思和嗟叹，我将久久地紧握她的手；尽情欣赏千金难求的美，全身心享受尘世间的爱。

呵！离开故乡！离开她！我失魂落魄时开始相信，此前从未觉悟对她如此眷恋，每一次心跳饱含对她的深情。

哦！大地的女儿！我的情人！

8. 春

五月向我召唤，良辰美景难得；郊外的树林美妙迷人，月光流泻弯曲的小径。

春天的空气，如同金杯一只，吻着茫茫碧天；羞答答的星星，朗照大地村寨；月亮慢慢走来，夜莺动人的歌声，把夜色尽情歌颂。

清晨鸟语花香，中午阳光灿烂；浓荫绿草小桥流水，整个大地容光焕发；愿人间二朵花永艳：道德之梅，创造之菊！

9. 中国的大地

森林是你的理想，原野是你的梦想，高山是你的尊严，岩石是你的意志，江河是你的自由，大海是你的襟怀，泥土是你的抱负，五谷是你的奉献。

带着春天的红花，带着夏天的绿叶，送来秋天的果实，送来冬天的美酒；云朵在空中飞翔，潮汐在水中歌唱，太阳播撒幸福的种子，月亮露出慈祥的笑脸。

10. 文武兼备

马惊了，人不能安坐；船翻了，人不能渡河；百姓反了，天下就大乱。

风清气正，就要弘扬道德；树立功名，就要推崇贤能；社会繁荣，就要任用才干；国家安定，就要分配公平；长治久安，就要官员清廉；屹立世界，就要政经合一，就要文武兼备。

11. 人民的创造力

不要鄙视人民，他用鲜血建造都市，他用汗水浇灌田野，他是大地最艳的花朵。

不要愚弄人民，他是天下最善良的人，他是天下最勤劳的人，他是大地最绿的小草。

不要榨干人民的血，不要吸尽人民的奶；人民是养育你的父母，人民渴望幸福生活。

人民啊！你颓然倒下了吗？中国啊！你预感到人民的创造力吗？

12. 和平的橄榄枝

我赠予美国人《诗经》，我赠予希腊人《唐诗》，我赠予日本人《韩非子》，我赠予埃及人《墨子》，我赠予印度人《管子》，我赠予意大利人《论语》，我赠予匈牙利人《藏书》，我赠予奥地利人《论衡》，我赠予英国人《道德经》，我赠予葡萄牙人《史记》，我赠予法国人《文心雕龙》，我赠予德国人《孙子兵法》，我赠予俄罗斯人《永乐大典》，我赠予土耳其人《四库全书》。

我是谁？我是中国高尚的公民，我是自由行走的诗人，我是睿智卓识的哲人，我是传播文化的使者，我是象征和平的橄榄枝。

13. 彰显大国的精神风骨

祖国召唤我，知识惊醒我，想象追随我，冲动撞击我，灵感启示我；意志之弓拉紧，理智之箭在弦，瞄准远方的靶心。

我有力量，战胜厄运，凌驾凡人之上，自己决定一生命运；平凡曲折的人生，没有少年得志，没有天赐良机，我就追求大器晚成。

圣贤名言：克己奉公，国家至上；一生扎根在诗田，一生耕耘在大地；探索道德的人性，追求真理的人生；伟大的中国正在崛起，彰显大国的精神风骨！

14. 巨龙腾越

寒风中瑟缩，冷雨中彷徨，云雾中迷惘，夜色中蹒跚，你是无翼的小鸟，你是无名的圣兽。

你渴望风，期待黎明，向往阳光，蓝天白云，满天星星；远走高飞，直上云霄，迎清风祛暑，登九天舒气。

春风吹醒自我意识，秋风唤醒不挠意志；夏天的骄阳炼钢，冬天的暴雪锻金；自强者天助，自立者神佑；日照暖雨晴空，你成为羽翼饱满大鹏，你成为横空出世巨龙！

大鹏翱翔，千里波涛之上；巨龙腾越，万仞高峰之巅；向世界展示雄姿，在宇宙寄托雄心。

15. 我是故乡一条小溪

我是故乡一条小溪，我的生命之水天上来。

不怕摔打，不怕路途遥远，不怕千辛万苦，流过三山五岳，流向五湖四海。

经历曲折、坎坷、不屈不挠；穿越沙漠、荒野；穿越草原、湿地；穿越森林、山丘；穿越乡村、都市；穿越大地的东西南北，穿越人生的七灾八难。

阅览自然的美，尝尽人世的苦，享尽人间的乐；我献身大海洋，变成一条巨龙，掀起属于中国，晶莹璀璨的浪花。

16. 羽翼丰满的凤凰

生命不是一声叹息，生活不是一个呵欠，人间不是一次旅行，人生不是一个宿命。

我们岂能，在洞穴优哉游哉，在蜗壳安之若素，在宫殿享受富贵，在卧榻消磨生命。

天上日月争辉，大地龙腾虎跃，种子竞相发芽，小花争奇斗妍，小鸟百家争鸣；人民竭力创造世界，英雄奋力创造历史。

羽翼丰满的凤凰，调动全身每一根神经，展开全身每一根翎毛，向天云游神州千里之外，开辟一条金灿灿的天道。

17. 焕发青春的中国美

听见你的声音，心动；接触你的目光，心跳；多想，扑到怀里，搂住脖子，亲吻青春的美。

温暖的祖国，离开你，心空荡；正如离开家；温暖的祖国，我的魂，属于大地，属于焕发青春的中国美。

18. 绿色的中国心

生命要绽放，才华要挥洒；我歌唱大地，与它同悲欢，与它共荣辱。

天边的草原，咫尺的高山，优美的湖畔，幽静的丛林，墨绿的树叶，缭绕的炊烟；古老的故国家园，栖息诗人的大地。

溪流，追随江河，向往大海，高旷的云天；让我的光明，融入这片土地，培育一颗绿色的中国心。

19. 妈妈如是说

妈妈，我想哭！孩子，尽情哭吧！在泪水的流动中，在泪水的激荡里，你会慢慢净化自己，你会滴滴消除苦涩。

妈妈，我感到孤独寂寞！孩子，山峰突兀而孤独，天空博大而寂寞，你看景色多么迷人啊！幸福有赖自身的独立。

妈妈，我走得好累！孩子，路虽曲曲折折；别忘了，天下仁人志士，一生俯首为人，只知弯腰铺路。

妈妈，人生之路曲折！孩子，人生之路，像长江奔流，纵有万重高山不低头，纵有千条弯路不回头。

妈妈，我像失落的陨星！孩子，冬去春回，大地复苏；物质里失落的，一定要在精神里寻回，你会成为冉冉升起的明星。

妈妈，世上只有你最爱我！不，孩子；如果没有水，山会失去英俊；如果没有山，水会失去温柔；山水总是相依，爱被扩充茫茫世界，世界被浓缩爱的怀抱。

妈妈，我出身高贵吗？孩子啊！你是我的希望，你是我播下的龙种，顶天立地的男子汉；你的名字会超越国界，你的力量会推动世界前进！

20. 与中国风雨前行

如果我是一株苗，就生长在你心田；如果我是一只鸟，就飞翔在你心空；如果我是一颗星，就陪伴你到天明；如果我是一条河，就与你日夜交谈。

假若你是高山，我就是一把土；假若你是大海，我就是一滴水；假若你是西湖，我就是一棵垂柳；假若你是故乡，我就是一缕炊烟；假若你是美梦，我就是一道彩虹。

你是现代的中国，你是未来的中国；我是中国的公民，与中国风雨前行。

21. 我是忠诚的儿子

如果你是阳光，我是成长的苗木；如果你是草原，我是燃烧的篝火；如果你是森林，我是参天的大树；如果你是天空，我是展翅的雄鹰；如果你是苍穹，我是五彩的云霞；如果你是高山，我是攀登的行者；如果你是海洋，我是远行的航船；如果你是大地，我是绿色的小草；如果你是夜色，我是闪烁的星星；如果你是桂冠，我是荣耀的诗人；如果你是岁月，我是永生的哲人；如果你是自然，我是不朽的科学家；如果你是华夏，我是天地的巨龙；如果你是中国，我是忠诚的儿子！

22. 你是我的祖国

我们在爱情怀抱，耗尽相思和苦恼；每天的欢乐和悲伤，每夜的幸福和烦恼；我们心满意足，然后，劳燕分飞，各奔天涯。

我为什么要归来？在梦和爱的殿堂，长生不老的土地，与你再一次相会；因为在天下漂泊，找不到希望之岸，疲惫的船渴望回到港湾。

我为什么要归来？把思念化为旋律，让诗歌充当短笛，凄婉中复述一腔钟情；那是我向你倾诉衷肠，你要用心静静地倾听，爱情无声的袅袅余音。

我为什么要归来？你的音容笑貌，温暖如春，柔情似水，激发我创造的灵感，爱与美在我的生命辉映。

心上人，你是我的祖国！

23. 云的情怀

　　为了寻找光明，为了寻找自由，我才离开大海，我才漫游天空；灵魂直上九霄，笑脸衬托蓝天，因为我热爱太阳。

　　为了种子萌芽，为了花朵美艳，为了果实笑颜；我化为润泽雨露，我化为金色长虹，我穿上霓裳羽衣，因为我热爱自然。

　　为了手抚红花绿叶，为了脚踏泰山秦岭，为了畅游长江黄河，我追随春天的步履，因为我热爱故乡，因为我热爱中国。

第三章

乡情

1. 乡愁

山高路险，万里迢迢，我的爱飞向你，可惜只能在梦境；极目远眺茫茫天宇，神游故园，重温良辰美景。

乡愁啊，魂断江山，隐隐约约的痛，绵绵不绝的思，缠着心，揪着情；只有你，故乡美，能治好游子的病。

飘香的四季，明亮的早晨，幽静的黄昏，自然神笔雕琢：一束光，一团瑞彩；一丝雨，一片温润；一棵桃，一株柳树；一座塔，一颗明珠；一个白堤，一个苏堤；钱塘的晚潮，春秋的微风；西湖十景啊！清新思想蓬勃生命的哺育者，装点人间天堂不老的风情。

2. 西子姑娘

美人啊！美得我心颤抖，这位点燃诗人灵感的恋人啊！

西子姑娘，幸福写在脸上，快乐刻在心中，泛起的红晕映托天堂的娇娆。

当初我们手拉手，从苏堤走向白堤；这条诗情画意的林荫，世上最秀美最旖旎的乐园，最羞涩的花儿都芬芳地开放，远近都是湖光山色呢喃鸟语。

今天的春风啊！弥漫古老的感情，一种亘古的怀念。

你甜蜜温柔的脸，罩着贞静的轻纱；梦境中柔滑的黑波，悄悄撩拨我的心湖。

你留下明亮的星光，在孤独的夜空辉闪；你留下喜悦的微笑，在理智的黎明新生；你留下春天的风韵，为感情的湖水添彩；你留下窈窕的身材，为精神的山峦增色。

3. 仙露欲滴的西湖

尽管一百次迷失，历史名胜，高山大川，异国风光；走遍大地，迎着风尘，跋山涉水，还是要回到美丽的故乡；柔和的，春光；湿润的，雨丝；一朵梅，一枝柳，一棵桃，桂子荷花秋月，仙露欲滴的西湖。

尽管一千次失望，随着风儿，清新的空气，透过朦胧夜色，还是要回到恋人的怀抱；冬天湿冷，夏天酷热，闪电红色，雷雨黑色；只要怀一颗爱心，只要念一个西湖，谛听长夜的抒情，杭州永远是人间的天堂，杭州永远是母亲的怀抱！

4. 游西湖

朦胧的湖色，是她的脸容；朦胧的月色，是她的倩影。

柳丝撩开晨雾，乳汁在根须轻流，拢起一把在心头，我愿把柔情倾注。

起伏的山峦，是西子姑娘的美，是蒙娜丽莎的爱；湖水映出迷人笑，山水是爱与美的梦。

携着美丽的恋人，吟诵白居易的诗，漫步苏东坡筑的路，感受岳飞的雄心，徘徊在鲁迅身旁。

南屏晚钟悠悠扬扬，三潭印月妖娆妩媚，平湖秋月情意绵绵，夜莺歌声清脆婉转，迎送天下来往过客。

天下风流人物，人间英雄豪杰，谁不爱慕流连：西湖自然风光美！西湖人文景观美！

5. 西湖甜蜜的柔波

美好的季节，美好的时光；爱的笑脸相迎，爱的春光明媚；二颗露珠滚荷叶，一汪天池映倒影。

绰约的风姿，华贵的气质；缠绵悱恻的桃柳，离愁别绪的云气；飘着四月的花香，飘着五月的细雨。

绿色的堤岸，黛色的山峦，蓝色的天空，黑色的夜晚，金色的梦想，橙色的小舟，轻摇恋人的心，西湖甜蜜的柔波。

6. 杭州　英雄举杯的圣地

妩媚秀雅的西湖，华贵古朴的杭州。

西湖自然美，孕育千古人才；杭州人文美，天地龙飞凤舞。

风滋润人心，雨沐浴人情，水激发人智，山树起人格，江涌动人气，湖陶冶人道；他们都是出类拔萃，大公天下，不同凡响的人物。

这里有孤山的鲁迅，这里有葛岭的葛洪，这里有苏堤的苏东坡，这里有白堤的白居易，这里有灵隐寺的济公，这里有虎跑的李叔同，这里有放鹤亭的林和靖，这里有富春江的严子陵，这里有曲院风荷的孙权，这里有风波亭的岳飞，这里有西泠桥的秋瑾，这里有六和塔的王充，这里有钱塘江的沈括，这里有大运河的钱镠，这里有保俶塔的吴延爽，这里有三潭印月的毕昇，这里有花港观鱼的艾青，这里有西泠印社的沙孟海，这里有平湖秋月的戴望舒，这里有柳浪闻莺的龚自珍，这里有耶稣堂的司徒雷登；西湖是中国群贤诞生成长的摇篮，杭州是 G20 峰会英雄举杯的圣地。

7. 记雷峰塔重建

一个凄美动人的爱情故事，一个弘扬正气的美好传说；黑夜倒下是为了黎明站起，净土耸立是为了普度众生。

有爱在心横跨四海为家，身怀灵宝哪怕千年埋没；天堂人间真心真情永存，西子姑娘断桥盼你归来。

夜莺颂春，柳枝向你招手；荷叶翘首，菊花为你飘香；三潭亭立，秋月含情脉脉；吴山点头，孤山张开怀抱。

今夜的明珠璀璨，富丽堂皇；天外天、楼外楼、灵隐禅寺；五洲朋友聚西湖，踏歌茶乡，笑迎你从丝绸之路走来。

8. 蟋蟀夜歌

黄昏，蟋蟀歌唱，低沉生涩；星光掠过天空，歌声变得悦耳。

微风在荡漾，花香在田野弥漫，蟋蟀激情的歌声，浪漫地回荡夜空。

和谐的曲调，天籁的歌声，传递恋人的心，流露爱慕的情，只有夜安然入睡。

夏天的夜啊！蟋蟀在歌唱，蟋蟀在爱恋，这是自然的风情，这是家乡的味道。

第四章

创造

1. 创造之魂

人类的肉体只有一个，精神千变万化；人类的地球只有一个，文化异彩纷呈。

叠得好的石头，能成为建筑；分析好的事实，能成为科学；掌握好的逻辑，能成为规律；搭配好的色彩，能成为名画；组织好的词汇，能成为名作；提炼好的韵律，能成为诗篇；发掘好的旋律，能成为金曲；领悟好的人生，能成为智慧；思考好的思想，能成为哲学；这是生活的真理，这是创造的原则。

我与米开朗琪罗，在大理石外衣下，洞悉封闭的意象；娴熟地抓起斧头和錾子，层层剥开，精雕细琢，让人类本质的形象获得自由！

2. 中国的创造者

活在白纸黑字的血滴里，活在甲骨沉郁的历史里，活在金瓯残缺的华美里，活在分合兴衰的轮回里；活在摧枯拉朽的战争里，活在英雄美女的悲歌里；活在老子孔子的预言里，活在天人合一的境界里，活在神秘玄思的灵境里；活在贫富贵贱的现实里，活在生老病死的宿命里；活在功名卓著的人物里，活在灵肉交融的人性里，活在人类合流的大潮里，活在自我意识的萌芽里，活在以人为本的理念里，活在超人横空的星光里，活在道德至上的信仰里，活在志士豪杰的事迹里，活在祸福倚伏的变通里，活在无极太极的穷理里，活在认识自己的睿智里，活在社会自然的规律里，活在自尊自强的尊严里，活在自助自信的天助里；活在舍我其谁的气概里，活在独具匠心的灵感里，活在知识结晶的核爆里，活在艺术彩绘的意象里；活在科学矗立的森林里，活在政治架构的大厦里，活在捭阖纵横的棋局里，活在智慧灵动的谋略里，活在唇枪舌剑的笑谈里，活在舆论瞬息的传媒里；活在崇尚竞争的视野里，活在车水马龙的时代里，活在博采众长的哲学里，活在东方西方的张驰里，活在雄踞天下的逐鹿里；活在志忑跳动的地球里，活在浩气长存的宇宙里；仰望紫气东来朝旭霞彩，俯首挥洒不去创造者背影。

3. 激发人类创造新世界的自由

这里有大海和沙滩，高山和平川，太阳和月亮，天空和宇宙，把荒芜和文明的岁月相连。

这里有老子的道德，孔孟的仁义，墨子的兼爱，韩非的法治，荀子的礼乐，孙子的兵法；这里有屈原李白曹雪芹的才情，哥白尼牛顿爱因斯坦的科学……

他们都不朽！只要人类存在，他们的思想和功绩，意义和象征，悄悄步入现代社会的心脏，激发人类创造新世界的自由。

4. 创造者的雨露

你迈开步伐，坚定而执拗，走向苦难尘世，茫茫无边的人海。

出名，不幸的标志；功高，伟大而寂寞；圣洁，崇高而孤独。

你不相信虚无，你不甘心平凡，天生的火山要爆发；豪气冲天，反抗自己，反抗世界；征服自己，征服天下；改造自然，改造人类，理想没有终点；无奈逝世，天人合一，化为天下人的雨露。

5. 进步的元素

翻开创造者的履历，一生艰苦奋斗，一生贫困坎坷，不幸羁绊他们，痛苦造就他们，智慧创造的财富，为他们赢得后人喝彩。

英雄与伟人，贤哲和诗人，赢得后人掌声，留芳千秋万代；不是靠吹捧造就，是他们的思想和业绩，绵绵不绝造福于后代。

追随伟大人物，沉思永恒主题，让人变得高贵，让人洋溢活力，让人内心欢乐，让人智慧聪明，让人襟怀博大，让人充满渴望，理想创造大业绩，为这个世界服务。

哲人之思，诗人之魂，科学之光，发明之光，灵感之光，照亮创造的路，这是推动人类进步的元素。

6. 创造属于中华的大荣耀

秦皇汉武的雄姿，屈原李白的诗篇，老子韩非的经书，司马迁的《史记》……山歌颂他们的功绩，海深藏他们的精魂。

一世又一世传承，一代又一代颂扬，他们成了民族的英雄，他们成为世界的文豪，他们成为人类的瑰宝，他们成为人民的偶像。

功业不朽，精神不灭，在有限的地球，在无限的宇宙，时代日新月异，江山人才辈出，我们既崇拜偶像，我们又崇拜自己。

展望未来，偶像是过去的符号，我们是今天的主人；创造属于我们的新时代，创造属于中华的大荣耀；这是历经沧桑磨难，未遂之愿的微语。

7. 伟人

伟人，犹如一棵擎天树，这是一棵成长的大树，顶尖一直耸入云霄，树枝宽松地伸张开，把绿荫赏赐给过去、现在和未来，结出味道绝妙水果，年年岁岁硕果累累。

8. 伟人的价值

伟人逝世千百年，现在被我们赞美，这是多么幸福啊！伟人遗留的业绩，造福人类的生活，这是多么光荣啊！

伟人的价值，不在他的名声；伟人的快乐，不在他的影响；只是在收获昨天馈赠的果实，撒下明天不可磨灭的种子！

9. 哲学家

犹如睿智豁达的老人，在闲暇平静宝贵的时光，屈指计算过去的日子，用思想雕塑成艺术；在心灵爱抚把玩，直至变成稀世珍品，隽永的精神真理，在智慧的高山屹立。

10. 思想家

思想家，诞生于草房或皇宫，成长于书橱或战场，成熟于富贵或贫贱，独立于万难或千思。

思想家，语言能行走高飞；翱翔的高度，歌唱的长度，与他的人格和才华成正比。

思想家，走遍古今时空，进去时是生活，出来时是哲理；进去时是事务，出来时是诗歌；进去时是行为，出来时是思想。

思想家，给森林迷路的人，提供驾驭世界的缰绳，帮助人类接受前人的近路，开创新的捷径找到幸福家园。

11. 学问和智慧

学问，赐予大志者，伟大的抱负，卓绝的才智，深邃的思想；使你至尊至贵，自由地追求功业，大胆地描绘人类远景。

智慧，给叱咤风云者，经天纬地的韬略，驾驭人类的力量；风起云涌的大地，睿智地审视世界，造福芸芸众生的幸福。

12. 学界泰斗

既然，研究是一场赌博；那么，输赢就无关紧要。

诗人、学者、贤哲、艺术家、科学家；遭受嘲讽、诋毁、鄙视；经历贫困、失败、绝望，一颗自尊的心，一双敏锐的眼睛，始终好胜、好奇、好永恒。

一颗孩子的心，喜欢鼓励和奖赏，渴望得到后人承认；崇拜李白、司马迁、曹雪芹；羡慕牛顿、莎士比亚、凡·高，追随创造性人物足迹。

学贯中西，兼容古今，独树一帜；荣誉鹊起，名噪万代，成为学界泰斗；赢得辉煌人生，多么了不起的人物啊！

13. 艺术

一道心灵，飞流直下的瀑布；一座心灵，昂然耸立的山峰。

黑暗中，点燃火炬；寂寞时，哼起曲调；风雨后，飘起彩虹，你是安慰人的精灵。

不毛之地，迎来一片春色；伦理之天，撕开一条裂缝；你是真理的一幅寓意画，你是道德的一面照妖镜，你是人生的一颗多棱水晶，你是政治的一首朦胧诗歌。

14. 艺术不分雅俗的高低

明星在天上，小草在地下；喜乐在眉梢，悲欢在心头。

手是一面镜子，眼是一扇窗户，心是一排琴键，情是一个音符，爱是一首曲子；阳春白雪，下里巴人，高山流水，千古知音。

评估它们，不是希望便是失望，不是金钱便是艺术；它们都无价，它们都有价，只要能打动感情，只要能走进心灵。

人类存在贵贱的等级，艺术不分雅俗的高低；只要有文化的底蕴，只要有精神的风骨。

15. 理性的皇宫

理性的皇宫，不是乌鸦的巢穴；理性的温泉，不是乌龟的乐园；理性的宝座，属于不朽的智者。

理性矗立在高山，没有封闭的石块；建造思想的堡垒，没有嫉妒的阴影；覆盖科学的殿堂，没有黑暗的洞穴；珍藏神圣作品，千万年不朽。

理性纯洁的天鹅，头戴智慧的冠冕，优雅地步入大地，欢乐在林间歌唱，快活在溪涧欢舞，幸福在花丛休憩，天真在原野嬉闹，好奇在天空翱翔，陶醉在琴棋书画，享受在缪斯怀抱，永生在科学高峰，不朽在哲理碑林。

人类探索之光不灭，人生理性之灯长明。

16. 不要轻视

不要轻视，不要遗忘，一首诗歌，一幅绘画，一支乐曲，一本著作，一部法典，一份信仰的声明。

发黄的纸页，从天上到人间，从古代到现代，前面是耕耘大地的人，背后是开辟大道的人，经过亿万人的血汗辛酸，跋涉漫长的历史旅途，才走到我们每个人眼前。

研究社会科学，与植物学一样，当你研究橘树，当你研究松树，不持任何偏见，把一切国界抹掉，撷取道德的菁华，吸收智慧的思想，利用科学的方法，才能精确地推测，我们未来的行动。

17. 黄金之路

春天的红花，总有一天会枯萎；夏天的绿叶，总有一天会飘落。

诗人啊，你把花酿造成诗，你把叶研磨成歌，一年四季花红叶绿。

画家啊，你把诗的灵魂，你把歌的绝唱，撒向茫茫六合，开辟一条黄金之路。

18. 知识骑着天马

跋涉人生的旅途，攀援理性的柱石，刈除大地的荆棘，踏尽小路的坎坷，解开胸怀的绳结。

知识骑着天马，绕开奢望的陷阱，躲避诡计的沼泽，离开享受的幻境，逃避死亡的追击，奔驰绿色的草原，飞翔创造的天空。

自由联想的灵感，自由思考的种子，移植灵魂的沃土，只等春雷的昭示，唤醒今天的萌芽，收获明天的硕果。

19. 书籍的主人

读书人明智，读书人远见，读书人广博，读书人深刻，读书人缜密，读书人大气。

真正读书的人，为了充实心灵，为了明辨是非，为了掌握技艺，为了造福社会，为了成就大业。

狡猾的人冒充博学，无知的人鄙视学问，愚昧的人践踏知识；聪明的人运用智慧，睿智的人创造人生，伟大的人开创世界。

勤奋的天才、诗人、科学家、政治家、艺术家、哲学家，一切有贡献的人；他们不是书本的奴隶，他们都是书籍的主人。

20. 饱学之士

饱学之士，读书破万卷；你博古通今，你能说会道；只可惜都是，哲人的思想，历史的经典，万物的奥秘。

知识的深浅，智慧的珍奇，竹竿不能探测，秤砣难以衡量；石榴圆圆肚皮，谁能一睹红绿的宝石。

成就你的人生，黑夜跌扑沙场，黎明起舞山岗，小鸟在风中歌吟，雄鹰向太阳翱翔，你追随它高飞到云霄，一展才智的勃发英姿。

21. 功绩与光荣

不要把自己，放在挨打的地位；自卑的心，永远是一只小爬虫。

只有站在，宇宙中心；一颗小星，发出太阳的光辉，照亮整个地球。

请仰望崇高，神圣的宇宙，浩瀚的天空，人类的历史，人类的光荣；只有太阳月亮星星，只有江山功绩诗文，照亮人类幽暗的心灵，照亮人类理想的道路。

22. 登上思想的高峰

书籍教导我，燃起生命的篝火，举起自由的火炬，拥有博爱的精神，要做进步的主人，成为文明的象征。

书籍教诲我，挣脱无形的枷锁，张开飞翔的翅膀，作为一位平凡人，要适应人间生活；作为一位高尚人，要具备道德情操；作为一位文明人，要加入创造行列。

书籍赐给我，一把真理的钥匙，打开善与恶的锁，推开是与非的门，穿越罪与惩的过道，踏进美与丑的客厅，生活家与国的卧室。

书籍指引我，一条光明的道路，跨过无知的小巷，绕过愚昧的坎坷，经过知识的风雨，走进文化的殿堂，航行精神的大海，登上思想的高峰。

23. 阅读

我每一天都在阅读你；阅读你的名字和声音，阅读你的美貌和气质，阅读你的知心和知交，阅读你的爱心和真心，阅读你的温情和柔情，阅读你的眼泪和沉默，阅读你的爱情和幽怨。

阅读穿透无眠的钟点，一如阅读历史和哲学，一如阅读诗歌和散文，一如阅读小说和戏剧，一如阅读美学和心理学；虽然现实没有艺术浪漫，我在阅读中建造爱情的圣殿，我在阅读中创造永生的奇迹。

24. 好奇与探究

一开始，生活挺好；它给我温暖，它给我幸福；活着不知不觉，不再新鲜美好。

从此，人生是一条，灾祸的曲径；好奇与探究之心，吸引我对诗与思的兴趣，唤醒我对爱与善的信念。

人会倾家荡产，人会沦为乞丐；只要拥有这两件法宝——好奇与探究；正如房屋是一份殷实的家业，书籍宝库有取之不竭的财富。

25. 平凡人也能创造惊天奇迹

在黑暗的夜空下，在人生的小路上，我不会犹豫畏惧，我不会静止不动。

傲立峡谷的礁石，勇敢承受岁月的冲洗；独立天地的大我，比山坚强，比海宽广。

世界匆匆忙忙，人生转瞬即逝，容不得唉声叹气，容不得失魂落魄，要把握有限的生命。

人以浩然之气自豪，人以拯救自己尊荣；有什么比赢得人生更荣耀，平凡人也能创造惊天奇迹！

26. 诗歌和春天一样透明

山和海在大地，心和星在天空；任风霜涂脂抹粉，任岁月千锤百炼，独立寒秋苦守寂寞。

鸟瞰人类舞台，洞悉人心之幽，领略世界之微；跋涉时间隧道，天马行空心旷神怡，天高地厚隔不断千秋。

一颗星化为陨石，一束光捎来朝霞；我把博爱媲美天空，我把诗歌媲美春天；博爱和天空一样辽阔，诗歌和春天一样透明。

27. 在峭壁中探索

在峭壁中探索，在悬崖间寻路；四周没有春光，前面不是故乡；山上白雪冷艳，脚下碎石锐利。

唱起欢乐的歌曲，迈开坚定的步伐；顶着如火的骄阳，冒着凛冽的寒风；大海唤醒我的智慧，天空启示我的理想，未来指引我的方向。

远方的星星告诉我，志向的刀剑靠自己磨砺，希望的铁树靠自己种植，信心的梅花靠自己浇灌，幸福的苹果靠自己采摘，永恒的诗路靠自己开辟。

28. 人才

不吃钓饵的鱼鳖，不出深水；不畏霜雪的树木，不怕天时。

丹青在深山，人们理解它，把它取出来，千古风流尽收眼底。

美珠在深渊，人们相信它，把它取出来，天生丽质魂系春秋。

29. 美的神采

美，眨一眨眼，太阳，在我心中放光。

美，点一点头，清泉，在我胸中流淌。

美，说一句话，我的心境会歌唱，我的灵魂会舞蹈。

美的神采，星星那么璀璨，月亮那么妩媚，大地那么美丽，人生那么可爱。

拥抱美，一生青春为伴，浪漫、潇洒和自信；希望、憧憬和梦想，永葆创造激情。

第五章

探索

1. 探索这世界

浩瀚的大海，明净的湖泊，星月的夜空；宁静致远的书斋，思想触角探索世界。

知识是黑暗摸索的香客，拨开迷雾走向光明之巅；探索宇宙规律，世界秩序；研究物欲归宿，精神命运。

一种世故圆滑，工于盘算的猫头鹰，不敢翱翔永恒的领域，世界总算有一块净土：美德的江河碧绿，知识的溪流纯洁，诗歌的森林繁茂，哲学的大海蔚蓝，艺术的彩虹绚烂，科学的春风温暖，历史的雨露润泽，抱负的天空辽阔，理想的山峰崇高，质朴的心灵富丽堂皇，伟大的襟怀怡然大度。

2. 吸收天下的美

朋友和朋友的交流，不借助历史和哲学，不借助文学和诗歌，不借助美学和心理，不借助科学和艺术，交流没有理性价值。

吸收天下的美：哲学的高瞻远瞩，艺术的人生感悟，历史的沧桑变迁，诗歌的思想内涵，心理的意识暖流，科学的探索发现；凡人的勤劳善良，伟人的忘我工作，英雄的无畏精神。

才能吸收快乐的源泉，才能跳出原始的小我，才能提升人生的价值观，才能站在时代顶峰眺望未来，才能站在地球之巅翱翔宇宙！

3. 诗人告诉我

科学告诉我：想要有作为，必须把握整体，探究它的本质，寻找自然的源头。

哲人告诉我：感官喜欢的，不是可靠的理智；歌功颂德的，不是整体的写照；现实存在的，都是历史的过渡。

诗人告诉我：创造永恒的诗，不是播弄语言，炫耀空洞的才华，它需要献身精神，忍受孤独的煎熬，挨过贫穷的磨难，发现隐藏的真理。

4. 未来的漫长历程

在人类明天漫长的历程，国家与国家之间的围城，兴起与衰落之间的宿命，社会与自我之间的交融，战争与和平之间的距离，人类与自然之间的关系，权力与人才之间的运用，财富与平等之间的落差，精神与自由之间的地位，现实与理想之间的鸿沟，将始终伴随我们的脚步；这相当艰苦卓绝的工作，没有平坦道路通向未来。

但是我们要四处探险，锲而不舍地攀越障碍；不论多少重天已经坍塌，我们必须克服心灵的恐惧，我们必须抖落身上的惰性，我们必须燃烧内在的激情；感受到渴望，感受到梦想；永葆朝气蓬勃的生命活力，踏着轻快的舞步横越寰宇。

5. 伟人是智慧的象征

伟人是时代的符号，伟人是人类的灵魂，伟人是智慧的象征。

亚历山大、凯撒；秦始皇、李世民；对社会生命循环，有形而上学的默认；发现规律，凝聚力量，转化政治行动，安定人类生活秩序。

6. 哲学为探索而存在

哲学为探索而存在，哲学为真理而存在，哲学为创造而存在，哲学为价值而存在。

个人有特殊的抱负，创造价值永无穷尽；时代有特殊的使命，探索真理永无止境。

当沉思时间和空间，我们会由衷地赞叹，宇宙无限的创造力，人类无限的想象力。

7. 哲理与诗歌

上顺天，下和地，万物都井然有序；没有矛盾和对立，人人真诚地生活。

哲理法则的世界，构成宇宙的和谐；诗歌节奏的韵律，缭绕宇宙的天籁。

8. 诗歌哲学和科学

我们的生活目标，一种是暂时性的，一种是永久性的；前者为自己生活完美，后者为子孙万代造福。

诗歌哲学和科学，就是代表绝对性；为人类的精神提升，为人类的物质进步；超国家性地域的标志，超时间性价值的符号。

9. 真理在哪里

真理在哪里？在洁白的冰川，在灰色的沙漠；在坚硬的山岩，在流动的海洋；在太空的星斗，在辽阔的自然。

真理在哪里？在道德之树，在才智之花；在低矮的茅屋，在高大的殿堂；在孕妇的笑脸，在圣贤的睿智，在人民的创造。

10. 我的人生美哉壮哉

我一生都在寻找真理，寻找属于自己的真理；也许找到也许找不到，因为真理没有落脚点。

寻找的过程艰苦卓绝，没有阳光，没有花草；只有黑暗，只有荒野；只有沙漠，只有悬崖；怀疑或探索，后退或前行；怀着好奇曼妙的梦想。

跨过两个世纪的桥梁，我意外地发现了真理：白天的阳光，黑夜的星光；大地的绿色，天空的蓝色；沙漠的金子，悬崖的松柏；博爱的大海，雄伟的珠峰；物质的自然，崇高的哲学，不朽的诗歌；我的人生美哉！壮哉！

11. 理想

理想之所以美丽，因为它缀满繁星；理想之所以渊博，因为它创造知识；理想之所以广阔，因为它站在山巅；理想之所以强大，因为它召唤正义；理想之所以常青，因为它仁义道德；理想之所以神圣，因为它使命崇高；理想之所以伟大，因为它面向未来；理想之所以不朽，因为它指向无限，因为它热爱人类。

12. 自由与物质

人应当认识自由，人应当认识物质；没有自由就没有独立，没有物质就没有人性。

认识自己的自由，认识自己的物质；就要尊重别人的自由，就要尊重别人的物质；只有使一切人都有自由，只有使一切人都有物质；你才能保障自己的自由，你才能保障自己的物质；你才能圆满地实现梦想，你才能幸福地享受人生。

13. 对自由承担责任

一块大石头，当你急着回家，会成为自由的障碍。

一块大石头，当你躲避敌人枪弹，会成为自由的避难所。

别人的评价，无论环境和时间，都不能束缚自由，意识是绝对的自由。

存在给予自由，存在束缚自由；每个人得到自由，都要对自由承担责任。

14. 过去和历史

过去并未死亡，历史并未埋葬；死亡的是肉体，埋葬的是骨灰。

过去没有成为过去，它保留童真和希望；历史没有成为历史，它给予智慧和力量。

我们从过去走到今天，我们从历史走向未来；运用日积月累的经验，释放厚积薄发的能量。

15. 万物归道

一生二，二生三，三生万物，万物归道。

孟子崇尚善，荀子崇尚恶，孔子崇尚为公，杨朱崇尚为我，老子崇尚自然，墨子崇尚兼爱，管子崇尚功利；法家崇尚法治，儒家崇尚人治。

人类要更高接近真理，人类要更快走向文明，就是要卸去心灵包袱，从无穷智慧提炼精粹，把无限思想凝练为一，这一蕴含无限多的道。

16. 道德和智慧

节制和慈善，将给你道德；阅读和探索，将给你智慧；没有道德，智慧就是枷锁；没有智慧，道德就是痛苦。

人类心灵的进步，人类观念的转变，人类的自由和幸福；都依赖道德的进步，都依赖智慧的增长。

17. 人类进步的阶梯

有孔子、康德、苏格拉底，却不能消除罪恶。
有培根、牛顿、爱因斯坦，却不能消除无知。
有亚当·斯密、李嘉图、凯恩斯，却不能消除贫困。
我们深刻认识罪恶和无知，战争和贫困的根源，这是人类文明的标志。
我们梦想清除罪恶和无知，战争和贫困的萌芽，这是人类进步的阶梯。

18. 造梦

衣食不足，有温饱之梦；身无分文，有商贾之梦；身居陋室，有别墅之梦；怀才不遇，有鸿鹄之梦。

愚者为利己造梦，智者为利人造梦；诗人为精神造梦，哲人为思想造梦；志士为民族造梦，伟人为人类造梦。

19. 人是目的

人，有理性；不是情欲的奴隶，不是享乐的机器。
人，有人格；超越金银财宝，价值至高、至尊、绝对。
人与人，人是目的，不是他人的工具，平等奠定道德的基石。

20. 金币

谁能说明，一个金币，哪一面是正，哪一面是反。
谁能说清，贵贱的世界，这是穷人的善，还是富人的恶。
小草和大树，穷人和富人，都是社会和自然平衡的砝码。

21. 人是自我的思想家

被过去的经验束缚，被未来的希望束缚，就是堵塞时间流动；只能自在僵化观念，不能自为塑造人生。

人是自我的思想家，人是自己的设计者，就是不被时间束缚；不管过去还是未来，迎着时代创造世界。

22. 探索生命归宿

　　白雪不是花朵，大海不是天空；失望者踏进歧途，绝望者击碎太阳。

　　我的头上烟雾缭绕，我的脚下芳草幽香；未知的小路疾走，探索生命的归宿。

　　唱一首高亢的歌，绘一幅理想的画；一首诗黎明升起，一个烙印给自己，一线光明献人类。

第六章

求知

1. 求知的人

历史，财富用名誉来衡量；昨天，财富用金钱来衡量；今天，财富用知识来衡量。

知识是传播文明的火种，凝聚心灵的磁铁，健全人格的摇篮，创造发明的阶梯，攀登高峰的力量，精神享受的乐园，沙漠跋涉的驿站，生命价值的砝码，财富真假的见证，名位高低的试金石，改造人性和世界的工具，连接过去现在未来的链条，跨越国界穿越古今的隧道。

求知的人最忌讳：满、骄、懒、浮、袭；求知的人最爱：勤、精、博、思、奇；求知的人最佳：超越自我，忘我境界。

求知的人，不顾世间，毁誉褒贬，得失进退；如切如磋，如琢如磨；爬过雪山石壁，迎着风刀霜剑，一生向着创造的殿堂，这是知识赋予的人生真谛。

2. 求知的乐趣

求知的乐趣，怎能用金钱计算，最高贵的精神，莫过于理性之树摘取果实。

如果唾手可得，感官欢乐无人鄙视；一个灰色理想毁灭，一个红色理想诞生；为美德和智慧百折不挠，最伟大的创造显露峥嵘。

梦想登上未来巅峰，顾不得眼前磕磕碰碰；筋疲力尽，仍然振作精神；不悲观，不气馁，不退缩，即如九天揽月，定要插上翅膀。

3. 假若我出名了：
读《世界大文豪传》、《大哲学家传略》有感

我把精彩的文字，深邃的思想，哲理的真谛，自我的意识，社会的精神，自然的规律，欢乐的果实，藏在绿色的蓓蕾。

一只天鹅，展开洁白的羽毛，在磷光和金光中摆动；新鲜的黎明摇落浓雾，阳光照耀孤寂的大海，激浪掀起生命的美丽。

心上人哟，假若我出名了，以神圣的诗行！这里有你的吻，有你的柔美温情，慷慨赐予的琼浆，融和诗的雍容华贵，渗透思的博大精深。

一轮皎月升起，我的心一如既往；带着歌，来到你身旁，悄声低语，欢

度良宵；名誉是飞出的箭，爱情是静止的弓；有谁知道你的爱情，在我心里藏得多深多广。

4. 我的心松柏常青

少小时的早春，白天阴雨绵绵，夜晚北风呼啸；雪冰冷，水冻僵，只有甜蜜的苦涩，只有欢乐的忧愁，心怀沉重的铅块。

朗读雪莱的名句，默读但丁的神曲，欣赏尼采的佳作，背诵屈原的离骚，翻越李白的蜀道，穷尽哲学的真理，理解思想的睿智，回望历史的现实，孤独寂寞又倔强；我的爱山花烂漫，我的心松柏常青。

5. 我与智慧巨匠促膝谈心

我登上万仞的高山，我眺望大地的风光，为了瞻仰天的真容，为了聆听地的教诲。

我与自然之神游山玩水，我与智慧巨匠促膝谈心；他们高贵超群的风度，他们自豪深邃的思想；我爱其德行，吸取精髓；我分享幸福，分担忧愁；我寻求宽慰，明白事理。

人类最大的敌人是自己，人类最强的力量是欲望；人类最难征服的是思想，思想涵盖整个太空宇宙。

我在迷惘朦胧的夜晚，捕捉随风飘逝的语言；在自然的山水中跋涉，在先哲的理想中起步；一同希望，一同探索，一同憧憬，一同更新，一起跨越世界的幽冥；一旦栽倒严酷的现实，不老的青春风采奕奕；因为自然有不倒的高山，因为人类有不朽的精神。

6. 聚神力腾挪地球

饱听雷雨的奏鸣，饱受风暴的袭击，饱和忧患的歌曲；矢车菊颜色单调，百合花纯洁脆弱，十二月寒透骨髓。

天行健心志远，花卉姹紫嫣红，蜂儿辛勤采蜜，蚂蚁自强不息；我取出圣贤书，从黎明读到黄昏，从夜晚读到晨曦；春风吹落冬的面纱，小溪美化春的面容，星星踏遍崇山峻岭。

鸟展翼，花芬芳；我吸取天地精华，聚神力腾挪地球！

7. 夜读

夏夜读书，全身大汗淋漓，心是凉的；冬夜读书，全身冻僵麻木，心是热的。

我在空寂的夜晚，以自制使意志坚忍，以冷静让头脑清醒，以良知让理智公正；认识地球上人类的伟大，认识宇宙间自我的纯洁。

空无一人的天地，我把最美的希望，我把最高的理想；当作星星照亮自己，当作黎明唤醒自己；把新生的自我握在手心，把渺小的自我充实壮大。

天空有风雨雷电，大地有泥泞坎坷；我把知识当作甲胄，我把智慧当作靴子；穿越风雨雷电迎接太阳，穿越泥泞坎坷迎接大道。

8. 读书之乐

注视恒久的星空，遥望浩瀚的宇宙，探索历史的奥秘，凝聚天地的真善美，凝聚人类的精气神。

美好的读书之乐，增长的读书之智，在胸中挑起惊雷，在手中牵来波涛；如同情人踩进心窝，相信一滴水创造花朵，需要一万年全神贯注。

书籍蕴藏真理，书籍催人奋进，书籍指向功业；这高雅的癖好，自得其乐的宁静，统摄奔放的激情；朔风怒号，残月苦照；虎豹凄楚，豺狼悲鸣；鞭策人类向幸福的彼岸，指引人类向统一的大业，万古不变的真谛而努力。

9. 书籍给予火

心冰冷，书给予火，让我热血沸腾。

心困惑，书给予水，让我神志清爽。

人孤独，书是良师益友，书是恋人爱人，一生情投意合。

诗歌与小说，使人激昂振奋向上，感情牢系一根希望的纽带，身体穿戴一套华丽的铠甲。

哲学与历史，像闪电划过黑夜的天空，被朝气蓬勃的思想鼓舞，为崇高永恒的理想奋斗。

10. 书斋

金色的太阳，银色的月亮，将我关进炼狱。

书斋虽小，胸襟浩大；打破囚禁世界的牢房，灵魂摆脱地球巨大的引力。

仰视永恒的天地，赏心悦目的田野，芬芳美丽的草原，虚怀若谷的高山，鱼龙腾跃的大海，星光不夜的空间。

欢愉在这里居住，和平在这里称王，爱神在这里迷恋，智慧在这里孕育，光明在这里诞生，力量在这里扎根，我找到属于灵魂的家。

11. 为思想而活

不为思想而生，却为思想而活，思想珍藏人类瑰宝，开采瑰宝要流汗献血。

幸福不会青睐享乐者，痛苦揭示幸福真谛；谁翱翔崇高思想境界，谁就领略美神。

在博大的生活怀抱，理解的是人生诗意；火热而冲动的激情，神圣而永恒的真理！

12. 发掘珍藏的真理

每只鸟都有巢，每个人都有屋；巢，使月光折射；屋，使阳光变色。

步入世界，知识的学府，思想的神殿，慢悠悠地走，我们就会更快。

神思驰骋往昔，同圣人先哲交谈，独立思考保持中立；眼见为实，体验为主，穿过怀疑的大门，进入神秘的宝库。

开始宝库空空，一片迷离黑暗；学习沙漠考古的人，决不犹豫朝前走，考察证实，发掘珍藏的真理。

悬在惊涛激浪之上的宁静，彩虹终会发出耀眼璀璨的光辉，宝石照亮一生奇崛的雄关大道！

13. 人类精神至善的境界

我是一位流放者，我被逐出贫乏的国土，我被逐出愚蠢的故乡，背离大风驰骋的原野，逆流而上汹涌的大海，尼加拉瓜瀑布从天而降，喜马拉雅山峰高耸入云。

自然风光吹拂大好江山，人文瑰宝闪烁心灵世界，那是人类生存希望的归宿，那是人类精神至善的境界。

14. 给我带来希望和荣耀

仰望天空，遥望大地，吸取日月的精华，寻找失落的灵魂。

走出高塔，来到原野，绿色的树叶，红色的花朵，蓝色的溪滩，紫色的黄昏，褐色的星斗，复合的美令人沉醉。

泥沙卑微，石头粗糙，时间雕琢，变成璀璨的宝石，变成不落的太阳；积累的智慧和才华，给我带来希望和荣耀。

15. 遇事贵在清源

心灵困惑，心情焦虑；查它的本，挖它的根，剥它的心，剔除糟粕，奉献色彩、芳香和甘甜，身心清爽又轻松。

灯亮了，银铃响起，马在草原，箭在弦上；路正常，天透明，才知道：我是谁！来自何方！飞向何方！

16. 穿越怀疑的大门

我在森林迷路，朝一个方向径直行走，不要向右偏，不要向左偏；即使不能准确到达目的地，走到森林边缘，总比徘徊强。

穿越怀疑的大门，进入神秘的宝库，开始空空如也；阴森森，一片黑暗；正如走进原始金矿，我毫不犹豫，一直摸索向前；去考察，去证实，去追寻真理。

第七章

创作

1. 人生赏心乐事

我宁愿，在光明的诗国，凭着笨拙的天资，四处碰壁，孤苦伶仃。
我不肯，在迷人的黑夜，顺着快乐的感觉，福星高照，发财享乐。
我相信，大海越是凶险，坚韧搏击抵达彼岸，这是人生赏心乐事。

2. 当你读到一首心爱的小诗

我呀！十八岁开始，双脚踏进现实，双眼注视人脸，双手抚摸人心，双耳灌满人言；脑袋接触天空，脑筋探索大地，时间挤着柠檬，不知生死，忘却苦乐；白昼过于短暂，夜风催报黎明，哭着编织巨大的梦。

胸怀江山，远眺天下；呼吸自然的清风，融会花草的芳香；坐在大世界的书桌前，张开大口贪婪地读书；整个身心酿成一杯美酒，当你领悟一句智慧的哲理，当你读到一首心爱的小诗。

3. 唤醒内在的真理

月光照亮窗，阳光穿透心，生命的光辉，大自然的魂。

弯曲的小路，坚硬的石头，闪亮的灌木，蔚蓝色的江河；它们放声狂歌，尽情享受自我。

观察大自然活动，追求象征的语言，表达永恒的事物，唤醒内在的真理，每个人的自我意识。

这时，生活紊乱的印象，赋有意义和魅力，代替沉重和无奈；心中渴望新生活，希望的快乐。

我不禁暗暗自问：这就是万能的精神吗？梦中追求的爱与美，一生探寻的诗与思，心灵感悟的哲与理。

4. 心血浇灌培育小诗

我比大海顽强，我比高山坚定，我比雄狮自信，我比鲸鱼自强，我比时间耐心，我比自然智慧。

不顾岁月无情，不顾人生无爱；肉体被狂风打击，心灵遭恶浪摧残；厄运顶住幸运的门，风雪挡住阳光的路。

我自助者天助，一生心血浇灌培育，野径的棵棵小草，篱边的朵朵小花，一首首精美的小诗，上帝之手亲自采摘。

荣登天上大雅殿堂，赢得天下崇高赞誉，获得诗人不朽桂冠。

5. 诗是牛肉罐头

不做冰雕，华而不实的偶像；不做画像，矫揉造作的美人；不做熊猫，被人宠爱的孩子。

环绕每一条小巷，穿越每一条小街；红红黑黑涂抹我，风风雨雨打击我，真真假假滋养我，是是非非喂养我；曲折的路指引我，坎坷的山锻炼我。

大海无情，高山无义；诗是牛肉罐头，在我饥饿的时候，它会强健我的肌体，它会营养我的精神。

6. 我的诗歌比生命久远

没有华贵连云的广厦，没有雕栋画梁的朱门，没有供人欣赏的古董，没有高朋满座的厅堂，我的陋室是寒士金殿；江河湖畔清静幽美，花草树木自然流芳；淳厚绿野是质朴的乡村，粗茶淡饭是平安的生活。

口头的恩宠是画饼充饥，攀龙附凤难逃嫉妒的口舌；甜蜜的果实最怕冰雹摧残，幸运赐福要懂得好好珍藏。

我心地善良，人品精良；我才高八斗，智慧过人；太阳不暖死灭的寒灰，要活就活出个精气神，要死就赢得后代人心，我的诗歌比生命久远。

7. 像一条流落他乡的狗

有才华和天才是厄运，一种穷途潦倒的厄运，一种智慧痛苦的厄运，一种凌空奋飞的厄运，一种超越物质的厄运，一种唯我独醒的厄运，一种崇高精神的厄运，一种走向永恒的厄运。

思考和创作是大不幸，吞食时间，吞食精力；蚕食幸福，蚕食生命；思考是宿命，创作是天意；一天没有思想，一天没有创作，我的早晨没有光，我的黑夜没有梦；我会迷失人生的路，像一条流落他乡的狗！

8. 朝霞扫去寒冬的霜灰

一个个寻常的白天，一个个不寻常的黑夜；我踽踽独行快乐的田埂，走上山坡，一座又一座桥梁，一条又一条曲径。

遥望紫色的高楼大厦，仰望墨色的浩瀚苍穹；腥风血雨在洗涤怨恨，明媚春光在除旧迎新，朝霞扫去寒冬的霜灰。

我在欲望的不毛之地，我在情感的荒芜之野，发掘深埋千年的宝藏，建造一座黄金的宫殿；让诗人幸福地安个家，让哲人尊严地登宝座，一举扭转颠倒的乾坤。

9. 怀着童趣的天真

恋人在喁喁低语，彩虹在翩翩起舞，喜鹊在歌功颂德，迎着春风的节奏，踏着春天的脚步。

我在苍莽的荒野，飞沙走石的沙漠，遥远的天涯海角，寻找残破的庭园，寻访坍塌的宫殿，聆听古老的乐曲，研读贤哲的典籍，收集诗人的灵魂，怀着童趣的天真。

10. 自由奔放的鸽子

不管生活，紫色的海水在嘲笑，蓝色的彩虹在讥笑，凋谢的玫瑰在受苦，大海的波涛在汹涌；我用自己的手，触摸无价的生命，语言开辟一条小路，我用血铺平人生大道。

不管生活，一场狂乱的雨在痛哭，一条孤独的蛇在嘶叫，一片洁白的雪在舞蹈；我寻找，啜泣的小小纸鹞，智慧以一根冰冻的金线，追随纸张中裸露的蜜糖，从红霞和海蓝的图画里，飞出一群自由奔放的鸽子。

11. 锻造高翔的翅膀

坚韧的铁砧，雷霆的铁锤，巨大的力量，刚强的意志。

敲击吧！敲击钢铁，敲击岩石，敲击人生，飞溅心灵的火花。

锻造高翔的翅膀，锻造绿色的森林，锻造人性的大地，锻造美丽的星球，装饰粗糙的宇宙。

白天、黑夜，一年又一年；一代新人诞生，一代精神更新，一代天骄远征，搏风击浪，创造杰作，巍然屹立世界之巅。

12. 夜里设计自己的星星

寒露凝霜，雨丝悠长，黑暗的大海，无望的平原，冷峻的山峰；

我笑着，一路之上，大声笑出金属的音节，坚强的人儿绝不回头。

猫踮着细步，弓起腰蹭着，生就梦幻的天性，夜里设计自己的星星；

我空着肚子，走进梦想，走进孤独，带着成熟的夏天，带着僵硬的冬天，创造自己的春天。

13. 琵琶静静躺在墙角

畅饮阳光，酿造的醇醪；饱览雨天，迷醉的美景。

纯净的秋夜，看往昔的海市蜃楼，宛如陨星从天滑落。

小屋，流动乐曲，我的心与志，我的情与理，伴着孤寂的生活，琵琶静静躺在墙角。

14. 照亮心灵的黑洞

远在天边，近在眼前；细细观察这世界，种子拼着命发芽，花朵不怕死飘香；不是想欺世盗名，不是想贪图享乐；为了长成参天大树，为了结出甜蜜硕果。

不论生命是长是短，不论人生是幻是真，不论生活是冷是暖；我要把手伸向天空，我要把心融入夜晚；我要挥汗打造星星，我要流血铸造太阳；为了发出人性的光辉，为了照亮心灵的黑洞。

15. 大海的境界

我是大地的土，我是天空的鸟，我是大海的水。

我的脚，踏着前人的路；我的嘴，吸吮历史的血；我的心，收藏自然的精华；我的灵魂，映现高山的风光；我的气质，涵养太阳的神韵。

月亮纯洁的夜晚，赤裸的手在写作，真实的心在歌唱；我用乌黑的墨汁，我用细长的线条，叙述善恶与爱憎，叙述人生与自然，叙述世界与自我；歌唱大地的执着，歌唱天空的信念，歌唱大海的境界。

16. 牡丹舒展国色天香

我的心灵怡悦，我的诗歌温馨；过去生存在黑洞，现在生活在宇宙。

迷茫中开辟路径，深渊中仰望繁星；天空从黑夜奔向黎明，世界从荒凉走向昌盛。

牡丹舒展国色天香，松柏释放天地浩气；轻风超越苦乐恩怨，雨露浇灌永恒真理；山的荣誉，海的道德；高得可攀，深得可测

17. 挂在密集的岁月

树、篱笆、房屋，膨胀；沉睡者苏醒。

梦，变成果皮，变成果肉，囚禁的永恒挥舞拳头。

黑暗中，生命睁开眼睛；人群涌动，地平线疾走，路没有终点。

我站在地球的中心，直到清晨，把光束塞进锁眼，黑暗之门打开。

我闪耀沉默的力量，以太阳的威严发言；我把思想，运往星辰，蓝天白云，山和海的深处，挂在密集的岁月。

18. 享受墨汁飘来的芳香

杨梅熟了，青梅熟了，枇杷熟了，葡萄熟了；左手一串，右手一串，把果实采撷，品尝生活的真味。

趁橘子还未起皱，趁苹果还未落地，死神还未扼住喉咙；咀嚼美德馈赠的甜蜜，享受墨汁飘来的芳香；在艺术世界自由畅游，在思想宇宙精心探索；创造千古诗歌文章，回报大地养育之恩。

19. 诗化大地爱　希望和预言

我踯躅山巅，坎坷人道；随春夏秋冬，阴晴圆缺；听溪涧琴声，幽谷歌音；看手足并用，力能缚虎；看花枝招展，绿叶健美；看铁树开花，胡杨挺

立；看日月星辰，风云卷舒；看人生痴愚，人世倥偬；松林白鹤化为花蕊之露，火山凤凰化为灵魂之羽，奋飞的翅膀划出曲线美，诗化大地爱、希望和预言。

20. 台灯睁开孤独的眼睛

台灯睁开孤独的眼睛，月色舒展思想的光明；黎明受到黑暗的压抑，晨曦伸出反抗的双手；太阳从最遥远的世界，扫除虚幻黯淡的风云；在沙漠港湾深处落脚，在心灵千里沃野生根；诗歌之树吸吮历史紫汁，夜莺会把生命融进歌声。

21. 高飞的纸页

我一生耐心地，屈从弯曲的走廊，顺着凹凸的路面，踮着脚步回房间；每分钟，每秒钟，把知识挂满屋顶。

睡梦的边缘，沉寂的夜空，火红的心与脑，银白的须与鬓，榨取血的哲理，索取汗的理性，酿造泪的语言。

我把七彩的人生，冷峻的艺术，寒碜的小草，献给我自己；我把美丽的月桂，金色的果实，诗人的诗思，洒向高飞的纸页，飘进流转的心灵，赠予人类的兄弟。

站在人类的肩膀俯视，江河一去不复返，春秋一年四季交替，历史迎面向我走来，我凝结霜雪的脸庞，露出未卜先知的笑。

22. 书写永不消逝的诗文

我一生努力钻研，大雨滂沱的街头，冰天雪地的夜晚，笑脸相迎的人前，流言蜚语的人后；先贤哲人的著作，刀光剑影的历史，光怪陆离的小说，灵感四溢的诗歌，发掘生活的意义！

顺着一条人生走廊，一条盘错虬结的根，一条坎坷不平的路；云彩背后光明的太阳，终于发现自己的命运；选择真实的艰辛，倾注一生的心血，用头脑探寻泉水，丰富学识的深井；狂风暴雨的季节，借助完整的记忆，捕捉大海和天空，千变万化的形态，以大局观的哲理思想，书写永不消逝的诗文！

23. 我只想舒展自己

天压着我，地顶着我；四肢酸痛，神经麻木，坐卧不安。

说不清忧伤，道不明痛苦，薄暮环绕惆怅的感情，冲突挤压扭曲的意识。

我是人，我是万物之灵，我只想舒展自己，唱一曲被人遗忘的歌，作一首振奋精神的诗。

24. 倾听天地的私语

舒适的阳光，芬芳的鲜花，甜蜜的果实，绮丽的梦想，属于翩跹的蝴蝶。

雨的激情，雪的心境，湿漉漉的思绪；伴着四季的悲欢，随着旋转的生死，倾听天地的私语。

寒风在窗外呼啸，冰柱在屋檐生长；我在黑暗的莽原，寻觅明天的太阳，冶炼精神的真金，星星与我同甘共苦。

25. 生命与诗

风儿，扫尽你的足印；雨儿，荡涤你的青春。

只有我的灵魂，深藏你的微笑；只有我的诗行，镌刻你的美貌。

激情啊！火热的激情；请你悄悄走近，午夜时分敲开，女神的幸福之门。

和你在一起，我多么欢畅；流露的温情，涌动的喜悦，梦寐以求，如醉如痴。

春天温暖，冬天冰冷；夜色怎么会知道，你和我同居诗国，享受极乐，饱经沧桑。

26. 忍耐

不朽的芳香，飘自华美的树梢；醇烈的酒香，散发陈年的茅台。

忍耐宛若宝石，长年被泥沙埋没，长年被大浪冲刷，只会提升宝石的身价，只会晶莹宝石的光泽。

我告诫自己：一定要忍耐；艺术之春，在冬天之寒；思想之花，在浇灌之心；真正的诗人，是精美的果酱，需要调味，需要煎熬。

27. 我把光明交给人民

群山，在贫瘠的大地矗立；雄鹰，在困顿的黑夜高飞。

英雄，在鲜血的摇篮成长；诗神，在淡泊的云霄超拔。

我在广袤的自然怀抱，感受爱情的澎湃激情，阵痛中孕育精神之子，诗歌从月宫降生人间。

迎接狂风暴雨，我以赤裸的头颅；抓住太阳光芒，我以赤裸的双手；歌声心灵响起，我把光明交给人民。

28. 果实结在思想的高山

我轻轻地梦想；夜，朦胧而透明；女性，芬芳而柔软。

感觉，雨的欲望，风的浪漫；夏的狂放，冬的沉静，秋的爱情，春的新生。

不论荣耀，不论沉沦，依然执着；摘星揽月，登山越海，需要持久的爱，需要坚韧的力，需要不朽的赐福。

美的花朵，不落的果实；花朵开在心灵的大海，果实结在思想的高山。

29. 诗行在心灵宏大

腊月十八，我走过雪地；感叹空白的寒冷，感受无绿的忧郁，天空是那么窄小。

只有四季的风，很响很高很结实；它重新排列松树，挪动高山的岩石，开辟云海的道路，构筑恰当的风景。

自然改变自己，人类改变他人；力与反力相抵，历史没有改变，人性千年依旧，只有科学奔跑在物质大道。

我需要一个家，坐着眺望大海，站着自由呼吸，辨认孤独的心灵；太阳的蓝光在头上爆炸，深刻的诗行在心灵宏大。

30. 为未来播撒诗歌的种子

一个潮湿的角落，一片干燥的沙漠，海风刺穿我的寂寞。

天亮了，光明；每一只雪鸟都在唱，每一只草鸡都在叫，每一个流浪汉都上路；弓形阶层像一座桥梁，我跨越人与人神秘的深坑。

为未来生，为未来思，为未来播撒诗歌的种子，我为未来失去现代的美！

31. 永不气馁的诗

我不愿见狂风，我不愿见乌云；我不愿看月亮褪色，我不愿看太阳落山。

只要屋前燕子穿梭，只要门外群芳争艳；我的手只想摘取果实，我的嘴只想品尝甜蜜，我的胸只想怀抱春天，我的心永远憧憬未来。

虽然时间过于急促，虽然生命过于短暂；生活是一颗永不泯灭的星，人生是一首永不气馁的诗！

32. 唯一的馈赠

我不嫉妒春风，梳理她的柔发，吹拂她的脸颊，撩开她的衣裙，占有她的感情。

我索取不多，不要亲吻，不要拥抱；趁风和日丽，只要瞅一瞅，笑脸上的春光，让爱染绿我的心，让美唤醒我的梦。

欣赏，美人的风韵；赞叹，美人的秀色；我没有回报，一首小诗，是唯一的馈赠。

33. 在诗歌找到坐标

越过苦难的大山，越过愚蠢的深壑，越过泪水的沼泽，是阳光照耀的福地，是风景宜人的洞天。

喘吁吁跌倒再爬起，受命运欺骗与嘲弄，骨气凛然不改尊严；奋斗中倔强的小草，一旦冲出石缝焦土，雨露中会茁壮成长。

生命的火焰点燃我，天生的好奇推动我，博大的知识吸引我，高深的哲理感化我，崇高的精神召唤我，限制中去追求自由。

星星在宇宙找到位置，我啊在诗歌找到坐标！

34. 曼妙的灵感

你使世界飞行，冰雪变成云朵，森林变成乐园，都市变成星座。

语言就是风筝，韵律是螺旋桨，骨气是块石头，理想是对翅膀，向天寻求思想。

瞬间的高度，曼妙的灵感，刺痛的触角，结晶成心灵；持久的生命力，火焰燃烧渴望爱的荒坡，江水流淌渴求美的原野。

35. 理想的天上飞

阳光融入大海，林涛响彻天空，雷霆惊醒灵魂；草地串串露珠，大地条条弯路，脚步落地有声。

我在理想的天上飞，梦幻的迷宫行，现实的大地走，风伴着黎明，星伴着夜晚，踏遍大路和小路，越过深渊和高山。

路人真情一瞥，恋人多情一笑，迸发灿烂的火花；每一首历久弥新的诗，翱翔长空，盘旋心灵。

36. 一切都是那么美好

大自然清新的早晨，绿色的树林在歌唱，蓝色的湖泊在舞蹈，金色的露珠在闪烁，花鸟虫兽一觉醒来。

当我注视自然界，当我思考自然界，月亮的微光照进窗棂，太阳的温暖渗透心灵；我在寻求观察新视点，我在收集象征的语言，表达永存于心的天性，点燃生命意义的火花，唤醒人的良知和真理。

我用全部力量，大口地吸收，享受它们吧！生命内在的活力，生命外在的魅力；大地多么富饶，自然多么美丽，人生多么精彩，一切都是那么美好！

37. 创作是高尚的精神

聚阳光和雨露，绵绵无尽的阴云，恰似寒冬的丫枝，储蓄春秋的甜浆，勤奋是怡神的佳品，创作是高尚的精神。

吸取男女之爱，吸取悲欢之情，吸取生存之力，吸取雅俗之分，吸取真伪之辨，吸取等差之别，吸取爱恨之界，吸取沉浮之变，吸取生死之理，吸取物我之智，吸取现实之精，吸取天理之神，吸取一生跌打滚爬之经，吸取一生思考哲理之纬，吸取华夏文化精髓之魂。

我的精神矫健，我的思想丰满，如天鹅云游天外，它的羽毛辉闪，饱含沧桑亮丽的银光。

第八章 文化

1. 文化之源

绘画，不在山水，在人间；音乐，不在殿堂，在生活；科学，不在实验，在自然。

诗歌，不在宇宙，在人心；哲学，不在未来，在现代；历史，不在过去，在今朝。

2. 文化血脉

真是科学，善是美德，美是真理；科学美德真理，是人类文明的符号。

哲学是钻石，诗歌是金币，艺术是珍珠；哲学诗歌艺术合一，是人类精神的宝藏。

文化决定制度和风俗，天人合一，儒法结合，儒法互济，这是中国的历史脉络。

3. 文化　是人类悲壮的美

文化，是沙漠的胡杨；文化，是孤独的月亮；文化，是人类悲壮的美。

怀着圣洁的心，走过希腊埃及的街市，翻越罗马印度的山岭，欣赏欧美现代的风光，回到秦皇汉武的家乡，定居唐宋明清的村寨。

黑色的夜，白色的雪，风沙掩埋文明的废墟；晃晃悠悠徘徊东西方，双脚走进现实的荒野，寻找时间失落的世界。

4. 文明的基因

悲伤的心灵燃不起火焰，空洞的眼睛看不到光明，破灭的希望品不出未来，无知的幻想听不见春雷。

当书籍踏进历史征服人心，千种思想扎根同一张白纸；观念爆炸，雷霆万钧之力，驱散天地飘浮的乌烟瘴气。

把种子播撒在肥沃的大地，深邃的语言必定带来春天，精确的数字必然盛开花朵，世界才能永葆文明的基因。

5. 只要思想留在人间

一个人死了，只要思想留在人间，只要精神馈赠未来；它就是神圣的种子，它就是明天的太阳。

伟大的思想境界，崇高的精神信仰；它会启发少年的心灵，它会开拓青年的智力，它会唤醒中年的灵魂，它会丰富老年的智慧，它会成为人民的财富，它会成为民族的灵魂，它会成为文明的象征。

6. 历史的挂毯

你用爱，选择生活，得到的是赞美；你用恨，选择权势，得到的是诅咒；你用贪，选择财富，得到的是苦果。

历史的挂毯，财富无足轻重，权势滑稽可笑；文化天水一色，才德栩栩如生，博爱美不胜收，创造光彩夺目。

7. 文学是一朵雪莲

你是一朵洁白的雪莲，清香萦绕我的全身；你是一株青春的小草，摇曳我感情的欢乐；你是一棵繁茂的大树，赋予屹立不动的力量；你是一颗透明的露珠，滋润干枯渴望的心灵；你是一个飞翔的音符，带来深意情长的问候。

你是山水相依的自然，心与心能真诚地交融；你是催人奋进的梦想，激发潜藏的创造能力；你是追求理想的恋人，花容月貌，高雅智慧，折射我一生曼妙的憧憬，吸引我一生深厚的情谊。

8. 文学坚定信念

人生朦胧，生活复杂，高低真假难分，精华糟粕难辨。

我们必须区别，麦粒和稻谷；我们必须鉴别，沙砾和黄金，提炼精神的价值。

没有生命内在的觉醒，没有人生境界的升华，没有献身牺牲的抱负，怎能完成分离和整合。

文学，不是时钟的指针，不是摹写的记录，随着心灵的动向，怀着激昂的感情，提升精神的品质，超越人生的高度，支持黑暗中的人，坚定求生的信念！

文学任重而道远，召唤人信赖生命，克服巨大的障碍，相信自己会成功！

9. 庄严肃穆的远山

一朵露出水塘的荷花，一只翩跹花丛的蝴蝶，一颗闪烁千古的星辰，一位冰清玉洁的美人。

自然之舞荡漾生的欢乐，天籁之音回响美的绝唱，时间摇晃金黄色的冠冕，大地是人类永恒的母亲。

音符叩响知音的高山流水，画卷留下岁月的不老神韵，雕塑呈现神奇的人间百态，诗歌抛出人类的精神曲线，戏剧表演风流的英雄美女，文学掀起的人生波澜，历史颠覆帝王的功过黑白，哲学煎熬精深的思想真理，艺术创造现实的高雅形象，真善美站在庄严肃穆的远山。

10. 黑色和棕色的书卷

果实饱满圆熟，烤成面包酿成酒；黑色和棕色的书卷，沉寂无边古老的深渊，在时间狭隘的褶皱里。

裤带记数的结，象牙甲骨的文，刑鼎编钟的字，王侯石室的玉，孤山绝壁的碑，庙堂圣殿的经，敦煌石窟的画，阳春白雪的戏，下里巴人的曲，风雅颂的诗经，自我意识的唐诗，社会意识的红楼梦；大地活水的源头，滋润迷惘的心灵，从荒原走向城市。

有了文化和知识，野人变成文明人，农人变成现代人；诗人和哲人，政治家和科学家，思想家和文学家；意蕴渺小而非凡，身份卑贱而崇高，借助精神的阶梯。

一颗星，一株草；一片林，一粒砂；超越腐朽的皇宫，连同举手和投足，连同思维和语言，散发精神积聚的力量；抬起头，比日月伟大！

11. 赋予创造者永恒的生命

时间扼杀帝王将相，时间摧毁皇宫寺庙，时间掠夺古玩器皿，时间盗取金钱财富，时间埋葬英雄美人。

时间铮铮宝剑寒光，砍不死哲人的思想；时间熊熊烈焰万丈，烧不尽诗人的篇章；时间汹汹波浪滔天，卷不走艺术的作品；时间远远遥无边际，带不走科学的发明。

时间给哲人插上翅膀，时间给诗人戴上桂冠，时间给艺术家奉献赞歌，时间给科学家崇高荣誉；赋予创作者永恒的价值，赋予创造者永恒的生命。

12. 知识

知识哟！没有你，人会遭到情欲玩弄，成为没有思想的芦苇，没有脊梁的藤蔓植物。

知识哟！拥有你，人就拥有一切；只有和你在一起，人在枷锁中也是自由；只有和你在一起，人在穷困中也是幸福。

文化知识就是力量，文化知识就是未来；知识就是改变人生的点金石，知识就是创造世界的新工具。

13. 可爱的书籍

黄色，早晨的露珠；银色，黄昏的夕阳。

星月消隐，昨天昙花一现；历史长河，遗留古人题词。

思想是哲人风采，诗歌是诗人财富；文化精神的太阳，照耀可爱的书籍。

14. 智慧的格言

格言不告诉你，生病或健康，穷困和富裕，应该怎么做人。

格言向你指出，通向健康道路，走向富裕途径，怎样控制自己的恶习。

挖掘黄金的大地，你没有找到惊喜；捞取珍珠的大海，你没有找到幸福。

智慧的格言，肯定从心灵启示你：真正幸福的人，相信自己的命运最好。

15. 星辰的天空

奇迹般的康德，疯狂般的尼采，仙人般的李白，天使般的卢梭，帝王般的孔子，幽灵般的老冉，神灵般的苏格拉底。

他们形成忧郁的湖，湖上不见波澜飞鸟，四周黑森森的岩壁，终年不见阳光雨露；值得淘金者庆幸的，在陡峭冷酷的深处，我瞥见星辰的天空。

16. 化石与文献

你的话语和姿势，你的表情和动作，背后隐藏一个人，这就是内在灵魂。

条条大道通罗马，你踏上哪条支路，找到思想的源头，这就是真正的人。

扑朔迷离世界真相，专属历史学家研究；化石背后寻找动物，文献背后寻找人类；化石是自然的结晶，文献是人类的结晶。

17. 块块字碑

块块字碑，镌刻千古诗文；座座丰碑，纪念万世功勋。

钟表一样，循规蹈矩；高山一样，崇高庄严；天地一样，永恒沉默。

不！在我心中，碑石之上，九泉之下；英雄的行动，生龙活虎；哲人的精神，惊天动地。

第九章

人物

1. 孔子

一生怀才不遇，仁爱天下：开创儒学，编纂春秋，修订六经，创办私学，奠定中国文化基石。

教育如梅香，道德如兰香，人格如荷香，思想如日月；崇尚品德：仁义礼智信；崇尚品性：温良恭俭让；崇尚品格，忠孝勇恭廉。

智慧的头颅穿越人情，智慧的眼睛洞悉善恶，智慧的哲学道尽尊卑；千百年受帝王尊崇，遭世人毁誉；沙漠孤寂，胡杨不倒；风雨洗礼，泰山巍峨。

2. 韩非

中国的土地上，儒墨道法长盛不衰；法家不尚繁华，清简威猛，君臣自正。

韩非法家思想集大成者，探索变弱为强的道路，君主专制主义理论，思想指导秦始皇统一六国，这是壁立千仞的功绩。

韩非的法术势，以强兵富国为目的；以法制民，以术御下，权势握柄；法术势相互呼应，以礼乐悦心，物质强身，建立秩序井然社会。

韩非的进步历史观：上古竞于道德(人品)，中世逐于智谋(智慧)，当今争于气力(科学)；人品、智慧、科学，兴国之基，强国之本。

韩非名言：刑过不避大夫，赏善不遗匹夫，司法平等思想走进现代社会；韩非死于李斯嫉贤妒能之手，他的名著《韩非子》千古流芳。

3. 苏格拉底

他诘难政治家，不平等的政体；他揭发哲学家，不道德的言论；无神论的罪名，一代巨星陨落。

苏格拉底死了，死于同胞之手；他的思想活着，唤醒人类的意识，变成世界的财富。

善辩不为人师，创新不立文字；生平凡，死从容；伟大真理的天才，千古崇敬的人物。

4. 斯宾诺莎

斯宾诺莎的一生，内心自觉的骄傲，外表真诚的威严；为学说受苦殉道，为思想戴上荆冠。

读斯宾诺莎著作，有数学的论证法，有道学的古朴性；巴旦杏核的苦涩，松子果仁的美味。

读斯宾诺莎的著作，仿佛看到静态中，生气蓬勃大自然，参天的思想树林，鲜花在枝头摇曳，根深扎永恒的土壤。

斯宾诺莎精深的哲学，有难以诉说的气息，感觉属于未来的微风，希伯来预言家的精神，遗留在后裔的心中。

5. 叔本华

人性恶，人性利己；人生注定痛苦，人生注定死亡。

叔本华哲学，犹如小孩的哭喊，哭喊中潜藏着精神力量；深沉的愤怒，毁灭的欲望，这是现代精神婴儿的啼声。

叔本华哲学，让我们鼓起勇气，站在现实大地，自由地面对人生，真实地面对生命的虚无；当双脚发现结实地盘，渴望用短暂生命，创造永恒的价值。

6. 尼采

他是惊世骇俗的人，他是通往现代主义的桥，他有一颗搅动世界的心。

一位破坏者，重估一切价值；用锤子敲碎偶像，上帝死了，虔诚的宗教。

他鼓励生命起舞，站在生命之上，朝山峰不停地攀登，向往高处的阳光。

要么庸俗，要么孤独；要做超人，要成为强国，必须有坚强毅力，权力意志；超人的道德，超越的意义，就是奋斗，就是胜利，劳苦是伟大的源泉。

7. 李白与凡·高

你们一生恃才傲物，不关心凡俗的是非，不理睬常人的褒贬，不计较人生的得失。

忙中偷闲享受幸福，忘我创作体验极乐；无眠草房凄凉灯火，循着星光探索道路，望着月光收搜灵感，采摘花草寻找隐喻。

李白宇宙天授神韵，凡·高大地舞起姿色，梦幻贯透伤逝的命，怀着人类的精气神，一重天飞向另一重天，古今中外的知音相通。

8. 惠特曼　开创诗歌新纪元

惠特曼，强大、健壮、可爱的青年；惠特曼，优美、活力、魅力的老人。

惠特曼，全世界公认的现代诗人，伟大的草叶集，成为人类诗歌史上的经典。

惠特曼的《草叶集》，无韵胜有韵；他创造自由体诗歌，打破传统诗歌格律，以自然风的韵律，浪的节奏，自由奔放，汪洋恣肆，舒卷自如，具有一泻千里气势，无所不包的容量。

惠特曼一位草根诗人，比美国一千个富翁伟大，比美国一百艘航空母舰威力，他向全世界贡献，创造性聪明才智，绵延无限的绿色；这是人类的精神绿色，这是平凡人的创造性绿色。

惠特曼，开创诗歌新纪元！

9. 但丁　哲理思想的诗人

我是但丁，一位天堂诗人，炼狱乞丐，地狱流放者，走遍意大利每一个角落，向人们展示厄运的伤口；我成为一艘无帆无舵的船，被赤贫的大风，屈辱的大浪，驱向形形色色的港湾和海滩。

天啊！我以特有的，凛然面对狂风和巨浪，高高在上的贵族和商贾；他们尽管有门弟、地位和金钱；美德、智慧和气质，却一贫如洗；我的《神曲》比黄金宝石坚实持久，因为我有充满灵感的头脑，因为我是哲理思想的诗人。

10. 陶渊明

一位隐居书生，一名田园诗人；瘦骨嶙峋，独立天地；不顾一生无名，不想一日无情；悠悠然南山东篱，陶陶乐山水风光。

手持一朵菊花，折来一枝桃花；踽踽独行，苦苦分辨；裙带风云，舌上莲花；乱世与盛世，出世与入世；树叶与人面，水珠与泪珠；魏晋南北朝，唐宋元明清。

　　涟漪洗白，历史一身傲骨；风雨牵走，千载寂寞万古愁；伤痛剥了一层又一层，带血的痂，昨天的倒影，随着诗句穿透日月春秋；宛若蝴蝶翩跹永恒的诗境，宛若梅花飘香不朽的诗坛。

第十章

时间

1. 时间

弱者，把它抛弃；一生轻松，一声长叹，无数个呵欠，是守夜者的长谈。
强者，与它同行；翻山越岭，腾云驾雾；造出天地方圆，开创一代新风。

2. 金子被时间收藏

鲜花是冬的祭品，掌声是夏的风暴，财富是春的梦乡，成功是秋的回忆。
生命的沙滩散步，留下深浅的脚印；腐叶被海浪冲逝，金子被时间收藏。

3. 时间面前我们太贫穷

时间的尺度，没有空间的意义；梦幻的镜子，只有虚无的反光。
时间，并非抽象的空气，它与生命紧密相连，它与自我唇齿相依；一生很长，从黑发到白头；一生很短，从清晨到夜晚。
傍晚播撒的种子，清晨萌发的幼芽；记忆建立的时间，我们没有时光蹉跎，我们没有光阴享受；即使拥有整个世界，时间面前我们太贫穷。

4. 时间治愈百病

当秋天的月，掉入夏日的大海。
当冬天的风，扯烂秋季的帐篷。
海滩见不到一个脚印，天空见不到一只小鸟。
海浪倦于希望，长虹空无梦想；只有季风传递佳音，只有时间治愈百病。
一只蟋蟀告别严霜，一座青山耸起肩膀，嗅到春天花的气息，听到青春美的歌咏，一曲探戈征服世界。

5. 时间最苛刻

看阿房宫坍塌，看小草淹没脚印，只有风花雪月如昔，只有太阳照样升起。
时间最仁慈，它给予你生命，它给予你财富，它给予你权力，它给予你荣誉。

时间最残酷，它视生命如草芥，它视财富如粪土，它视权势如梦呓，它视荣誉如落叶。

时间最苛刻，它招聘的历史人物，只选对人类有贡献的人物：科学家如牛顿、爱因斯坦……政治家如武则天、诸葛亮、亚历山大……英雄如成吉思汗……哲人如苏格拉底、孔子、老子……诗人如屈原、李白、但丁、普希金……他们是顺应历史潮流的代表。

6. 时间和创造者

春天的日子，百花开过；冬季的天空，寒风吹过；快乐的生活，歌儿唱过；曲折的道路，前人走过；历史的废墟，豪杰云集过；败落的林园，官商风流过。

一个世界死去，一个世界诞生，只留下诗人和贤哲，只传颂时间和创造者！

7. 历史衡量人生的价值

一曲长歌，一颗金星，一枝花草。

大海有狂涛，高山有深壑，道路有陡坡；原野有云雀，天空有鹰隼，紫燕展翅曙光中。

不要问，生活里哪个是鸩毒，人生中哪个是蜂蜜；时间的长河尽情流淌，沙漏计量生命的长短，历史衡量人生的价值。

8. 更新和重建

只有后退，才能跳得更高；只有站在时代的顶点，才能透视历史的兴衰。

我漫步长城，我登上金字塔，宛若秦汉的帝王，宛若埃及的法老，站在世界权力的高峰。

看见青铜九鼎，看见金石雕像，巴黎的凯旋门，北京的天安门；发现上升的道，发现下坡的路，同一条道路上，每一时，每一刻，都有人在更新和重建。

9. 珍惜今天

只要地球在转，只要时间在走，生活就是闪电，人生就是朝露。

一秒钟，青春无影，爱情无踪；一秒钟，你不能认识同一张笑脸，你不能走进同一条河流。

风雨中，珍惜今天，种子变果实；春光下，珍惜今天，泥土变黄金；阳光下，珍惜今天，生命变日月。

10. 经得起岁月流逝的冷漠

下棋寻高手，弄斧到班门，天才不足恃，聪明不可靠，历史不承认偶像，时间是价值的试金石。

诗人的创造，艺术家的美秀，哲学家的睿智，宗教家的玄思，科学家的发明，文学家的华章，政治家的功绩。

声妙者难入众人之耳，形美者难合世俗之目，行高者难平万户之利；卓绝的思想，盖世的功绩，超前的作品，要经得起岁月流逝的冷漠。

11. 轻轻的忧伤

秋天风起，冷雨淅沥；瞧，十二月，怎样大雪纷飞。

阳春三月，一条弯曲的路，伸向古老的远方，绮丽可爱的旷野；没有星星的梦庐，只有群狼的绿眼，只有我隐约的忧伤。

这点轻轻的忧伤，漂流历史的长河，穿越千年的波澜；凉爽的微风在招手，跳动的心灵在应和；要我把沉郁的歌高唱，要我把狂放的诗吟诵。

12. 人类没有停顿的脚步

天下只有曲折的道路，人类没有停顿的脚步。

穷变富，愚变智，私变公；人类在克服先天的恶，人类在塑造后天的善。

从小我走向大我，从小家走向大家，从部落走向国家，从小人类走向大人类，从小地球走向大地球，从小宇宙走向大宇宙，从小统一走向大统一，从小福祉走向大福祉；自然的意志不可抗拒，世界的潮流浩荡向前。

13. 时间之塔

徘徊生活的路口，徜徉名利的林苑，行走钱财的都市。

不经意回首，生死竖起墓碑，名利漂泊浮云，钱财扬起灰尘。

时间之塔，英雄留其功，美女留其爱，歌者留其诗，贤哲留其名。

14. 石碑总有闪光的一天

心灵啊！坚强些；人生的重量，世界的重担，历史的磐石，只有靠意志擎起。

心胸啊！大度些；物质世界失去，精神领域追回，悲叹只会留下悔恨的泪水。

只要为世界流汗献血，只要为人生努力奋斗；生命和石碑，总有闪光的一天！

15. 启明星

你静立银河汉江，点亮晶莹的目光；你畅游睡眠之海，交织苦乐的波形；永恒悲壮的生命，黑夜铭刻光明的印记。

多少春花秋月，多少风流人物；美女迟暮，英雄气短；你寄托不老壮志，随时间走到今朝，指引独步天下者，踏上征程，正义燃烧的火炬！

16. 我是时间的俘虏

不知你是谁，全身动人的神采，是玉石精雕细刻的杰作，矗立我感情之书的眉边。

我站成一棵树，变成一位受惊的小孩，害怕你窥破我的恐惧，星月交融的柔情之夜。

我是永恒的人质，我是时间的俘虏；寻找不再醒来的雪人，等待不再约会的情人。

我不经意与这个世界，一次只可意会的相遇，一段流言蜚语的生活，一种无法言表的阅历，一本山摇地动的诗歌，遗臭万年或流芳千古。

17. 月还是曾经的月

寒秋，树孑立，枝静止，叶飘离，鸟无踪。

今夜的雨，窗前叹息；天上的星，湿润透明。

不知，什么时间、地点；牵手、厮守、细语；风还是昨夜的风，月还是曾经的月。

黎明醒来，大地吐芳，佳景美色，鸳鸯成双，恋人成对；只是日新月异，旧情换了新人。

18. 有永恒的山吗

纵然千曲百折，纵然幽深险峻；有不变的水流么？有永恒的山峦么？

无论你小似星星，无论你大似太阳；曾经是大江大河，曾经是深山大壑。

云彩终将化作春雨，种子终将结出果实；泉水终将流入大海，峭壁终将绽开花朵。

19. 世界有开不完的鲜花

世界有开不完的鲜花，但不是同一朵鲜花；世界有吃不完的宴席，但不是同一桌宴席；世界有层出不穷的富翁，但不是同一个富翁；世界有绵延不绝的朝代，但不是同一个朝代。

一朵鲜花凋谢，它成为另一朵鲜花的肥料；一桌宴席散尽，它成为另一桌宴席的笑柄；一个富翁死亡，后代成为另一个富翁的伙计；一位帝王死亡，后代成为另一位帝王的庶民。

自然四季更新，人类天天向上。

20. 坚持

疾驰的快马，只跑两个驿站；从容的骆驼，总能到达绿洲。

你想到达终点，不要拼命奔跑；沙漠中的旅人，你要忍耐坚持。

第十一章

道 德

1. 道与德　国家的基石

天上没有太阳，人间就没有温暖；天上没有月亮，人间就没有爱情；天上没有星星，人间就没有光明；天上没有圆周，人间就没有法规。

大地没有道路，社会没有道德，人生会失去方向，人间会失去准则；能人会变成恶人，商贾会变成奸商，政要会变成贪官，良民会变成盗贼。

道与德，做人的明灯，国家的基石！

2. 美德就是得

美德，人生至宝，国家至尊。

有功名，没有美德；品位低下，不足得人心。

美德，就是得；大贾有美德，富贵超越三代；官员有美德，国运超越三百。

3. 善

你是古人今人珍藏的梦想，圣贤哲人保留的世袭领地；你是东方礼仪之邦的命脉，不许诡计暴力，为富不仁，道德的人享受永恒的名声。

你以隐忍的月色彰显高贵，你以平凡的阳光昭示伟大；你翻飞在岑寂的高山平川，落魄沮丧时不会茫然若失；你以慈母博大的情怀披览，朴素的生活和高尚的言行。

你跋涉千年负起现代的重担，给悲叹的人耐心自信和力量，给行为的人自由道义和威严；你是芸芸众生心中一盏明灯，你是泱泱大国得天独厚的福音。

4. 纯洁的江水万古长流

假若你品德高尚，不要砍伐善良的大树；假若你才智绝顶，不要践踏无名的小草。

假若你身居高位，不要鄙视灰色的泥沙；假若你富有金山，不要忘记穷人的血汗。

得意时不趾高气扬，失意时不灰心丧气；富有时要兼顾天下，贫贱时要独善其身。

不要贪婪啊，浮财随风飘，虚名化尘埃；耀眼流星转瞬即逝，纯洁江水万古长流。

5. 山千古挺立

深渊幽，险峰美；高耸的山峰，永远有攀登者。

为什么，我们要登上泰山和黄山？为什么，我们要征服珠穆朗玛峰？

猎人说：为了猎物；画家说：为了欣赏美；诗人说：为了遨游星空；哲人说：为了天人合一；科学家说：为了探索自然；登山家说：因为山在那里；政治家说：为了把山踩在脚下。

山沉默，山千古挺立，昭示人的崇高道德。

6. 不要显耀自己

不要显耀自己的善心，应当抚慰别人的悲伤；不要显耀自己的地位，应当承担社会的风险；不要显耀自己的智慧，应当力行正直的榜样；不要显耀自己的富贵，应当体谅穷人的疾苦。

华丽的纸花没有生命，没有生命不会有意义；冬天的雪人没有灵魂，没有灵魂不会有价值；小草从来不显耀自己，小星从来不显耀自己；它用生命给大地带来美，它用灵魂给人间传播爱。

7. 什么是解放

权力、金钱、自由，只对有追求的人存在，只对有德性的人准备。

人民给一个人权力，他却作威作福，贪污腐化；他的权力有什么力量。

人民给一个人金钱，他却吃喝玩乐，游手好闲；他的金钱有什么作用。

人民给一个人自由，他却无所追求，漫无目标；他的自由有什么价值。

人民在沙漠解放一个人，为指引他寻求井泉的道路，这样的行动才有意义。

8. 恶行与德行

恶行，一摊反光的污水；德行，一条历史的长河。

依靠恶行，获得蝇头小利；依靠德行，成就千秋大业。
一定要振奋自己，德行是最伟大品质，比太阳光辉灿烂。

9. 善恶福祸

名不虚出，必出于行善；祸不单行，必生于为恶。
福不择家，行善福自来；祸不害人，作恶祸萌生。

10. 良心

良心，月的柔光，爱的灵魂，好人把它一生珍藏。
道德，轻如鸿毛，重于泰山，谁能把它举过头顶。

11. 纯洁

五月的风，吹拂花朵，飘来绒毛。
一年四季，人生的春夏秋冬，人生的阴晴圆缺，良心始终保持纯洁。
纯洁是彩虹，既然是彩虹，离不开雷雨洗礼；良心是大海，既然是大海，就有风暴和波浪，就有不幸与万难；因为它孕育幸福和平安，因为它拓展心灵和胸襟。

12. 忠告

法律犹如蛛网，法律犹如渔网；小虫小鱼被网捉住，大虫大鱼把网扯破。
可是，谁能扯破，天网——这个大爱世界，仁义道德；江山不夜，天地无私；千万颗星，亿万颗心；清澈而迂回的水流声，是对罪恶的憎恨和蔑视。

13. 道德给人自由

不做盗贼，宁做贫民；不做彭祖，宁做项羽；不做阿斗，宁做苏格拉底。
人生三宝：道德功业智慧；道德给人自由，功业给人荣耀，智慧给人不朽。

14. 别笑石头落在谁的头上

谁都不是一滴水珠，谁都不是一粒沙子；我们不是一座岛屿，我们不是一片树林。

如果海浪冲走一个村庄，如果大风破坏一个家园，如果战争毁灭一个民族；不论是白人黑人黄种人，不论是亲人友人陌生人，他们的无奈痛苦和绝望，会牵动整个人类的良心。

别哭老实人被欺骗，老实做人是天地的良心；别怨善良人遭暗算，善良做人是民族的美德；别笑石头落在谁的头上，你扔出去迟早会飞向你；别打听丧钟为谁而打鸣，你一旦降生就为你敲响。

15. 飞翔云天

漫步江湖，烟雾弥漫；酒色污染好人，钱财打败能人，名利俘虏精英，投机扭曲灵魂；一个个成为粪土，一个个成为草包。

飞翔云天，阅尽繁星；贤哲的美德，英雄的功业，诗人的美名，科学的猜想，艺术的创新，日夜闪耀光辉，千秋恩泽大地。

16. 善能征服恶人

最大的痛苦，莫过于麻木死去；最大的幸福，莫过于踏实生活。

哀伤不悲观，抱怨无恶意；幸福不享尽，欢乐不沉湎，放浪形骸不疯狂。

如同一幅质朴，中国的山水画，保持鲜明的色彩，保持纯正的庄严，神态写意天地间。

经历暴风雨，遭恶行践踏，受苦的灵魂，受难的大树，依然热爱人生，依然热爱大地；因为爱能征服人心，善能征服恶人，在人间的大道！

17. 道行品行德行

走路跌了跤，不能算过错；做事被人骗，不能算愚蠢；勤劳不富裕，不能算贫穷；奋斗不成功，不能称失败；天地不说话，不能称无情；只要天空有星星月亮太阳，只要大地有大海高山森林，只要人间有道行品行德行。

18. 不要脱离道德的幻想

没有一个黎明，纯净透明，除非天上没有乌云；没有一片空间，干干净净，除非天下没有灰尘。

没有一个人十全十美，除非它是菩萨；没有一个人完美无缺，除非它是上帝；因为自然并不完美，因为现实并不完善，因为欲望并不完满，因为人性并不完全。

不艰苦卓绝付出心血，拥有权力财富荣誉，成为权贵富豪名流；在庄严肃穆的殿堂，在群星璀璨的夜空，在琳琅满目的市场，在掌声四起的舞台，不要脱离道德的幻想。

第十二章

人品

1. 一个人的伟大

一个人的价值，在于他的独立性，坚不可摧的怀疑态度。
一个人的伟大，在于他的创造性，惠及未来世界的功效。

2. 人品

餐桌的佳肴，是健康的物质；蓬勃的朝气，是振奋的精神；正直的行动，是护身的甲胄；高超的技艺，是独立的主权；纯洁的良知，是深邃的睿智；容颜的皱纹，是成熟的果实；淡泊的智慧，是贤士的财富；坚强的毅力，是凡人的希望；远大的抱负，是伟人的真理。

3. 超越平凡

森林伟大，绿叶也伟大，只要你走出冬天；海洋伟大，小溪也伟大，只要你跨越沙漠。
高山伟大，小草也伟大，只要你登上顶峰；天空伟大，小鸟也伟大，只要你飞越风雨。
太阳伟大，星星也伟大，只要你战胜黑暗；人类伟大，个人也伟大，只要你超越平凡。

4. 英名

高山的树，不都是栋梁之材；原野的草，不都是卑微低俗。
百合花，只开一天，春天有它的娇艳；画卷，寥寥数笔，天地有画家的意境；诗歌，五言七律，人间有诗人的英名。

5. 老实人

老实人，晶莹的雪花；不知从哪里来，不知到哪里去。
老实人，现实的舞台，没有立足之地；历史的陵墓，没有葬身之土。
老实人，一棵元气充足，正直坚韧的树；长在贫瘠荒坡，风吹雨打雷劈。

一朝移植肥沃的土壤，水泽丰沛的大地，长成粗壮的栋梁之材；根深叶茂，高耸入云；临虹款步，福荫天下。

6. 云天之鹰的志向

四季，鸟语花香，谁还向往春天；蜀道，一路光明，谁去追求太阳。

鲜花憧憬，甘美的果实；星星怀抱，燃烧的天空；幼苗梦想，宫殿的栋梁；小溪希望，大海的巨浪。

昔日德高望重的圣贤，一生没有平坦的大道；古今出类拔萃的人杰，都有云天之鹰的志向。

7. 不提炼香精

灿烂四月，花卉出门，披上彩衣；色艳姿奇，千娇百媚，美目流盼，靓丽时尚，含笑翩翩起舞。

花朵啊！如果不提炼香精；秋天寒风吹，冬天雪花飘，花儿染上病毒，三两片在半空；最朴素的云彩比你美丽，最卑贱的野草比你高贵。

8. 谦虚

作为平凡的人，没有蓝天的深邃，却有白云的飘逸；没有大海的壮阔，却有小溪的优雅；没有原野的芬芳，却有小草的翠绿；没有社会的名位，却有星空的坐标，发出自己的光。

谦立志，谨崇德；有学识涵养的人，不会炫耀自己；有丰功伟业的人，不会自视伟大；当我们谦卑时，就是接近伟大！

握谦虚之笔，执谦虚之剑，书谦虚之歌，行谦虚之事，做谦虚之人，将谦虚之德，弘扬四海！

9. 上下之道

因它荒谬，我才相信；明知是恶，我偏去做；若我堕落，我即存在；向下之道。

为知而信，为信而知；欲不踰矩，情不扰心；超越天性，分享境界；向上之道。

10. 黄金

一把杠杆，一个支点，让地球转动；一吨矿石，提炼一克黄金，让人类运动。

一顶皇冠，一颗太阳，一颗心灵；高贵、光明、纯洁；好孩子开发它，坏孩子吞吃它，谁能消化黄金的品质。

人生的路上，它顺从正义，它反抗邪恶；历史的舞台，它扮演美与丑的角色，从不贬低自己的身价。

黄金是自然的骄子，黄金是人类的天使，黄金是人生的品质。

11. 没有最后的微笑

天空时黑时白，人生时好是坏。

坐在阴影等待，云彩叠着云彩；颈上晃动宇宙，生活在谜语，谁能参透天命。

时间的裂缝里，人在海市蜃楼；真理零零碎碎，希望来去无踪，价值付之东流；物质计量的人生，没有最后的微笑。

12. 碑文最是瓷实的功德

一切人物，高贵和卑贱，聪明或愚蠢；哪些自命不凡，哪些狂妄自大；巧取豪夺的无赖，作恶多端的坏蛋；还有小偷与强盗，还有贪官与奸商；存在的都是合理。

时间告诉我们：绿色朴实的草原，善良博爱的大地；千古璀璨的银河，流星只有刹那的光彩；千古耸立的泰山，碑文最是瓷实的功德。

第十三章

名　利

1. 恩赐的珍宝

时间如财富，谁能揣进私囊；太阳如权力，谁能藏在密室；月亮如爱情，谁能揽入胸怀；大海如自由，谁能一饮而尽；高山如荣誉，谁能立足绝顶；空气如名声，谁能捧在手心。

时间、太阳、月亮、大海、高山、空气；财富、权力、爱情、自由、荣誉、名声；自然与社会，恩赐的珍宝：只允许人人分享，不允许个人独占。

2. 听见天籁之声

只有登上绝顶，坠毁深渊，遍体鳞伤，才会慨叹高处之寒。
只有历尽风霜，潮起潮落，九死一生，才会笑谈看破红尘。
只有腰缠万贯，吃喝嫖赌，一无所有，才会说金钱如粪土。
只有饱读诗书，落魄人间，饥寒交迫，才会感叹读书无用。
只有珍惜生命，信仰精神，诗文千秋，才会品味灵魂不灭。
只有一生勤奋，探索洞穴，敲打门窗，才会找到永恒公寓。
只有一生清白，平凡做人，非凡做事，才会听见天籁之声。

3. 欲望推动人类进步

欲望就像栽培花卉，耕耘土地埋下种子，它会生根发芽长叶，寻找水分空气阳光，战胜风雨开花结果。

饥饿产生食物的欲望，贫穷产生富裕的欲望，寒冷产生添衣的欲望，体弱产生的健康欲望，烦恼产生悠闲的欲望，无知产生求知的欲望，卑贱产生权力的欲望，孤独产生荣誉的欲望，灵感产生创作的欲望，困惑产生探索的欲望。

欲望是精神的源泉，欲望是生命的驱动力，欲望是创造的动力；欲望追求人生幸福，欲望推动人类进步。

4. 社会不是随心所欲的工具

人只怕欲望超过能力，人只怕空想脱离现实；世界不是唾手可取的玩偶，社会不是随心所欲的工具。

5. 渴望名利

时间梦想永恒，天空理想辽阔，大地希望繁盛；人类渴望名利，人类渴望财富，人类渴望权力；不以私利自蔽，不以私欲自累，这是创造世界的动力，这是超越自然的活力，这是推动社会前进的生命力。

6. 搭建人性的桥

自私的蜘蛛，编织幻想的窝；左金钱、右名利，交错成美丽的网。

以污秽的手，撷取月桂，扎成花冠，装饰你的虚荣，疼痛的是肉体。

我伸出臂膀，搭建人性的桥，任凭天穹下有，激浪还是瀑布，浊流还是清溪；我以桥的智慧，安然跨越峡谷和海湾。

7. 一块金币

一块金币在地球滚动，整个世界都在追逐它；穷人想把它装进布袋，商人想把它锁进柜子；富人想把它抓在手心，贵人想把它揣在怀里。

金币天性喜欢自由，一旦失去自由活动，会对主人进行报复；让你白天不能安宁，让你夜晚不能睡眠，听见脚步声心惊肉跳，听见敲门声魂飞魄散，听见雷霆万钧命丧黄泉；风吹走沙，金币露出笑脸。

8. 谁若不爱金钱

谁若不爱金钱、美酒和女人，他终生是一个傻瓜。

谁若只爱金钱、美酒和女人，他终究是一个笨蛋。

9. 钱

钱是人的帝王，钱是人的奴隶；钱来时如闪电，钱去时如狂风；钱多时如灰尘，钱无时如珍宝；钱使人遗臭万年，钱使人扬名天下。

和绅搜刮百姓财富，成为华夏第一贪官；亚历山大五万金币，打造横跨欧亚帝国；叔本华用父辈遗产，创造现代意志哲学；李白散尽千金万银，诗仙美名流芳天下。

10. 伴着掌声和嘘声

疆土是个国家，江山是座舞台，演员粉墨登场，观众好奇张望。
英雄浴血奋战，政客慷慨激昂，文人宏论滔滔，商人笑容可掬。
名利场九死一生，金钱堆七上八下，裙裾丛喜怒哀乐，成败中生老病死。
帷幕拉开又合拢，灯火辉煌又黯然，伴着笑声和哭声，伴着掌声和嘘声。

11. 天上有雪花

人类的忧伤，不是内心的，乡思和离愁；活着的渺茫，死去的空虚。

人类的悲哀，是生存空间，赤裸的现实；它既不邪恶，它也不善良；人的知与智，运用在欺诈与窃取名利，社会成为狐狸出没的丛林。

幸运的是，天上有雪花；洁白的雪花啊！轻轻飘落大地，一片片覆盖斑斑污渍。

12. 世界没有永久的福禄

多少人怀抱梦想，渴望做大官，经大商；渴望发大财，赚大钱；幸运之神恩赐金银财宝，子子孙孙享受荣华富贵。

道德有正反，善与恶；金币有两面，得与失；风水有阴阳，福与祸；历代帝王将相在何方？历代王子公孙在何方？历代巨贾豪富在何方？世界没有永久的福禄，人生只有不懈的努力！

第十四章　生命

1. 生命就是永存的光明

黑暗最空虚，黑夜最伪装；只有星星，只有太阳，把黑夜作为黎明的背景，把黑暗作为光明的前奏。

我手抚琴弦，我脚踏高山，我握住星星的手，我爬上太阳的肩；独立思考的欲望，吞噬愚昧和欺骗，当作生存的食粮。

一旦我成为，透明的发光体；心灵与太阳，辉映整个世界，生命就是永存的光明。

2. 生命没有所有权

梦有梦幻，想有臆想；梦想没有力量，除非你赋予它火焰。

坚持的价值，要么全然放弃，要么全力以赴；自己是生命最大的敌人，自己是生命最大的贵人。

生命没有所有权，生命只有使用权；生命的价值与意义，不在于你赚多少钱；在于你成为什么样的人，为这个社会成就什么功业。

3. 生命都绽放美的光彩

不要怕你的名字，蒙上黑色的灰尘；不要怕你的人生，笼罩命运的阴云，只要你保持真实。

当你执着，当你努力，实实在在度过一生；百年的污名，世俗的尘埃，将被一日风雨，洗刷得干干净净，乌云后的天空一片湛蓝。

请你到大自然的怀抱，体验亭台楼阁的幽深，欣赏鸟语花香的自由，领悟日月星辰的坚强，理解风雨雷电的苦心，生命都绽放美的光彩。

4. 舞出生命光彩

雨又湿又冷，风低吟高歌；一旦你静止僵化，不管是明星和江河，时间会把生命索回。

啊！时间多么残酷，生活多么平凡，人生多么壮丽；它给你痛苦和烦恼，它给你力量和智慧。

攀登吧！登上最高之塔；舞蹈吧！舞出生命光彩；每个夜晚都会变成黎明，每朵花儿都会结出果实。

5. 我和生命

只要你活着，就有我幸福的遐想，就有我美好的梦想。

只要你有容光，大雾迷茫的远方，就有我黎明的曙色，就有我黑夜的星辉。

只要你心灵相随，哪怕远走高飞，天空就是我们的故乡，大地就是我们的家园。

只要我们相亲，只要我们相爱，只要有我们的歌声；我不再有任何奢望，我不再有任何企求。

不管风吹雨打，厄运磨难；人生始终美好，生意盎然；携手走向诗歌，神圣青春不朽的殿堂。

6. 生命是高山

生命是高山，必须攀上顶峰，哪怕停留片刻；生命是彩虹，必须追求荣耀，哪怕瞬间消失。

生命是星星，必须照亮黑夜，哪怕稍纵即逝；生命是诗歌，不要计较短长，只要追求精美。

7. 星空的北斗

生命，有时多么渺小，有时多么伟大。

生命，喜剧和悲剧同生，苦难与幸福共存，新生与死亡轮回。

生命只属于一次，当人类苦无出路，当民族遭遇危难，当崇高事业呼唤，我们渴望悲壮的牺牲，苟且偷生会亵渎生命；这时，牺牲令人仰止，生命会因死亡而延续，生命会因毁灭而永生，成为灿烂星空的北斗。

8. 必须结出永恒的果实

为了获取灿烂的光华，必须吹动微弱的火星；为了投入大海的怀抱，必须淌过狭窄的溪谷；为了建造宏伟的殿堂，必须打造坚实的基石；为了感受春天的幸福，必须栽下幼小的树苗；为了结识天下的英雄，必须拥有自我的价值；为了得到永生的生命，必须听从诗歌的召唤；为了成为不凋的花朵，必须结出永恒的果实。

9. 追求一个精彩的生命

我喜欢离群索居，漫步历史的天空，采几朵云，摘几颗星，成败得失让时间公论。

我迎着旭日，我望着黄昏，向行者乞求思想，向贤者讨教智慧，向生活吸收感情；疲倦的纸上储蓄真谛，疼痛的笔端积累精神。

每一条小路通向山巅，每一条小溪流向大海；我喜欢自我设计人生，追求一个精彩的生命。

10. 生命要活得精彩

必须去爱，生命是一位恋人；必须去攀登，生命是一座高山；必须去绽放，生命是一朵鲜花；必须去发光，生命是一颗星星；必须去创造，生命是一首诗歌。

诗歌要雕刻精美，生命要活得精彩。

11. 生命在春天苏醒

雨露滋润肉体，字句沐浴精神，箴言镌刻心灵，生活雕塑灵魂，现实锻造人生。

生命在春天苏醒：幸福美好的爱情，荣华富贵的梦想，功名利禄的渴望，遥天翱翔的思想，上下翻飞的灵感，名垂千古的意识。

啊！人性的幽灵，拨响梦幻的琴音；天空灿烂的理性，人类燃烧的欲望；大地的爱与美，心灵的喜和善，像汹涌澎湃的波涛，推动小舟驶向大海。

12. 激发胸怀的热量

没有心中的梦想，哪来高山的流水；没有跨越凯旋门，哪知成功的荣耀；没有走进穷乡僻壤，怎么感受胸怀远大；没有跌落深山狭谷，怎么自诩展翅高飞。

大地看不完的风光，原野、鲜花、绿叶；人间数不完的风流，赞美、掌声、荣誉；生命掏不空的潜能，能力、智慧、创新；请激发胸怀的热量，温暖自己，温暖世界。

13. 恋人的眼睛

星星的眼睛，看到罪与恶；恋人的眼睛，看到爱与美；星星的眼睛，看到白与黑；恋人的眼睛，看到真与善；星星的眼睛，看到夜的赤裸；恋人的眼睛，看到夜的美丽；星星的眼睛，看到天空的黑暗；恋人的眼睛，看到天空的光明；星星的眼睛，看到大海的冷酷；恋人的眼睛，看到大海的深情；星星的眼睛，看到感情的虚幻；恋人的眼睛，看到爱情的永恒；星星的眼睛，看到人类的死亡；恋人的眼睛，看到人类的新生。

14. 珍惜青春的梦想

不要忘记，童年时代的天真；不要忘怀，少年时代的憧憬；不要忘却，青年时代的梦想；这是黎明绚丽的朝霞。

最初一束光明，是未来的理想，是未来的抱负，是未来的使命，是未来的道路；是人生的起点和终点，是人生的目的和价值。

请珍惜青春的梦想，投注感情，投注精神；投入心血，投入生命；春风吹拂，雷电召唤，梦想会长出翅膀飞翔。

15. 金色火焰

我走进原野，我走进树林，我走进草地；春光为我增色，春风为我祝福，大地为我欢呼；我献上红花的歌，我献上绿叶的诗。

世界新颖，晶莹的露珠，秀美而玲珑；展现心灵的优雅之美，折射高洁的爱情光辉，放射智慧的力量元素，闪烁生命的金色火焰。

16. 美好的目标造就春天

生命中美好的目标，给小草独立的尊严，给水珠宽广的海洋；给黑夜璀璨的明星，给弱者坚韧的毅力，给强者追求的方向。

心，因为有目标跳动；血，因为有目标循环；爱，因为有目标博大；美，因为有目标精彩；天，因为有目标无私；地，因为有目标奉献；人，因为有目标奋斗；美好的目标造就春天。

第十五章

心灵

1. 不朽的心

时间不会蹉跎，历史不会欺骗。

生命不会死亡，人类同享一个生命。

流芳百世，遗臭万年，不是权威恩赐，是民心所向。

境界价值：透过行动帷幔，发现一个诚心，保持一颗真心，拥有一颗公心。

境界人生：世界不看你的奖章、学位和文凭；只看你的伤痕、观念、信心。

人类不看你的名誉、地位、金钱；只看你不朽的心：向上进取，向往美好，追求远大，把智慧融入人类的心脏！

2. 和谐的心灵

爱与恨，一样焦虑；贫与富，一样烦恼；苦和乐，一样揪心；贵与贱，一样孤独；生与死，一样惊恐。

人生真谛万物平衡，天上的星有明有暗，天下的路有曲有直，大地的人有善有恶；只有理想与未来，是一个幸福的天堂；只有爱与美，是一个健美的肌体；只有真与善，是一颗和谐的心灵。

3. 学会内心生活

心啊！你是梦，你是海；起伏、轰鸣、喧闹、寂寞。

心是暗夜闪烁的繁星，心是遮住黑暗的帷幔；心是酝酿雷雨的天空，心是悠闲繁忙的田野；心是抵御痛苦的甲胄，心是快乐活泼的小鹿。

学会内心生活，温暖而灿烂的阳光中，朦胧而透明的月光下；读书、工作、沉思、创作；彼此呼应伟大的信心，以生命的尺度衡量世界，把整个燃烧的宇宙揽在胸怀。

4. 心灵摄尽甘露

生活之河，轻漾超然的细浪，蒸发无为的细流。

我傻笑，我省悟；人生功名荣耀，毕竟不过百年；人生财富可爱，终究是过眼烟云。

因有哲学，阳光灿烂燃烧；因有思想，天地合而为一；因有诗篇，玫瑰分外艳丽；因有才华，描绘闭月羞花的美貌；因有真善美，人间的万家灯火通明。

人性回归时的心灵摄尽甘露，人性崇高时的精神永垂不朽！

5. 遨游吧　心灵

每个人都在追求自由，追求创造财富的自由，追求纯洁爱情的自由，追求幸福生活的自由，追求热爱祖国的自由，追求歌唱美好的自由。

自由的大地，自由的天空，这里有坚定的信仰高山，这里有沸腾的荣誉大海，这里有绿色的理性森林，这里有斑斓的梦想花朵，这里有甜蜜的情感果实，这里有清澈的人性湖泊，这里有潺潺的艺术长河，这里有新鲜的思想空气，这里有沉淀的哲学黄金，这里有无形的心灵王国，这里有永恒的伟人殿堂，这里有不朽的诗人桂冠。

追求吧！自由；遨游吧！心灵。

6. 心与海

风在呼啸，浪在奔腾，心的大海。

大海，天空的倒影，心胸的港湾；苦涩的思想，浪花特别晶莹。

大海，恢宏不可测，桀骜不可驯；天下有谁知道，心灵深处储藏多少财富。

7. 凝视心灵

似远非远，似近非近；似静非静，似动非动。

尘寰之内，尘寰之外，时间之上；属于我的，不是真实；不属于我的，也不是真实。

听闻心灵，思维心灵，凝视心灵；风雨的天空，苦乐的大海，善恶的方塘，心灵中凝视万物。

8. 心灵不能没有美

西方吹来的风，北方飘来的雪；红花无力凋谢，绿叶无奈飘落。

金色阳光下，绿叶在欢舞，红花在歌唱；生命的活力，生命的芳香，弥漫整个世界。

我要竭尽全力，离开春天之时，进入冬天之际，抽出自己的新枝，飘出自己的芳香。

瞻望未来的岁月，大地不能没有绿，林苑不能没有花；人间不能没有爱，心灵不能没有美。

9. 心灵的力量在征服恐惧

扯起意志的帆篷，奔向理想的急流，搏击希望的浪潮，迎接未来的彼岸。

有胸怀的人，心在天；有魄力的人，心在地；有能力的人，心在山；有胆略的人，心在海。

心的路很长，心的道很远，跨越感情的弓桥，耐心地追随，蜿蜒曲折的溪流，无畏地挟带，山野林木的讴歌。

生命的把握在风口浪尖，理性的力量在超越野蛮，智慧的力量在驾驭自然，心灵的力量在征服恐惧。

10. 让心灵永远年青

太阳从东到西，小鸟从南到北；时间的光阴遥远，人生的道路短暂；生命之火瞬间熄灭，犹如花朵飘落泥土。

吃喝玩乐吧！扔掉冬天的贫穷，接受春天的盛宴；斟满欢乐的美酒，畅饮幸福的爱情；品味智慧的酸甜，品尝思维的苦辣；享受思想的自由，享受精神的乐趣；让灵魂诗意盎然，让心灵永远年青。

11. 心灵的根

五月的风，吹开心灵，盛开花朵，不同的绿叶。

心与心相恋的人，他们孕育生命，孕育未来，所以创造岁月。

心灵的根，它是智慧的血液，它是人格的蜜汁；它是想象的意义，它是时代的符号，掌握世界的脉搏。

12. 只要心灵透明

眼前的灯光消逝，背后的黑暗无边；我害怕失去光明，寂寞孤独的长夜，用纯洁照亮道路，用知识点燃心灵。

只要心灵透明，只要心灵燃烧，早晨的大海蔚蓝，黄昏的天空美丽，生命的活水沸腾，人生的胸襟坦荡，大地的道路宽广。

13. 心决不被穷愁淹没

冷漠的秋月，带来多少倦意，蝉鸣渐渐沉重，绿叶慢慢枯黄；冷风吹熄灯光，黑暗露出世态炎凉；孤独的星星，刚刚打破幽暗，渴望打碎黑窗，痛饮黑暗直到黎明。

只有我，没有沐浴过阳光，没有高扬骄傲的树冠；难以名状的不安之情，永无间断地损耗心灵；大地的小草，心决不被穷愁淹没，通过生死枯荣洗礼，流连硕果丰盈的山谷。

14. 心灵躺着歇息正惬意

悠悠岁月，故乡有一条小河，弯弯曲曲，清清爽爽，指引我跋涉缪斯之路。

登上迷人的孤峰，穿行深邃的幽谷，亲近真实的自然，放飞自由的心灵。

秋天像一件睡衣，静谧绿色的林园；万里无云的天空，心灵躺着歇息正惬意。

我热爱自然，我热爱艺术；诗人用面具掩饰真容，透过心灵把世界看清。

15. 心灵倾听大自然的歌声

花朵飘香的傍晚，烈酒醇香，竖琴悠远；崇山峻岭的顶峰，森林辽阔，河流宽广。

一弯明月，满天星斗，抖落水中的倒影，沉入美丽的梦境，蜡烛在大地点燃。

从日落到黎明，夜在蹑足漫步；甜蜜的朱唇浮动笑盈，黑色的眼睛射出紫光；爱与美露出云翳的瞬间，心灵倾听大自然的歌声。

16. 心灵依旧晶莹

我浪迹天涯，颠沛在山道，流离在浪潮，用毒性的烈酒，擦干伤口的血，心灵依旧晶莹。

我从不痛哭流涕，我从不屈膝求饶；顺着蜿蜒的小溪，没有今天的幸福，还有未来的希望。

在高高树桩生活的人，只有收获空虚的幻想；在苦苦浇灌幼苗的人，总会怀抱参天的大树。

17. 心灵的宝物

哲学是心灵的宝物，一滴智慧，一身正气，浩然将威胁的恐怖，凛然将残酷的命运，笑傲将饕餮的地狱，统统踩在你的脚下。

哲学能克服懒惰，给予人探索的精神；哲学能战胜痛苦，给予人崇高的尊严；哲学能战胜逆境，给予人远大的理想。

18. 心灵的目的地

站在大地，热辣的太阳，一颗炽热的球体。

翅膀拍打天空，脚步蹒跚小路，陡峭险峻的山崖，开阔林地在远方。

一片蓝天，二个绿茵，三朵睡莲，四棵栗树，五株香樟，六缕炊烟，七亩方塘；黄色褐色淡紫色，青铜色和黄铜色，七彩的天空深浅各异，红色的花朵仪态万方。

这是心灵的目的地，这是希望的伊甸园，这是幸福的发祥地，富有意思意义和意境。

19. 荣誉之心

不要把荣誉，看得轻如鸿毛；虽然追求荣誉，不是人生第一目的，毕竟是功德的奖章。

荣誉，对常人是鞭策，对贤人是完善，对创造者是激励；把纯洁的精神提起，把最后的弱点抛弃，把崇高的抱负实现。

大地的泰山，沙漠的金字塔，脚踏实地，巍然屹立，尖顶高耸云天；这是人类英雄志士，诗人哲人，追求不朽荣誉的象征。

20. 恬静的心

一个长歌缠绕的孤影，没有一片遮盖的迷雾，没有一丝秋雨的凉意；这是喜怒哀乐的庙堂，这是诗书礼乐的财富。

心里走来无名的贵客，没有地址的远方旅人；一只自由飞翔的春燕，一片轻松飘舞的白云，扯断墨黑带血的脐带，穿过月桂芬芳的林荫，吹奏一缕悠远的笛音，在弯曲的地平线消隐。

21. 只要心灵春暖花开

不要惧怕烦恼，烦恼是思想的先生；不要惧怕孤寂，孤寂是智慧的导师；不要惧怕痛苦，痛苦是幸福的乐园；不要惧怕罪恶，罪恶是善良的种子；不要惧怕黑夜，黑夜是光明的隧道；不要惧怕死亡，死亡是新生的雏鸡。

只要翅膀削着空气，只要花草唱着颂歌，只要星星闪着金光；只要眼睛望着远方，只要双手转动沙漏，只要精神跌倒爬起，只要心灵春暖花开，冰冻的河总要奔流。

第十六章

光明

1. 真理是太阳

生命会死亡，但不会灭绝；希望会落空，但不会消失；正义会暗淡，但不会无光；真理会跛脚，但不会停步；因为生命是水，希望是空气，正义是星星，真理是太阳。

2. 光明昂首

听，寒风刮脸，大地萧瑟，远天鹤唳，啼声苍凉。

看，乌云满天，林涛鬼火点点；死神摧枯拉朽，满地落叶冬眠。

四季轮回，春秋交替；草木峥嵘，花朵飘香；小鸟上天，小鱼潜海；光明昂首，踏碎黑暗走来！

3. 何处不是光明

当心灵纯净，我不会受焦虑煎熬，我不会遭名利蹂躏。

当天地清明，如日中天；我仰首大笑，何处不是光明。

当我孑然一身，孤寂里自成一个世界；追思贤士哲人的言行，胸襟是旷达乐观的海，精神是崇高壮美的山。

4. 牡丹的光明

富贵的脸庞，雍容的仪态，优雅的风度，淡定的神情，华贵的衣锦，绝不是上天恩赐，全凭自己精心雕琢。

比兰花美丽，比玫瑰芬芳，比樱花诗意，比荷花高洁，比梅花冷艳，比菊花傲霜，比睡莲浪漫，堂堂国色天香，任凭风雨评说。

牡丹的光明，把富贵献给蜂蝶，把美丽献给大地，把品质献给人类，净化污秽的灵魂，拯救丑陋的世界。

5. 正午紫阳熠熠

走过的路，不会灭迹；摔过的跤，不会忘记；唱过的歌，不会消散。

敞开胸怀吧！欢乐地歌唱青春之歌，愉快地歌唱爱情之歌，幸福地歌唱健康之歌，美好地歌唱希望之歌，恬静地歌唱生活之歌，高亢地歌唱人生之歌。

一直唱到，子夜星斗满天，正午紫阳熠熠；万物神情悠悠，天地其乐融融。

6. 心向光明

要想得到自由，心灵要摆脱束缚，心灵要自我解放。

当你已经，穿越层云叠嶂；当你不再，计较利害荣辱，迷恋灯红酒绿。

心向光明，处事贵在公正，见事贵在理明；身在万物中，勤能补拙，俭以养廉，贵在行德；才能看见鸟儿，轻捷飞掠枝头；才能发现蜘蛛，纵横网罗之上。

7. 山峰阳光明媚

不要失望，人生总难免，遇到最尴尬，无可奈何的境况。

不要烦恼，不要郁闷，不要灰心丧气；背负冬夜的重荷，悲鸣的只有蟋蟀，抱怨的只有落叶，世界决不会灭亡。

一切都在更新，最深的山谷百花烂漫，最高的山峰阳光明媚，最远的航船乘风破浪，最好的人生柳暗花明。

8. 光芒　诞生又再生

光芒，诞生又再生，总是保持你的信念。

哲人，经天纬地的思考；智者，一二句诚实的隽语；艺术家，遵循时代的精神；每位思想家都有宠爱的观念。

每个善良的生命，每位平凡的人才；为了时间，为了春风，保持最纯洁的呼吸；一如田野的小豆小麦，丰收季节的景色最美。

9. 真理　必将照亮天下

画卷虽小，照样把美展示；诗歌虽短，穿越历史长河。

道德平凡，也能惊天动地；真理无光，必将照亮天下。

10. 人天生追求光明

一群黑色的狂徒，来自黑色的洞穴；一生不追求光明，一生与黑暗为伴，蝙蝠倒挂着生活。

花啊！渴望爱；篱边的紫丁香，路旁的蒲公英；渴望荣耀的名望，渴望美丽的形象，渴望太阳的光辉；人天生追求光明！

11. 灿烂的远景

风里的飞絮，找不到光明大道；洞穴的蝙蝠，树林的猫头鹰，只喜欢漆黑的夜晚。

朋友，不要说：人生无常，世事难料；正直的路，寸步难行；旁门左道，四通八达。

朋友，请相信：希望的凭证，不是脸上的油彩；灯火辉煌的夜晚，只是阳光的反照。

惊涛骇浪的海岛，暴风骤雨的高山，眺望未来决不回头，这里有光明灿烂的远景。

12. 黎明比春天俏

黑暗走了，星星陨灭；风吹动灵魂，拂去一夜沉郁。

大地醒来，朝霞的脸；玫瑰一样艳，牡丹一样美，长虹一样纯。

蜜蜂劳动，小鸟歌唱，孔雀翩翩起舞，鸽群自由飞翔；光明走遍天下，美名蔚然成风，黎明比春天俏。

13. 没有光明，就没有梦想

没有光明，就没有梦想；没有追求，就没有信仰；没有毅力，就没有希望；没有痛苦，就没有仁慈。

唯有光明，唯有追求，唯有毅力，唯有痛苦；才能拥有，梦想、信仰、希望、仁慈；这四位高尚姐妹的母亲。

14. 夜色中走来的黎明

不要害怕，飓风把你卷走；不要畏缩，冰雹把你砸伤。

坚强些！从风暴的边缘，进入它的中心；那儿有平静的港湾，温暖的阳光。

阴云密布心胸，要安详而镇定；听雪地里传来的钟声，看夜色中走来的黎明。

15. 阳光温暖灿烂的大地

我不怕冬天，不怕黑夜；只要有歌声，有梦想；总会融化冰雪，总会划破夜空。

黑夜过后，黎明走来；寒冬过后，春风走来；我又是一朵鲜花，我又是一只蝴蝶，散发芳香，翩翩起舞，阳光温暖灿烂的大地。

16. 希望是晴朗的天空

别在我的沙丘，建筑渺茫的希望；请在我的春天，播种明天的希望。

没有希望，就是没有血液的动物，就是没有心脏的木偶，就是没有思想的机器。

每天都抱有希望，希望是甜蜜的恋人，希望是慈祥的母亲，希望是饥饿的面包。

狂风暴雨的海洋，抱住一块木板，颠簸、冲击、沉浮、生死，希望是晴朗的天空。

17. 第一道破晓的霞光

我拥有大海和蓝天，黎明和未来，歌声和舞蹈，鲜花飘香的季节。

谁相信，欢乐的生活，在浪的深渊，在风的翅膀，来去自由自在。

假若我的心，就是梦的玫瑰，就是早晨的太阳，第一道破晓的霞光。

世界醒来，听小溪细语，闻泥土清香；这是生命的歌吟，这是人生的礼赞，这是安慰我已经失落，正在向我挥手的昨天。

18. 春光啊 我已听到你的足音

漫长的冬季，看不见绿色的树梢，看不见蜜蜂的身影，听不见云雀的新歌；白天与黑夜一样凝重，早晨和黄昏一样寒冷。

走在皑皑雪地，我知道什么是欢乐，我知道什么是憧憬；温和的暖风向我高声欢呼，千姿百态的花朵活跃心灵；轻轻的琴声，震撼的惊雷；春光啊！我已听到你的足音。

19. 释放光明

心灵，一根弦，一丝月光，一曲音乐，一首下意识的诗；一碰它就不停颤动，感应天地的冷暖。

那一夜，河岸的小路，听知了啼叫，听蟋蟀歌唱；回忆起童年，乐悠悠的感觉，沉甸甸的忧伤；夏天的夜多么纯洁，美好的光阴不会重复。

我羡慕星星，金色的小颗粒，急速自转遨游世界；也许它在释放光明，公开我诗歌的秘密，一个少年天真的梦想。

20. 光明的力量

欺骗是软弱，诡计是恶意，贪婪是绝望；人性的不完善，反证人的伟大。宇宙浩瀚，人生微不足道；人类的崇高性，是辽阔的胸襟，光明的力量。我从历史山脚，登上未来顶峰；自由呼吸新鲜空气，仰天大笑神游八极。

21. 身披灿烂的世纪

仰望蓝天，浮起红色的月亮；失落的欢情，黑暗中孤寂飘荡。
朦胧的暮色，冲刷情思的堤岸；流言蜚语，滑行叹息的轨道。
马跃深壑，鸿飞苍天；我在未来之门，吹响萨克斯管，跳起华尔兹舞。
我要乘风上九霄，身披灿烂的世纪，迎着曙光飞翔，打开无边的境界。

第十七章

大爱

1. 给人类大爱

给人类恶，他会把你置于险境；给人类梦，他会把你刻在遐想；给人类利，他会把你刻在笑靥；给人类善，他会把你刻在心坎；给人类福，他会把你刻在石碑；给人类美，他会把你刻在名山；给人类功绩，他会把你刻在历史；给人类知识，他会把你刻在天地；给人类思想，他会把你刻在时间；给人类尊严，他会把你刻在日月；给人类诗歌，他会把你刻在宇宙；给人类大爱，他会把你刻在永恒。

2. 为天下人谋大福祉

你有才华，有潜能；你有地位，有前程；保持大方庄重的尊严。

如果内心缺少，一往无前的胆略；思想被困于四面峭壁，名利狭窄的空间；精力受制于大海暗礁，金钱泡沫的光彩。

人类从古到今，不把最高的荣誉，给予那些名利熏心，恩赐那些圆滑世故；谨小慎微，知难退守，毫无建树的庸碌之辈。

永恒的荣誉，巍巍屹立的纪念碑；授予胸怀大志、卓识远见、功勋卓著；为天下人解决大困苦的人，为天下人谋取大福祉的人，为天下人道出大真理的人，他们是人类历史千古不朽者。

3. 只要世界是真实的

面对形形色色的世界，名利成了无益的干扰；没有坚定的信念，失去高贵的理性，至多成为一只乖巧的鹦鹉。

世界的表面，被沽名钓誉者独占；可惜，历史从不阿谀任何人，它承认坚定无私睿智的创造者，永恒的桂冠是最好的证明；虽然众人都相信，及时行乐是幸福，权力高于一切。

生活在同一世界，同一时间的同胞，我们并不嘲笑利欲熏心的人格；只愿保持自由的头脑，明智地判断暂时与永久的哲理；世界的运行和昼夜一样，善恶分明，美丑互见；良知并非每人都有，却永远不会泯灭，只要世界是真实的！

注：1993年，在第十届文学艺术创作北京笔会中，作品《只要世界是真实的》(诗)荣获全国大赛一等奖。

4. 大爱在波光流淌

芬芳的微笑，孵出露珠，纯洁而透亮。

嫩绿的睫毛，装饰湖畔的柳，结出无花的果。

眼中的颜色，比清晨美丽，比黄昏灿烂，比黑夜真实。

身材的曲线，脸上的皱纹，生命的年轮，是地球的伤痕。

痛苦的泪水，成熟为笑容；一行又一行的诗，折叠永恒的爱。

世界在我眼中，我在世界怀里；我们倘徉大地，大爱在波光流淌。

5. 大爱创造这个世界

梦幻中，人间生活皆美好；现实中，人间生活皆辛苦。

高山不是幸福，大海不是欢乐，江河不是佳肴，太阳不是金币，月亮不是银元。

如果高山是健康，大海是知识和财富，江河是盛宴和醇酒，太阳是功名和利禄，月亮是金钱和美女。

一旦坐享荣华富贵，一旦伸手功名利禄；你在地球毫无意义，你在大地毫无价值；人会变成行尸走肉，人会变成飞禽走兽。

高山、大海、江河、太阳、月亮，教你把自己的力量和光明，大爱奉献这个世界，大爱创造这个世界。

6. 守护和平的世界

谁不喜欢，晶莹的星星，淅沥的雨丝；谁不珍惜，蓝天的白云，碧空的彩虹；谁不崇敬，夜晚的月亮，黎明的太阳。

它们在高层，寂寥的天空，洗却俗世的污浊，荡涤人间的泥沙，化解心中的黑暗，露出光明的笑脸，带来吉祥的福音，守护和平的世界。

7. 世界在统一

所有的钟在摇摆、穿梭、绕圆运行；所有的浪在起伏、奔流，波涛壮观。

太阳只有一个，月亮只有一轮，心灵只有一颗，生命只有一次，只有繁星满天。

自然在进化，万物在兴衰，国家在进步；理性的人类，个人要自由，世界在统一。

自我永远变化，生命始终循环；天地的精气神，人性的真善美，支撑世界的大厦。

8. 一心为公的人

平原上小坡，怎能算作高；大山上小沟，怎能算作深。

大匠人，不动手砍削；大厨师，不动手宰割；大智者，不贪图小利。

深谋远虑的人，可以共同图大业；见识高超的人，可以共同治国家。

才高行洁的人，功德会更加圆满；一心为公的人，影响会更加深远。

9. 功在人间

懦夫从不挺胸，弱者倒在路上；酒鬼醉入梦乡，色棍迷途花柳；财神横死荒野，赌徒无家可归。

只有觉醒，自律的强者，自知的智者，自信的天才，能干的勇士，勤奋的人杰，才是力量之塔。

他们高高耸立，迎着八面来风；即使从高山坠落，飘向波涛汹涌的大海；在生与死的瞬间感觉，名在天上，德在人心；志在胸怀，功在人间。

10. 天地皆有美

无人探究，心灵的隐私；无人探索，财富的底细；无人计量，良心的短长。

天上群星灿烂，大地草木兴旺；万幢高楼，千条马路，沉睡在恬静的灯火里。

缤纷的花朵与音乐呼应，温馨的爱情与诗歌辉映；天地皆美，井然有序；丰盈、怡然、乐趣、逍遥……

11. 整体

节制贫富，幸福是个整体；消除战争，和平是个整体；构建平等，自由是个整体；开放信仰，人类是个整体；拆除疆界，地球是个整体；仰望星空，宇宙是个整体。

12. 月光下人间尽是春色

你总是在黄昏，虚幻里飘舞歌声，天风中浩荡笑语，撩人耐不住寂寞。

你纯洁的怀抱，英雄风云际会，诗人寄托情思，恋人衣锦花香，游子思念故乡，人类团聚一堂。

你美丽聪明善良，一颗博大的心灵，吸纳九万里雷霆，收容八千里野风；现实的贫富贵贱，民间的是非恩怨，善恶的因果报应；月光下人间尽是春色。

13. 世界变得美妙绝伦

由于享受幸福，美酒佳肴，欢声笑语；由于俊男和靓女，富豪和权贵，歌手和演员，时代变得光彩夺目。

由于诗人的灵感，音乐家的旋律，舞蹈家的曲线，科学家的发现，文学家的名著，哲学家的思想，政治家的雄才；艰苦的事业和成就，永恒的美德和才智，世界变得美妙绝伦。

14. 一首诗囊括亘古大爱

不要扑灭太阳的光芒，不要抵挡火山的喷发，不要追逐荣誉的影子，不要驱赶欢乐的风雨，不要争夺财富的雷电；成败得失各有利弊，荣华富贵祸福相倚。

踏遍没有疆界的地球，踏遍没有等级的宇宙；我们没有理由要恐惧，我们没有理由要孤独；一颗星划破整个夜空，一颗心照亮整个人类，一首诗囊括亘古大爱。

第十八章

爱情

1. 不朽的爱情

冬天，物质以铁的纪律，毁灭地球上最美丽的花朵，人世间最纯洁的爱情。
春天，精神以自然法则，开出人间永不凋谢的花朵，诗歌颂扬不朽的爱情。

2. 爱情　宇宙一颗星星

友谊，夜色一枝蜡烛；恋爱，王冠一粒宝石；爱情，宇宙一颗星星。
蜡烛，随风熄灭；宝石，随时碎裂；星星，哪怕陨落，心空熠熠生辉。

3. 爱情的魅力

谁能抵御，春光的美丽；谁能抗拒，爱情的魅力。
当你的眼睛，送来一缕温情；当你的秀发，撩拨一片情思；当你的脚步，叩击一个心扉；当你的嘴唇，甜蜜一颗心灵。
倾听细如雨丝的声音，真愿有好风徐徐吹来，我们手拉手走进黄昏；因为今晚星星很亮很美，因为今夜月亮好大好圆，在思念的梦寐轻言细语。

4. 爱情的真谛

给予吧！别人也会给予你；哪怕素洁的手帕，这是爱情的真谛。
清爽如丁香花蕾，润泽如牡丹花瓣，纯洁如天上云彩；两只诚实的手紧握，爱情需要温柔体贴。
求爱于人，却没有爱在心中；把爱情藉以空虚，更受困痛苦之境；和平的结晶，爱情的高潮；情不断，意绵绵，是信任可靠的珠玉，是坚忍和谐的瑰宝；单调不是爱情，这是生活。

5. 爱情　一生推动你奋力搏击

爱情，最是无意间，瞬息一瞥，远远的，朦胧的山岚；爱情，最是灵犀一闪，心里的山谷，潺潺绵长的溪流！
爱情是花，栽在心田，娉婷玉立，这是生命的美；爱情是火，点亮心灯，走向高尚，这是生命的动力；爱情是金，贮藏心灵，纯洁高雅，这是生命的结晶。

爱情是幸福的序曲，爱情是青春的华章；爱情是荣辱、善恶、恐惧、震惊、颤栗、痛苦、幻想的惊魂滋味；爱情是创造与毁灭，兴奋与失落，快乐与焦虑，交融的情感体验。

爱情的大卫——健力美！爱情的蒙娜丽莎——神秘、好奇、探索、燃烧、创造！爱情是人的自尊，爱情是人的尊严！伟大的爱情，在彼岸召唤，一生推动你奋力搏击！

6. 爱情的歌曲甜蜜又健康

我们惯于用歌声，迎接美好的初恋，成熟的爱情不再歌吟。

懂得爱情，品味爱情，忠实爱情，爱情的歌曲甜蜜又健康。

爱情是一种愚蠢，随青春的黎明而来，跟青春的黄昏而去。

爱情是欢乐的辛酸，爱情是痛苦的美酒，叹息比欢笑有滋味。

爱情是一滴毒汁，爱情是一顶皇冠；一旦你愁眉苦脸，一旦你精神憔悴；瞬间变得面色红润，即刻变得春风得意。

爱情是笼罩灵魂真容的面纱，爱情是遮蔽人生景象的浓雾；黑夜里只见星星闪烁的光亮，感情里只见肉体销魂的影子。

爱情是自我内心，发出的神圣光芒，人生两次觉醒之间的美梦；爱情是超凡入圣的智慧，内外的眼睛注视，永恒宝库蕴藏漫长的未来；让我们在爱情的肉体，创造比理想更新奇的生命，创造比梦想更深刻的精神。

7. 爱情这条大道

爱情的激情，点燃灵魂的火种；爱情的呼吸，提升心灵的素质；爱情的灵感，激发创造艺术的美。

爱情这条大道，挤满各色人种；爱情这座神庙，爱情这位女神；不分年龄和等级，不分性别和国度，没有春夏和秋冬，没有贫富和贵贱，只需一张爱的门票，只需一颗虔诚的心，谁都有权进来顶礼膜拜。

8. 崇尚爱情

爱情，没有年龄，没有止境，没有死亡。

崇尚爱情，爱情就是，理想、希望、光荣。

中国人，把长城比喻爱情；龙腾虎跃，绵延万里，巍峨壮观。

希腊人，把女神象征爱情；她的一瞥一笑，给人类带来快乐，给大地带来生机。

爱情，容貌的宠儿，才华的骄子，金钱的嘉宾，金玉良言的戒指，山盟海誓的钻石。

9. 爱情只是一个气球

金秋季节，我采到一朵花；虽然花很美丽，虽然花很温柔；当她开始说话，当她开始歌唱；一腔纸醉金迷，满嘴享乐人生，欲与牡丹比富贵，欲与玫瑰争风情。

这个世界，玫瑰花带刺，它扎伤你的情，它击中你的爱；它让你心惊肉跳，它让你日坐愁城。

爱情很重，爱情很轻；揣着让你上不了天，牵着让你入不了地；没有眼神的交汇点，没有灵魂的交响曲；爱情只是一颗铅球，爱情只是一个气球。

10. 爱情需要超越时光

相思的月亮远走，恋爱的星星高飞，山盟海誓的游戏，成为今天的笑柄。

清除旅途的灰尘，远离孤独的灵魂，生活需要一朵鲜花，爱情需要超越时光。

情人要萌芽，爱人要飘香，伴侣要结果；只有手牵手，只有心贴心，走过生活的栈道，暗渡逆境的陈仓，搏击人生大风浪；直到白发苍苍，直到地老天荒，千年铁树开花。

11. 爱情是心对心的印证

爱情，不需要，山盟海誓，金银财宝，忧伤的热泪，幸福的笑脸。

爱情祈求，保持沉默，竖耳倾听，晨风的歌吟，花朵的絮语，绿叶的倾诉。

爱情是玫瑰的枝头，心对心的印证，领略天与地的情意，领悟月下老人的苦心。

12. 爱情之树不会老

爱情之树不会老，只要有美的花朵，只要有情的绿叶，只要有爱的果实。

每一次短暂的相会，每一次甜蜜的私语；都是相思的甘泉蜜汁，都是孤独的琼浆玉液，滋润渴望爱情的心灵。

一如撩人的早春，你年年丰姿绰约，你岁岁英姿飒爽；仿佛俏枝腊梅红颜，宛若少女亭亭玉立，仰着娇态可爱的笑靥。

13. 爱情的诗歌

月亮走了，太阳苍白；抛下一个个长叹，一张阴云密布的脸。

愁思的日夜，没有绿的嫩枝，没有夜的清辉；只有梦想的舟楫，划过感情的长河。

没有春天，没有爱情；热情不再燃烧，感情不再亲昵；种子不会发芽，花朵不会结果。

爱情的诗歌，天籁的节奏，人类的灵智；至美的女神，至高的山神；把光明融进眼睛，把神力注入血液；心潮大海一样奔腾，感情天空一样辽阔。

14. 爱情是甜蜜的碎片

男人是女人，肉体的俘虏；女人是男人，灵魂的俘虏。

有时候，灵魂好比情人，肉体就是姘妇，肉体比灵魂还要泼辣。

男人，渴望女人，肉体的时刻，最容易失足；洁白的皮肤，隐藏昂贵的交易。

只有相爱，这个当口，美好的瞬间，你把爱情堆积起来，爆炸成甜蜜的碎片。

15. 爱情是生活的盐

爱情的嗓音，和谐悦耳；爱情的嘴唇，盛满清泉；爱情的教养，彬彬有礼；爱情的肉体，散发芬芳；爱情的眼睛，圆润晶莹；爱情的饥渴，永不餍足；爱情的痛苦，无药可救；爱情的磨难，一世方休；爱情的幸福，天上才有；爱情的味道，五味俱全；爱情的炽热，五脏俱裂；爱情的冷漠，冰心一颗；爱情的活力，开天辟地。

爱情是生活的盐，不能多也不能少。

16. 爱情是生活弹奏的琴音

爱情不是耳语的情话，爱情不是林荫的散步，爱情不是黄昏的拥抱，爱情不是杯盏的碰撞，爱情不是财富的数字。

爱情是春天的萌芽，太阳照耀才会开花，悉心浇灌才会结果；爱情是真实的玫瑰，生命妙龄的欢乐之美，人生晚年的幸福之善；爱情是水晶黄金和白金，一生都有如饥似渴的感觉；爱情是生活弹奏的琴音，凄婉动人又嘹亮悦耳。

爱人面前，言语都成废话；爱情面前，时间纯属多余。

17. 爱情是大海

男人和女人，两颗黑白的心灵，两颗挤压的葡萄，两颗孤独的星星；虽不能合而为一，爱情总是在打磨，让日子和生活发光。

因为爱情是大海，能制造波涛和泡沫；因为爱情是天空，能生产惊雷和彩虹；因为爱情是孔雀，能炫耀羽毛和色彩；因为爱情是天才，能创造生命和奇迹。

18. 爱情与欢乐拉手

欢乐，坐在枝头，全身鲜花，空气芬芳，结出果实，四季飘香。

爱情与欢乐拉手，你我的灵魂缠绕，枝叶和根须相交，纯真能邀来美德。

爱吧！夜色正好；当生命走向远方，记忆的枝头重新吐翠，爱情的果实还会发芽。

19. 爱情是万物之心

没有爱，生命阴郁又空虚；失去情，人生苦涩又孤独；花谢了，灯灭了，漆黑的夜，荒野一样死寂。

爱情是万物之心，日夜跳动，大地欣欣向荣，人类繁衍生息；小溪长流，大海奔腾，世界新生，宇宙长明。

20. 爱情之树　四季常青

梦在逝去，夜会淡忘；花在逝去，冬会淡忘。

只有，爱在远去，情不会淡忘；诗中永远有恋人，歌里永远有爱情。

夏天的云端有她的倩影，冬天的轻裘有她的身躯，春天的微风有她的笑靥，秋天的星光有她的明眸；恋人啊！爱情之树四季常青。

她是我思绪天空的晨曦，她是我感觉欢乐的绿洲，她是我朝思暮想的嫦娥，她是我浮想联翩的女神：美丽、端庄、聪慧、任性；我永远爱她，只要她相信！

21. 爱情的金字塔

真实的爱，没有诗意；真意的爱，没有坦途；真挚的爱，藐视风雨；真心的爱，坚如磐石。

分分合合相爱，亲亲热热怨恨，牵肠挂肚郁闷；爱情荆棘一样刺人，爱情烈火一样灼人。

爱情的小溪曲折迷人，爱情的高山崎岖惊人，爱情的金字塔，巍峨、坚固、壮观、永恒。

22. 让歌与梦装饰爱情

不问太阳，女友在哪里；不问月亮，男友在哪里；大海一片蔚蓝，天空一尘不染；小鸟东奔西忙，爱情自由自在。

你有你的梦，我有我的歌；梦者爱诗歌，歌者爱梦想；你永远，不属于我；我始终，不属于你；我走进你的梦，你走进我的歌；唯有梦，属于我；只有歌，属于你；让歌与梦装饰爱情。

23. 朝思暮想的爱情

太阳送来，金色的财富；我没有心情，接受物质赏赐。

我两手空空，生活的大海，划着独木舟，到特洛伊城去找海伦。

黎明的彩霞，雨后的长虹，玉白的肌肤，是爱人的裙裾，是生命的基因。
朝思暮想的爱情，比黄金纯，比财富贵。

24. 爱情　我拿什么来拥有你

爱情，我拿什么来拥有你？
我交给你，灵魂与肉体，瞬息与永恒；缠绕的线团，加上一个因果。
我交给你，一生的清贫与淡泊，一世的苦思与梦想，满天的星光与月光。
我交给你，一个人的痛苦，一个人的寂寞，一个人的愁思，一个人的碎片。
我交给你，日落之际瞥见，没有张贴标识，玫瑰色的记忆，粉红色的浪漫。
我交给你，磨难造就的刚强，挫折造就的坚韧，追求造就的抱负；大风大浪的豪气，哲人诗人的睿智。
我交给你，短短的诗，长长的爱；贿赂你的，聪明与美丽，优雅与高贵；拥有你雪一样纯，火一般热的爱情。

25. 爱情　风袭的繁花灿烂

爱情，风袭的繁花灿烂，危崖的海潮晶莹。
爱情，不是金玉，不是良药；不是车马，不是豪宅；不是面包，不是油盐；不是商品，不是交易；称斤论两，讨价还价。
爱情，最佳美的时刻，树伫立冷冽的冬天，花盛开苦难的枝头，石头挤出最后的奶水，滴滴品尝，甜甜欢笑。

26. 缝补被爱情扯破的婚纱

四月春风，嫩芽爆青，小草含笑，山水情深。
一如巧手，阳光亲吻花朵，给冬天刺痛的伤口止血，缝补被爱情扯破的婚纱。
时间教人成熟，黑发几丝银白，眼中些许忧郁；只是气质依旧，绰约多姿，雍容华贵。
淡淡的清香，浓浓的情意消散；依稀添了伤感，我依然听见柔软的呼吸，在美丽爱人丰满的胸脯。

27. 爱情是星星

　　爱情在远方，爱情在心灵；地狱与天堂的边缘，大海与天空的极地，梦想和理想的脚下。

　　爱情是食物，秀色可餐；爱情是小鸟，梦想飞翔；爱情是月亮，有头无尾；爱情是星星，有眼无珠。

28. 表演爱情

　　爱是传奇，情是绝唱；爱折磨人，情吸引人；爱情狭窄，弯曲的浮游体。

　　并不完美的世界，并不理想的现实；爱是功名的代名词，情是财富的专利品，千百年被生活收藏。

　　哪怕天生一对，爱与爱擦出火花，情与情深似大海；你和她表演爱情，抚摩、做爱、解释；依然需要华丽的背景。

29. 天下没有安宁的爱情

　　瀑布般的柔发，倾泻微笑的脸，萦绕起伏的情。

　　两只秀眼，摇曳幸福的火苗；倏忽一闪，折射炫目的光彩。

　　轻轻的吻，兴奋得火山冲天，浪跳到半空，风幸福地呼叫。

　　心与心交融，欢腾的溪流，狂奔的泥石，卷走爱的漩涡，扫平情的暗礁。

　　哦，为了爱！我燃烧，激情澎湃，一生无眠；梦想告诉我：人生没有顺遂的事业，天下没有安宁的爱情。

30. 感官饱餐爱情的喜悦

　　你的微笑，犹如鸽群翩飞；你的美姿，宛若仙鹤起舞；你的柔情，含苞待放的蔷薇，散发清香的玫瑰；当我啜饮花的芳醇，感官饱餐爱情的喜悦。

　　燕子在树林穿梭，清泉在岩石轻鸣，笛声在山冈回响，爱神在灵魂沉醉；不知天下还有苦难，不知自我还有忧伤；唉，天下的有情人，我的心灵只为幸福跳动，我的血液只为恋人沸腾。

31. 把爱情化为倾诉的清风

天和地，一往情深；大海和月亮，心心相印。
花不期待，甜蜜的嘴唇；叶不渴求，爱抚的双手。
为了春天永艳，为了友谊长存，我们宁愿把爱情，化为倾诉的清风。

32. 爱情一年四季开花飘香

你是我心中的玫瑰，你是我欢乐的青春，你是我狂放的生命，你是我生日的请柬；你居住我的内心，在我的天空翱翔，在我的山峰盘旋。

当心扉被美打开，当幸福的波涛，把心灵推向峰巅，你把大自然的爱赐予我；呵！你的爱，是绿色的小岛，尽管花儿在秋天凋谢，尽管候鸟在冬天飞离，犹如钻石深藏时间宝盒，爱情一年四季开花飘香。

33. 爱情使人完美无瑕

爱情，如此强烈，如此脆弱；如此幸福，如此痛苦；如此轻盈，如此沉重；爱情使人进退两难。

爱情，固执像意志，活泼像欲望，残酷像记忆，愚蠢像后悔，温暖像问候，冰冷像石头；爱情使人完美无瑕。

34. 享受爱情

她的微笑漾在脸蛋，她的声音绕在耳际；爱与美从容地翱翔，我欣喜若狂，焦渴如禾苗。

艳阳下衣裙光彩照人，夜幕中云影楚楚动人；她的气质月亮般迷人，她的气色月光般撩人。

大自然造就花魁，在新姿勃发之际，在春天宠爱之时，这千金一刻的瞬息，我们要赶快享受爱情，留下一生难忘的记忆，哭声笑声风声的夜晚！

35. 生活与爱情

衣裙的褶子，温柔的声音，晶莹的玉手，动人的姿态，黄金的曲线，智慧的前额，甜蜜的微笑，真挚的恋情。

你是长夜的风，飘落脑海的影子，两颗跳动的心灵，呼吸、交叉、感应；这一瞬间，生活与爱情，永恒照亮灵肉，永恒照亮诗歌；你超越正在消逝的爱，我超越正在凋谢的美。

36. 爱情是什么滋味

远远的，望着你，苗条的身材，晶莹的肌肤，洁白的牙齿，柠檬色的秀发，长裙腰际的方形银扣，浑身透着爱情的曲线。

白皙的手，悦耳的嗓音，温柔的低语，千娇百媚的笑容；听到轻快而节奏的哼唱，犹如深井流出甘甜的水。

爱情是什么滋味？品尝生命的空气，心愿被烧成灰烬的苦涩。

37. 爱情朝气蓬勃

茉莉花香的黄昏，我和你相逢在紫夜，你用裙裾兜来水果，你用杯子舀来清泉；一串串银铃的欢笑，拨动感情灵动的琴弦，漂放孤寂中疼痛的梦灯。

耳畔的爱语，呼吸的妙曲，月儿闪耀的弯刀，插入暮色的刀鞘，颤动一片片火花，播放花枝绽放的音乐；远方响起叮当的银铃，心宛若蹦蹦跳跳的小鹿，小舟在血液中扬起风帆。

春风、杨柳、桃李，美丽优雅温柔的情愫，黎明的元气渗入骨髓，唤醒我内在的生命力，大地峥嵘，爱情朝气蓬勃。

38. 爱情直指云天

春风温柔，滋润的手，滑过秀发，掠过额头，拂过心灵，爱抚酥胸，感觉被燃烧，感觉被冻僵；唉，恋人啊！幸福得神魂飘舞。

微风中飘动的白杨，受到雨露神圣的祝福，穿着花枝招展的衣裳，绿色的树梢向上伸长，甜蜜的爱情扎根大地，幸福的爱情直指云天。

39. 爱情是一种音乐

我爱你的含蓄，花朵秘密开放，留在我平庸的诗歌，安慰离群索居的心。

灵魂把永恒品尝，情感把乐园留恋，畅饮绿色的清泉，畅饮天赐的玉液；盼月亮透过云霭，投来爱怜的柔光。

爱情是一种音乐，旋律优美而忧郁；爱情是一种幸福，身心快乐而短暂；让纯净的爱之火，燃烧我，激发我，创造金色的梦想。

40. 爱情是人性的回归

当喜鹊展开翅膀，唱起优美的小曲；当蓓蕾开出玫瑰，飘来春天的芬芳。

感谢人生的良辰美景，让我欣赏动人的音乐，让我观赏动情的枝叶，让我亲近甜美的花朵，让我亲吻真实的大地。

沉浸鸟语花香的世界，没有欢乐比这更称心，没有幸福比这更曼妙，没有感情比这更自然。

因为爱情是人性的回归，因为爱情是肉体的金币，因为爱情是精神的钻石，因为爱情是心理的宝库，因为爱情是人生的诗歌。

41. 把天下的爱情表达

你彩霞般的姿影，你花朵般的面容；顾盼神奇的秋波，睨视爱人的微笑；燃烧焦渴的心灵，露出树梢的希望，穿越紫色的天空。

看到你美貌娉婷，听到你歌声袅绕；海的呼啸掀起波澜，水的柔情紊乱思绪；我沉入黄昏的梦幻，把天下的爱情表达，用蘸着烈火的橡笔。

42. 爱情弥漫永恒的芬芳

天苍白，雪发烫；感情冷若冰霜，肉体弯曲僵硬，在无爱的日子。

理想的恋人空幻，诗歌的美人真切；只要献上一束花，只要付出一生情。

她永远光彩照人，她永远冰清玉洁；爱情弥漫永恒的芬芳，生命融化智慧的彩虹。

43. 爱情燃烧的良宵

自古爱情难长留，我挥洒动人诗篇，用欣喜若狂的心，亲吻娇羞的朱唇，在美梦的时光。

上千次狂热地亲吻，上万次激情地拥抱；爱情燃烧的良宵，情投意合的时光，享受极乐的人生。

眼前的玫瑰摇曳，远方的蝴蝶翩飞，缠绵千万缕思念；我渴望鱼雁传情，向知己倾诉衷肠，我对她魂牵梦萦。

44. 爱情 始终如一的心

总想忘记你，却总是想起你，想起你又怕见不到你。

总想离开你，却总是想走近你，走近你又怕见到你。

岁月装饰的卧房，豪华、宁静、沉醉；世界睡着了，金子的碎片，你神秘眸子闪烁星辰。

我被你的芳香吸引，我被你的漂亮迷恋；我闭上眼，你射来永恒之光；梦想一样美丽，天鹅一样纯洁。

啊！回声，你是我永久的回声；一生呼唤爱情，我与你同行，千里之外能摸到你的柔情；用我的歌，始终如一的心！

45. 爱情的梦

我，娇小的玫瑰，失去芳香，收集心中的宝藏，清点心灵的积蓄；所有的欢乐，都被岁月带走，星石泪珠没有一滴；只留下爱情的梦，仍那么香甜亲切。

恋人哟！请别把我的梦吵醒；风雨交加之夜，黎明黑暗前夕，让爱情托浮我，走完布满善恶的漫漫之路。

46. 爱情的春天

我爱你的笑容，我爱你的安详，我爱你的纯洁，我爱你的愉悦；你的美是一朵花，你的善是一颗星。

爱情的春天，清晨观赏湖光山色，夜晚倾听心灵跳动；你的歌荡漾我的诗，我的诗洋溢你的爱；你是我生命的玫瑰，我是你生命的灵魂；让同甘共苦的命运，放射出幸福的彩霞。

47. 爱情的呼唤

我和你，不是鸳鸯一对；你和我，不是蝴蝶一双。

春与夏，却有花与叶的笑语；昼与夜，却有日与月的相思。

无语的池塘，有恋人的倒影；落霞的天边，有爱情的别墅；远山的瀑布，有爱情的呼唤。

莫非两极世界，感情会感悟前生，爱情会超越时空；隔着习俗的屏障，躲过凡人的毒眼，牵来条条情丝，摩擦片片爱火。

48. 登上爱情金色的峰峦

小狗不如恋人多情，小猫不如恋人可亲，孔雀没有爱人漂亮，熊猫没有情人可爱。

去爱吧，年轻人！爱她的窈窕和苗条，爱她的美貌和灵气，爱她的体贴和刺弄，爱她的真情和假意，爱她的率直和虚荣，爱她的聪明和欲望。

直到星星闪烁，直到明月倒映，生出一份机智，闪烁一份睿智；直到眸子碧绿，直到心空蔚蓝，脚步飘飘欲仙，赢得美丽动人的激情，登上爱情金色的峰峦！

49. 爱情在合掌之际

幻景虽好，令人空虚；爱情虽美，令人昏迷。

爱情，是电闪，是雷鸣，是彩虹，在合掌之际。

月在天，你的皎洁，你的笑貌，善解人意；压紧我的心，引领我上路，一路风尘一路歌。

诗，爱河流淌；溪流长长的愁思，沿着远方，熟悉的路，曲曲折折……

50. 爱情依旧荣耀

呵，恋人！多少日夜消逝，多少星辰黯淡；生命多么短暂，爱情多么甜蜜。

来吧！投入我怀抱，眼睛露出一抹云彩，心灵透出一片蓝天；千年的风景依旧美好，万年的爱情依旧荣耀。

疲倦的鸟儿要归林，美丽的日出在等待；分手是期待的开始，明天是蜜月的别名。

51. 爱情的美与德

幸福啊！花儿一样甜蜜；我爱你高雅恬淡的面容，我爱你令人迷醉的身材，我爱你令人销魂的眼神，伴我度过人生酷暑严寒。

荣耀啊！阳光的怀抱里，你双臂的弧线环绕全身，你紧闭双眼颤动的肢体，如一朵芬芳美丽的玫瑰，沁人肺腑而又秀色可餐。

美好啊！早晨清醒的空气，朝霞染红的大地；你盈盈微笑，你脉脉柔情；天地的女神，永恒的光明，将爱情的美与德献给诗人。

52. 爱情在炼狱创造天堂

她的脸容娇媚，她的微笑迷人，她的身材窈窕，她的嘴唇动人，她的样子令人心醉，她的心灵让人沉醉，她的爱情终生难忘。

爱情，美丽的丁香；多少幸福魂牵梦萦，多少欢乐回味无穷；尽管秋天花朵凋谢，尽管严冬绿叶枯萎；五月一夜让你饱餐秀色，直到朝阳把你从花蕊惊醒，直到爱情在炼狱创造天堂。

53. 爱情鸟倦了

卵石的小径，有浪的回声，有爱的恋人；默默对视，无声吸收，静的天籁，美的韵致。

路没有尽头，爱就在眼前；红花飘来香气，绿枝送来果实；秋风吹不散火夏，星星就是燃烧的心。

爱情鸟倦了，矜持地飞行；眷恋的浓情，捎回各自的林子，温暖寒冷的冬天，照亮漫长的黑夜。

54. 爱情让我们痛苦

两颗星，彼此相对；你感受到什么？我感受到什么？痛苦还是爱情，爱情还是痛苦。

也许，爱情就是痛苦，痛苦就是爱情；当爱情让我们痛苦时，痛苦使我们变得可爱。

星与花，相距遥远，星给花光明，花给星芳香；我与你，山高海深，你唱起爱的歌，我吟起情的诗。

55. 大地的爱情茂盛

雷霆振聋发聩，撕破九天黑幕。

夕阳的金辉，用少女的纤手，轻轻拂拭湖面。

桃花洁白如玉，绿草散发清香，夜莺纵情歌唱，泉水叮咚悦耳。

抑扬顿挫的风雨，欣赏柔美的春曲，领略明媚的春光；历史的朝代枯槁，年轻的生命兴起，大地的爱情茂盛。

56. 爱情的梦幻

时运不济，命运多舛；头顶着风雨，心结着冰霜，挥挥手告别爱情。

下不完的雨，流不尽的泪；天无情不死，人有爱不老；我的恋人哪里？

茉莉在南方，雪莲在北方；梅花在地下开，雪花在天上飘；我的情人在哪里？

爱情的梦幻，是碧绿的草原，是烂漫的原野；蔷薇花的微笑，玫瑰花的歌声，永远在春天回响。

第十九章 心恋

1. 心恋

心恋，就是让爱在心灵殿堂遨游；每一天是新的太阳，每一天是蓬勃的春天，心花艳如百花；无论是烟雨朦胧的夜晚，还是乌云叠嶂的白天，胸中总飘着一抹幽辉，悬着一道霞光，穿越生活之路，理性之道。

心恋，不是性，不是索取；而是一种关系，一种亲密，一种交流，一种接受，一种心境高远，攀援于理性之树的力量；推动、牵引、驱策创造的神圣巨掌。

心有灵犀的人儿啊，只要你爱过、恋过、赋予心灵高远意境、思想、志向，哪怕一瞬，远胜混沌生活一生。

愿心恋永驻！

2. 恋爱

恋爱是决斗，谁左顾右盼，谁必定败北。

自我折磨，折磨别人；两者或缺，恋爱就不存在。

恋爱是永久的音乐，给青年灿烂的光辉，给老人圣洁的灵光。

3. 初恋

春天的嫩芽，黑土中伸出，目光丰富而苍白。

你不是星辰，散发芬芳的玫瑰；你是青涩的果实，一条激荡的江河。

二月的风，四月的天色，桃色的肉体，蓝色的热情，恋情顶着四季冷暖。

追寻你的人，走进你的峡谷，围着你自转的黑夜，双眼挤出月光的微笑。

4. 伴着无名的渴望

远远地伫立一旁，呆呆地把她凝望；眼睛明亮又娇羞，犹如可爱的星辰。

衣裙干净又朴素，身材苗条又风韵；幸福的微笑迷人，青春的活力四射。

小鸟哼起欢乐曲，飞翔在她的周围；我把芳名刻心上，伴着无名的渴望。

5. 她向我微笑

我孤独，沉郁，未来的理想主义者；遭遇暴雨狂风，又逢地震海啸，我精神世界的末日。

她落落大方，她回眸一笑；我怀着莫名，惊异的莫名，攫住我的心灵；自问：美女向你微笑，天赐的灵感，天赐的诗歌。

她向我微笑，脉脉相觑；温柔的眼神隽永，令人回味；刹那间天空撒下银光，大地光明，心灵温暖；我品尝真，我享受善，我感悟美；纯洁的诗，芳烈甘美源于爱。

6. 爱的微笑

你的微笑，宛如一汪碧水，林荫山涧一面明镜，映照树梢上的弯月，拥抱大地耸立的山巅，洋溢大自然创造的奇迹。

当你的微笑，荡漾一颗朴实无华，幸福的种子；多么高贵，把它播在痛苦的心灵，人世的邪恶那么苍白。

你甜美的微笑，你柔情的容颜，春风般吹进我忧伤的心田；秋天的林园，甜蜜的硕果，结满绿色的枝头。

7. 孔雀开屏在花丛

闻到远方的芬芳，听到爽朗的笑声，瞥见活泼的身影；秀发飘舞在空间，孔雀开屏在花丛。

不管遭风吹，还是被雨淋；永不退缩的心，始终燃烧的脚步，顺着爱河的小径，风餐露宿的旅途；绿更浓，花更香，人生的春天来了。

8. 初开的花朵

美好的时光，幸福的良辰；初开的花朵，香气多么浓郁。

当她躺在绿地上，当你俯身春光下；这双多情之手的光泽，映射出她的慵懒之美，装饰着她的芳心之柔。

眼睛比星光可爱，脸庞比月亮可亲，从头到脚比蜜香甜；迷人的色彩和甘露，给予你美好的生活愿望，给予你纯洁的精神热量。

9. 被爱者

春光从脸庞流过，微笑被春风吹走；婀娜的风姿，银铃的嗓音，青春的魅力，只留下一丝痕迹；情深似海，风情万种，怎奈人生苦短。

多少目光，爱抚过你的美貌，欣赏过你的感性；唯有一人，抚摸你矜持的心灵，占有你高洁的柔情；骚动、惊喜、不安，令你爱怨交加，愁肠百结。

恋人哟！这里交融春天的百花，惊蛰雷鸣；让我们走进今天的幸福，让我们拥有明天的回忆。

10. 我把恋人想象

梦想的天堂，现实的小路，人生的旅途，我把恋人想象。

她像泡沫，海浪中来去匆匆；她像炊烟，房顶上随风起舞；她像云雾，一忽儿万马奔腾，一忽儿愁绪满怀；她像气球，一会儿满天飘舞，一会儿无影无踪；她像彩虹，抬头名画一幅，低首白纸一张。

恋人啊！天上一颗星，心中一首歌；有谁知道，天上闪烁的星，是冷还是热？歌中颂扬的爱，是真还是假？

11. 永恒的恋人

愁人的星光，伴着生的希望，伴着死的绝望，伴着风声雨声雷声，山盟海誓化为一缕青烟。

天上的好梦难圆，人间的美景不长；当星光与月影消失，当感情与爱情纷飞，痛苦和烦恼会远离我们，时间和岁月会忘记我们。

永恒的恋人，形体丰饶如原野，身材苗条如溪流，脸容纯洁如花蕾，肌肤光泽如晴空，眼睛微笑如月亮；风韵秀美又智慧，美丽大方又妩媚，令我目迷而心醉。

12. 恋人的灵魂

你不要因为被爱，常感到心神不安；我对你表示好感，我对你表达爱心；这是感情的需要，才使我心甘情愿。

诚实率直的我，决不把实情隐瞒；对你乞求爱心，期盼你奉献爱心，得到爱就是交好运，好运来了才有缘分。

难道你不相信，每个人都有一颗神往的星星，每个人都有一颗恋人的灵魂。

13. 爱火

她的美貌，她的眼睛，含情脉脉，千娇百媚；使太阳失色，使月光黯淡。

长长的睫毛，长长的身影；传递柔情蜜意，透露美丽神韵，使我的脉搏冻僵。

天鹅美，贤淑纯洁，知书达理；飞翔的翅膀，在夜空划出一道爱火；星光啊！这是我的心。

14. 初春绽放的蓓蕾

最是，游移的目光，迟疑的神情；低垂的眼睛一闪，初春绽放的蓓蕾。

树要长高，花要盛开，水要流淌，宝石要发出光彩，爱人要迎风高歌。

谁能抵制，热恋的力量；谁能品尝，断肠的滋味；谁能抗拒，凤凰的美姿。

15. 五月的野樱花

五月的野樱花，霞光为她披上彩妆，小草为她粘上睫毛，山峦为她流连忘返，溪流为她轻轻歌唱，蝴蝶为她翩翩起舞。

我仰视她的丰姿，我聆听她的爱语；甜蜜从眼睛流淌心底，幸福从平地直上云霄；雨后的大地芳香，清晨的露珠透明，黄昏的月亮皎洁，它们对我说：爱她！

16. 苦涩的气息

星星欣赏，黄昏纷飞的蝴蝶，夜间盛开的花朵。

小街无声，仰望天空，黯然神伤；走遍每个角落，寻觅飘香的杏花。

这边窗口，那边房间，亮起橘红的灯光，透出洁白的光亮，不知是玫瑰还是百合。

恋人，你舒放，蓬蓬温馨的芬芳；我的心啊，千里之外，闻到山楂苦涩的气息。

17. 陨石长出翅膀

为了，雷雨过后，太阳重新微笑。

为了，月亮歌唱，燃起我的爱恋。

为了，欣赏靓丽的姿容，沐浴恋情的雨露。

我望眼欲穿，星星从天而降，陨石长出翅膀。

小鸟幽静的夜晚，我用梦幻的羽翼，拍打你爱的窗棂。

18. 星与心

等了一万年，不知道它是梦，还是苦涩的泪。

再等一万年，天上一颗星，人间一颗心，只要时钟在行走，只要地球在旋转。

我只求一次碰撞，金色的酒杯，冒出生与死的火花；你接受，一朵鲜花；我接受，一个亲吻；你升向天堂，我坠落地狱，天地两茫茫。

19. 爱把山水相连

我时时在寻觅，我天天在思念，你这迷人的音符。

林间的小鸟，飞翔着我的想象；采花的蜜蜂，收集着我的欢乐。

幸福的黄昏，你向我走来；眼睑抹着黛青，眉目闪烁星星，鬓角散垂发丝，窈窕身材裹在衣裙，脸上罩着贞静纱巾，衣着朴素不失高雅，那风韵是云中的花朵。

相逢，天涯海角；流泉湖畔，娇声细语，柔情脉脉，温存的爱把山水相连。

20. 梦想的黄昏

生活的山峦，蓓蕾绽放鲜花；爱情的佳果成熟，浓荫传来牧童的笛声。

沿着小径蹀躞，田野的清风新叶，承受你亲昵的凝睇；蓝莲花浓烈馨香，泄露一个甜美的秘密。

她来了，含情脉脉，拿着一朵小花，如一颗纯洁的星；腰肢一扭，眼神低回，我的心飘到海的彼岸。

我去找她，她会对我微笑，因为她渴望友谊，正如我渴望爱情，充满甜蜜梦想的黄昏。

21. 黄昏之后

焦虑地期盼，魂牵地等待，美丽的缪斯，梦幻的恋人。

玫瑰色，熟悉的脸庞，轻盈的碎步，苗条的身影，辉映五月的春光。

仁立，时间的山头；守候，紧闭的门前；钟声打开，快乐的窗子，光线跑出来。

梦降临，移动、靠拢、焚烧；相会日落，黄昏之后。

22. 荷塘夜色的芙蓉

爱恋时，她是甘露；失恋时，她是云霞。

忽而满面含羞，忽而眉头紧皱；忽而欣喜若狂，忽而笑语温柔。

眼波流动的面容，口说真实的言语，心中纯洁的感情；是暖风融融的春意，是荷塘夜色的芙蓉。

23. 痛苦心灵添点甜味

你是一颗美人星，睁着明亮的眼睛，饱含智慧和情意。

你是一朵美芙蓉，天生的丽质脱俗，妩媚的姿容风流。

我不搅动你的芳心，我渴求你的恋情；因为渴望使人焦虑，憧憬使人迷惘。

我只想迎朝霞起舞，映夕阳歌唱；凝神弹一曲欢乐颂，痛苦心灵添点甜味。

24. 祝福你如愿以偿

你用丁香打扮，更加丰姿绰约；你用茉莉化妆，更加俊俏妩媚，脸庞含笑怡人。

丁香和茉莉飘香，人生美好的时光，愿生活使你适意；虽然我倍感孤寂，宛如坠入在深渊；要把诗歌炼成金，祝福你如愿以偿。

25. 人生萧瑟的秋季

今宵啊，月光皎洁，星光灿烂，秒针在跑，时针在走，小河牵着我的心，小溪流进我的情。

万籁俱寂，谛听心声，我多想你啊，依偎在一起，紧握你的手，温暖渴望的心，沉醉甜蜜的欢乐，在绿树成荫的春天，在人生萧瑟的秋季。

26. 花蝴蝶

我不是玫瑰，我不是牡丹，亲爱的花蝴蝶。

你那么年轻，你多么漂亮；美貌令人陶醉，青春让人羡慕，眸子射出幸福的光亮，脸庞洋溢四月的春色，漫步在明媚的五月天。

我只是一位流浪汉，双手空空，一贫如洗；梦幻中多么希望，我是一位腰缠万贯的富翁，你是一个孤苦伶仃的乞丐。

27. 恋人的倒影

春与夏，有花叶的笑语；日和夜，有云雨的相思。

我们不是鸳鸯，却形影不离；我们不是蝴蝶，却成双成对。

落霞的天边，有爱情的别墅；无语之镜的池苑，荡漾恋人的倒影。

谁会相信，隔山隔海，山水相依；爱能感悟前生，牵着一缕情丝，牛郎织女的心。

28. 穿过幽寂的小径

穿过幽寂的小径，沿着郁悒的树阴，一颗黑夜的明珠，迷惘中我找到你。

你的眼睛，托起满天星斗；你的笑容，写满内心喜悦；你的恋情，捎来春天欢歌。

让喜悦注满我的心灵，清晨采集鲜艳的花朵，悄悄珍藏美丽的梦寐，伴我走出人生的逆境。

29. 一朵黑牡丹

心乘风翱翔，情扬帆远航；当双臂满怀娇媚，当双手爱抚柔美；这是一朵黑牡丹？

我心爱的人儿呀！这是温暖的五月，最明媚的时光，最神圣的时刻，千金难买春光阴。

垂柳伸出嫩枝，桃花飘来芳香；一张红色的脸庞，一张绿色的容颜；看见你欢乐的眼睛，看见你幸福的笑容，我怎能抵挡爱的魅力。

30. 唱起催眠曲使我进入梦乡

只有你的目光，才能吸引我的心；只有你的脸庞，才能栖息我的情；只有你的嘴巴，才能和我谈天说地；只有你一个人，天天萦绕我的灵魂。

你是否心甘情愿，把我的手握在你的手中，把我的嘴贴在你的脸上，把我的心系在你的情怀，把我的生命搁在你的爱心，把整个的我搂在你的胸前；保护我免遭逆风恶浪侵袭，唱起催眠曲使我进入梦乡。

31. 你是一个春天的梦

你是天空，我是飞鸟；你是大海，我是鱼虾；你是清风，我是小草；无论天涯海角，我们都在一起。

你是一个春天的梦，伴我在寂静的夜晚；你是一颗闪烁的星，照亮我幽暗的心灵；你是一弯不落的月亮，天黑在身前，天亮在身后。

32. 翅膀有你灿烂的金粉

你是湍流的小溪，我是崎岖的堤岸；你是纤细的闪电，我是奔放的风暴；你是娟秀的小花，我是金色的蜜蜂。

假若我在平川，你在高山；我会驾起彩虹，清风有你甜蜜的感情，绿叶有你明亮的笑容，翅膀有你灿烂的金粉。

33. 愿你是晨曦明星新月

　　我和你来来回回擦肩而过，难道你从未注意我的凝视，不相信我的心为你在燃烧。

　　当我的眼睛，射出灼热的光；当你的微笑，绽放出一个谜；我多想今晚谈情说爱。

　　相爱的人，在一起多么愉快；地球会记录爱的音符，大海会哼起情的旋律，太阳会见证美的拥抱，绿草会感觉肉体的重量，空气会感觉灵魂的轻盈。

　　美的玉体比黄金价高，纯的灵魂比白金更贵；愿你是晨曦明星新月，昼与夜和我朝夕相伴。

34. 每颗心都有情人

　　草地绿了又黄，情人来了又去，失去的无法挽回，得到的难以言说；每颗心都有情人，只是没有爱的帐篷。

　　天很真，地很实；橙色的黄昏，醉人的夜晚，丁香花盛开，玫瑰花飘香；春风婚床上歇息，星移斗转月又高。

　　有钱有势，结交朋友，豪华宾馆吃喝，名胜古迹游览；拥有你才相信，人间最大的幸福，是享受命运恩赐的爱。

35. 每一天都是春天的黎明

　　只要你相思，鲜花开在你的眼帘，小溪流淌你的心田，小鸟飞进你的窗口，月光走到你的床前，一年四季没有秋冬。

　　只要你相恋，肉体是美丽的花朵，灵魂是圣洁的雪莲，笑声是灿烂的阳光，歌声是碧绿的清泉，人生的天晴空万里。

　　只要你相爱，手拉手多么快乐，嘴对嘴多么幸福，一张草席是暖和的温床，一顶凉篷是喜庆的新房，每一天都是春天的黎明。

36. 瓦砾的梦

　　你是黄昏的月亮，眸子闪着温柔的光；你是清晨的鸟语，喃喃细语自然的爱；你是盛开的花朵，微笑迎送痴情的金蝶；你是山峦的小径，留下绵延不绝的脚印，留下满坡窈窕的身影。

我是一座火山，看哪西天薄暮的云彩，一片郁郁葱葱的岁月；等待一个春天的音讯，等待一个喷薄的动力，如呵护一堆瓦砾的梦。

37. 嫉妒的昆虫伸出螫针

那夜，蝴蝶欢舞；天多么蓝，爱多么美。

一句话，一眨眼，一个微笑，烧燃爱的柴堆。

美人的脸蛋，白嫩的脖子，轻声的呢喃，这么柔美和谐。

靠近你的膝，贴近你的胸，拥抱你的心；威猛的狮子变成羔羊，嫉妒的昆虫伸出螫针。

38. 野樱花开

野樱花开，红色的花，白色的花；四月的芳菲，五月的翅膀。

玉石的光芒，不知射往哪扇窗；恋人的脚步，不知敲响哪颗心。

我追随，西沉的太阳，终于迎来你；黑色的眸子，红润的脸颊，纤纤的玉手，一只白色的鸽子，一只幸福的小鸟。

哦，梦中的女人！

39. 犹如初夜的牡丹

黄昏，携手散步，款款走来，情真意切，歌声和谐，宛若仙风缥缈。

一路之上，每朵百合花，每丛野荆棘，每株风铃草，每棵紫丁香，健美柔滑芬芳，犹如初夜的牡丹。

春夜的月明，夏夜的星亮；凉爽的雨，快乐的风，不如恋人的亲吻甜美。

40. 一个春晨的吟唱

我寻找爱侣，用烧红的眼睛，萤火虫的天灯。

她用爱的胸乳，以生命连同不朽，哺育我，融化我。

海洋向天，她美的力量，打碎心海的盖子；把我的爱恋拖到沙滩，心灵缠绕旋转的螺旋桨。

没有人像她，窥探我的灵魂；没有人像我，不眠之夜为她燃烧；如果没有欢笑，飘舞的郁金香衣裙，天籁般的问候，我会在忧郁中昏睡。

但愿，爱恋融入记忆，痛苦融入诗歌；太阳的才智，月亮的美貌，星星的纯真，回旋一个春晨的吟唱，把真挚的爱传过一百年。

41. 藕丝缠绵

她是温泉的玉露，我是果园的琼浆；她的美在大地深藏，我的爱在天空高挂。

她甜美的笑，我天真的心；清静的山麓，冷漠的幽谷，我们沉溺忧愁的深渊。

藕丝缠绵，莲心苦涩，纵横写遍相思，难解灵魂的镣铐；爱心与爱心碰撞，明月会发出熠熠银辉，琴弦会弹出微妙清响。

42. 月残缺　春又来

心上人，风在吹；情的芬芳，爱的花朵，玫瑰多娇艳。
金色园林，繁星如织，绿草如茵，湖泊如云，微风轻拂的黄昏。
人渺小，爱博大；梦里的相思，泪里的愁绪；月残缺，春又来。

43. 恋人　等候你

恋人，等候你！乞丐般坐着，热情汹涌奔放，想象纵情飞驰，永远吹奏新鲜的乐章。

凝望天空，炫耀的晨曦，你隐约飘来，花环挂满光柔的腰枝，我褴褛的衣衫万彩交辉。

春夏秋冬，阴晴圆缺，难以餍足的心灵发愁，困倦麻木使神经痛楚；宛如每天吸饮了毒汁，心折磨得在空中伫立，感情疲惫得无处安身；滚动的思绪不停叫嚷：快把幸福的要求降低！

44. 曼妙的景致

当你绽放玫瑰，当你飘来芳香；脑海浮现曼妙的景致：恋人，可要我陪伴。

在你愉快的脸庞，可容我欣赏妩媚笑靥；在你幸福的耳际，可容我留下缠绵爱语；在你鲜红的嘴唇，可容我亲热甜蜜一吻；在你丰满的双乳，可容我轻松小憩一会；在你温馨的小床，可容我高枕无忧一梦。

愿我是一颗星，一缕春夜的风，装点你暗淡的时光。

45. 一只梦幻的手

浪花，大海中飘泊，一对迷惘的情侣，偶然相会又骤然别离。

热烈的喧哗，忘却寂寞的孤独；风平浪静的时光，只有一只梦幻的手，抚摸你的脸颊和心灵。

恋人哟，总有一天，我将爱的种子，播撒你的心田，玫瑰花开的季节，大地会露出笑脸，我会找到真实的你，让诗章为我祈求：愿你的芳心，像一块黄磷，触到诗情的火星就燃烧。

46. 不管她，形式上属于谁

人世艰危，我渴望幸福生活；让我握紧她的手，悄悄地、不懈地，攀登人生高峰；翻越爱情的悬崖，领略峰顶的锦绣；不管她，形式上属于谁。

事业前程远大，我渴望实现凤愿，我需要她的智慧，增添创造的力量；从梦乡走进现实，成就人间的奇迹；世上哪有孤零零，万物融会一切精神；不管她，形式上属于谁。

47. 四季如春

若不是蜡烛，为什么要烛台？若不是星星，为什么要夜空？若不是恋人，何必魂牵梦萦？

既然是知己，既然是知音，同心又同德，想爱又相恋，玫瑰芬芳吐艳，何必待三月阳春？

愿你四季如春，愿你日月长明；瑶池的花，露台的草，香气扑鼻，心情欢畅，满脸笑靥。

48. 甜蜜充盈我的心房

夏天的花草艳丽，秋天的果实甜蜜；大地的山水竞秀，天空的云雾霞蔚；

世界上数你最美丽。

由于你的呼吸，春天才这么温暖；由于你的明眸，蓝天才这么多彩；由于你的歌声，大地才这么欢乐；由于你的情谊，阳光才这么灿烂；由于你的爱情，月亮才这么明亮；你是一条活泼的小溪，你是一条纯洁的小河，流进我愉快的梦乡，甜蜜充盈我的心房。

49. 康乃馨的香味

我以千种风情，欣赏它的容颜，享受它的美丽，鲜花盛开的果园。

小鸟的翅膀，敏捷又轻盈；清澈的泉水，激荡又甜蜜；柔和的微风，清爽又惬意。

有爱在心，树上的芒刺，会变成玫瑰，飘着康乃馨的香味；请摘取青春快乐的果实，趁白雪还未覆盖碧绿的山峰。

50. 理应得到诗人的颂扬

月光覆盖你的双肩，星辰点缀你的衣裙，气质高贵光彩夺目，风流天成胜过群芳。

你外貌楚楚动人，你举止优雅大方，声音宛若天风吹来，胜过聆听夜莺悠扬的歌声。

你的心晶莹剔透，赛过珍宝，金银器皿；你的爱完美无私，是人生的安慰和快乐，是人生的美满和吉祥，理应得到诗人的颂扬。

51. 为爱伸展

春风吹拂你，月光照耀我，你的脸转向我，我的眼欣赏你，那天夜晚真快乐。

在你的臂弯瞌睡，听你的脉搏歌唱，我从头到脚沉没，你的怀抱，实在美妙！

柔软的胴体，按摩我的心，绵绵的爱语，流向我的情，我的灵魂，为爱伸展！

52. 销魂的夜晚

雨拍打倦容，风刺痛伤口，大海烦闷焦躁，高山寝食不安；等待星为它指路，等待月与它团圆，一个销魂的夜晚。

万物静立的傍晚，弦月丰满的胸前，沐浴四月的春风，享受五月的春雨，风华正茂的六月，一个短暂无名的吻，藏入岁月之盒的爱。

53. 今夜如此辉煌

她的心潮起潮落，她的胸跌宕起伏，她的情一团火焰，她的爱温柔似水。

我寻找她的脸庞，惊喜的眼神，温暖的肌肤；在双臂、颈、脖，交叉之际，幸福的低泣，欢乐的呻吟；血液在交融，感情在合一，黑夜揭开白天神秘的面纱。

慈悲的爱，自然的爱，瞬间的爱；今夜如此短暂，今夜如此辉煌，为我们打上不朽的烙印。

54. 濡湿草地

夜幕降临，灯火朦胧；走进潮湿新鲜的幽径，随着快乐轻松的旋律，携着情侣来到曼妙的国度。

掀开天幕，手指点点滑向，熟悉的微笑，光洁的额头，细腻的双肩，玉洁的肌肤，圆润的乳房，纤美的双脚；大自然的春天，鲜妍无双。

芬芳的花朵，奔流的大海，潺潺的小溪，微微颤动的精灵，积聚陶醉的力量；我在天地的胸怀滚动，头枕着仁慈的膝盖安睡，二个生命的脉搏神秘跳动；这深入骨髓，内在美的精华，营养我的思维，移情我一生耕耘。

世界空无一人，寂光在周围燃烧，我的灵魂思接天外；只听见细雨沙沙，浇灌庄稼，濡湿草地。

天啊！哺育饥渴的大地，爱……

55. 蜜月的阳春

春风吹拂，我们将去何方？向东南还是向西北，游大海还是飞天空，登高山还是走原野，外面的世界在招手。

我们还是留在港湾，我们努力积聚昼夜；二双手，一颗爱心；建起一座豪华的宫殿，筑起一间温馨的爱巢。

你做皇后，我当国王；感情汹涌澎湃，笑容亲切可爱；钟情、爱慕和欢欣，永远生活在蜜月的阳春。

56. 满天浮动的暗香

尊贵的公主，生命转瞬即逝，爱情甜蜜美好，朝霞映红玫瑰，月光照亮脸庞，微风抚摸双肩，雨露滋润感情，心灵亲吻肉体，享受天赐幸福。

当星移斗转，当劳燕分飞，哪怕历尽忧患，哪怕双鬓斑白；保存着的记忆，青春那份纯美，没有伤逝的悲愁，只有醉人的细语，满天浮动的暗香。

57. 伊甸园的椅子

春花无声离开，秋月悄然远去；只有你直腿而立，装点雅静的伊甸园，绿草和玫瑰的天地。

恋人各奔东西，相思随风缥缈，唯有露珠向你低语，唯有树枝和你亲近，微波发出轻轻的叹息。

回望你孤独的影子，眼底放出一片春光，心中唤起一丝柔情；这里有看不见的欢欣，这里有听不完的欢笑，爱的翅膀托起豆蔻之香，美的思绪萦绕山水曲线。

58. 只有感情唱着小夜曲

伊甸园，月影流光，万籁俱寂；律法沉睡，禁果香甜。

今夜不是往日，静卧细细倾听，只有猫在唤春，蝙蝠在寻花问柳。

大地的处女，额头光滑美丽，皮肤洁白细腻，眼神明亮如月光，微笑灿烂似朝霞。

舒展躺下，天幕拉开，梦幻的美姿，天然的秀色；智慧和意志晕眩，只有感情唱着小夜曲。

59. 摇曳的树梢

晨风中，高高摇曳的树梢！

我眷恋着回到你身边，一见到你就感到宽慰；是你召回我逝去的岁月，唤醒我深埋心中的忧伤，燃起我青春炽热的希望。

没有你纯洁真诚的心意，洋溢炽热爱意的脸庞，充满甜蜜味道的笑容；没有那双凝视我心灵的眸子，令人魂不守舍的名字，森林仙子般苗条身影，我怎么度过沉重的生涯。

60. 春风依旧迎桃李

三月和你分手，四月和你相逢；我们哭过又笑过，春风依旧迎桃李。

走进湖畔绿荫，投入夜色怀抱；快快活活端详，你的容颜美貌；说些甜言蜜语，向你表示殷勤；亲吻纤纤玉手，祝福你永葆青春；一丝鸽子的微笑，飘浮在噘起的嘴唇。

我是精神的宠儿，我是幸福的人子；只喜欢高雅的美人，只品尝甜蜜的爱恋；只欣赏太阳灿烂的面容，只拥抱月亮婀娜的身姿。

61. 绿荫藏着你与我

不必坐在湖畔，阳光下闭眼；月色为你架床，把我们的星座挑明。

宇宙有边有沿，灵肉有方有圆；不论柔情蜜意，还是山盟海誓，握紧的手掂量，爱情与友谊的轻重。

高飞诗的天国，站在爱的顶峰，回望鲜活的记忆，绿荫藏着你与我！

62. 梦寐的印记

我向你匆匆走去，沿着青青的小路，迎着暖暖的春风，怀着甜甜的期待。

鲜花烂漫的季节，我和你幸福幽会，在湖畔并肩而行，石竹花铺就的小径。

春去春来，今夜谁来入梦；一张巧笑的脸，一颗多情的心，一段风月的情，特别心跳的感觉，异常甜蜜的滋味；佳人一去无归期，才子独语无诗意。

听到你的声音，见到你的倩影，心燃烧血沸腾，在月宫在天堂，缪斯的怀里入梦，我与你的魂融为一体。

63. 踏着熟悉的小路

踏着熟悉的小路，只为再见她一面；迷人的小路，蜿蜒曲折；咯咯甜蜜的笑声，唤起恋人的回音；梦魂的蜜蜂嗡嗡翩飞，寻找无踪的芬芳；往昔的欢娱，飘向无语无愁的大海；我呀！依旧徘徊，新笔饱蘸奇妙的色彩，涂抹夕阳落山的西天。

> 注：1993 年在《芳草杯》全国精短作品大赛，作品《踏着熟悉的小路》荣获优秀作品奖。

64. 良宵的誓约

四月，掀开生命，最美的一页；闻到花的浓郁，弥漫雾的梦境，轻风载满爱的音乐；我的心灵，我的天空，世界敞开绿色的光明。

五月，多少个雨季，融融的月光，湖岸的小径，轻雾的花园，袅绕夜莺的歌声，镌刻潮湿的足迹；撩开玫瑰的面纱，嗅到泥土湿漉漉的清香，看见小鹿般迷人的眼睛。

今天啊！鲜花忧伤，绿叶悲哀；秋夜寂寞，雨丝凉透心；隆冬季节啊！谁会想起四月黎明的美景，谁会恪守五月良宵的誓约！

65. 与我结伴徘徊在湖畔

你用风姿把我吸引，你用微笑把我充实，你用语言把我抚慰，你用歌声把我欢乐，你用双手把我挽留。

今天啊！童话的世界；岁月流逝，大地静寂，春风消失得无影无踪，孤雁飞翔在天南海北；只有一片夕阳的余晖，与我结伴徘徊在湖畔。

66. 视你为我的知音

我是，巨石下，一棵小草；你是，高山上，一朵玫瑰。

对你的钟情，我引以为豪；如春风溶入残香，如荒原出现葱郁。

蛰伏的夜里，恋人的秋波，情人的热情；纵然你情意短暂，我当作日月光华，收藏诗人的宝库。

即使你不爱我，天寒地冻的清晨，我爱你像春天，轻柔真挚的爱意，萦绕飘逸的衣裙，心中高洁的思念，视你为我的知音。

67. 今天风儿把它吹向何方

你真是铁石心肠，我在烈火中燃烧，你比飞雪还冰凉；尽管有山盟海誓，尽管有明媚春光，爱情的花朵盛开，今天风儿把它吹向何方？

小溪潺潺流淌，小草碧绿如茵，小花竞相开放；面对高攀的常春藤，我只有轻轻地长叹，我只有苦涩的回忆，一任思绪的小鸟飞翔，一任泪水的珍珠四溅。

68. 恋人聚合离散

春雨暖，秋风爽；我苦苦寻觅，春色的眼睛，秋景的嘴唇。

道路结冰，河流封冻；我在静静谛听，春天储存的足音，秋天冷藏的笑语。

大街小巷，湖畔山峦，雕像无声，绿树无语；只有风相伴，只有月相随；夜色温柔甜蜜，恋人聚合离散。

69. 旧梦新愁

总想丢开一个梦，你的影子在眼前；总想忘记一个爱，你的感情在心头。

久别重逢，到底怎么办？急步快走，还是悠闲徘徊，拒绝还是欢迎。

今晚啊！没有风，没有烟雾；我注视神秘的月亮，旧梦新愁七上八下。

70. 敲碎星儿问黎明

星月当空，我在聆听，那支消逝，余韵犹存的夜曲。

睡梦之中，我伸手抚摸，那把弯弓，翱翔天际的飞鸟。

睁开眼睛，敲碎星儿问黎明，我的恋人，为什么不辞而别？

71. 飘香的茉莉

你不在我身边，你在我的天空，宛若一片云彩。

我望着你，一丝笑意，睡梦中感觉，黑夜漏出的霞光。

我把忧郁，被爱，被遗忘，卷入大海的孤独，大海的寂寞。

星星眨眼，月色迷人，那颗心寻找，美丽的芙蓉，飘香的茉莉。

72. 幸福随波涛一去不返

笑与笑对话，心与心交流，爱与爱共享，灵与肉齐飞。

爱之初的微笑多美，爱之初的感情多柔，爱之初的生活多欢；星星开出蓝色的花，蝴蝶装点缠绵的春，垂柳依恋湖畔的水，音乐流淌乳汁的蜜。

似水流年，月残花枯；两颗心被物质压抑，两个人被欲望隔离；轻拨一曲惊魂的悲歌，千万颗银星洒遍湖海，幸福随波涛一去不返。

73. 世界依然完美

春天的草坪，秋天的晴空，触摸它的距离，爱是一个音符。

走过小径，没有栽种花草；张开翅膀，空间失去平衡；崇高瞬间跌入凡俗。

一阵风，一堆枯叶；心灵虚空，生命虚弱，孤单、冷落，两颗串联的星，黑暗割断绳子。

只有感觉仍在寻找爱，只有睡过的世界依然完美。

74. 缘起便是缘尽

早知，缘起，便是缘尽；何必，望断冬天看风景；等待，枯叶落成一个春天。

明知，笑容轻如烟云；何必，魂系天边的彩虹；等待，一个美丽的幻影，一个温柔的梦想。

预感，幽思终成霜雪；何必，采摘带刺的玫瑰，相思高山的雪莲；宁愿，与星星月亮为伴，以不褪色的光束，编织永生的爱恋。

75. 一只樊笼的无翼鸟

神圣的庙宇，孤寂的殿堂，火点燃一枝香，爱举起一盏灯，照亮幽暗的神龛。

一位神女，安详端坐，平静淡泊；听不见言语，看不见笑容，深陷沉思默想。

凝神注视，呆板的女神，不就是昔日的恋人；一束无色的百合花，一只樊笼的无翼鸟。

76. 委婉的哀诗

心爱的人走了，亲切的音容笑貌，只留下一点星火，静悄悄被夜色埋葬。

爱恋，爱得深沉，把生命饮得烂醉如泥；爱恋，爱得刻骨，让智慧怀着无限惆怅。

失去爱人，正如失去青春；寻回的只有梦想，回味的只有苦涩，飞翔的只有星光。

一段曲折的旅途，泥泞的道路使人消瘦；没有华彩，只有余情居住灵魂，是一首委婉的哀诗。

77. 心灵的爱

我举目四望，无论春天和秋天，还是晴天和雨天；熙熙攘攘的人流，都从身边擦肩而过。

唯有心灵的爱，像太阳悬在心空，像月亮轮在胸怀，滋润枯竭的心灵，丰富苍白的人生。

不管我青年如何迷惘，不管我中年如何艰辛，不管我晚年如何萧瑟；只要曾承受春的眷顾，只要曾接受爱的洗礼，足以自慰命运的恩宠；它赐给我一位智慧女神，使我尝到渴望千年的爱，使我得到期盼万年的情。

78. 诗人的爱

在火的中心，在水的深处；感情总喜欢欺骗理智，肉体总喜欢欺骗灵魂。

黑夜降临，白昼升起；见不到你，我扳着指头数日月；长年遗忘我怕失去你，和你相会这颗心太激动。

当我用诗歌重温善良的心，当我用理智寻觅忠诚的爱，当我用灵魂探索优雅的美；心真不该掉进时间的黑洞，情真不该忘却皎洁的夜晚；如果爱情依然活在大地上，诗人的爱会得到天下人的理解。

79. 诗人为了忘却她而爱她

诗人为了忘却她而爱她，诗人为了爱她而忘却她。

她唱着一首自己的情歌，忘却爱情，忘却她的诗人；诗人的歌承受爱情的失落，犹如钻石没有记忆的光彩。

紫色蝴蝶飞翔春天的花丛，独自品尝爱情成熟的味道；诗人被爱忘却中创作诗歌，含着爱情的甜蜜祝福忘却。

她徘徊曲径与孤独取暖，诗人行走沙滩与寂寞交谈；忘却时间的苦涩，生命的苦涩；超越一座座山峦，一片片大海。

80. 诗不能没有情歌

恋人不在身边，天南海北寻找，难觅她的踪影；丢失的金银完璧归赵，丢失的恋人杳如黄鹤。

还未倾诉情思，还未释放激情，还未跨越爱之路，还未品尝爱之蜜；丢失了心灵的珍宝，我凭毅力不发出轻微叹息。

她带走什么？感觉失落了纯真；她留下什么？孕育诗歌的灵感；夜空繁星闪烁，黎明阳光璀璨；云彩不能没有爱，我的诗不能没有情歌。

81. 恋人是梦中一枝花

恋爱是痛苦的，永世悲哀；天涯孤寂，悠远的夜漫漫绵绵。

恋爱是快乐的，风月清幽，朝三暮四，只留一抹回忆的清秋。

魂牵梦萦的人啊，泪是热的，笑是冷的；生命在两极寻找温暖，静默中等待心花烂漫。

霜雪飘落人间，风暴席卷大地，仰望清亮的星辰；爱火是天上一盏灯，恋人是梦中一枝花。

第二十章

至 爱

1. 爱照亮我的路

月亮，爬上树梢；月光，脱去金黄色衬衣，出落得白净雅致。
我在黑夜，跟着她走；抬头仰望高贵的女神，心已被风吹凉。
我爱上，嫦娥；她的美，刺痛我的心；她的光，照亮我的路。

2. 爱的觉醒

蛋壳，就是牢笼，束缚鸡雏生命。
鸡雏，在蛋壳内，是沉睡的存在。
超越蛋壳，面壁生活，需要爱的觉醒，爱的无限穿透力。

3. 爱是永恒的存在

没有爱，不会有真正的幸福；有了爱，不会有永远的不幸。
爱无私，赐给人，力量智慧和激情；赏给人，爱心关心和真心。
爱的生命，是灵魂，是思绪，永不安宁的风；爱的种子，只要发芽，哪怕在高山石壁，一定会开花结果。
爱的花朵不会枯萎，爱的果实不会腐烂；爱是宇宙的儿女，爱是永恒的存在。

4. 爱最坚韧的星

当你爬遍所有的山麓，当你跋涉全部的河流；当冷寂的大地结成冰，透明而又漫长的冬季，骤然而又浑浊的暴雨；遗忘尘世慰藉的风景，遗忘人生路途的悲戚，只记住目光中的光泽；昂起头，最坚韧的星，就是埋藏心底的爱——你的真情，你的至诚！
爱是青春换取的阳光，爱是震撼天地的惊雷，爱是一片淡泊的月光，爱是一把羽翎的利剑，爱是一座休憩的驿站，爱是一件纯金的宝贝，爱是一条流淌的恒河。

5. 爱是奋斗的激情

爱创造生，爱轻蔑死。

爱是一种期待与焦虑，爱是一种感情与责任，爱是一种理想与梦想，爱是一份轻盈与沉重。

爱是一粒酸涩的苦果，爱是一株迎风的小草，爱是一朵带刺的玫瑰，爱是一段风流的记忆，爱是一颗心灵的亮点，爱是一束光和影的默契。

爱不怕饥饿，贫富贵贱；爱不怕磨难，生老病死；爱不怕坎坷，路途遥远；爱不怕幸福，白头偕老；青山有爱，就有依靠的大树；生命有爱，就有奋斗的激情；人生有爱，就有不朽的伟业；社会有爱，就有和谐的生活。

6. 爱是对未来的高瞻远瞩

恋人，不要迷途；你要爱就尽情地爱，你要爱就真心地爱，你要爱就忘我地爱。

在我英俊潇洒时爱，在我风度翩翩时爱；在我老态龙钟时爱，在我白发苍苍时爱；在我腰缠万贯时爱，在我身无分文时爱；在我大名鼎鼎时爱，在我落魄街头时爱；在我远离你视野时爱，在我走近你心灵时爱。

星星闪烁天上，小草蜷缩寒冬；你先问问感情，再让理智决定；不要刚刚找到理想的大江，却又迷途通向大海的峡谷；爱是对幸福的期待，爱是对生存的思考，爱是对未来的高瞻远瞩。

7. 爱是翱翔浩瀚天空的翅膀

你爱别人，别人就会爱你；你帮助别人，别人就会帮助你；你待他情同手足，他对你情同父母。

爱是构筑美好生活的桥梁，爱是沐浴幸福人生的阳光，爱是滋润心灵快感的雨露，爱是翱翔浩瀚天空的翅膀。

8. 爱有千万种诠释

衣着华丽，并不等于高贵；声音悦耳，并不等于动听；容貌娇艳，并不等于漂亮；荣华富贵，并不等于幸福。

没有爱情，何必对她倾心；没有友谊，何必对她真诚；没有善意，何必对她亲近；没有理性，何必对她尊重。

人类只有一种爱，却有千万种诠释。

9. 长春花

洁白的大地，洁白的天空，洁白的心灵，洁白的肌肤，洁白的爱情。

碧玉的胳膊，麦穗的腰身，玫瑰的小腹，牡丹的双腿，水波的酥胸，凤凰的双眼，银铃的声音，晚霞的神情，黎明的脸庞，风儿的心脏，天地间跳动。

眼前的长春花，远方的心上人；伟大丰盈的女性，伫立细雨朦胧的高山，历史留下老而弥新的温馨。

10. 爱只能萌芽一次

秋冬的季节，花叶飘舞；春夏的时节，嫩绿爆青；新添的花叶，一如处女美，奇妙而清新。

世界万物，无非是重复；唯有彼此相爱，只能萌芽一次，我们一旦错过，梦中的星光褪色，水中的月亮无踪。

11. 爱　在远方

黄昏，朦胧的你，爬满我的心，我在苦恼里张望。

晚霞多么黯淡，夜漫长；放心地睡吧！我的丽人，幻想不会惊醒你。

我走近，转身离开；走近，流逝的梦；离开，绯红的云；丽影浮游天际，爱！在远方……

12. 温暖最有诗意

你不是，白的桂花，绿的宫人草，轻风吹拂的紫罗兰。

你是火，寄情于高山；你是冰，心爱于雪地；你是月，怀柔于云天；你是玫瑰，独秀于群芳。

我是风，陪你在大地，伴你在山峦，随你在天涯；神与形相融，灵与肉相依；不老的时间，解开你的衣带，解开你的风情，露出你的圆乳。

今晚，花好月圆；天堂人间，温暖最有诗意！

13. 爱独步天外

梦是，一条河，千里曲折，万古愁绪。

梦是，一首诗，乘着晚风，放飞相思。

梦是，一只鸟，向天叙述，一次美丽的邂逅。

梦是，浪漫的虹，天下无路，只盼女神天上来。

梦是，浩瀚的天，装得下生死，只有爱独步天外。

14. 西天的残霞

满天繁星，唯有两颗，互相照耀；火光，燃烧渴望的大地。

夜浓，月光流芳，眼睛柔和，脸庞生辉，茉莉的花香清幽。

远景在灵魂深处，衔来西天的残霞，几条血丝，几束愁绪。

梦有难忘的真实，倾听无言的缄默，博爱的宇宙纯洁依旧。

15. 爱的小金匣子

微笑如明月，长发如雨丝，曲线的身影，好感的脸庞，与人为善的言行，如禾苗随风摇曳。

她一路把你引来，以礼帽披肩和步态，心灵的感官，以手；悄悄等待使你渴望，使你焦虑，使你寂寞，孤独地进入深邃的窗口。

妙不可言的境界，无限甘美的福地；一道裂纹穿过一只杯子，一道闪电穿过一颗浮雕；芬芳留在狂热消逝的记忆，放进沉重空灵的小金匣子。

16. 当你释放爱

夜幕中，倾听爱河的声音，孤寂、挣扎、呼喊。

爱啊！一朵玄色的玫瑰，别为枯萎和死亡忧伤，要为美丽和飘香自豪！

当你囚禁爱，它是一团解不开的死结，它是一根扯不断的魔线；白天纠缠心，夜晚烦扰情。

当你释放爱，它是一个霞光灿烂的宇宙，它是一个神采奕奕的生命，它是一个顾盼自雄的金刚。

17. 领悟

你是一朵，未经采摘的花；你是一本，未经阅读的书；掀开书页，震撼心灵和意识。

心灵之波，纯洁清澈；意识之浪，波澜起伏；目光温存，细语娇嗔；肌肤甜蜜，胸脯飘香。

爱的物质之海，爱的精神之山，领悟感情的力量，智慧的力量，本能的力量，自然的力量。

18. 不让爱跌落在失重里

窗外刮起大风，拉满风的夜晚，我的魂丢失在凄迷中，我的歌消逝在沉寂里；又落下黑色的雨，浇灭诺言的火焰；我已是一根烧焦的枯木，袅袅青烟默默诉说怨尤。

请你不要把炽热的感情抛给我，请你不要把温柔的目光投向我，请你不要把朝霞的脸庞照亮我；我给自己画一个圆周，永远坚守地球的中心，不再跑到旋转的边缘，不让爱跌落在失重里。

19. 没有爱

没有爱，花朵不会结果，绿叶不会常青；大地没有和平，人间没有幸福。

没有爱，人类失去灵魂，世界瞎了眼睛；德行卑躬屈膝，丑恶昂首阔步。

没有爱，女人是只丑小鸭，男人是只白眼狼；艺术思想枯草一把，金钱财富粪土一堆。

20. 一只蝴蝶孤寂入梦

我心潮起伏，等待爱情的小舟，被大风大浪，淹没你的灵魂，你的肉体。季节流逝，美景离开山水，湖畔不见美丽的倒影，只有远山的飞雁展翅。高贵的笔，优雅的诗，寻觅芳踪，一只蝴蝶孤寂入梦，一只小鸟枝头筑巢。

21. 紫丁香的春夜

树梢的曙光烂漫，彩色的蝴蝶斑斓；淙淙的泉水绝响，高高的青山挺立。

自由洁白的鸽子，趁玫瑰飘着香味，请飞翔天的胸襟，大自然博大怀抱。

星空真心宠爱你，只要你美貌娉婷，只要你柔情蜜意，在紫丁香的春夜。

22. 胸襟的阳光

你的眼睛，盛满我的诗；你的烈焰，燃烧我的歌。

寂寞的黄昏，我穿过群星，寻找你的光，爱高挂夜空。

生命宴席的乞丐，痛苦中品尝意志，心跳中咀嚼焦虑；你带给我的愁绪，成为生活的欢乐。

我的梦没有实现，我的歌没有奏响；你凝视我的眼睛，蕴藏未来的黎明，开放胸襟的阳光。

23. 诗歌永葆你的青春

我纯洁的爱你，以童年的天真烂漫；我深情的爱你，以心灵的汹涌波涛；我执着的爱你，以山路的蜿蜒曲折。

我凝视着爱你，水波荡漾你的倒影；我倾心地爱你，大地露出你的笑容；我绝望地爱你，悬崖回荡你的歌声；我永远地爱你，诗歌永葆你的青春。

24. 我歌唱爱的欢乐

我歌唱爱的欢乐，我歌唱爱的痛苦；我歌唱爱的短暂，我歌唱爱的永恒。

我歌唱爱，我赞美爱；崇高的星星热烈燃烧，纯洁的灵魂向往美好，新生的种子孕育春天。

那里有玫瑰和丁香，那里有王冠和钻石；那里有自由的拥抱，那里有初次的接吻，那里有创造的激情。

25. 弥漫树的孤寂

冰雪消融，生命苏醒；细雨蒙蒙，百鸟争鸣。
热恋的人儿，追随春天的足迹，踏遍青山的小路，吮吸清风的芳香。
大自然的怀抱，聆听星星的歌声，播下未来的种子，撷取幸福的果实。
树叶变黄，鸟儿高飞；带走绿的亲昵，弥漫树的孤寂；恋人的悲欢离合，只有向月亮倾诉，只有在四季品味。

26. 爱是精神才能触及的花

我一千年一万年，难以诉说爱的永恒；你有心上人吗？爱她吧！你相信生活吗？那很好！
伸出你那坚强的手，窗外已经是春天，爱吧！只是躯体怎能采撷，只有精神才能触及的花。

27. 不归的睡意

月亮温柔，夜在行走，一秒一秒。
走近窗口，感觉黎明来临；洁白的地板，月光照亮天地。
我在等待，不知名状的爱，迟迟不归的睡意。

28. 送来一生温馨

月浮天穹，酒斟金杯；酌饮琼浆，情刻脸庞。
桃花柳叶，满园春色，泛漾柔情蜜意，衬托娇红羞颜。
今宵啊！星光灿烂，微风习习，丝丝凉意，送来一生温馨。

29. 爱就是

爱就是，自然的相爱，绿叶生于树枝，青草长于河边。
爱就是，散落的珍珠，把它捡起来，穿在一起的红线。
爱就是，纯洁的和解，关心她的人，请给玫瑰让出一条路。
爱就是，一起燃烧，一起化为灰烬，没有一丝个人的痕迹。

30. 三月的禾苗

天下的恋人，都是三月的禾苗，都是五月的花朵；为一个眼神而陶醉，为一句话语而发狂。

请在心灵，摇曳纯洁的火花；请在脸上，开放烂漫的微笑；因为信仰，黎明献出它的青春；因为爱情，玫瑰献出它的美丽。

人类的世界，因有信仰，因有恋情，我们都是夜空燃烧的星球！

31. 酿出醉人的好酒

忧伤袭来，我在暮霭中伫立，寂寞屈指星星。

我想你，艳如天宇的玫瑰，洁如天水的白鸽；

我盼你，一只美丽的蝴蝶，一双微笑的眼睛；

我爱你，爱到夏天的狂喜，爱到冬天的心酸。

直到日落西山，从西边爬上东边，地平线的朝霞。

直到风飘来，熟透的雪花，醉人的春意，酿出醉人的好酒。

32. 打上我不朽的烙印

愿你是一抹霞光，照亮我幽暗的思念；愿你是一片天空，放飞我感情的纸鸢；愿你是一股清泉，流进我干枯的心田；愿你是一只银箱，贮藏我甜蜜的爱心；愿你是一株垂柳，迎接我柔和的春风；愿你是古瓷餐具，盛满我精神的佳肴；愿你是一首新诗，打上我不朽的烙印。

33. 宁静炫目的沙滩

爱其所爱，是一种至性，是一种修养；不要问值不值得，不要问爱不爱了。

相爱，有一种默契，有一种宿命；两人相加是一个圆，齿轮啮合，树根纠缠；才会滚到命运的大海，躺在宁静炫目的沙滩。

34. 爱之雨

爱之雨，使我洁净如新，可与阳光媲美；让我萌芽抽枝，全身开出花朵。

爱之雨，给我自由，给我翅膀，追求光明；给我快乐，给我幸福，沐浴人生。

35. 梦想的女人

高雅又大方的装束，娇美又温柔的仪容，随意又机敏的谈吐，怡然又大度的襟怀，朴实又深邃的智慧。

璀璨如满天的星辰，闪烁如钻石的光华，昂贵如无价的诗文，美丽如鲜艳的玫瑰，欢乐如天上的喜鹊。

当你梦想这样的女人，一团火球在胸中燃烧，一幅名画在心中收藏；一首歌打动你的情怀，一条路指引你的方向，一条河昭示你的未来，一座山证实你的力量。

36. 在情意缠绵的春天

你沉鱼落雁的姿容，你闭月羞花的美貌，你冰清玉洁的肌肤，你高贵矜持的气质，你甜蜜欢乐的微笑，你炽热燃烧的感情，你敞开自我的心灵，你优雅谦虚的智慧。

见到你高山会起舞，见到你春风会歌唱，见到你小草会微笑，见到你星星会相思，见到你阳光会求爱；呵！我怎能不爱你，在情意缠绵的春天。

37. 温馨的典籍

飞蛾，张开翅膀，寻找人间，美丽的面庞，温柔的眼神；感官的乐园销魂，激情的火焰罹难。

蝙蝠，黑夜好过，白天难熬；它们喜欢洞穴的生活，它们喜欢诡秘的行动，远离太阳的光辉。

美神，天鹅之姿；高峻秀雅的山巅，日月之光，使你神采奕奕，使你胸襟坦荡，使你感情升华，使你心灵净化。

爱神，来到人间；非凡的情意，精粹的思想，明睿的智慧，精湛的技艺，雄辩的口才，宣讲和诠释，一部深藏真理，永恒温馨的典籍。

38. 诗人与美人

失去美人，花卉不再摇曳心旌；失去诗人，风儿不再吹动衣裙；失去美人，回头不见春光晨曦；失去诗人，黄昏难留落日余晖；失去美人，守着长夜没有黎明；失去诗人，一夜明月容颜黯然；失去美人，生活变得淡而无味；失去诗人，心灵装满凄风苦雨；失去美人，诗人失去讴歌的女神；失去诗人，美人失去永恒的美名。

39. 拉住爱的春天

骄阳悄悄落山，夏天悄悄流逝；人生如梦如烟，犹如凋谢的花。
蓓蕾迎风绽放，大自然披新妆；我用孩童的手，拉住爱的春天。

40. 只唱一个爱

我的诗，不顺应时尚；我的歌，只唱一个爱。
爱，给我解渴，沙漠的暴雨；爱，给我温暖，春天的微风；爱，给我辽阔，无际的大海。
爱，给我智慧，捧读一本典籍；爱，给我坚强，心怀一座高山；爱，给我自然，无限的人文风景。

41. 为爱人采集春天的歌

吸吮大地的朝露，吸收天空的温暖；游遍世界的花园，为爱人采集春天的歌，为普天下的爱人祝福。
没有爱的朝霞，没有爱的温暖；人生会变得虚无，人类会变得残忍；到处是嫉妒责难和攻击，到处是贫困贪婪和战争。
我心中的歌，比玫瑰花美丽，比茉莉花芬芳，比牡丹花大气；大海一块怜悯的水晶，沙漠一棵慈悲的胡杨，山峰一朵博爱的雪莲。

42. 拥抱燃烧的地球

月光下见到你，星光下见到你，阳光下见到你，花丛中见到你。

你最秀媚在春天，你最美丽在夏天，你最动人在秋天，你最动心在冬天；爱纯洁如黄金，情纯粹如水晶。

高贵的火凤凰，自由悠闲地飞翔，雍容华贵地漫步；循着诗情的节拍，按照心跳的节奏，拥抱燃烧的地球。

43. 我在雕塑未来的人

你走了，鸟飞了；朝霞消散，欢乐的生命，消融在夜色。

高贵的双脚，踩过的草坪；远方的愿景，飘舞你的风韵。

厚重的地，空灵的天，年轻的蜜蜂嗡嗡，新鲜的小草葱葱。

我在回忆最初的爱，我在构思理想的美，我在雕塑未来的人。

44. 诗的天堂与日月同辉

我在等待一位美人，披着高雅漆黑丝纱，回旋不朽微笑的女人，走进新春温暖的风景。

纤手撷取绿野的蓝线，灵魂掠过婉转的情曲，缭绕五彩缤纷的生命；说不完的芬芳和娇柔，吐不尽的抑郁和愁绪。

我要送给她一座宫殿，一滴润泽心灵的水珠，一粒千古相思的红豆，一弯梦寐以求的彩虹，诗的天堂与日月同辉。

45. 爱是一汪纯净的清泉

不要惊动，寂寞的风，夕阳的烟，苍茫的雾，皎洁的月亮，自然的天籁。

她抚着琴弦，大地的夜色，树梢的银光，万家的灯火；心斟满酸甜苦辣，情流淌悲欢离合，爱是一汪纯净的清泉。

46. 看一纸飞鸢逍遥仙境

我爱你的脸庞，我爱你的微笑，我爱你的灵气，我爱你的境界。

你横空出世的美，垂柳袅娜的姿影，落花轻盈的眼波，积雪纯洁的肤色，水仙清雅的丽质，玫瑰艳阳的情花，叩击跌宕的心扉。

我是一颗自由的露珠，趁月色金黄天光轻淡，绿色的怀抱优游自适，沉醉美妙欢乐的想象，听天外凤凰传递佳音，看一纸飞鸢逍遥仙境。

47. 贮藏恋人的笑貌

雪莲送走寒冬，蓓蕾迎来春风，小草唤醒大地。

哦，三月的月亮，请伸出温柔的手，点燃炽热的爱火，享受春夜的温暖。

短暂的甜言蜜语，永久的爱情诗歌；保存阳春的美景，贮藏恋人的笑貌。

48. 爱的诗行

星空圆月，雨后彩虹，是睫毛下的恋人，是幻想中的情人。

爱的光明，饱含温情；爱的利箭，饱含生命力；虽然转瞬即逝，永远白璧无瑕。

人都会，留恋生活；孤独的心，天人合一；太阳一样燃烧，地球一样运行；大海一样奔腾，时间一样不倦；我挥笔写下爱的诗行，宛若大漠深处的胡杨。

49. 带给我美感和灵感

美丽的淑女，请保持你的忠贞，请保持你的名誉。

月儿升起，花儿绽放；乳汁一样洁白，蜂蜜一样香甜，美酒一样芳醇。

纯洁的花蕊，皎洁的月辉；用你的爱心，用你的美貌，用你的才智，浇灌我的灵魂，带给我美感和灵感，我与你的光明合一。

50. 情趣与雄心相衬

在我身上你会看见秋天，因为我饥饿干渴和焦躁；我把心灵向你无私袒露，希望你给予理解和同情，希望你赐予春风和雨露，我的心灵会披上绿色花。

让我紧贴在你的身边，让我静默在你的声音，让我陶醉在你的怀抱，让我交融在你的心灵；愿今晚的好梦与青春相似，愿生活的情趣与雄心相衬。

第二十一章

爱与美

1. 爱与美

有了美，野草嫩绿，惠风和畅，百合洁白，清泉甘美，春天甜蜜；美丽的维纳斯，使我的感情倾心。

有了爱，倾城美貌，动人娇颜，婀娜姿色，沉静眼神，骄人气质；艺术的缪斯女神，使我的灵感燃烧。

2. 爱生于美

爱生于美，崇高的精神，神圣的责任，远大的宏图。

志者的爱，是理想和抱负，品德和才华，生气勃勃的力量。

恋人的爱，是美貌和财富，肢体和五官，甜蜜幸福的生活。

追求者的爱，仰望天空，大道而行，一生肩负天下的使命。

3. 构筑一个博爱的家

我不要星星，我不要月亮，只要你一角裙裾，只要你一层轻纱，飘来一丝春的温馨。

我不要享乐，我不要幸福，只要你一根发丝，只要你一个亲吻，送来一夜欢乐的美梦。

哪怕爱情的门扉紧闭，哪怕天下的灯火熄灭；在深而蓝的苍穹，在爱与美的大地，我会建筑一个温暖的巢，我会构筑一个博爱的家，在浩瀚无垠的诗国。

4. 我放飞自己的美

我是金凤凰，大雨中飞翔，大火中歌唱；灵魂刻在碑石，生命埋葬天空。

我寻觅鲜花，得到的是果实；我寻觅清泉，得到的是大海；我寻觅感情，在恋人的唇际，暖烘烘的爱情，得到自由和理解。

追求女性美，她清脆的笑声，她销魂的眼神，她月亮的姿容；敲打我脆弱的梦想，撕裂我哆嗦的躯体；真是绝望、兴奋又张狂！

我相信自己的美，我放飞自己的美；我拼命歌唱青春，我竭力颂扬爱情，把自我救出阴影；心水晶一样透明，诗星星一样明亮，照亮一生黑暗的夜晚。

5. 种植永不凋谢的玫瑰

恋爱不是涨潮，失恋不是落潮；欲望冲动的爱，虽然汹涌澎湃，虽然惊心动魄，终将化为云雨。

只有把心中的欢乐，只有把心中的爱恋，只有把真挚的情思；化作一只歌唱的小鸟，化作一只展翅的天鹅。

放飞高山云天，绕着爱情的大地，以永生不朽之名，寻觅人性神圣的家园，种植永不凋谢的玫瑰。

6. 沉醉美妙想象的诗人

蜿蜒的幽径，寂寞地寻找，梦想的天堂，银河的甘露，温婉的微笑，天籁的爱语。

我爱你的小脸，蛰伏在我怀里；我在你颊上吻，我在你腮边亲，心映现光风霁月。

你的美轻叩心扉，玫瑰清芳的名字，柳枝婀娜的姿影，落花轻盈的眼波，飞雪纯洁的心灵，水仙清雅的灵气，晴空万里的境界；宛若阳光上的荷叶，捧起我这颗晶莹的露珠，微风里优游地滚动不停。

沉醉美妙想象的诗人，噙着相思痴迷的热泪；趁月色金黄天光轻淡，披荆斩棘去采撷花叶；聆听弯弯曲曲的情歌，在你的心空袅袅飘来，在我的手心轻轻放飞。

7. 让你享尽静默的荣华

在我读书孤独的时刻，只有窗外一轮皎月，一年四季陪伴我左右。

月亮女神，你体验我的痛苦，你理解我的志向，你看到我的挣扎、忧虑和无奈。

你不打扰我的生活，你不分散我的精力，思想像潺潺的溪流，我写下诗句和书籍。

在孤独烦躁的时刻，善意的心碰伤你时，咽下甜蜜苦涩的泪水，从不抱怨，从不后悔。

我无能无财无名，只有无价的诗句；准确地运用诗韵，发现肉眼视而不见，令人销魂的爱与美，令人醒悟的哲与理；带到遥远，永恒的神殿，只让你享尽静默的荣华。

8. 欢乐的爱与美

你的外貌摇曳生辉，身材洋溢美酒醇香，睫毛下销魂的暗影，闪着纯朴柔情的光泽，透出山川灵秀的气质。

凝露的春，结实的秋；你的魅力，你的心灵，穿着翠衣融和我生命，一起走出紧锁的深宅，消除孤独，追求自由；把内在欢乐的爱与美，洒向世界，飘向人间！

9. 青春的爱与美

自然之女，宇宙是玉体，苍穹是脸庞，天光是王冠，夜色是发辫，月色是眼神，云海是飘裙，星辰是项链，天籁是心声，高山隆起的酥胸，梦魂飘然的倩影，孕育青春的爱与美。

10. 绿枝上摇曳的花卉

我是一枝风吹雨打，绿枝上摇曳的花卉。
我是一位美貌玉容，站在青藤花架后，等待心上人拥抱的女神。
听见温柔的细语，暖人的问候，体贴的关照，我会容光焕发，心境恬然温润。
冬天的夜晚，别把我抛向尘土；只要在你的怀里，枕着我直到天明，我会获得人间的温暖，我会走向人间的生活。

11. 垂柳的倒影

你万般风情，你千种姿态；乌黑的眼睛，红润的笑脸，妩媚得惹人喜爱。
款款走来，拖地的长裙，飞舞的发丝，灵动的腰身；湖水的明镜，映着垂柳的倒影。
一个美梦，一缕春风；一回顾盼，一阵心跳；一团火焰，一曲恋歌；爱迎来希望，美走进理想，在瓜果飘香的季节。

12. 永远自由飘曳

女人是森林，奇妙又深幽；女人是海水，湿润又苦涩；女人是烛火，羞怯又朦胧；女人是大地，敞开的肉体，摆脱原生的海藻，从咸盐的海味升起。

美女，穿着红装，华丽的丝袜，配上黑色饰带；浓妆淡抹，气质高雅，脸庞宛若一颗宝石浮雕，岁月赠予她褐色的异彩。

请别靠近美人；给女人留下空间，让几缕黑发，永远自由飘曳！

13. 诗人的颂扬

月光覆盖你的双肩，星辰点缀你的衣裙，气质高贵光彩夺目，风流天成胜过群芳。

你外貌楚楚动人，你举止优雅大方，声音宛若天风吹来，胜过聆听夜莺悠扬的歌曲。

因为你的心晶莹剔透，赛过珍宝，金银器皿；因为你的爱完美无私，是人生的安慰和快乐，是人生的美满和吉祥，理应得到诗人的颂扬。

14. 诗歌能挽留恋爱美

身材的曲线，头与臂的美姿，颈与发的侧影，笑与媚的灵动，宛若一座精妙雕塑。

接受爱情的赏赐，手与相握的手，嘴与亲吻的嘴，笑与夺魂的笑，陶醉天作之合。

生命慢慢老化，美貌悄悄色衰，一段风月爱情，一颗晶莹诗心，经得起未来风雨。

生命转即逝瞬，爱情昙花一现；只有诗歌能延续生命美，只有诗歌能挽留恋爱美。

15. 春常在爱永恒

春天有绿的草，红的花。
幸福有动听的歌曲，动人的舞蹈。

自由飞翔的小鸟，银铃鸣唱的夜莺。

阳光下桃李在湖畔争妍，竹影在小径摇曳。

春常在，爱永恒！

16. 美在山峰闪耀

你乌黑的眼睛，喷洒热流的火光；你多情的面容，妩媚而楚楚动人。

我看见你的美，在山峰灼灼闪耀；我看见你的心，在夜空熠熠生辉。

我从薄暮的余晖，走进黑暗的宫殿，叩击你爱的门扉；你春天的花朵，从挺拔的枝茎，爬进我的心怀。

我在幻想的梦境，我在人生的旅途，多想你扶我一程，借助爱的生命力，登上苦难的大山，渡过诗歌的大海。

我披着寂寞的长袍，我戴着孤独的王冠，向天下的恋人道出：最黑暗的夜，星月最美；最忧伤的爱，感情最真；最无价的人，执着最贵。

17. 太阳和月亮

花朵，最美在春天，最艳在夏天，动人在秋天，庄重在冬天。

太阳，月亮；心纯洁如黄金，情纯粹如水晶，爱坚贞如钻石。

太阳，月亮；升起来吧！像火中的凤凰，张开美丽翅膀，跳起爱情之舞，随着诗歌的韵律；自由，雍容尔雅，携手在燃烧的白天，幽会在圣洁的夜晚。

18. 恋人修养诗人的才华

恋人哟！请赤裸裸，跳进我的诗海；你的美姿，你的性情，是水的影子，是浪的柔波，是风的轻歌，塑造诗人的感情。

恋人哟！请浓妆艳抹，走进我的诗国；你的美貌，是知识的大书；你的风度，是智慧的大门；你的拥抱，是大地的万彩；你的亲吻，是海浪的梦幻；修养诗人的才华。

19. 引导我走向美的大路

明亮的眼睛，优雅的仪态；星星一样迷人，幻想一样诱人，引导我走向美的大路。

我享受慷慨的馈赠：她的胸，教我在困苦时保持坚定；她的唇，教我在风雨中保持理智；她的心，教我在沉沦中保持激情；她的脚，召唤我走向永恒的乐园；她的头，教我不要在高山面前低首。

无梦的夜晚，死寂一片；无爱的人生，死灰一堆；我整个身心搏击爱的大海，我整个一生沉浸美的梦想。

20. 欣赏你的美貌

蔷薇，是你美人的面颊；风信子，是你美人的鬓发。

你的脸，是一弯新月；你的风姿，是开屏的孔雀；你不戴宝石戒指，你不辍宝石耳环，魅力依旧，光彩照人。

站在你身边，把你的柔发握在手心，像乞丐抓住贵人的衣袖，让我尽情欣赏你的美貌吧！

21. 精致的花园

女人是一座，精致的花园，每一刻都在变。

照镜子，选择最佳形象；时尚服装，掩饰缺陷；耳形漂亮，展示出来；一头秀发，披散爆炸；一副美腿，穿上短裙；一双玉手，纤纤显露。

利用一切技巧，调节呼吸，清洁牙齿；修饰眉毛，浓淡相宜，使其显眼，大放光彩；这些规则之间，有的是筵席上的艺术表演；有的是性、音乐和爱情诗。

22. 风雅的媚

洁白的天鹅，她已远走高飞，她已高不可攀；我仍日夜牵挂，我仍时刻梦想。

心灵装饰她的笑脸，鲜花围绕她的全身，珍珠闪耀她的光彩；我要把她高贵的心，我要把她风雅的媚，我要把她曲线的美，在诗歌珍藏一万年。

23. 天赐之福

恋人的悲伤，撞击我的心；恋人的微笑，磕开我的情。

婀娜绰约的风姿，举手投足的留痕；远近飘来的香味，拂动紫色的晚霞，黄昏灿烂的梦想。

一个小心翼翼的吻，爱的花朵流出蜜露；本能的欲望在咆哮，体内交叉一缕春风，享受无上天赐之福。

美是绚丽的彩虹，爱是名贵的醇酒；美是石破天惊的浪花，爱是气势磅礴的大海；美使我品质高贵，爱使我出类拔萃，渺小与伟大间保持均衡。

24. 梦影

不是没有诗歌，诗歌在孤独里；不是没有春天，春天在冬天里；不是没有笑容，笑容在皱纹里；不是没有相思，相思在无言里；不是没有爱情，爱情在痛苦里；不是没有恋人，恋人在月亮里。

仰望广阔天宇，细雨轻轻飘来；我在回忆人生，最美好的梦影。

25. 披着流逝时光的你

回忆远方的风景，记忆美丽的花园，眷恋芬芳的玫瑰。

今天凝望你，披着流逝时光的你，憔悴的脸庞，早已失去微笑的痕迹。

亲吻你的脸，糅和你的心；爱的嘴角漾出，一丝娇媚，一点姣美，面庞露出月兔的纯洁。

女神一样美，月亮一般柔；这是浓烈的果浆，这是陈年的酒香，多少年梦寐以求的爱情。

26. 美这样撩动人心

漂亮的容貌，欢乐的微笑；我因她无瑕的美陶醉，我因她温暖的爱喜悦。

失去她的美，白天是黑夜；拥有她的爱，黑夜是白天；给我带来遐想的空间，给我带来飞翔的翅膀。

这颗心温柔又亲昵，这份情曼妙又轻柔；我难以抵挡爱与情，她的美这样撩动人心，白天魂牵，夜晚梦回；诗歌传情是高雅，智慧表白是心意；我要颂扬不朽的美，我要吟诵永恒的爱。

27. 阅尽人间美色

有诗歌，就有爱情做伴；有希望，就有友谊相陪。

诗歌像清风，在花卉转悠；爱情像月亮，在湖畔徜徉；希望像雨丝，在心灵飘舞；友谊像小草，在大地常绿；生活像春游，内在的心境，外在的风景，阅尽人间美色，永葆青春激情。

28. 恋人的才华是彰显美

故乡的月，滋润她的面容；家乡的水，清澈她的双眼；湖光山色，装扮她的身姿，大地喜欢本色的恋人。

轻盈的步履，玉润的肢体，甜蜜的言谈，矜持的举止，娴雅的风度，智慧的眼神，恋人的才华是彰显美。

29. 敞开胸襟的大爱

春天美，夏天爱，秋天温柔，冬天纯洁。

美是你的心，爱是你的情，温柔是你的力量，纯洁是你的财富。

我用灵魂，全身的皮肤微笑；我用记忆，陶醉的感情相思；我用小爱，敞开胸襟的大爱。

30. 请尽情展示大自然

恋人哟，请赤身裸体，浮出原始的大海。

水的柔波，浪的曲线；风的轻歌，花的舞蹈；修养诗人，激发画家。

恋人哟，请尽情展示大自然；纯洁之美，生命之美；德性之美，真理之美；这是大海歌唱的滔滔梦幻，这是人类创造的绵绵智慧。

31. 只要一颗剔透的心

你的媚态天生，明眸顾盼神飞，歌曲愉悦心灵，抹去愚蠢眼泪两行，驱散迷惘愁云万朵。

金色的夕照中，金玉良言的诗评，茅塞顿开灵感闪耀，无名诗人神采奕奕，你是千古红颜知音。

宛若温柔的怀抱，玉洁的手臂光泽，柔软的乳房润滑，美丽容貌青春焕发，幸福心儿欢蹦乱跳。

明星灿烂的天空，荣华尊贵的宝座，我不要月亮女神，我不要帝王权杖，只要一份真实的情，只要一颗剔透的心。

32. 爱人　春天最美

爱人，春天最美；花冠姿色迎风俏，绿叶起舞向天歌；小鸟的声音悦耳，蝴蝶的粉黛迷人。

融融的月光下，美使你更加可亲，美使你更加可爱；爱使你更加美艳，爱使你更加美感。

你的美能粉碎顽石，你的美能创造天堂；你的爱能抚平创伤，你的爱能触发灵感；在流水潺潺的时光，在爱与美的金色池塘，有情人牵手喜结良缘。

33. 良宵

在那春天的夜晚，你的美如花，你的笑迷人，你的唇红润，你的情浓酽，你吐着醉人芳香，良宵美景多惬意。

在那春天的夜晚，我要唱一首恋歌，我要献一朵玫瑰，我要敬一杯美酒；敞开胸怀享受美，敞开灵魂沉思爱，良宵美景多惬意。

34. 伴着永恒生命的诗歌

和风轻轻吹拂，小鸟高高飞翔，玫瑰静静盛开；把爱托付日月，把情托付时间；我寻找智慧女神，我寻找诗歌女神。

天籁俱寂的夜晚，我忧伤地眺望星空，我焦虑地凝视大海；盼望你披着星光蹁跹，盼望你踏着波涛走来，渴望美的人心神相通；伴着自然朴素的智慧，伴着永恒生命的诗歌。

35. 三月的风

你的面颊，是美丽的花园；你的睫毛，是孔雀的美羽；你的姿影，是起伏的峰峦；你的衣裙，是蹁跹的蝴蝶；你的气息，是花粉的清香；你的脚步，是展翅的飞燕；你的双臂，是轻涌的温泉；你的微笑，是春天的信息；你的生命，是绿色的大地。

墙上的钟滴滴答答，三月的风把我唤醒；一颗埋藏雪地的种子，渴望一点一滴的雨露，渴望一丝一缕的阳光，伴着人生甜蜜的理想；爱情的心总要抽枝发芽，爱美的心总要开花结果。

第二十二章

真 情

1. 今夜好风吹

太阳出来，天空最高；鲜花开放，大地最美；政通人和，心情最好。

来吧！朋友；今夜好风吹，大家在一起，唱歌跳舞干杯，我们都是兄弟姐妹。

2. 朋友情同手足

友谊，一块稀有的美玉；朋友，一粒纯洁的钻石。

朋友面前，友谊至上，无需装腔作势，无需甜言蜜语；不必让礼节超越感情，不必让衣袍束缚手脚；闲叙家常，倾诉衷肠，高兴就笑，伤心就哭，像读一本打开的书籍；什么名誉地位和金钱，都不能代替浊酒一杯。

朋友情同手足，友谊走遍天下；站在门前注视天空，一群白鸽自由飞翔，越是随意，越是真实；世界上有什么东西，比悲秋的友谊芬芳，比严冬的朋友温暖。

3. 人类共同的朋友

爱朋友不难，难的是他弱小，处在屈辱和困顿，一贫如洗的时候，流言蜚语的时候；依然爱他，依然不离开他。

美好的朋友，是温暖的熨斗，烫平心灵的褶皱；宝贵的朋友，是锋利的银针，刺透灵魂，留下金玉良言；永久的朋友，是晚秋迟开的菊花，是植根土壤的参天大树；理想的朋友，是一座跨海大桥，他活着为别人提供方便，默默为一代又一代人服务，他们是人类共同的朋友。

4. 岁月会留下人间真情

春天随落花远去，诗句被黄叶熏染；昨天飘香的茉莉，昨天鲜艳的玫瑰，美好的时光难留。

别离的恋人，分手的朋友；只要赢得过爱情，只要获得过友谊；相爱一时，相逢一次；香魂萦怀，情思绕梦；碧波笑容，水晶心灵，岁月会留下人间真情。

5. 花瓣上都是春天

每张大的脸庞，每颗小的心灵；微笑还是皱眉，都是一个面包。

全人类是一颗心，全世界是一个家；跺一跺脚打开大门，一缕阳光捷足先登。

花瓣上都是春天，哪怕是南极的冬天，只要有足够的阳光，生活之门始终敞开。

我是你的一个心室，你是我的一个影子；只要是真实的金锁，只要是真实的钥匙，总能开启真实的门。

6. 把岩石视为兄弟

花环素雅宜人，花朵野趣横生，绿野美景撩人。

人间乐园，远看百花争艳，蜂拥蝶绕；走近浮尘迎面扑来，荆棘随处可见。

只有握住，每双温暖的手；把岩石视为兄弟，把小草认作姐妹，眼睛映出透明的星；每条小径通向远方，每条大路伸向未来。

7. 纯真的友谊

人如善良，广交朋友；人如混杂，一二知己足矣。

世界上，多少朋友，你走红时，共把酒饮，他对你笑脸相迎。

社会上，多少朋友，你倒运时，像把利剑，他对你反戈一击。

朋友，信守誓约和诺言，纯真友谊披肝沥胆，不管顺境还是逆境。

8. 水晶透明而纯洁

朋友，是密室的私语，利益的交换；一起寻欢作乐，一道灯红酒绿。

朋友，他让你洞察，知音与知己，俞伯牙与钟子期，管仲与鲍叔牙。

前者是鲜花，美丽而短暂；后者是水晶，纯洁而永恒，流芳人间。

9. 跌倒时感受你的扶持

朋友，成与败的关头，荣与辱的路口，让我独自面对困境，让我独自征服痛苦，我会拥有坚忍的意志。

朋友，生与死的门前，贫与贱的边缘，我决不会成为懦夫，我决不会后退一步，我会树立坚强的自信。

朋友，崎岖的道上行走，支托旅程是路的宗旨，与其成功时吹捧你的恩典，不如跌倒时感受你的扶持。

10. 永恒的乐园

你和春天一同来，黎明的微风温柔，夜晚的月亮妩媚，五月的鲜花圣洁。

你和春天一起走，躲避风雨的摔打，躲避冰雪的摧残，逃离爱情的追捕。

愿你化作美丽的白鸽，在我情思的天空飞翔；让爱情的语言失去记忆，让爱情的目光失去神采，友谊是一座永恒的乐园。

11. 当你有钱有财

当你有权有势，阿谀嘴脸，日夜围绕，尔虞我诈，争名逐利；现在权势东流，朋友不多，同僚一二，忠诚仗义，肝胆相照。

当你有钱有财，亲朋盈门，八方宾客，笑脸相迎，吃喝玩乐；现在钱囊空空，老乡不多；挚友一二，率直淳朴，真心实意。

12. 朋友有诤友也有小人

林园有香花也有毒草，朋友有诤友也有小人。

蝙蝠看不见太阳的光辉，仇人只看见太阳的黑子。

小溪再长一铲土可以断流，小草再强一跺脚可以毙命。

蚂蚁请你吃一条蚊子腿，一只苍蝇脚，比整只黄牛更为昂贵。

我宁愿和蚂蚁般的朋友一起受苦，我不愿与毒黄蜂的强者在花园散步。

13. 同情心

掀起窗帘，张开手掌，让苍蝇飞走。

走吧！可怜虫；好好走，我不伤害你一根毫毛！

天空赏心悦目，地平线万彩交辉，生命之火闪着金光。

世界广阔，豁达大度，容得下你，容得下我！

14. 灰色的小鸟

一只灰色的小鸟，躺在草丛痛苦呻吟，倒在风中忍饥挨饿，前途叵测，生死未卜。

一旦扶起，高山云雾穿行，名利场上盘旋，绕着翠绿跳舞唱歌，张开翅膀远走高飞，自诩为高空的雄鹰。

天黑白，地绿黄，岁月回转，人生九十九道弯，不知你在何方？海内还是海外，入住凤凰的宫殿，还是撞到猎人的枪口；为什么不报个音讯，为什么想不起故乡，为什么忘记了恩人，小草赠你的一片诚心，小花为你舔平的伤口。

15. 美丽的彩虹

一缕温暖的春风，一片明媚的阳光，一曲悦耳的音乐，一朵纯净的玫瑰，一桌美味的佳肴，一醉方休的醇酒，一见如故的浓情；一日夫妻，百日恩爱；千古知音，万年知己。

为什么瞬间化为：黎明的朝露，西天的晚霞，暴风雨后一道美丽的彩虹。

16. 门

门，开启后，紧锁，这是恨。

门，打开，不再关闭，这是母爱。

门，无须叩击，自动敞开，这是爱情。

门，深藏虚实，因真诚畅达，这是信任。

17. 永恒的一环

没有月亮，太阳不会燃烧；没有歌声，小鸟不会飞翔；
没有春风，花朵不会结果；没有爱情，恋人不会怀春；
感情，自然之链，生命之链，人生之链，永恒的一环。

18. 重逢(致范广昇)

读书求知的年华，我们同吃同住同行，我们一起踱步遐想；沿紫禁城，
西子湖畔，弯弯的路，曲曲的堤，友谊伴随我们的青春。

今天啊！人生韶华已逝，生命的青山绿水依旧；我们虽相隔千里云天，
短暂重逢，长长回忆，感应相通的知交之谊；聆听心灵的笑语净言，我们将
如同大树成材，收获渴望已久的功名。

19. 颂广昇双燕

三年同窗坦诚赤子心，一生高情厚谊淡泊心；我落魄天涯亲朋远离，广
昇双燕奉为座上宾。

20. 只要握住母亲的手

只要握住母亲的手，生活就是一支摇篮曲；我不再独自面对黑夜，我不
再惊恐面对噩梦，不再为新生大声啼哭。

只要握住母亲的手，我的生命才有力量，我的意志才会坚强，我的智慧
才会丰富；命运的旋律高亢，浑身的热血沸腾。

只要握住母亲的手，我春天不朽的花朵，会结出永恒的果实；有一股温
柔的暖流，有一颗无私的爱心，透出母爱的仁慈和博大。

21. 母亲的眼睛

每天清晨，一轮红日，一道亮色，一股春风，送我走出家门。

母亲的眼睛，一颗美丽的心灵，一朵不凋的花朵，一抹灿烂的朝霞，我

一生珍藏的瑰宝。

寂寞的夜晚，孤独的人生，唯有我知道，你不在家里，你在天堂上，好大好大的月亮，好白好白的月色，带着慈母的微笑，鼓励和期待的目光，注视我进入诗人的梦乡。

22. 母亲坟前

清明时节，桃花又红，翠竹又绿，茶叶飘香，小鸟开始歌唱。

我多想，唤醒母亲，拉着她的手，看看青山多么美丽，尝尝溪水多么甜蜜。

这时，春色美，阳光明媚；她一定会，露出慈祥的笑容；她一定会重复一句，那遥远的少年时代，一句终生难忘的教诲：儿啊！要做一个有知识的好人，一个对社会有用的好人。

23. 夫妻之爱

这块古老神秘的土地，这个变幻无常的舞台；没有欢乐的歌声和舞蹈，只有爱情与美的神韵。

一条轻烟弯弯曲曲的途径，一种男女都能理解的方式；不同肤色都能思考的思想，无需意义就能理解的语言；坦诚和坦率的感情融为一体，清醒和信任的感觉不分你我。

只要是眼泪共同感到悲伤，只要是微笑共同享受欢乐；在熟睡的床铺上共同入梦，啜饮品尝和谐悦耳的理想，怀着崇高灵魂闪光的希望。

成对的飞鸟和成双的身影，没有高山的巨岩能够阻挡，没有严冬的寒风能够冻僵，没有赤道的太阳能够晒干，这是生活恩赐的夫妻之爱。

24. 多谢父母的养育

我出生杭州，家住回龙庙前，从小与贫民为伴，一生与西湖为友，一生与钱江为朋，生活在淳朴自然的怀抱。

父亲棉纺工人，母亲丝绸织女，由于门第卑微，所以生活清贫；多谢父母养育，铭记父母教诲，曲折中走过人生。

一个真理告诉我：贫穷是最好的老师，逆境是真实的教育；卑贱是崇高的胚胎，渺小是伟大的种子。

我继承父亲的，朴实节俭率真和骨气；我吸取母亲的，博爱善良勤劳和乐观；我把父母的人格升华，自学立志成为有知识的人；通过坚忍不拔的奋斗，成为一位现实的智者，成为一名平民的诗人，把诗歌献给天下的朋友。

25. 母爱

不惑之年，经历人生曲直，酸甜苦辣，我明白人间，母爱最神圣、最崇高、最伟大。

只有母亲的爱，母亲的情，大自然一样无私，大自然一样纯洁，大自然一样永恒。

第二十三章

诗魂

1. 我的诗

我的诗质朴短小精美，只要你的心灵会啼哭，只要你的心灵会微笑，只要你的心灵会感应；它永远是草原的骏马，它永远是四季的春风，它永远是夜晚的星星，它永远是朋友的诤言。

锋利如刀剑，美丽如鲜花；洁白如晴空，柔和如泉水；汹涌如大海，庄严如高山；纯洁如月亮，透明如阳光。

诉说你的爱情，表达你的心理；解剖你的生活，洗亮你的灵魂；开阔你的视野，升华你的人生；闪耀你的功名，创新你的精神。

2. 诗人搜寻的世界

诗人搜寻的世界，不是基本的我，而是深刻的你。

一万个太阳，十万个月亮；你看见我的外貌，我透视你的灵魂。

你与我同行，正如我走远，洞若观火地，深入你的内心，接近你的热核，风送寒的黄昏。

3. 诗是智慧的秩序

一百个神圣时刻，并不构成一首诗。

诗的伟大，诗人的荣耀，在于战胜困苦和死亡。

一首好诗，是意识、劳动和物质，达到顶峰的产物。

诗歌需要，卓绝的阅历和毅力，超凡的灵气和顿悟，持之以恒的酝酿推敲。

灵感触发，第一句诗，写出第二句，同第一句珠联璧合，配得上超自然的完美境界。

天才的好诗，不能预见；需要运用经验，需要掌握技巧，需要博大知识，需要心灵无穷地等待。

诗人听到缪斯来临，呼喊、眼泪、微笑；温存、接吻、叹息；味觉的困惑是理想的极限，美的意象是宇宙智慧的秩序。

4. 沉醉无诗的时代

陶潜，道的自然；李白，仙的飘逸；王维，佛的静寂；苏轼，禅的永恒。

陶潜，酒中逍遥；阮籍，醉中疏狂；李白，醉杀群星；尼采，日神和酒神，生命狂欢狂舞狂喜，人类没有遗忘理性之酒。

现代的我啊，被古代中国文化吸引，被文艺复兴思想家惊醒，被马克思襟怀远大昭示，被鲁迅的呐喊震撼；兼容儒家与道家，并蓄三教九流；生命被宇宙的历史灌注，精神被天地的哲理沐浴，灵感被中外诗人点燃，无眠长夜沉醉无诗的时代。

5. 轻巧回旋一曲永恒之舞

我饥饿，我干渴；我不会哭泣，我不会倒下，在童话的世界。

雨飘落身，雪焚烧心；灵魂在天空战栗，挂一脸繁华的苦楚，微笑着在岩石歌唱。

幸运女神赐给我，一抹极乐的霞光，一身巨痛的沧桑；我手执锋利的宝剑，我身穿坚固的铠甲；随着诗歌灵动的韵律，在文学家的感情，哲学家的睿智，政治家的雄才，科学家的发明，心理学家的意识，历史学家的真知，创造的文化思想舞台，优雅伸展神韵的肢体，轻巧回旋一曲永恒之舞。

6. 攀越时代赋予的高峰

山岳挡住我的道路，狂涛困住我的脚步，黑夜扼住我的喉咙；我未品尝美味的羹汤，我未爆发内在的激情，我在酿造人生的诗酒。

巨人啊！撇下少年的轻狂，抛弃常人的自卑；把痛苦挤出脑海，让火焰在心灵燃烧，让世界在胸襟安家。

开拓悬崖野岭，筑桥把急流渡；穿过风雨霜雪，弯绕的道上升，坎坷的路翠绿；走自己开辟的道路，攀越时代赋予的高峰！

7. 诗歌民族的意志

音乐旋律飞翔，透明的翅膀，划破黑夜的宁静。

天籁之声，大地在聆听；意象和意义敲打心灵，生命和活力挑战永恒！

诗歌，梦的世界，美的天国；人的心声，民族的意志；眼睛燃烧现实的火，喉咙放射朝霞的光；大海沸腾，江山惊醒！

风暴激越，音符柔韧；强烈的坚持，无悔的执着，心中的梦想，人生的强音；生命追随节拍，这是巨人的脚步，这是巨人的时代！

8. 站在中国的舞台

我为谁歌唱？为光明，为希望；为喷薄的日出，为曙色的黎明；为默默无闻的小草，为光彩夺目的鲜花；为温暖大地的美女，为感动人心的英雄；为飞翔天空的时间，为行走大地的真理；为忙碌原野的农民，为起早摸黑的工人；为大胆创新的学子，为探索未来的哲人；为曲折向上的长城，为奔腾向前的黄河，为千古流芳的长江；为矗立的珠峰，为崛起的中国！

我唱大爱的歌，站在中国的舞台！

9. 献给祖国

生活并非是怜悯，生活岂能是乞求；人生是创造幸福，人生是追求未来。

虽然我惊愕的心灵，听见树叶飘落泥土，看见明月沉没水波，知道万物都有苦难。

但我欣然走进世界，去领悟生活的真谛，去求索生活的哲理，睿智而充实地活着。

虽然我将被时间遗弃，虽然我将被时间毁灭；命运正扼住我的喉咙，声音比青草还要微弱，我也要用精气神唱出，魂牵梦萦的生活之歌；献给母亲，献给祖国！

10. 诗人的三位老师

诗人的第一位老师是大自然；自然是画家和音乐家，自然是雕塑家和建筑师，自然的本质是真善美；诗歌融会韵律和色彩，诗歌贯通灵感和意象，诗人的智慧命令自己，人性要服从自然规律。

诗人的第二位老师是生活；生活是生死间的阅历，对历史和现实的感悟，是感情和理性的升华；诗人从不惧怕假恶丑，诗人打开潘多拉盒子，让灵感接近现实的真理，让诗歌颂扬艺术的真善美。

诗人的第三位老师是知识；知识是人类的宝库，哲学、历史、文学；美学、科学、心理学；知识拷问每一位学子，只有无私无畏的诗人，把自然、生活和知识，提炼成人类不朽的灵魂。

11. 孕育视角新颖的诗篇

我背负沉重的十字架，行走历史的长安大街，徜徉思想的白金汉宫，环绕真善美的地球村，吸收日月同辉的知识，孕育视角新颖的诗篇。

我在冻土中播撒种子，我在浪涛中建造灯塔，我在良知中雕刻玉玺，我在心灵中浇灌蜜汁，我在理智中登上珠峰，我在梦想中插上翅膀。

我的诗是富豪的金钱，我的诗是贫民的智慧；我的诗是精神的花园，我的诗是物质的粮仓；我的诗是民族的灵魂，我的诗是文明的象征。

12. 提炼醇香的美

身心沐浴创造甘霖，生活被风霜浸染，心灵的果实成熟，编织丰沛永恒的诗歌。

世界拥有我，我拥有世界；我发现自己，我认识他人；古朴的信念新颖生动，流萤忽明忽暗，惊醒的夜风，喷发的雷鸣，褒贬的闪电，注入万物创造的中心：太阳、月亮、高山、大海，浑然一体，完整阔大。

苦乐冲突的风暴，让它显露吧！那深邃的真实，我要把甘浆倾倒，没有解渴的水，诱惑的海市蜃楼；在生活幽深处，提炼醇香的美；为了在时间长河，帝王一样高贵，哲人一样庄重，诗人一样圣洁。

13. 怀着英雄的骄傲

不要盯视，断壁残垣，宫苑荒台，块砖片瓦，青苔阶砌。

捧一束花，到我这里来；我是火，我是光；我是春，我是夏；我是长江和黄河，我是泰山和秦岭，我是长城和运河；这里有思想和感情，这里有人性和人道，还有永恒的美和善，不朽的思想和智慧。

健全的理智，坚强的意志，才能抗击风暴；真知灼见，智慧的眼睛，才能洞穿黑暗；强健的体魄，向上的精神，才能擎起真理；太阳属于每一个人，只要走进光明的现实，只要怀着英雄的骄傲！

14. 我在历史的金碧镶嵌诗歌

我被厄运，流放天涯海角，上悬崖，下陡坡；伤口的鲜血内流，寒风幸灾乐祸窃笑，春雨悲天悯人哭泣。

大海中畅游的鲸鱼，瀑布中跳跃的鲑鱼；抱着不可征服的自尊，坚守不可侵犯的自豪，我怎能躲在大鳖偷生。

大好的青春，横溢的才华，博古通今的学识，天降大任者的襟怀，气势恢宏，纯粹单一；我在宇宙的沿岸站定，我在历史的金碧镶嵌诗歌。

15. 高度

只有站在海浪的高度，才能发现人间的波澜；只有站在大山的高度，才能发现大地的曲折；只有站在太阳的高度，才能发现心灵的热烈；只有站在宇宙的高度，才能发现凌云的壮志。

只有站在人性的高度，才能发现母爱的无私；只有站在巨人的高度，才能发现未来的愿景；只有站在功名的高度，才能发现人生的伟大；只有站在诗歌的高度，才能发现生命的永恒！

16. 露出华夏万世神圣的真容

在风雨中锻造自己，在黑暗中认识自己，在晨曦中放飞自己，在光明中展示自己。

我渴望雨露降落心田，春华秋实的季节，广收博采生活的硕果；生命之杯盛满精神珍宝，积蓄人生的才智和诗歌。

智慧的画布上挥洒，萌芽的诗，开放的歌；充溢大地秀林的绿涛，在波浪起伏中放射光彩，晶莹于云遮雾绕的山巅，露出华夏万世神圣的真容。

17. 吹开一颗枯萎的心

恋人如烟，情人如雨。

风，悄悄地，掠过天，甜蜜的梦幻，挚爱的心灵。

诗啊！不要倾听，不要呼喊，不要追赶飞逝的时光。

轻轻地，轻轻地，吹开一颗枯萎的心！

18. 染一丝新绿

诗歌，一滴紫色泪，飘洒碑林，染一丝新绿。

哦！绿色，悄悄飞落，隐隐疼痛的心灵，给花一滴凝露。

恋人啊！绿色不存在隔阂，无人倾诉的寂寞，沉默是另一种交流。

繁茂的春天，它是一株小草，它是一树浓情；它是一束真诚，它是一片爱意。

绿色簇拥的玫瑰，春风中娇艳芬芳。

19. 文化的理想

重量定律，或重于泰山，或轻于鸿毛。

我受雇一个伟大的记忆，我沉浸一个文化的理想；白天压着我工作，夜晚枕着我睡眠；一生感受心跳——上下沉浮，左右震荡。

记忆压榨我的才智，理想耗尽我的心血；我要扩展生存空间，我要加强内涵力量，我要提升存在价值；为人生的高贵，必须忍受低贱；为未来的光明，必须超度黑暗；奋斗不息，拼搏而亡；我要么肉体转瞬即逝，我要么精神流芳千古！

20. 站在先贤哲人的殿堂

赞美爱情，歌颂爱情，这是情人的专利，这是诗人的情愫，不受世俗的羁绊。

宋玉描述邻家女，成为一代风流才子；曹植意象洛神女，成为一代风流公子；白居易一曲长恨歌，成为一代风流诗人；彼特拉克思念劳拉，成为文艺复兴巨匠；歌德怀念少妇绿蒂，成为世界文化宗师；卢梭回忆华伦夫人，成为现代伟大文豪，但丁邂逅贝特丽丝，放射新世纪第一缕曙光。

我带着诗人的梦想，讴歌心中的爱与美，讴歌心中的日与月，站在先贤哲人的殿堂。

21. 哲人诗人

铁砧前，抡起沉重铁槌，快乐主义告诉我，逃出火山，脱离苦海。

贫困之神，不朽女神，告诫我坚持沉郁顿挫；荷马、但丁、屈原、杜甫、苏格拉底、芝诺、韩非、李贽；死亡啊，地狱；炼狱啊，天堂！

自由的槌击，节奏明快愉悦，创造的火花四溅，黑夜比白天粲然；金灿灿的艺术雕像，司芬克斯、维纳斯、蒙娜丽莎；缪斯、雅典娜，栩栩如生走来。

哲人诗人，石柱擎天，被太阳眷顾；祈求福禄与砥砺心志，两个难题越是沉思默想，就会不断增长赞美和敬畏；仰望星空，神殿哟，梦想啊！

22. 天地有诗人才有灵气

群鸟啄食诗人皮肉，乌鸦叼走诗人眼珠，秃鹫扯下诗人胡须；诗人像温顺的羊羔，绒毛留在荆棘丛林。

四面楚歌的项羽，豪气冲天地搏杀；饱经沧桑的诗人，神色自若地创作；武士是疆场的英雄，诗人是精神的英雄；世界有豪杰才有正气，天地有诗人才有灵气。

23. 我用一世浇灌诗田

纯洁者易污，中伤者畸形；信仰者难折，坚韧者不挠。

十字架下盛开鲜花，千里大漠挺立胡杨；欣赏鲜花想起悲壮，注视胡杨肃然起敬。

喧嚣沉寂，黑夜的星，谦卑的心，巧妙突破时间，坚持自己的信念，走完自己的旅程，发出自己的光彩。

谁能一天掘出黄金，谁能一天成为英雄；我用一生推敲心灵，我用一世浇灌诗田，中国的雄魂茁壮成长。

24. 日月塑造我的诗歌

枝叶编织我的感情，鲜花点缀我的梦想，飞雪飘舞我的思绪，坚冰凝聚我的理想。

山道留下我的脚印，清风掠过我的寂寥，溪泉流进我的憧憬，星月唤醒我的好奇，现实激发我的思想。

自然塑造我的形体，社会塑造我的精神，善恶塑造我的德行，物质塑造我的信仰，时间塑造我的心灵，未来塑造我的远见，书本塑造我的世界，日月塑造我的诗歌。

让我的泪，敲打麻木的黑夜和洞穴；让我的梦，飘落高贵的胸襟和灵魂；让我的情，亲吻月亮的玉手和笑脸；让我的心，走近太阳的真实和光明；让我的诗，跋涉祖国的高山和大海。

25. 光明环绕着我的诗行

殿堂听希声大音，自然听无声天籁；帷幄纵横天涯海角，心灵抓住真实自我。

大丈夫有泪不轻弹，男子汉有苦不轻诉；为的是心胸如海，为的是意志如山。

走进厄运荆丛，掉进魔鬼陷阱；倒下去的是虫豸，站起来的是巨人；天降大任的后生，注定在云雨中成长。

害怕狂风是懦夫，屈服暴雨是脓包；不被岁月重荷压垮，不为眼前困境忧伤，把孤独脚印结为长绳，把自强精神化为歌曲；太阳照耀我的生命，光明环绕我的诗行！

26. 万物皆为诗歌

我的脉搏不快不慢，我的血液流畅全身；心跳有条不紊，与时代节奏同步。

走进天命之年，博爱鼓荡于胸，哲理无处不在，洞察天地人心，万物皆为诗歌。

诗啊！千姿百态，争奇斗艳；豪放，万马奔腾；深厚，大海山川；清幽，踏月吹箫；细微，抽丝剥茧；活力，龙腾虎跃；构思通脱，韵味隽永！

27. 自造才华

只有庸才，在攻击谩骂中，畏缩不前。

诗人，自造才华；奋力越过滑铁卢，最终才能拯救人类。

诗人，宁肯失败，宁肯困苦奋斗；总比不能跻身，最伟大行列为好。

28. 以诗人的生命

我用诗，搏击艺海，攀登神山，以诗人的生命；我用诗，放飞思想，翱翔哲学，以诗人的智慧；我用诗，解剖人性，撞击灵魂，以诗人的大爱；我用诗，穿越国界，超越时代，以诗人的卓绝；我用诗，挣脱锁链，逃离地狱，以诗人的恒力。

29. 思想与诗歌

思想，就像圆规。

一条腿，戳出一个点；另一条腿，围绕中心旋转，画出一个圆周。

思想，绘出蓝图，未来的幸福，刻画人类的愿景，成为永不磨灭的诗歌。

诗歌，是思考生活的水晶；诗歌，是探索感情的珍珠；诗歌，是思想人生的钻石。

没有思考过的生活，不是真正意义的生活；没有诗意化的人生，不是真正意义的人生。

人类以思想推动历史！人类以诗歌浓缩灵魂！

30. 诗　风雨中挺立的山

痛苦时你只会哭泣，失望时你只会捶胸顿足，说话时你只会鹦鹉学舌；朋友啊请你原谅，我以为你是落叶，我以为你是乌鸦。

生命短暂，诗歌永恒！犹如把海螺放在耳朵，谛听每句诗，每节诗，透明的诗境；时间走过去转回来，再走过去的脚步声，放射出空灵的旋风；旋风啊！生命的风，春天的暖流，思想的舞蹈，生活的呼唤，爱情的脚步，心灵的脉搏。

人，天地间高耸的塔！诗，风雨中挺立的山！

31. 人类因诗歌庄严

品尝大海的苦涩，感觉冰雪的寒冷，治愈心灵的伤痛。

张开精神的翅膀，呼吸自由的空气，与星球一起远行。

时光沿着轨道奔，生活走着自己路；打开心灵邀请光，生命之火永不熄。

大地靠辛勤耕耘，诗篇靠生死历练；大地因宝石光彩，人类因诗歌庄严。

32. 诗歌　化为不朽的春天

假若，人穷志不穷，人瘦骨气长存。

假若，珠玉靠研磨晶莹璀璨，火花靠锤炼光彩夺目。

假若，生命的沙子，最后那一粒，不被无情的浪涛卷走。

我的诗歌，大地之美，太阳之爱，月亮之情；大海的气度，高山的胸襟，天空的激情，人类的智慧，连同走过的脚印，必将化为不朽的春天。

33. 寒冬贮藏诗歌

婴儿出生，面对世界长哭；这是在冲破黑暗，这是在召唤光明。

当人类的幸福渺茫，当人生的希望破灭；饮尽生活，苦胆与黄连；人生这杯苦酒，回味中有甘美，一丁点蜜糖。

头顶是诗歌，思想的珍宝；脚下是金钱，生活的护符；诗歌给人精神，金钱给人物质；幸运的人，享受春光；不幸的人，熬过寒冬；春光随风飘舞，寒冬贮藏诗歌，未来的红绿。

34. 诗歌的远景

太阳和月亮热烈握手，物质和精神亲切交谈，文学和科学倾吐爱心，情感和理智公开拥抱，世界需要真理的结合。

英才拥有至尊的权力，唤醒人的光荣和梦想，保持人的尊严和庄重；搭建发挥才艺的舞台，激发人的潜力和活力，开创民族搏击的新风，站在世界群山的顶峰。

我诗歌的远景无限光明，一生踏着合拍的步伐，走向甜蜜和谐的未来，人类的梦想就是幸福。

35. 诗歌在大自然漫步

轻柔的风，吹拂嫩枝；沉睡的情感苏醒，流动的血液舒畅。

花絮飘飘，绿叶郁郁，松柏葱葱；大地欣欣向荣，人间朝气蓬勃。

千百种曲调交响，千万只鸟儿歌唱；快乐在心头起舞，诗歌在大自然漫步。

36. 诗韵犹如一颗一颗金星

琴声，冲破寂静；喷泉，落地有声。

莫扎特，领着她走；精细的花边阳伞，像彩虹笼罩她双肩；路过清澈见底的河，潺潺流水玫瑰色的床。

世界宁静，情感平静，大地井然有序，天空庄严肃穆；春天万物复苏，昆虫的鼓翼声，翅膀的拍动声；夏季炙热的夜晚，风暴狂热而短暂；秋天的细雨潇潇，冬天的雪花飞舞，伴着肖邦的乐曲悄悄飘。

乐曲犹如一把一把珍珠，诗韵犹如一颗一颗金星，抑扬顿挫倾泻银盘中！

37. 诗 盛开在世外桃源

草绿花鲜，湖光山色别致；心灵饱餐美景，抒发爱的诗章。

美丽的小诗，请你走进芳心，博得高雅爱恋；谁知，爱情的季节，最好的树无心，最美的花无骨；多情的小鸟，扑向晶莹的冰人；洁白的双手，捡起枯萎的玫瑰。

只有诗，不改初衷，激越的热情，一颗大爱的心，一份至爱的情；悠悠然，乐陶陶，盛开在世外桃源。

38. 播撒一生的热情

雨对我，冷嘲热讽；风把我，当傻瓜玩弄。

听狮子的吼叫，看野狗的嘴脸；那是暴力的权杖，劈向我的命！

青春被撕裂，精华被吸吮；眼睛冒神光，傲骨凛凛然，傲气冲云霄！

宁静的夜晚，星星对我说：沉默啊！沉默；耐心寄托希望，耐心满怀博爱；时间变幻无穷，黑暗变成光明，花朵结出果实；你庄严的诗篇，总有一天向世界，播撒一生的热情！

39. 诗歌 塑造伟大灵魂

我在冬夜，跋涉荒野，碰到厄运，只好弯腰；遇到晦气，忙赔笑脸；撞到豺狼，赶紧逃走；伤痛没人注意，苦难没人看见，磕磕碰碰走向春天。

青春啊，白白流走；年华啊，悄悄溜走；幸福啊，运气啊，都与我绝交；小草一株，风来雨去，没依没靠；黄昏的我，满心忧愁；黎明的我，泪水横流，连太阳也晒不干。

一生虚度，一生孤独；唯有诗歌，这位永恒女神，陪伴一颗善良的心灵，塑造一颗伟大的灵魂。

40. 缪斯的故乡

缪斯的故乡，没有寒冷的冬季，只有温暖的春天，到处是绿树成荫，遍地是鸟语花香；即使有深山大壑，也没有豺狼虎豹；只有淙淙的小溪，挥毫的画家，沉思的诗人。

缪斯的家园，人间比天堂美丽，人心比天空安详；每个人是一颗星，每颗星是一只莺；白天颂扬生活，夜晚歌唱爱情。

41. 诗神

不要轻视它韵语拙劣凌乱，不要取笑它难登大雅殿堂；多少支芬芳花朵飘香篱边，多少颗皎洁珠宝埋藏海底，诗神注定自由自在地生长。

豪华用不着面带轻蔑的冷笑，财富犯不着关上炫耀的大门，骄奢别为它准备祷求的神龛，贫寒生活磨不破高贵的襟怀。

自然的薪火能点燃人类的新春，世代的书卷能涵泳后生的心灵；随着月缺月圆，春夏秋冬荏苒，谁有缘分回头顾盼诗神的风采，他仅用一个节拍唤醒你的灵魂。

42. 欢迎诗神的光临

我愿是小舟，无忧无虑地徜徉；我愿是波光，恬静怡然地闪烁；我愿是白云，自由自在地遐想；我愿是大雁，天南海北地云游。

我愿是山峰，高瞻远瞩地瞭望；我愿是瀑布，热情奔放地欢歌；我愿是希望，怀揣美好的未来；我愿是梦想，绘就一生的宏图；我愿是琼楼，欢迎诗神的光临。

43. 诗人

贫困之神，坐在摇篮旁，把我摇大成人；这骨瘦如柴的保姆，是我终身可靠的伴侣。

我知道成就大业，只有在危险的地方，只有在遥远的未知，才能获得永恒的荣誉。

我不畏艰险，大胆的眼睛，向世界张望；借助思想云梯，攀登到天界；我成为精神的巨人，我成为时间的主人。

精炼庄重的语言，宛若坚硬的石缝，汩汩流淌的清泉，蜿蜒在崇山峻岭，千辛万苦地浇灌，不为人知的野草，默默无闻的灌木，广袤无垠的森林。

44. 诗人是望墓而笑的幼儿

由日月星辰而有，寒暑昼夜之变；由水火土石而有，风雨露雪之化。

手掌的启合之间，今天和明天之间，一进与一退之间，升华与堕落之间，果实与黏土之间，灵魂与肌肤之间，彩虹与青冢之间，瞬息与永恒之间。

谁是眼中的诗人？我内视自己于天涯，一边仰脸一边咀嚼风景，远处站着一位望墓而笑的幼儿。

45. 诗魂

诗是水，魂是空气。

闭上眼睛，我能看见你；堵住耳朵，我能听见你；捆住双脚，我能走向你；捂住嘴唇，我能亲吻你；锁住手臂，我能拥抱你。

你是命运赋予的使命，你是天地人类的精华；你是无垠草原，你是原始森林；无人喝彩，无人惋惜；无人播种，无人浇灌；从古到今，郁郁葱葱。

46. 屹立的魂

忍受水的曲折，忍受路的坎坷；忍受冰的敲打，忍受雨的洗礼；松柏没有倒下，高山坚如磐石。

静观自然枯荣，感受亲人死别，经历人生磨难；抛弃痛苦和焦虑，抛弃空虚和绝望，放松自己的身心。

一千年的黑暗，晨曦良机一度；红日喷薄欲出，曙光芳香纯洁；也许明天，黎明中的我，昂首屹立的魂，伴着火山一起燃烧。

47．诗血

我毕业追求精神光明，跳出黑夜迎着朝霞走，时间的浪涛冲刷浊流，为未来的爱抛洒诗血。

爱啊！我幽禁在你的灵魂，我徜徉在你的肉体，我流淌在你的血液；我借你的头脑思考，我借你的眼睛观察，我借你的歌喉吟咏。

爱啊！我独居自然的山水，我深藏万物的核心；我穿越无边的宇宙，我踏遍不同的国度；我驻足世界的山巅，上下求索寻找归宿。

48．诗中之韵

捡回我失落的希望，勾起我生活的梦想，构筑我理想的天堂。

宽慰的谐音，和悦的面容；诗意诗风诗韵，比朝霞更灿烂，比四月更绚丽。

一朵玫瑰，一只蝴蝶，一夜风情；一时电闪雷鸣，一生青春苦血，一心解读世界；大地卓绝男儿，历史至伟人杰，成为我心中之魂，成为我诗中之韵。

49．灵魂的光和热

夜晚要降临，严冬将逼近，什么都不见了，除了大雪和乌云。

很深的地层，储藏灵魂的光和热；困苦中巧妙地生存，风雨难以伤害我的心灵。

尽管命运狡狯，心灵乘上风儿的翅膀，追逐一群幸福的蝴蝶；每句话都化为满天的星星，每个思想变幻七彩的阳光。

50．摘取天上之美

请带点自信，请带点骄傲；检验世界的红人，检验身边的美人；发紫的红人比比皆是，美丽的女人遍布天下，最动人的美藏而不露。

美德比美貌珍贵，柔情比月亮温和，爱情比太阳温暖，感情比火焰灼热，心情比美玉润泽，友谊比溪流绵长，纯洁比钻石晶莹。

为事业要追求一生目标，为幸福要实现人生梦想，为情意要找到心灵之爱，为诗歌要摘取天上之美。

51. 诗人最孤独

孤独的高楼，孤独的房间，孤独的光线，孤独的天花板，孤独的人影子。

人山人海，擦肩而过；掌声荣誉，功名富贵，声色犬马，裹着孤独的灵魂。

诗人，试图给予安慰；给灵魂一片蓝天，消除孤独的感觉，人们却说诗人最孤独。

52. 我乘诗歌翅膀游九天

我享受黎明朝旭，我观看潮起潮落，我欣赏地球色彩；鲜花每天都在更新，江河每时都在东流。

我听天上的鸟语，我听天下的音乐；经历沉睡和觉醒，结交友谊和爱情；清风有流动的美，微笑有纯洁的光。

明智的大海庄严，严峻的尖塔神圣；云亭立孤独的时光，梦飘忽凌绝的境界；思绪划过暗淡的冥河，心灵印上一颗蓝色星；小小亮点排成大星座，我乘诗歌翅膀游九天。

53. 诗 一颗亲切的心灵

我的心遭难，我的胸中弹；伤口会唱歌，鲜血会跳舞；心灵伸出美的手，抚平肉体丑的疤。

人生急促而漫长，生活痛苦而幸福，内心焦虑而平和；假若不幸是伤口，只是一刹那的痛苦；假若不幸是死亡，只是一瞬间的绝望。

只要人间有诗，一颗亲切的心灵；我因诗的呼吸感到温暖，我因诗的爱抚感受温馨，相信明天有晴朗的阳光。

54. 我的诗有脚印

春天有生命，青春有爱情；夜晚有星光，黎明有太阳；花朵有美丽，小草有自尊；小鱼有自由，诗书有天空，我的歌有翅膀。

蓝天有希望，大地有理想；高山有个性，大海有胸怀；绿叶有精神，碧水有灵魂；火焰有思想，稻谷有奉献，典籍有金玉，我的诗有脚印。

55. 生命诗林

森林的树，每一条枝，每一瓣叶，每一朵花，每一粒果，艰辛地从树根向上生长。

大地的风雨，天上的太阳，天天浇灌，年年沐浴，岁月年轮刻画强壮的生命；一棵树枯萎，一片林常青。

我通晓一切，我一无所知；我没有枉自一生，面对浅薄浮躁的灵魂，感觉自己一半是圣人；我为真善美，诗与思而活；我为光明、博爱、欢乐而生。

崇拜自己，才能拥有世界；光彩的玫瑰朝不保夕，耀眼的星星没有黎明；拥有万年长青的生命诗林，获得代代称颂的诗人殊荣，我忘却一生备受磨难的刺痛。

56. 把希望寄托诗化的盛世

我收集寂寞的诗句，古老森林思想之树，开满永不凋谢的鲜花。

我编织忧郁的恋曲，星光月光天光之下，把爱抛向茫茫宇宙，追随智慧女神踪迹。

我渴望改变未来命运，生命苦短，诗文长存；阵痛中孕育精神的产儿，把希望寄托诗化的盛世。

57. 纺织胸襟的蔚蓝

山坡上，桃子饱满，西瓜流汁，微风清朗又安详。

清溪旁，朝露流淌乳蜜，碎波凉爽玲珑；鸢尾和香蒲青翠，小鸟和小鸡欢唱。

诗的大海，天水一色辽阔，狂风激浪高昂，海鸥振奋的黎明，天光随波涛起伏。

我携着恋人，我载着情思，穿过大自然，奇妙的世界；天下的爱之手，温柔地摇我入梦，纺织胸襟的蔚蓝。

58. 我将用质朴的语言打动心灵

曾登高位难于屈膝，曾享福禄难熬清贫。

不要只听夜莺在花园歌唱，不要只看花朵在枝头飘香。

不要说商贾的仓廪堆满金银，不要说无能的草包盘踞高位。

蒿子杆再高成不了铁树，金银矿再大成不了泰山；有德不在意呼风唤雨，有才不在乎富甲天下。

如果坚忍不拔能赢得地，如果情真意切能取信天；我将用智慧的能量打造诗歌，我将用质朴的语言打动心灵。

59. 留下我朗朗的激情和诗情

在我的中年，生命焕发光华，我乘上航船，驶向大海彼岸。

金色的波涛，蕴藏亿万颗，无价的明珠，我只有丹心一颗。

迷惘中追求理想，希望中求索人生，积累经验智慧，条条大道通罗马。

成熟的目光，瞻望未来的路；理性的脚步，走向历史的大道；殷红的鲜血，洒在严峻的现实。

我是大地的过客，决不放弃做主人的时光；文明的国度，人类的心灵，留下我朗朗的激情和诗情！

60. 我的诗歌是百草园

穿越沟壑野岭，走过芬芳小径，青春的泉水潺潺，小鸟的余音袅袅，我弹拨诗人的竖琴。

春风送给我温暖，玫瑰送给我热情，青草送给我友谊，黎明送给我光明；黑夜颠簸的双脚，怎能追上我的步伐。

门外有痛哭的风雨，门口有愁苦的枯叶；你推开虚掩的大门，迎面一张春天的笑脸，我的诗歌是御花园，我的诗歌是百草园。

61. 每一首诗都是晶莹的浪花

我是卑微的诗人，寒酸贫贱的命运，孤苦伶仃的背影；清寒的月光写在脸上，火山的伤口挂在心中；一张塞满糟糠的嘴巴，百年沉默燃烧的火焰，千年苦难造就的星星，都是坚不可摧的诗歌！

我是一滴生命之水，钻进弯弯曲曲的小河，踏着冰天雪地的神路，灵魂上千次被风蹂躏，心灵上万次饱经忧患；灵感奔腾激流的大海，我用诗歌冲刷精神的污泥，每一首诗都是晶莹的浪花！

62. 追随黎明的脚步走向世界

今天，凝望内心，相信自己，走出迷惘，走出困境，我已击穿苦难。

抹去，一滴孤泪，一段尘缘，贫富贵贱，生离死别；不再害怕风刀，不再害怕霜剑；不再为得失尖叫，不再为名利哭泣。

依据自然转换规律，把储存内心的智慧，提升到大国赤子的事业，升华到时代的豪言壮语；在时间和永恒之间忙碌，追随黎明的脚步走向世界。

63. 我自由地舞出人的神采

小草喜欢原野，红柳留恋大漠；天天栉风沐雨，日日风餐露宿，年年忍辱负重，追寻美丽梦想。

粉蝶追求桃花，牡丹显耀富贵；天天享受生活，日日享受自我，年年享受幸运，尽显美丽光彩。

我在心灵的瘠土，植下一株一株树苗，百年的智慧之树开花，千年的精神之树结果；绚丽的晚霞照耀大地，踏着地球诗史的旋律，我自由地舞出人的神采。

64. 我不缺伟大气概

巨龙深藏天地间，栋梁生长庙堂前；虽然梯子好结构，永恒泰山谁登攀。

常人看我的外表，只盯着我的衣衫，只观察我的地位，只估算我的钱袋；量不到我的高度，测不到我的深度。

我站在诗神肩膀，我思在贤哲灵魂，我飞在英雄天空，我走在理想大道；胸怀有满天繁星，眼睛有纯洁月亮，心灵有光明太阳；为了证明我强大，请你们把我打倒，我不缺伟大气概！

星星月亮和太阳，永远至高无上！

65. 怀着未来甜蜜的信念

纵然生活非常可怕，纵然人生非常可悲；山高高得令人生畏，海深深得令人寒颤。

依然饱含新绿的春天，雷霆驱散百年的阴霾，太阳照亮千年的大地，万物兴旺，歌声红火。

牡丹花雍容华贵，玫瑰花喜气洋洋；蜜蜂拥有充实的心，小鸟拥有快乐的魂；不为荣辱得失左右，不为悲欢离合动摇；义无反顾走向美好，怀着未来甜蜜的信念。

66. 我不怕黑暗永恒

怀抱诗歌的荣耀，拥抱爱情的幸福。

创造诗歌和爱情，是人生高尚的使命；把一生托付给云烟，黑夜会嘲笑坠落的流星。

我不怕黑暗永恒，我只怕胸无大志；只要天上有一线光明，只要心灵有一粒火星，我将燃起希望的火炬，照亮爱情和诗歌的大地。

67. 生活重于地球

歌是人类生活的心声，歌手抑扬顿挫地唱歌，有无形的刀光剑影，把我的心劈成两半；你唱的是我的忧伤，你唱的是我的焦虑。

唱出我受不了的痛苦，唱出我抓不住的幸运，唱出我赶不走的厄运，唱出我达不到的理想，唱出我攀不上的希望，唱出我不安宁的思绪。

从聆听上升到联想，我曾多么富于幻想，我曾多么年轻纯洁；像一束皎洁的月光，落在圣贤的典籍上，落在诗仙的神韵中，白纸黑字却告诉我——生活重于地球。

68. 永恒

追求享乐还需要永恒么，追求尤物还需要永恒么；追求金钱还需要永恒么，追求名利还需要永恒么；追求偶像还需要永恒么，追求私小还需要永恒么。

只有爱情和新生亘古不变，只有感情和理性与生俱来，只有童话和梦想遨游天地；只有生活和劳动长流不息，只有猜想和创造日新月异，只有英雄和碑文永垂不朽，只有祖国和人民至高无上。

永恒的名声天长地久，永恒的美德松柏常青；永恒的哲学雄视古今，永恒的艺术流芳千古；永恒的希望绵延不绝，永恒的理想超越时空；永恒的真理日月同辉，永恒的诗歌世代流传。

69. 向天之路

山巅为暮色，指引一条向天之路；大海为小溪，打开一扇炼狱之门；西风为淘金者，送来一个遥远的梦想；世界为现代人，馈赠一个坠落的苹果。

请问有谁，精雕细琢的人生，寒战中离开家门；双手糅和风和雨，双脚跋涉山和海；脸颊面对墙壁的寂寞，眼睛阅读历史的血腥，心灵体验月亮的冷漠；肩膀背负沉重的十字架，脑袋倒立顶着浪尖的荆棘。

生命在黑夜，竖起墓碑把自己悄悄埋葬；向山顶寺庙，灿烂的宝塔奉献金色白骨；像圣贤吐露直通世界心脏的箴言，这箴言蕴藏世世代代相传的真理。

70. 只要诗能游遍天下

忍受千万个黑夜，等候千万个黎明；如果高与山齐，宁愿让朝露嘲笑，宁愿让草芥轻蔑。

没有时间去爱，没有工夫去恨；如果能使痛苦，成为欢乐的铠甲，情愿把幸福抛弃，如同抛弃一片果皮。

精神没有脚，思想不会走；只要诗能游遍天下，我愿意把生命唾弃；如同唾弃一颗果核，在人民耕耘的大地。

71. 光明之上的鸟

山巅破裂的火山口，舞出一只蝴蝶；光明之上的鸟，不歌唱，不沉默。

我追随梦，趁花事未歇，收集痛苦的芳菲，采摘智慧的果实，装进人生的金杯，珍藏时间的宝盒。

千年淘尽沙，万年铸造魂；黎明变成钻石，太阳开放鲜花；清香熏染昼夜的苍穹，我把自己献给这个世界！

72. 每一首小诗是我的创造

诗人，你这个流浪汉；为什么沉思默想，闪烁冷峻的眼光，审视这个游戏的社会。

诗人，你这个流浪儿；别人都在欢笑，别人都在吃喝玩乐，别人都在唱歌跳舞，别人都在风流浪漫，别人都在攀龙附凤，别人都在追名逐利；你为什么一切都不会？你为什么一切都不想学？

诗人说：生命是我的享乐，云天是我的志向，高山是我的形象，流水是我的精神，书本是我的伴侣，诗歌是我的太阳，思想是我驰骋的海洋，社会是我欣赏的舞台；走遍祖国是我的爱心，踏遍世界是我的胸襟，心怀天下是我的财富，每一首小诗是我的创造！

73. 我的诗魂已展翅飞向未来

黄金射出天光，好花落英，向微风献出香气。

哦，朔风，把我带走吧！掠过孤寂的塔尖，只要魂儿留在世上，让我享受未曾享受的幸福。

无红花的夏天，有我幻想的爱情；无蜜蜂的蜂房，有我酝酿的思想；无小鸟的笼子，有我自由的心灵。

我的诗意在青铜大鼎沸腾，我的诗节正大步流星奔驰，我的诗魂已展翅飞向未来！

74. 享受精神的荣华富贵

人类很迷惘，世界很空虚，烦恼的心灵，忧郁的情绪，多么孤独焦虑。

我歌唱人生，我赞美生活，我颂扬爱情；血液是热的，生活是新的，爱情是美的。

我让诗歌召回，童年失去的欢乐，少年失去的天真，青年失去的梦想，成年失去的幸福，人性失去的美丽，生命失去的灵魂。

我用诗歌保留，一方神圣感情；我用一生时间，阅读诗人华章，思考哲人论述，聆听民间歌谣；我用智慧的双手，装修心灵的家园，享受精神的荣华富贵。

75. 诗歌蕴藏高贵的意志

思想，历史的春秋；梦呓，人类的宏愿；回声，小巷的低语。

锈色的黑暗，厚重的污垢；磨损人的灵魂，增加人的压力，却不能腐烂人的尊严。

烟雾，惑人；一颗星，拯救整个夜晚；坚持自己，发现自己的美；不理会别人的评论，阅尽世界一流知识，诗歌蕴藏高贵的意志。

76. 诗歌决定我的命运

金色的旋风，吹动我的羽毛，吹皱我的心灵；不管我是忧是乐，太阳坐在大地中央。

我像飘忽的中介体，在概念和直观之间，在规律和感觉上下，在技巧和天才左右；磕磕碰碰地跌倒爬起，曲曲折折地蹒跚前行。

双脚踏进不朽的门槛，迷路时先知指点迷津，懦弱时哲人馈赠意志；存在与合理间求索世界，从抽象梦幻到生活的意象。

单纯使我高贵，静穆使我宏大；摆脱世俗意识的噩梦，告别阴霾笼罩的昨天；道德和美感成为我的情侣，时代与诗歌决定我的命运。

77. 只有太阳照亮我的梦

一生孤独，星陪伴我笑，月陪伴我哭；酷暑的黄昏，寒冷的长夜，只有太阳照亮我的梦。

我以血汗为墨，我以生命为笔；我从岩石研磨诗歌，我从云雨凝练哲理；诗歌啊，珍藏人类的希望；哲理啊，珍藏人类的理想。

78. 太阳向我许愿

我一生呕心，我一世沥血，诗苑辛勤浇灌，艺海奋力搏击；直到又穷又老，直到无朋无友。

太阳向我许愿，只要坚持再坚持，花朵会拥有果实，泥土会拥有黄金，诗人会拥有桂冠。

永恒之光，灵魂之露，洒向人间，沐浴生命；小草成为我的朋友，雪莲成为我的恋人，时间成为我的知交。

79. 太阳捧着桂冠向我走来

我不是迷信之徒，我不是命运之神，我不是哲学之士，却有甜蜜的预感。

只要付出生命，只要喷出血浆；让现代诗走进，未来者的心灵，我将复活诗歌。

诗歌传遍大地，诗人昂首阔步；虽然莫大的荣耀：在诗歌中留芳，必须在人间无色。

趁着春到人间，我宁愿当个渺小诗人；智慧在月夜翩翩起舞，唱起黎明的自由之歌，太阳捧着桂冠向我走来。

80. 鬼斧神工诗名扬

她露出一脸玉色，天下无双的乳房；含情脉脉的眼睛，射出温柔的火焰。

太阳月亮和明星，天上闪耀的光芒；与她的风韵相比，不过是磷光萤火。

英雄有美女垂青，威风凛凛建奇功；诗人有缪斯眷顾，鬼斧神工诗名扬。

81. 太阳为巧夺天工喝彩

黄金里沉浮，黑白幽灵；睡梦中制造，甜蜜梦境；天空激励，奔腾的骏马；风暴考验，高山的松柏。

孤寂的诗人，别具一格的灵感，不构筑海市蜃楼；心灵创造的宫殿，时间的琉璃瓦镶嵌。

自我凝视，自我璀璨；联翩的想象，不带错觉的色彩；诗海掀起晶莹的浪花，狂飙的天赋飞溅巉岩，太阳为巧夺天工喝彩。

82. 为自己雕塑一个形象

不要伤心流泪，不要捶胸顿足；不要被死灰笼罩，不要为塞运感叹。

荒山不可久留，心境最怕黑色；走出夜晚的坟地，逃脱潮湿的牢笼。

看那气宇轩昂的松，亲近神采奕奕的草；寻找镌刻铭文的碑，取一块坚硬的巨岩，我不惊动尘土风雨，为自己雕塑一个形象。

83. 我是一块不雅观的石头

我丢失千万个梦，我捡回被人抛弃的美；天上飞的，地下爬的，不知谁该嫉妒谁？

我踮起真理赋予的金靴，行走思想设计的曲径，度过意志恩赐的寒暑，居住诗人建筑的陋室。

我从星空返回自身，高寒的天空急速陨落，散成碎片，烧成粉末；我必须克制内心绝望，极力拼凑自己的灵肉。

我是一块不雅观的石头，粗糙的皮肤，扭曲的面孔，自律的心灵，内视的眼睛，发现灵魂是颗不灭的恒星，感谢时间赦免我的死亡。

84. 孕育诗人魂

永久的忍耐，无边的孤独，一生的饥饿，巨大的才华，灵动的语言，优美的音乐，典雅的画面，宏伟的思想，神秘的灵感，奇崛的个性，绮丽的梦想，缤纷的现实，砥砺的时间，浩大的宇宙，传奇的人生，蕴藏歌者情，孕育诗人魂。

85. 三色堇的世界

柳枝上摘一片嫩叶，桃树上掐一朵小花；鸟翼上谱一曲颂歌，星光中觅一首小诗。

心血消融沙砾，肉体铸造珠贝；吟诵秋天荷花的清芳，品尝寒冬霜雪的冷艳，放飞白鸽；只为洁净明丽的蓝天，只为映衬三色堇的世界。

86. 走进二律相悖的迷宫

飞翔，希望鼓励我；沉沦，享乐诱惑我。

风和浪的白天，花与月的夜晚；我在大海游泳，我在大地耕耘；沙漠植树造林，草原放飞雄鹰。

我走进知识和荣誉，金钱和美女；理性和真理，欲望和感情；二律相悖的迷宫，一个不满足的欲望，一个不满足的理性，一个无法逃避的现实。

诗国，让我经历一生的阵痛，诞生新世纪的不朽诗人！

87. 搏击梦想的未来

黄昏射出金光，好花落木，向微风献出香气。

哦，朔风，把我带走吧！掠过孤寂的塔尖，只要把我的灵魂留在地宫，让我看看生前栽种的花草。

风餐露宿的人生，没有蜜蜂的蜂房，有我酝酿的思想；没有小鸟的笼子，有我自由的心灵；没有绿色的沙漠，有我播撒的种子；没有人烟的山谷，有我流淌的爱河。

我的诗句，在青铜大鼎沸腾；我的诗意，在精神空间飞翔；迎着时间的童年，搏击梦想的未来！

88. 魂牵梦萦的希望

只要有风在天，只要有花在心；哪怕孤苦伶仃，不会感到寂寞。

只要有恋人，只要有情人，握着温暖的手；空气热得像酒，心灵燃得像火。

不论她是玫瑰，不论她是彩虹；只要鸟儿在晨曦歌唱，只要蜜蜂在花丛采蜜；我的诗艺随着思绪的笔迹，魂牵梦萦的希望就是我的歌。

89. 应和

肩并肩默默坐着，眼对眼相互注视，发现美丽的爱情，在感情的夜空飞。

听不见钟声，看不见树影，周围空无一人，只有热烈的拥抱，只有甜蜜的接吻。

时间的火苗，点燃诗人的灵感；一二句，二三行，应和风声和雨声，呼应青春和幸福！

90. 捡起生命

不要回避大山沉重，不要嘲笑大海固执；不要抱怨忧患苦涩，不要慨叹命运不公。

无力时迈不开双脚，悲伤时抓不住泪珠；谁握住命运的手掌，就有权塑造力与美。

在山岗上采摘花草，在潮汐里静听天籁，在风雨里欣赏美景，在死神前捡起生命。

91. 舞蹈的缤纷思绪

谛听，大浪的音韵，不被大潮抹去的脚印。

感受，现实与梦想一体，彼此不同的心跳。

感知，太阳穴，滴着黑色的露珠，心脏剧烈跳动的爱恋。

品味，白云吻着山巅，美酒一饮而尽，刻骨铭心的陶醉。

回忆，黑暗中，失去踪影的歌声；装着果实，早已凋谢的花蕾；一页一页，写着黎明的黄昏；一个一个，舞蹈的缤纷思绪；一首一首，梦幻的人生诗句。

92. 心灵金光闪烁

深沉的夜，星星熠熠生辉，心灵金光闪烁，我与诗歌同眠。

我自由，我歌唱；歌唱失去的乐园，歌唱失去的地狱，歌唱黄昏的迷惘，歌唱黎明的梦想。

诗啊！一把利剑，逼人的寒光，把幸福刺穿，把痛苦击倒；剥开世界的胸膛，黑白的心流淌混血。

最黑暗的夜星月最美，最无私的人天下最富；最远大的心理想最高，最伟大的魂品质最纯。

93. 钟声的私语

湿漉漉的黄昏，不安的夜风袭来，银色的冰雹打来；我搂着雪花睡眠，屏息谛听钟声的私语。

山一座比一座险峻，路一条比一条弯曲；峡谷的小草生气勃勃，泥沼的鲜花光彩夺目，我执着把这些角色扮演。

月下饮着苦酒，此岸驶向彼岸；春天匆匆而过，秋天姗姗来迟；夏天暴跳如雷，冬天刻骨铭心；韵律在厄运中回响，诗歌在困境中诞生。

94. 我就是黄山

当我遇到幸运，心情愉快轻松，灵感的火焰就微弱；当我被灾祸胁迫，心情痛苦忧郁，诗才的彩虹就优美。

我就是黄山，当旭日驱散雨雾，朝霞染红群峰顶，创造鬼斧神工的诗：云海和温泉，奇松和怪石；峥嵘的美，向世界张望。

95. 山不老

山没有年轮，水没有骨骼，云没有脊梁。

千年的冷暖，一朝的春秋；花叶满天飞舞，凤凰乘风而去。

唯有山不老，唯有水不死，唯有云不灭；唯有诗人无眠，为觅一首小诗，星夜青梅煮酒；豪饮月下，举杯长歌；吟哦青山绿水的名字，抒发英雄贤哲的壮志。

96. 圆形的沙漠

抬头遐想，低头沉思；烈焰讽刺我傻，大风嘲笑我痴，云彩挖苦我呆；我在睡梦中枯干，世界是圆形的沙漠。

我的语言，我的诗歌；一棵棵胡杨，一个个星座；大地苦难的见证，人间光明的公寓；胡杨在沙漠扎根，星座在天空落户；因为鸟儿有翅膀，因为人类有思想。

97. 诗歌纯金

风暴在呼啸，云雾要遮天；睡意合双眼，人生不是梦。

举起杯，美酒振奋心灵；抬起头，踏着弯曲的小路，把高山留在身后。

诗歌纯金，星星纯银；神圣的白鸽，高尚的天鹅，预示自由正在起飞。

98. 甜蜜想象萦怀的珠峰

当黄铜色的光，照在灰色的墙；当紫铜色的光，照在彩色的窗；楼外楼的美酒，天外天的西湖，不能安慰忧患的人生，不能打动游子的情怀。

时间脉搏的诗，焕发冬天的激情，蹚过泥潭的路径；犹如悠扬的提琴，唤醒沉睡的灵魂；犹如英雄交响曲，震撼潜伏的意志。

真正的妙策，赋予生与死的思考；真正的伟业，完成人与山的对峙；真正的人生，敢于独自攀登，甜蜜想象萦怀的珠峰。

99. 我歌唱世界为了燃烧自己

一叶草置身草坪才能常青，一棵树生长森林才能成材，一滴水融入大海才能长流，一粒石隐居高山才能发光，一个人走进世界才能永生。

爱情长存，即使情人离去；感情常绿，即使朋友吵架；冬雪压弯青松，壮志在心；岁月毁灭肉体，浩气长存。

我一生在现实中求知创作，不是为了爱情荣誉和面包，不是为了炫耀才华卖弄风骚；我歌唱世界为了燃烧自己！

100. 感觉地球在眉梢耸动

雨，忧郁、凝重、疲惫；那是不幸与痛苦的泪水。

月，冰冷、迟缓、苍白；那是悲哀与彷徨的身影。

太阳，孤独、焦躁、冷漠；那是金色与黑色的混血。

不安分的世界，大海的沉默与喧嚣，天空的寂静与骚动，人间的友谊与仇恨，人类的博爱与战争，世界的名利与道德；我对大事件一无所知，感觉地球在眉梢耸动。

101. 天亮了

花园有爱情，笑颜和泪花；大树有琴声，悲愁和欢乐。

苦乐人生，遭遇黑暗，熬过冬夜，接触孤独，无边的云雾；没有美，没有歌舞；没有花朵，没有果实；只有慢慢走来的黎明。

天亮了，我的诗歌，为你保留友善、真情和希望；在你的心灵倾吐肺腑之言。

102. 做一件正确的事情

我需要，不是爱情和睡眠，不是打击和同情，不是财富和享乐，不是名利和荣誉。

我需要，相信自己的信念，忠实自己的理想；始终如一的品质，坚忍不拔的勇气，做一件正确的事情。

我需要，艰辛一生，坚持一生，当生命的史册合上，一部制作精美诗书，表达我内心的思想，证明我奉献的成就。

103. 许久以后才被世人公认

自强不息的松柏，屹立理性葱郁的森林；在大地与时代共呼吸，在高山与历史同命运。

人生沉寂，埋首挥笔疾书；我的树被风雨裹挟，我的叶被霜雪摧残，我的根在身后仍会埋没。

漫漫长夜的一生，风云变幻的四季；我高高飞扬的树梢，孤独地潜入温馨的晓岚中；如同一位饱经风霜的农人，总会迎来秋天喜悦的硕果；如同经历岁月煎熬的伟人，总是许久以后才被世人公认，我在诗国耐心等待灼见的朋友。

104. 诗与思

思，就是诗；告别尘嚣，回归敞开的广阔之域，投向未来筹划的基地，让人诗意栖居大地。

思，就是使自己，沉浸崇高思想；它将一朝飞升，若孤星明月宁静地，在世界的天空闪耀。

诗与思，就是装满梦想，被事实铸造的大钟，今夜发出有限的声音，未来荡漾无限的回响。

第二十四章

诗人的价值

1. 金币　正反两面都发光

不要轻易说话，人世充满流言蜚语，唇枪舌剑。

面对谎言与真理，罪恶和善举；面对好人与坏人，侏儒与巨人；不要高声，也不要低语。

诗人勾勒的我，不是本身的我；诗人塑造的你，不是原始的你；诗人片言只语，向世界表达美好的意向。

诗人敢于说话，一首好诗诞生，如同一块金币，落地有声，正反两面都发光。

2. 成熟的时间

我把自己，一棵树苗，投到潺潺水边，黎明的寒冷中冻得僵直。

篱边出现，一根白色的茎，春天繁花似锦，秋天硕果累累，月光与星光浇灌。

一个男孩，抽样检查果实，没有见到花朵；他问：它开花吗？这棵树苗怎么成长的？

一只小鸟，用歌声揭示：诗人的手啊！在树枝采摘，不是甜蜜的果实，而是成熟的时间。

3. 论诗人

市井说，诗人是疯子；商贾说，诗人是傻瓜；政客说，诗人是牛虻。

孔子说，诗人是美德的导师；老子说，诗人是自然的化身；墨子说，诗人是博爱的使者；释迦牟尼说，诗人是至高的境界；苏格拉底说，诗人是知识的符号；柏拉图说，诗人是理想的家国；亚里士多德说，诗人是理性的人物；普罗泰戈拉说，诗人是文明的尺度；弗洛伊德说，诗人是潜意识的心理学；爱因斯坦说，诗人是相对的科学；拿破仑说，诗人是思想的英雄。

4. 人类为怀的诗人

诗人拥有生命力、创造力、想象力、自然力、忍耐力、领悟力、洞察力、观察力。

诗人拥有大气魄，大阅历；博览群书，历史为本，现实为根，人性为魂，民族为心，人类为怀，宇宙为家。

壁立千仞的巨擘：英雄拿破仑和斯大林是诗人，哲学家马克思和尼采是诗人，文学家鲁迅和曹雪芹是诗人，政治家刘邦和李世民是诗人，科学家诺贝尔和爱因斯坦是诗人；他们的事业，他们的成就，推动人类向上，推动文明向前；功在当代，利在千秋。

5. 诗人大地的报春鸟

哲人是民族的魂，诗人是民族的情；没有一位诗人，由于聪明和才智，痛苦和幸福，成为伟大的诗人。

伟大的诗人，之所以伟大；因为生活是座山，一生都向上攀登，摔跤会头破血流，跌倒会粉身碎骨，他用毅力和勇气，不失乐观的精神，披荆斩棘到达顶峰。

在诗人的高山，他的痛苦之智，深入社会底层；他的幸福之魂，回旋心灵上空；他的精神之手，抚摸时代脉搏；他的思想之树，扎根历史土壤；因而诗人成为，未来的预言家，大地的报春鸟。

6. 只有不朽的诗书

岁月悠悠，人生匆匆，沉浮的日子，悲欢的时光，一如水中月。

纵有帝王权威，纵有将相名望，富豪一掷千金，明星一夜风流，随着时间湮没。

只有不朽的诗书，藏在精神的酒窖，藏在心灵的宝库，日益飘散出醇香，日夜闪烁着光芒。

7. 诗人是文化的伟器

宝塔的尖顶，伸向天际；小草的根系，抓住大地。

空着肚子的人，比脑满肠肥的人强；经历苦难的人，比幸福美满的人韧；心灵破碎的人，比快乐无忧的人好。

被贫困摧毁的，不是强者；被不幸摧垮的，不是好汉；被磨难丧志的，不是艺术家；被名利俘虏的，不是政治家。

风雨雷电，天之本性；喜怒哀乐，人之本色；一生际遇悲惨，一生坚韧卓绝，聚焦绝世之才，塑造一颗大爱的心灵，塑造一个民族的灵魂；诗歌代代相传，诗人朝朝颂扬；诗人是精神的英雄，诗人是文化的伟器！

8. 认识诗人

启开千年老蚌的外壳，灵光一闪的哲学思考，珍藏无价的精神瑰宝。

时而欢快活泼，时而优雅广博；具有一种力度，一种旋律之美，自然永恒的脉搏。

徜徉高山和大海，聆听涛声和鸟语，节奏抑扬又顿挫；这是暴雨的呐喊，这是春风的呼吸，仙风道骨者安详的步履。

世界上只有诗人，以水晶的心灵，以钻石的意志，以大地的感情，以宇宙的和谐，以智者的预言，以领袖的权威，说出人类的心里话；当我们慢慢认识诗人，人性必然实现贤哲的愿望。

9. 诗人是女神

诗人是园丁，但不是猎人；诗人是傻瓜，但不是乞丐；诗人是凡人，但不是鼠辈。

诗人是艺术家，铁砧上锤炼，光荣和梦想的雕像；火焰中提炼，爱与思，善与美的真谛。

诗人是女神，张开大爱的襟怀，笑迎天下恋人；优雅落下衣裙，童贞的玉体向天敞开，这裸体多么纯洁芬芳。

10. 诗人是生命的绿洲

临渊而立，你不颤抖；与山比肩，你不弯腰。

山披绿色，才有崇高的雄姿；海变绿色，才有博大的胸襟。

诗人，你比天空辽阔，你比宇宙浩瀚；你是生命的绿洲，你是心灵的绿洲。

千百年来，唱着大风歌，把花朵献给春，把果实献给秋，把芳香献给恋人，把果汁献给旅人，把绿洲献给人类。

11. 诗人的学子

青山在前，松柏在上；诗人有一颗，比太阳灼热的心灵。

诗歌不朽的篇章，浇灌民族的雄魂，沐浴人类的精神，屹立神圣的殿堂。

青铜的铸像，青石的碑文，人类的口碑；活着诗人的歌韵，托起诗人的功德。

古老的时间，兴衰的皇朝，文明的现代；记录诗人的真知，镌刻诗人的灼见，唤醒人类的自我意识；历史的英雄豪杰，现代的才子佳人，都是诗人的学子。

12. 当代的诗人请相信

阅尽古今中外诗章，结交古今中外诗人；当代的诗人请相信：现实是诗人的摇篮，历史是诗人的圣地，未来是诗人的天空，信仰是诗人的星星，艺术是诗人的月亮，思想是诗人的太阳，哲理是诗人的大海，美德是诗人的高山，感情是诗人的领地，灵感是诗人的火焰，文采是诗人的花朵，个性是诗人的大树，心灵是诗人的世界，幻想是诗人的翅膀，爱情是诗人的灵魂，寂寞是诗人的兄弟，孤独是诗人的姐妹，清贫是诗人的命运，创造是诗人的生命，傲骨是诗人的节操，坚韧是诗人的功夫，抱负是诗人的志向，典雅是诗人的气质，磨难是诗人的乳汁，坎坷是诗人的道路，荆棘是诗人的桂冠，倒下是诗人的肉体，站起是诗人的精神。

13. 诗人从厄运的骨头站起

春的烟花，秋的落叶；月亮有银色，太阳有金光。

我爱平滑的诗，明亮的诗，珍珠的诗，蜂蜜的诗；黑夜唱着歌的诗，白天行走天下的诗。

诗的真，有天地，有自然，有人生，有社会，有自我；有血肉，有神韵，有思想，有感情，有哲理，有预言。

诗的善吐哺万物，诗的美点化人类，诗的爱传诵天下，诗的神流芳千古；诗歌从烈火的刀丛走来，诗人从厄运的骨头站起。

14. 好诗人难遇

诗人穿得朴素，诗人吃得粗糙，一位土气的乡巴佬，耕耘天地的精气神，收获锦绣灿烂的诗文。

胸中满怀豪气，头脑闪耀智慧，张嘴吐出警句，灵感跳动韵律；双足登荣誉高峰，雄心争不朽名声；人品庄重，诗品绝伦。

世界上富人不少，社会上穷人更多；假若你讲究物质，贪图荣华富贵，远离市井布衣；真朋友难求，好诗人难遇。

15. 诗是精神的真实

时间创造自然，诗人创造精神。

自然的语言，道出生活的真理；思想的利箭，穿越人性的历史。

六月繁星，扑闪翅膀；七月雷电，洗濯青山，诗是精神的真实。

诗不是翡翠，不是金银，不是玫瑰，不是佳肴，不是功利，成就永恒的诗人。

16. 诗人　人类精神的纽带

诗歌女神，不认识你的人，不懂精神的爱，精神的美；他们的心灵在沉睡，思想在冬眠。

诗歌之神，人类的图腾，人道的心声，民族的象征，国家的符号：荷马是希腊的印记，歌德是德国的印记，但丁是意大利的印记，惠特曼是美国的印记，泰戈尔是印度的印记，莎士比亚是英国的印记，普希金是俄罗斯的印记，屈原是中国的印记。

诗人，人类精神的纽带！

17. 诗歌比金钱有价值

无知的小丑，你嘲弄诗人，你嘲笑贤哲；颠倒美丑真假，不识庐山真容；因为你胸无点墨，因为你虚度人生。

诗人的韵律和谐，思想广阔，语言精美；哲人的智慧深邃，真理纵横，浩气冲天；诗歌比金钱有价值，哲理比权位有威信；屈原李白的诗传诵千古，老子孔子的书流芳百世，虽然一副受苦受难的模样。

18. 伟大时代的诗人

诗人梦想，诗人行动；诗人说了，诗人做了。

诗人的思想有翅膀，诗人的思想有双手；诗人是时代的喉舌，诗人是时代的刀剑。

诗人是热情的预言家，白天拿起横笛祝福，夜晚仰望繁星探索；乐曲如花径的南风，语言如石缝的山泉，蕴藏不可知的力量。

诗人像渔妇那样咒骂，诗人像恋人那样歌唱；咒骂地狱里的魔鬼，歌唱天堂里的人民；这是梦想时代的诗人，这是伟大时代的诗人。

19. 月亮诗人

月亮，天上还是人间，东方还是西方，高山还是大海，荒漠还是绿洲；心境平静透明，仪态雍容华贵，优雅行走夜空。

诗人，年少还是耄耋，痛苦还是幸福，高位还是底层，富贵还是贫穷，忙碌还是清闲；思如清泉喷涌，文如行云流水；吟诵心灵的诗篇，雕塑生活的诗史。

20. 诗人　怀有本能的骄傲

诗人，天地钟灵毓秀；对人类说话，诗韵流淌的灵液，像散落你脚下的花朵。

诗人，追求美，颂扬美；给人慰藉，给人智慧，崇高尊严，怀有本能的骄傲。

21. 诗人是思想的圆周

圆圆的心灵，圆圆的地球，圆圆的星星，圆圆的太阳，圆圆的宇宙；人类是自然的尺度，诗人是思想的圆周。

地球之巅，巡游八极，高瞻星星，远眺宇宙，把天地装进思想；心静穆，诗典雅；诗人生命古朴崇高，精神博大睿智。

22. 享受永生

人老了何等寒酸，正如凋敝的大树，花飘落叶枯黄，春光与风光不再，一任雷雨欺凌侮辱；这是自然，这是天命，阳光不能使它重返生机。

唯有抱负不凡的诗人，思接千载，视通万里，灵魂饱受尘世的苦楚，身心承载习俗的重荷，双脚踩着时尚的钢丝，在此岸与彼岸的旅程，在希望与梦想的远方，在曲折与向上的高山；诗歌的意境是微笑的碧海，安详的大地，慈悲的天穹，享受凛然不可侵犯的永生。

23. 大自然塑造的杰作

诗人和哲人，不是时代与机遇，造就的凡夫俗子。

诗人和哲人，不论生在什么时代，活在什么地方，都会成为伟器。

诗人和哲人，精神的巨人；鲜花一样绚烂，小草一样茂盛，胡杨一样坚韧。

诗人和哲人，智慧与意志，灵感与艺术，力量与雅性，修养与风度，集大成的榜样，大自然塑造的杰作。

24. 创造世界精神秩序

这个进化论年代，人们是怀疑主义；这个金钱论年代，人们是功利主义。

抑制猛虎的狂热，熄灭毒蛇的激情；为视野提供色彩，为听觉提供乐曲，为心灵孕育希望，为未来创造奇迹。

诗歌是生命的神灵，优雅是痛苦的钱币，智慧是忧伤的女儿；诗人是命运的巨人，创造世界精神秩序。

25. 灵魂藏金玉光焰万丈

微笑给愁容抹上神采，明天给不幸带来希望，星星给未来昭示光明。

耳朵向往别样的乐章，眼睛希求新奇的景致，心灵超越时空的屏障。

诗人天生，诗歌人为；生命靠磨砺焕发精神，灵魂藏金玉光焰万丈。

26. 天鹅的美姿

穿越幽深的山谷，奔向绿色的森林，看见自由的鸟群飞，忘却跋涉的艰辛，我的心开始歌唱。

自豪奔放的歌手，不问秋天的落叶，生长在哪根枝头；不惧莽原的大风，把他吹向哪个舞台。

天高云淡的天空，才有天鹅的美姿；胸怀家国的歌手，才有大气的心声，久久回荡五洲四海。

27. 向精神荒漠告别的年代

不读诗，不懂诗，不知爱与美，他将碌碌无为，他将苍白无力；他的灵魂在沉睡，他的心灵在冬眠，脑袋装满功名利禄。

只要是人，总得有精神；求索大真谛，探索大自然；孤苦的高塔，寂寞的沙龙；五月的春天，六月的小河，七月的草原，八月的高山，九月的大海；现代人类生活到了，向精神荒漠告别的年代。

第二十五章 诗意人生

1. 诗意人生

当我忍耐一生老而弥坚，当我阅读一世寂寞孤独，当我躲进寒窗闭门沉思，当我跋涉走遍天南海北，当我目睹人间繁华贫乏，当我狂笑不知天高地厚；当我成为茶余饭后谈资，当我拥有宽敞深邃胸襟，细细品味浩瀚诗意人生：

我就是叱咤风云的英雄，我就是功成名就的好汉，我就是声威显赫的功臣，我就是腰缠万贯的豪富；我就是道出真谛的自然，我就是穿越迷茫的时空，我就是垂之不朽的圣哲，我就是迎风高歌的诗人。

风啊，谁有力量走近我！

2. 诗人的神采

船不怕弯曲的河道，舰不畏明暗的礁石；牛苦难中寻求解脱，蚕困厄中顿悟真谛；风呼唤大山的雄鹰，雨召唤林莽的狮子。

太阳耐住寂寞，月亮纵横古今；揽几块秦汉砖瓦，扯几片隋唐釉彩，飘几丝明清泪花，唱几首现代情歌；烘托诗人的神采，孕育博大精深的诗篇，创造温暖柔美的世界；希望小鸟自由地飞翔，希望人类理想地生活！

3. 只顾欣赏地球燃烧的美

我横渡大海，我走遍大地，迷失在森林，跌宕在山岭。

诡谲的黄昏，漆黑的午夜，躺在荆棘的床，爬虫四处横行，毒蛇咄咄逼人；只有溪水与我交谈，只有天籁向我召唤。

世界万水千山，人类千姿百态；欲望伸出惊恐的手，理智仰望神秘的天；弱者超越自我的梦想，强者超越自然的希望；伴着孤独叹息和死亡，伴着欢腾自豪和新生。

人的精神，人的肉体，高度没有始点，深度没有终点；吸引灵魂的是智慧，吸引肉体的是金钱；只有心胸博大者自由，只有志向高远者千古。

我在风暴里，健步登上山峰，像一棵常青的松树，性格又坚韧又倔强；只顾欣赏自己冷峻的美，只顾欣赏地球燃烧的美。

4. 开拓广阔的宇宙

我是蜡烛，光明是我的本性，我在黑夜挂起万盏明灯。
我是种子，新生是我的本能，我让生命星星一样闪耀。
我是航船，彼岸是我的目标，我与风暴搏斗发现新大陆。
我是雄狮，智慧是我的钥匙，我用思想打开世界的大门。
我是凤凰，飞翔是我的天职，我用力量开拓广阔的宇宙。

5. 宇宙指引我赞颂真善美

我坐在小船上，河川喃喃细语，海浪泛起笑纹，树叶快乐摇曳，鸟儿逍遥自由。

朝阳跃上云朵，把霞光抛向地球；月亮披着夜色，在天宇翩翩起舞；星星宛若蜜蜂，编织金色交响曲。

我的遐想悬在天地，头上是群星的仙境，脚下是人类的殿堂；地球指引我追随太阳，银河指引我胸怀大爱，宇宙指引我赞颂真善美。

6. 意境

一个美好的理想，一个永久的信仰，一个甜蜜的希望，一个追求的梦想，一个燃烧的太阳，一片江山的景色，一颗人生的初心。

大地上寻找意境，艺术的灵感之光，科学的猜想之水，画家的造型之山，诗人的智慧之海，圣贤的思想之天，人类的创造之力。

用诗歌浇铸中国的雄心，用诗歌雕塑人类的灵魂！

7. 放飞骄傲的彩虹

诗人哟，投入自然怀抱，翱翔宇宙胸襟；天上的霞彩绚丽，天下的春天烂漫；星星点亮人类的心，太阳温暖万物的情；寂寞的荆棘会发芽，孤独的山岭会开花。

诗人哟，走进生活的园林，走出生活的藩篱；从黑土里发掘黄金，从黑夜中吸取光明；爱抚一块又一块滚烫的巨石，亲热一颗又一颗跳动的心灵；原野中寻觅燃烧的火种，雷电中放飞骄傲的彩虹。

8. 光明的概念

光明，赤身裸体，四处行走，不怕害羞，还未成年。
光明，随气候改变形象，悄悄低下天真的头，乌云密布的天空。
淋着雨长大，到哪里去采撷玫瑰，到哪里去寻觅阳光。
云翳的尽头，绝望接近的快乐，清清爽爽的心境，升起光明的概念。

9. 嘴角荡漾迟来的微笑

桃花搂抱和煦的阳光，柳树领略雨露的情韵；月光在小径漫步，星星在窗口徘徊，云天在心灵畅叙年华。

空气新鲜，把我这个凡人，赋予艺术气质；把我这人俗人，赋予诗人灵魂；我萦怀的愁绪，我运动的生命；时光撕碎心空的阴霾，嘴角荡漾迟来的微笑。

10. 心灵大如博爱的天空

心遭遇春寒，脚陷进沼泽；耳边乌鸦歌唱，全身风霜缭绕。

我依然活着，依然挚爱生活；怀着天真的梦想，哼着欢乐的小曲，走在人生的大道。

随着雪花消融，春天激发好奇心；欣赏大海的神采，眺望峡谷的秀色；崇山峻岭威武挺拔，鲜花绿叶刚柔相济；世界美如精致的诗句，心灵大如博爱的天空。

11. 赐予我充满活力的生命

观万家灯火，赏四季花卉；小鸟在自由飞翔，小溪在自由流淌，恋人在开怀大笑。

我赞美天空，我赞美大地；我热爱高山，我热爱大海；多么快乐，多么充实，它们赐予超我的力量，我感觉骨骼肌肤，运动着千古诗情，屈原李白但丁普希金，赐予我充满活力的生命。

12. 真理就在自己脚下

真理，犹如植物，岩石堆发育，钻隙迂回地，佝偻、苍白、委屈，然而还是向着阳光生长。

诗人，一生寻找真理，走遍荒滩野岭，踏过沙漠黄土，攀登悬崖绝壁；路漫漫，蜿蜒曲折，发现真理就在自己脚下。

13. 我出生在湖畔

我出生在湖畔，我长大在江边，我行走在山道，我奔跑在浪谷，我长卧在寺庙，一路风雨潇潇。

饿了摘个野果，渴了喝口溪水，冷了穿件彩虹；都市灯红酒绿，商场硝烟弥漫，哪里是我的家。

世界很大很美很善，人生很真很实很沉；吹着口哨自由生活，晚上欣赏天籁旋律，白天聆听光明歌曲，自然怀抱多么温暖。

14. 我的存在

大地之上，我孤苦伶仃；我在星球漂泊，我在宇宙流浪。

我失去爱，太阳的温暖，星星的光明；熙熙攘攘的人世，空空荡荡的寰球。

我的存在，汲取自然灵秀；为自己创造音符，为自己坚立纪念碑；走进金碧辉煌的历史，与时间老人共叙友谊。

15. 我的故乡在心灵

山坡的茅屋，湖畔的别墅；这里有苦艾和牡丹，这里有寒流和热风；不能抵御忧愁的侵袭，不能见到圆满的月亮。

我的故乡在心灵，我的家园在精神；这里开放甜蜜的花朵，这里结满鲜美的果实；透过生动活泼的繁星，黎明的曙光沐浴一生。

16. 避免遭受盛名的渲染

追求平凡的生活，安于平静的工作，过上安宁的日子，为了实现这个理想，一生保持朴实无华，避免遭受盛名渲染。

世界宽广美丽，拥有精神小庭园，不需要园丁灌溉；我一生勤劳侍养梅兰竹菊，培育松柏楠木，仰望高山雪莲，心灵绚烂，胸怀远大希望。

17. 走的是公正大道

我只需要健康的，我只需要适意的，洋溢着美的绚丽，飘荡着爱的色彩，幸福自由地生活。

流水浸润的浓荫，合着枫叶的乐曲，走的是公正大道，赏的是和谐自然，我真堪比金字塔，傲视帝王的荣耀。

18. 请把酒递给我

请把酒递给我，纵然我丑名远扬，纵然我潦倒不堪；不管什么循规蹈矩，不管什么功名利禄，烂醉张狂洒脱自在。

请把酒递给我，它使人月亮般自尊，它使人太阳般骄傲；把生老病死化为喜庆吉祥，把悲欢离合化为幸福长寿。

请把酒递给我，透过酒杯探索自然，借助杯底洞察自我；让杯盏之光照亮世界，人类需要酒的激情，人生需要醉的诗意。

19. 未来的知音

我爱高山，因为高山是精神，因为高山是理性；精神赐给人力量，理性唤醒人独立。

我敬畏大海，因为大海是激情，因为大海是爱情；激情过后是冷漠，爱情过后是怨恨。

不要活在欲望之海，吻我的人将失去我；爱情只活在心语中，爱情只活在诗意中；无手之抚，无唇之吻。

千万别以为我孤苦伶仃，也许我与你心灵相通，我带着奔向历史的诗歌；你可以听见时间的细语，我可以看见未来的知音。

20．致诗友

　　一个春天结束，一个春天开始；鲜花向我们致意，小草向我们问候；虽然我们都很陌生，虽然我们都是过客。

　　在诗的天堂，在歌的国度；我们都是亲兄弟，我们都是好朋友；我熟悉你的皱纹，你理解我的孤独。

　　时钟宣告英雄气概，诗篇开创一代新风，诗歌的江河万古长流；作为一个人死亡，却作为一个诗人复活。

第二十六章　智慧的人生

1. 智慧

知识是珍贵的宝石，智慧是宝石的光泽；知识是历史的黄金，智慧是今天的名画；与其积攒满箱金银，不如积攒满肚智慧。

有能耐的人难敌雄狮，有智慧的人驾驭魔鬼；凭勇敢不能捉住狐狸，凭巧计可以捉住豺狼；富有智慧的人是圣人，运用智慧的人是伟人。

用智慧建造的金字塔，用智慧创造的摩天楼，用智慧创作的诗与书，用智慧开创的新世界，才能得到世人的美誉，才能翱翔时间的长空。

2. 智慧的人生

人生似一场雪，下得越轻越久，厚厚的积雪层，保护你的心灵；随着冬去春来，一生会淌出洁白，长长的涓涓细流。

时间无穷尽，不要为明天担忧；一天的难处一天当，一生的事业一生搏；属于你的生命只有一次，珍惜与放弃全由你选择。

智慧的人生，与其先享福，不如先受苦；左手握目的，右手握信念；生命的血汗融入大海，劳动的果实堆放高山，高山和大海会向你祝福。

3. 智慧才能咀嚼世界真味

假若你手摘月亮头戴皇冠，如果缺少美德也无人敬仰；蔑视享乐并不表明德行高尚，一生享乐并不表明生活幸福，豪富整天寻欢作乐也会厌倦；只有走正道投入大自然怀抱，鸟儿用嘹亮的歌声唤醒灵魂。

要使思维和生活保持一致，不要放任思想超越生活；想高空不被大风吹得迷失方向，务必张开坚强翅膀大胆向上。

人生是一朵纯洁的鲜花，现实是一颗青涩的果实；只有苦辣酸甜才能泡制橄榄，只有智慧才能咀嚼世界真味。

4. 母亲怀里孩子露出的笑脸

我不说一句话，我不卑躬屈膝，我不谄媚奉承。
我相信善良品质，我相信朴素真实，我相信善恶因果。

我赞颂大自然，我歌颂真善美，我崇尚诗化人生，我呼唤人类平等。

我把内心的感情，我把生活的语言，我把人生的思想，我把灵感的韵律，我把书籍的灵魂，我把时代的精神，化作幼儿牙牙学语，母亲怀里孩子露出的笑脸。

5. 真正的英雄与美人

男人，站着发抖不行；女人，躺着希望不行。

我们要做强者，考验中要耐心，困苦中要忍受，生活中要坚守德行。

成就一番业绩，面对顺境和逆境，我们不必崇拜太阳，我们不必躲避黑暗。

男不做权诈的英雄，女不做放荡的美人；成就功德的天下事，登上光荣显赫的险峰，才是真正的英雄与美人。

6. 保持梦想与才智统一

风儿飞扬，凌云壮志，带我遨游世界。

小溪曲折，千回百转，带我走出困境。

大河奔流，气势磅礴，教我不畏艰难险阻。

大海坦荡，教我不唯唯诺诺，教我不妄自尊大。

高山雄伟，教我出类拔萃，具有高屋建瓴的气魄。

铁树崇高，教我怀抱希望，哪怕一生耕耘，只开一次鲜花。

天地博大，启示我：心怀抱负，荣辱面前泰然，名利面前释怀。

日月光明，启示我：保持外表与内心和谐，保持梦想与才智统一。

7. 光明在黑暗中不会黯淡

生命如朝露，人生似浪花，立足今朝莫等闲，黎明转眼成黄昏。

栽几棵树苗，种几株小草；拾几块晶莹的石头，捡几片美丽的贝壳；知识的森林会繁茂，真理的海洋会浩瀚。

轻轻松松的梦想，无忧无虑的希望；实现梦想和希望，需要卓绝的奋斗，需要浓烈的心血；转动心中的地球，升起心中的太阳；力量在运动中不会衰减，光明在黑暗中不会黯淡。

8. 肩胛露出山的脊梁

坐驴背横越赤道，一只脚跨上高山，一只脚留在大海，故乡的风敲击柳条。

脸上标明艰辛的皱纹，瞳孔深藏未来的光明，放眼远眺地球的经纬，大地纷飞思想的碎片。

无情之鹰不如乌鸦，无德之徒胜过豺狼；狂妄难以改变命运，整容难以改变形象，坟墓不能埋葬罪恶。

玉雕的美，无需绿水的衬托；富豪的名，无缘贤人的声望；既然活着，高昂的姿态，目光透出塔的尖顶，肩胛露出山的脊梁。

9. 千年大树结出黄金果实

弯曲的弓，不会伸直；跪着的人，不会生活。

锱铢必较，不是大商人；荣辱必究，不是大豪杰；胜败必争，不是大英雄。

把根深扎大地，把叶伸展天空；一身光芒活在希望，千年大树结满黄金果实。

10. 塑造横亘天宇的独立人生

要迎着困难行，不要绕着困难走；要支配好财物，不要受财物摆布；要走自己的路，不要重蹈别人覆辙。

不要取媚人，不要奉承人，不要接受恩赐，不要变成寄生虫；谁把自己变成蛆，千万别抱怨残酷，抱怨有人用脚践踏你。

张开眼睛吧！敞开心扉吧！用远见卓识，用博大襟怀，寻觅志同道合的脚印，结交患难与共的朋友；感觉最纯最真的深情厚谊，塑造横亘天宇的独立人生。

11. 习惯人生的风浪

我有一双大手，它栽种过花草，它爱抚过蝴蝶，它放飞过小鸟，它抓起过榔头，它捧读过经典，它握紧过笔杆，让诗歌滚动地球。

今天啊！这双手掌心握一把阳光，手背透一缕月光，挥动时间的魔棒；为憧憬者带来希望，为梦想者捎来理想；为强者抹掉刀刃的锋芒，为弱者指点通天的路径；为富人清点精神的财产，为贵人掂量势利的分量。

把你的心，拽往暴风雨的大海，在被压出脚印的沙滩；让你习惯人生的风浪与凶险，让你认识自己的渺小与博大。

12. 真理隐居在善行的心灵

我不在天堂，我不在地狱；我在火山中，我在大海中；生活的熔炉，现实的天地。

一百次实践，九十九次失败，练就一双慧眼；月亮休想迷惑我，明星休想欺骗我；我坚守理想和梦想，我坚守天道和人道。

智慧启示思考的人：真理不在浮华的生活，真理不在炫目的精英；真理高踞在天良的大地，真理隐居在善行的心灵，真理掌握在时间的手心。

13. 希望让人类新生

如果你是大地，就让树木生长；如果你是火山，就让熔岩爆发；如果你是大海，就让小舟扬帆；如果你是天空，就让祥云高飞；如果你是清风，就让诗人流芳；如果你是风暴，就让强者穿越；如果你是恐惧，就让意志诞生；如果你是希望，就让人类新生。

14. 希望的铁树

何必愁眉不展，像个失恋的人；何必后悔莫及，像个破产的人。

不以泪洗面，你将一事无成；不去跋涉痛苦的旅程，你就登不上幸福的高峰。

不要为往事烦恼，不要为明天担忧；论灾难困苦，论流年不利；不能去逃避，只有去迎接。

切莫听信屈从命运之人的指点，大地希望的铁树采撷一朵花，你从中发现征服厄运的线索。

15. 沉默吧

沉默吧！暴雨中，现实太喧嚣；星光下，天地始终沉默。

天鹅的沉默，展示秀雅的美姿；沉默的心灵，储满壮阔的音乐。

如簧之舌，杯盘狼藉叮当声，吵吵嚷嚷空罐头，不是薄纱缝缀的珠玉，而是伏枕嫦娥的清泪。

沉默，人的护身符；怀才不遇者，踌躇满志者，因沉默如山，自信刚毅，打下永恒耸立的印记。

16. 沉默是一顶智慧的皇冠

沉默是生命的喧响，沉默是意志的体现，沉默是生命的象征，沉默是自然的永恒。

火山爆发前是沉默，海啸爆发前是沉默，风暴来临前是沉默，地震来临前是沉默，沉默凝聚超常的力量。

沉默是对私我的鄙视，沉默是对希望的憧憬，沉默是对善意的赞赏，沉默是对邪恶的拒绝，沉默是对天地的敬畏；沉默是一顶智慧的皇冠，沉默是一份人性的完善；沉默创造合理精神世界，沉默提携人类文明进步。

17. 欣赏夜空中的星光

孤独寂寞中睡，繁花诗意中醒；张开眼睛微笑，闭上眼睛沉思；没有片言只语，刻在心灵的碑，只有日积月累的故事，只有花开花落的人生。

水壶里静听河流之曲，沙滩上谛听大海之歌；一粒微尘观大千世界，一个毛孔现无量佛土；每人有各自的生活体验，宛若欣赏夜空中的星光。

18. 大家风范凌驾风云之上

你因生活重负呻吟，你因事业压力焦虑，你因秘密激情发抖，你因发点小财兴奋。

小痛苦没有大希望，小事业没有大成就，小私情没有大风流，小金库没有大作为。

大希望的人不会呻吟，大成就的人不会焦虑，大风流的人不会发抖，大作为的人不会贪财。

噢，逃脱吧！逃脱私小；洞穴飞不出潇洒的雄鹰，山丘走不出威武的雄狮，窝里斗不出伟大的人物，大家风范凌驾风云之上。

19. 赢得后人推崇

香露只能吮吸片刻，宴席只是短暂欢乐；美丽保不住明眸光彩，爱情保不住鲜花夺目，岁月不知不觉催人老。

给你一艘航船历尽风浪，给你百本经典认识人性，给你狭小住房开拓胸怀，给你灾祸品尝苦尽甘来。

把一颗诚心交给朋友，把一片诚意送给知交，把一个微笑献给恋人，把一滴热血洒向故土，把一首小诗种植大地；你不追求生前光荣，你会赢得后人推崇。

20. 不把痛苦强加给别人

独立天地的哲人，天马行空的诗人。

穿透时空看世界，皇冠是凋谢的花朵，荣耀是过眼的烟云，掌声背后是长久的孤独，显赫过后是永久的遗忘。

审视宇宙辨认星座，审视大海获知鱼汛，审视天空发现禽鸟，审视现实寻找真理；自由挥洒如椽大笔，言辞没有强烈的慷慨，语调不含激烈的怨尤，宛若闪电照亮思想殿堂。

深入罪恶和愚蠢的迷宫，探寻一条通天的曲径，林莽辨认自己的位置；崇高的心灵，博大的襟怀，一生不把痛苦强加给他人。

21. 人怎奈我　天怎奈我

命运给我愚昧，我以求知解惑；命运给我磨难，我以道德守卫；命运给我贫穷，我以精神充实；命运给我劳累，我以闲心应对；命运给我逆境，我以诗境行道；命运索我生命，我以哲理永存；日月在心，乾坤在胸，人怎奈我，天怎奈我。

22. 风雨中健美

从黄昏到清晨，太阳下山又上山；从青年到老年，岁月漫长又短暂。

不回头的生活，有欢乐有痛苦，有劳累有轻松，有播种有收获，都在微风中消逝。

走过的路不长，摔过的跤不少；蒺藜会刺伤脚，百草能治愈心，人在风雨中健美。

是非曲直，善恶成败；只有海知道，只有天明白；没人探索过，什么是博大？什么是高深？真理的路只有一条：外表曲折，内在正直。

23. 言行对得起天地良心

亲吻烧成灰烬，鲜花飘舞落英；满天秋风萧瑟，大地树叶枯黄。

不必惋惜，不必诅咒；爱情的意义渺小，人生的落魄难得；天寒地冻起个早，练就一身精气神。不要诉说，不要评论，谁善良谁丑恶，谁卑鄙谁崇高；千年殿堂万年神，谁能分辨跪拜的朝圣者，哪个是恶魔哪位是天使，只要言行对得起天地良心。

24. 人生是最幸运的太阳

人生是最幸运的太阳，健康是最真实的本钱，爱情是最持久的幸福，友谊是最响亮的名牌，金钱是最抢手的商品，利益是最伤人的战场，自由是最宝贵的快乐，精神是最纯粹的财富，思想是最汹涌的大海，文字是最迷人的幽径，道德是最坚实的砝码，善恶是最原始的动机，光荣是最曲折的道路，名誉是最难攀的高山，信仰是最陡峭的悬崖，功名是最难书的历史，权力是最流畅的江水，国家是最可爱的人性。

25. 幸运不会十全十美

你永远年轻，你永远美丽；你始终楚楚动人，眼眸微笑如此璀璨。

你是最美的旋律，你是最美的色彩，你是最美的玫瑰，你的音容笑貌在心，大地从此没有冬天。

爱情总是阴差阳错，幸运不会十全十美；等你创造完美生活，准备享受幸福人生，好年华已远走高飞。

26. 历史是一个变数

人生是一串念珠，白天默念喜怒哀乐，夜晚诉说贫富贵贱；年年向往功名利禄，岁岁误解生老病死。

历史是一个变数，没有不会覆灭的王朝，没有永远世袭的贵族，没有永享财宝的富翁，只有劳动者笑傲群雄。

27. 不以变数怀疑常道

春天不开花，冬季无冰霜，不是一个天道；遇洪涝干旱，荒废农田者，不是一位良农；利有盈有亏，放弃经营者，不是一位良贾；行有祸有福，改变志向者，不是一位俊杰；为恶者不得祸是变数，行善者获其福是常道；士人守志不改变操守，智者不以变数怀疑常道。

28. 笑迎成败

失败，只表明收获少，奉献多；想象中自毙，是最愚蠢的人。

成功，只表明收获多，付出少；金钱与财富，不过是时间的灰尘。

岁月长河，失败是白驹过隙，成功是夜空闪电，笑迎成败是千古真理。

29. 逆境

逆境中含笑，方显人的价值；中国文化的精髓，趴下的人没有地位。

逆境中挺胸，荫翳会消失，风暴会停息；美好的理想，都能从头再来。

逆境的朋友，是自信的大山；逆境的敌人，是悲叹的自我，绝望的人生。

逆境击碎弱者的梦，逆境塑造不屈的人；相信志气能成就大业，相信意志能开辟大道。

30. 只有顶着逆风

只有顶着逆风，小鸟才会飞得更高；只有经历风雨，花朵才会绽放美丽；只有跋涉沙漠，生命才会流出甘泉；只有排除万难，人格才会发出光芒。

名曲不在乐器，在于人的品位；歌声所以动人，在于人的感情；诗篇高雅庄严，来自走遍荆棘的心灵，来自痛苦最深的智慧。

31. 气魄

不冒险是最大冒险，不犯错是最大犯错；复制一个人的成就，必先更新自我的信念。

聪明属于少年，智慧属于成人；无知会失去年华，深思会失去机会；灵敏是反应，明睿是选择。

读书是别人经验，见识是自己阅历，联想是创造性思维，胆识是迈向高山，搏击大海的气魄。

32. 大祸与大福保持平衡

在悬崖的皱纹里，在荒原的愁绪中；向上的道坎坷，正直的路曲折。

只有坚韧的脚，默默忍受痛苦；只有伟大的心，决不吐露冤屈；只有博大的爱，纵横五洲四海。

现实是一个大天平，一边放着灾难厄运，一边放着金玉人生；只要你不欺骗别人，只要你不欺骗自己；大志与大难并肩而行，大祸与大福保持平衡。

33. 学会接受世界赐予的祸福

热爱小鸟和花朵，面对枯枝和落叶；热爱阳光和温暖，面对黑夜和冬天；热爱幸福和爱情，面对痛苦和悲伤；热爱权力和财富，面对落魄和困顿；热爱知识和智慧，面对无知和愚昧；热爱欢歌和朋友，面对哭泣和孤独；热爱真理和理想，面对丑恶和荒谬；热爱幸运和运气，面对厄运和晦气；热爱生活和生命，面对疾病和死亡。

走在人生大道，迎着光明的太阳，拖着长长的阴影；懂得珍珠和泪珠是姐妹，理解幸福和痛苦是一家；学会笑迎命运安排的生死，学会接受世界赐予的祸福。

34. 毅力是登上顶峰的栈道

没有斩不断的荆棘，没有攀不上的山峰，没有挖不开的冻土，没有渡不过的江河。

忧是催人昏睡的烈酒，愁是使人清醒的良药，耐心是一把蓄志的弓，持久是一支目标的箭。

礁石不会在浪花沉没，灯塔不会在风暴倒坍；最甜的葡萄挂在树梢，最美的花朵开在大地。

人生是汹涌的大海，信念是到达彼岸的明珠；人生是奇崛的高山，毅力是登上顶峰的栈道。

35. 孤月

你泻下幽辉，洗涤我的烦恼，像知己和蔼的目光，注视我命运的沉浮。

夜深人静，你告诉天下人：患难不会长远，困境不会长久，若因窘迫感到痛苦，需要有宽畅的襟度，拥有一颗慈祥的心，披上一件忍耐的外衣；千万不要向黑夜诉苦，这是向残忍者控诉仁慈。

听着格言，心情舒放，血液奔腾；感悟圆缺盈亏的人生，我大步地走向黎明！

36. 圆满又莹澈的月亮

纯洁牵动心，温柔消融情，好意灼热全身，圆满又莹澈的月亮。

烦恼时，你安慰我：根深不藏痛苦，叶茂不露欢乐，痛苦不是无边的天，快乐不是满天的星，风雨扫荡荣誉的圣坛，何必抱怨衣服的污点。

手拉手，心连心；星星一样团结，太阳一样自信；血雨腥风的寒天，走向人生的长途，分享痛苦和欢乐，呼唤万紫千红的春天。

37. 不可只用一种尺度衡量人生

天下有富人，更多是穷人；天下有幸运的人，更多是平凡的人。

不是每片云都会下雨，不是每朵花都会结果；对你微笑的不全是朋友，对你嘲笑的不全是敌人。

小鸟都有自己的声音，老虎都有自己的爪子，山岭都有自己的坡度，星星都有自己的光明，人人都有自己的抱负。

不可只用一种尺度衡量人生，不可只用一种思想解释世界，不可只用一种方法统治社会，不可只用一种财富支配人类。

38. 朴实的理性

美貌的终归要衰老，耀眼的终归要黯淡，喧闹的终归要沉寂，肤浅的终归要流失。

所有赞美，所有荣誉，所有财富，所有地位；大海高山，此起彼伏，花开花落，九九归一。

铭记的只有艰辛与磨难，沉淀的只有奉献与价值；永存的只有公性与公心，大自然朴实的理性。

39. 珍惜

不要让阴霾笼罩心情，不要让痛苦僵化精神；不要把世界看得暗淡，不要把金钱当作钥匙，不要把仇恨指向他人，不要把欺诈作为立身之本，不要把侥幸作为成功之源。

珍惜来到人间的机会，珍惜春天蓬勃的朝气，珍惜青春立下的誓言，珍惜年少胸怀的抱负，珍惜人生追求的目标，珍惜生活带来的欢乐；珍惜心灵中的真善美，珍惜繁星中的道德律，珍惜命运赐予的一切。

珍惜一份哀伤，珍惜一点邪恶，珍惜一线黑暗，珍惜一生艰辛；只要点燃心灵的火炬，只要坚定人生的信仰，只要执着光明的事业；仁者立名，善者立德，能者立功，智者立言，行者立人；幸运女神会眷顾你，历史老人会宠爱你。

40. 真正的明智

越过黑暗寒冷，空旷无人的废墟；越过大风怒号，波涛汹涌的大海。

人生必须越过，一条愚昧的道路，最终理解现实世界；自己不理解的道理，自己不谋政的名位。

　　人世沉浮，沧海桑田；流淌的血，血腥的肉，是我们唯一的饮料，是我们唯一的食粮；有血有肉结实而健康。

　　真正的明智，掌握生活节奏；醒时抓住今天，睡时梦想未来，超越吹毛求疵，克服无精打采，排除索然无味；不认识黑暗的人，不会有光明的睿智。

41. 青春应该时时珍惜

　　青春，是人生的起点；青春，是人生的金色池塘。
　　青春，不是花前的浪漫；青春，不是月下的叹息。
　　青春，未来的路，要超越山巅，一路风雨泥泞坎坷。
　　青春，应该时时珍惜，随着光阴流逝，要用言行承诺。
　　青春，一首英雄交响曲，理解它需要一生聆听，一生奋斗。

42. 中年

　　顶着春夏的热风，冒着秋冬的冷雨，返璞归真的道路，拄一根希望的手杖，穿一双忍耐的跑鞋；苦乐不在跳动的心，云翳不在博大的胸。

　　不计较名气和输赢，不计较艰辛和得失，走曲折的羊肠小道，喝山涧的冷泉清溪，攀险峻的悬崖峭壁。

　　站在思想高峰，仰望碧天彻悟；小爱能改善生活，大爱能创造世界；大地露出真善美，潇潇春雨静谧安详，茫茫海天碧波红焰。

43. 明天希望长长

　　我是劝慰绝望者的圣贤，我是医治受伤者的圣手。
　　请告诉我，你为何哭泣？有什么痛楚？有什么不顺心？使你忧伤不安。
　　不要等到，天空不再下雪的那一天，树儿不再开花的那一刻；我手中拿着，茸茸的碧草，不凋的月桂，这是为受难者准备的预言：明天希望长长，一根幸运女神纺出的金线。

44. 燃起曙光的火炬

　　心有所寄，一生艰辛，岁月催人不会老；热爱生活，一路坎坷，四季开花香千里。

胸怀智慧，人生无常，命运掌握自己手；良心活着，天地无私，荣誉会指正时间。

激情燃烧，冰天雪地，品味痛苦的甘美；精神不死，黑夜的塔，燃起曙光的火炬。

45. 不哭长夜难语人生

享乐的顶峰有泪泉，贫穷的深渊有圣光；无助是独立的开始，绝望是新生的起点。

不要屈服忧患，喜气是明天的朝霞；不要沉湎痛苦，欢乐是晴朗的天空；不要拥抱失望，希望是憧憬的未来。

青年是百灵的晨歌，老年是夜莺的神曲；风风雨雨沟沟坎坎，不经困苦难言幸福，不哭长夜难语人生。

46. 人生会郁郁葱葱

生活是萧瑟的秋季，生活是寒峭的冬天；每天都有落叶，每天都有冰雪。

落叶中汲取营养，冰雪中汲取温暖；落叶会化作春泥，冰雪会化作春水；生命会枝繁叶茂，人生会郁郁葱葱。

47. 勤奋的侏儒

我愿成为，一棵大地的野草；不想成为，一朵庭园的玫瑰；因为寒风苦雨，泥泞坎坷，是疾恶如仇的严师。

我愿成为，一位勤奋的侏儒；不想成为，一个贪睡的巨人；因为月光下苦读，阳光下挥汗，是出类拔萃的超人。

48. 人生要作为

大海露出曙光，夜空撒下星光，河水流淌乳汁，花朵流淌蜜汁，树枝结出甜蜜果实，春风吹遍绿色原野。

天行健，人自强；大地要生机，人生要作为；仰望光明的天空，俯首勤劳的人民；我把耕耘者的信念，我把创造者的座右铭，刻在生命的高山石碑。

49. 规划人生

一年规划，种植五谷；十年规划，种植树木；二十年规划，经商牟利；三十年规划，掌握技艺；四十年规划，培育人才；五十年规划，为官清廉；六十年规划，研究学问；七十年规划，大器晚成；千百年规划，立德立功立言立人。

50. 忠实自己的梦想

欢快活泼的小溪，饱经风霜的大海，自由自在的轻风，翩翩起舞的鲜花，寂寞孤独的月亮，甜蜜微笑的星星；不论痛苦和幸福，不管顺境和逆流，忠实自己的梦想。

满载光荣的潮汐，冲刷内心的污垢，清洗身体的泥沙，赶跑白天的瞌睡，神气清爽的生命，向往大海的彼岸。

走路时运用理智，跑步时控制激情；休息时养精蓄锐，后退时远见卓识；逆境时积聚智勇，顺境时清醒自律；理想中撷取意象，现实中迎接风雨。

51. 欲望和理智

欲望批评理智：你总是给别人指路，自己却分不清东西，忙忙碌碌一无所有。

理智告诫欲望：如果你不想身败名裂，效仿崇高，远离贪婪，给心灵留出一片光明。

欲望对我说：挥金如土，用财富抒写你的爱情；理智对我说：挥笔为文，用豪情展示你的雄魂。

人的欲望和理智，不是魔鬼和天使；它是一对翅膀，只有保持平衡，才能远走高飞，翱翔天地。

52. 怀着好奇洞察每颗灵魂

身在严冬，必须耐心遭遇的冷酷；头顶七彩，必须留心脚下的石头。

无形的智慧，独居浩瀚自由的王国；时间的生命，隐居渴望燃烧的胸襟。

眼含泪水，看不见黎明的曙光；怀揣金币，不认识回家的路径；亲吻玫瑰，闻不到小草的清香。

每枚贝壳都有不同纹线，每个人都有不同背影；我收集天下的花草树木，怀着好奇洞察每颗灵魂。

53. 感情和智慧

感情，迷恋自己，赞美自己；感情，支配自己，掌握自己；感情，自己的魔鬼，自己的天使。

智慧教我们：成为感情的主人，巧妙支配感情；运来享受快乐，运走感受苦恼；使感情引起的灾祸，达到能忍受的地步，并使感情快乐起来。

54. 权力和财富

权力的价值，拥有名与利，获得安全感，创造功业的机会。
财富的特性，慷慨地挥霍，慈善地施舍，功过相抵的时间。
权力和财富，善恶的姐妹，成败的兄弟，人类关注的焦点。

55. 迎风狂歌天地逍遥

果树，为累累的硕果荣耀，为石头的打击痛苦。
孔雀，为自己的羽毛自豪，为自己的双脚羞愧。
闪电，为自己的耀眼大笑，为自己的黑暗哭泣。
瀑布，为身居高位踌躇满志，为一落千丈灰心丧气。
不走荒坡，为什么要怕毒蛇；不走夜路，为什么要怕野狗；不损人利己，为什么要怕敲门。
众山虽小，淡泊自处保持自尊；草原虽大，披着一件质朴绿衣；一棵青松，迎风高歌天地自强。

56. 你会像海呼啸苍穹

生命短促，艰辛和坎坷；不要追悔过去，惧怕未来。
风尘红颜肌肤，岁月楼台亭阁；辚辚车马红顶，滚滚金银财宝。

趁葡萄成熟，榨出甜浆的季节，就把果子采撷下来；左边右边，一个不留；明天，果子就会干瘪起皱。

千万记住，要珍惜梦想，要珍惜理想；发挥生命力，发挥创造力；你会如山笑傲苍生，你会像海呼啸苍穹。

57. 活着就得像个人

要追求，要思考，要行动；追求的是爱情，思考的是未知，行动必须现在。

鼠会钻洞，蛇会爬行，鹰会高翔，龙会腾跃；钻洞是守成，爬行是习惯，高翔是挑战，腾跃是超越。

感情意志知识，理性智慧道德；感情产生欲望，意志坚定信念，知识就是力量；理性助你远瞩，智慧带来成功，道德提醒节制；活着必须开花，活着必须结果，活着就得像个人！

夜晚使人冷静，聆听古人遗训：黑暗光明相衔接，做人细虑慎行；一天又一天，生活简单又复杂；一月又一月，无为有为无不为；一年又一年，平凡崇高又伟大！

58. 曲与直

藤，能够站立吗？树，从小不要依靠；藤，哪来这种力量！

59. 幸福论

痛苦没有罪，贫穷不是恶；难以分裂内心，难以摧毁意志。

体验内心的统一，感受意志的和谐；就是领悟合理性，就是享受大幸福。

哲人的伟大之处：当意志坚强凝聚，痛苦失去渗透力，贫穷失去穿透力，把诱惑挡在墙外。

60. 幸福五要素

人的行为目的，为了寻求幸福；人为幸福奋斗，快乐是幸福的基础；人有肉体快乐和精神快乐。

肉体的快乐，从感官得来，个人享受吃穿玩行住；感官幸福具备五要素：金钱、名誉、地位、成就、健康。

精神的快乐，从理性获得，为国为民为自我，立功立德立言立人；精神幸福具备五要素：美德、使命、文化、思考、创造。

肉体快乐是生活的表象，精神快乐是人生的本质。

61. 人生要半醉半醒

一手举酒杯，一手挽恋人；功名最荣耀，利禄最实惠。

恋人的笑容，情人的歌曲；一百次流淌美酒，一千次化为美梦；一任它神魂颠倒，谁不恋现世的幸福。

因功名狂欢，因利禄起舞；人生得意难得，人生得志难舍，人生得利难抛；谁不追求功名利禄，他们会成为时代的弃儿。

洞悉存在与虚无的真谛，洞明沉浮与起伏的要义；醉者容易误入他人圈套，醒者容易惊扰他人好梦；得意得志得利者要半醉，失意失志失利者要半醒。

62. 难关

在饱食者眼中，烧鸡好比青草；在饥饿者眼里，萝卜便是佳肴。

谁在生活中节衣缩食，穷困时就能渡过难关；谁在富足时骄奢淫逸，穷困时就会死于饥寒。

63. 懒汉不能获得幸福

没有付出必定无所收获，没有牺牲必定无所成就。

只有坚持搜寻和挖掘，才能得到生命的真金；只有不懈探索和研究，才能得到精神的钻石。

权力扩张的世界，弱者难以保护自己；生存竞争的环境，懒汉不能获得幸福；高楼林立的都市，金碧辉煌的世界，只有艰苦卓绝地敲打，才能叩开幸运的大门，才能享受幸福的生活。

64. 祈求欢乐的人不是强者

朋友不是亲娘，情人不是母亲；不要企求无私，不要指望慈爱。

当朋友背信弃义，当情人远走高飞；不要低声乞求，不要灰心丧气。

祈求欢乐的人不是强者，享受幸福的人都是弱者，只有自豪的人活得坚强。

高傲犹如雪松，深沉犹如矿藏；失乐园里走来诗人，惊涛骇浪涌现英雄。

65. 欢乐

欢乐是人生的海洋，翻腾喜悦的浪花；欢乐是早晨的日出，迎来幸福的黎明；欢乐是冰上的月光，照亮洁白的天路；欢乐是鸽子的翅膀，掠过人生的孤寂；欢乐是潺潺的溪流，清洗昨天的哀愁；欢乐是心田的血泪，浇灌智慧的奇葩；欢乐是晚秋的果实，贮藏甜蜜的成就；欢乐是柔韧的蚕丝，织成还乡的衣锦；欢乐是磅礴的火山，喷发生命的熔岩；欢乐是营养的极品，滋润美好的心灵。

66. 咀嚼真正的欢乐

创造者的孤苦，奋斗者的坎坷；遭讽刺不要失礼，受打击不要还手；悲苦显得轻松，危险显得镇静；孤立时要卓绝，欢乐时要含蓄；春夏秋冬的枝头，收获不朽的果实。

咀嚼真正的欢乐，生活的五光十色，充盈宽畅的襟度；勇气力量信心智慧，宛若火山从心胸喷发，好似鲜花开遍奇崛山岗。

67. 快乐和理性

饥饿的人，面包给予快乐；干渴的人，开水给予幸福。

快乐是身体无痛苦，幸福是灵魂无纷扰；投入生活，要有高于生活的胸襟。

贪图男欢女爱，珍馐甜馔，功名富贵，快乐难保长久，幸福虚有其表。

使人愉快的理性：懂得取舍，深谙得失，清除贪婪，趋利避害，平静心境。

68. 不要蔑视快乐

不要蔑视快乐，不要怀疑幸福；我们要为快乐耕耘，我们要为幸福创造。

《圣经》为人类快乐而创，《论语》为人类幸福而作；上帝保佑享受快乐的人，圣人庇荫拥有幸福的人。

我们感谢自然创造的美，感谢生活恩赐的爱；幸福是最高的人道主义，快乐是终极的奋斗目标。

69. 星光照耀之下

谁救了狼，就害了羊。

谁替兀鹰治好翅膀，就要为利爪负责。

人生如火灾，凡人的幸福和不幸，寄托随风吹散的物质。

历史如地震，有些人走来，有些人走去，发生惊天动地的事件！

我淡如一滴水，我轻如一棵草；暴风骤雨之上，星光照耀之下！

70. 别站着不动

别站着不动，别逃避和退缩；每条小溪奔向大海，每条小路通向高山；眼前的挫折都是转折，向前一步都是一次新生。

它适用于一切：做每一件小事，完成每一项大业；摆脱烦恼与绝望，战胜孤独与无奈；生离死别的考验，永垂不朽的梦想。

71. 影子

它已不听我的指挥，它已不懂我的教诲。

它不理解，它分不清，什么是幸福和痛苦，什么是虚假和真实，什么是对错和善恶。

学别人善良，结果变成软弱；学别人执着，结果变成固执；学别人理智，结果变成冷酷；学别人聪明，结果变成诡计；学别人应变，结果变成狡猾；学别人善辩，结果变成油腔滑调；学别人致富，结果变成贪污盗窃；学别人创业，结果变成坑蒙拐骗。

风暴不会有心，把船吹向彼岸；影子不会直立，与人并肩而行！

72. 选择

精神世界醉人，物质世界迷人，自然世界养人。

走进缤纷的世界，鲜花和绿叶摇曳，金钱和美女闪烁，名誉和地位灼手，科学和艺术感人，自由和理性崇高，高山和流水纯洁。

讲究实惠的今天，美好远景的明天；属于你的姓名只有一个，属于你的眼睛只有一对，属于你的道路只有一条，因为你不能同时跨进二条河。

73. 未来会露出太阳的笑脸

有萧瑟的冬季，才有繁茂的春天；有挥汗的夏日，才有收获的秋天。

经过不幸，所以坚忍不拔；克服痛苦，所以其乐无穷；战胜磨难，所以萌生智慧；九死一生，所以心胸宽广。

与自强为友，与自律为伴，与厄运搏斗，向暴风雨挑战，未来会露出太阳的笑脸。

74. 莫使年华空逝去

明智之人，处世之道：慷慨如甘霖，挚友如明镜；不要恶语伤人，只要开怀容人。

聪明之人，律己之路：求爱而不沉迷酒色，建功而不留恋利禄；心怀才华，聆听高雅诗赋；知足常乐，常乐而不知足。

睿智之人，奋进之思：往事如烟何必追忆，明天未卜谁知凶吉；过去与未来都不足凭信，尊重今天莫使年华空逝去。

75. 宝贵的陨石

吃喝玩乐有毒，醉生梦死有害；自然欲望和道德规范，在人类心灵搏击。

知足常乐，销蚀宝剑的锋芒；专注琐碎的细事，怎能思考伟大的主题。

眷恋坡道崎岖的境地，向往狂涛扑打的巨石，仰望庄严崇高的天空；奉献光明的星星落下，也是一块宝贵的陨石。

76. 冰雪的春天

我们享受幸福，我们逃避痛苦；只是生活有苦乐，只是人生有生死；眼泪中有春夏的温暖，微笑中有秋冬的忧郁。

生活如此峥嵘，人生如此无奈；一把利剑，一团火焰，把胜利欢呼，把成功庆贺；然而，葬礼的悲歌，恐惧地噬咬着心灵。

冰雪的春天，孔雀的美羽，创造者的伟业；手指撩拨心底的琴弦，展开一片广阔的草原，感觉英雄交响曲的悲壮。

77. 我和世界是融洽的

我的心灵深处，有一座茂盛的花园，有一片开放的大地，我自由自在耕耘着。

当我惹人嘲笑，当我被人鄙夷，当我遭人攻击；我不会任人宰割，我不会任人征服，因为我对外用一层，意志的甲胄保护自己；我用城墙高的栅栏，把生存的花园和耕地护卫；我用智慧的圆融，我用理性的力量，把不怀善意的人，把动机可疑的人，隔绝在外，只留自己。

带着积累的才智和能力，带着天生的弱点和缺点，步过人生每一条道路；良心将在赤裸的现实，真实、严谨、苛刻地，审视自己的行动和思想，这时我和世界是融洽的。

78. 不要坐大称雄

时间没有终点，宇宙没有周边；人生没有定论，不要沦为笑柄。

将来不可告知，命运不可预卜；自然不可猜想，不要坐大称雄。

79. 贤德者志向自达

人的善恶，不必世族；人的尊卑，不必世俗；人的贫富，不必势利；处低贱不自耻，登高位不自荣。

凡人凶吉，以行为主；重臣不足畏，豪富不足羡；贫困不足卑，无名不足轻；高贵者才智自明，贤德者志向自达。

80. 逗留的时光

我没有被世风蒙骗，我没有被世态麻醉；奇花异草的乡野，灯红酒绿的都市。

作恶不如行善，享受不如求知；昏睡不如清醒，梦想不如思考；浮躁不如沉静，挥霍不如积累，世故不如纯洁。

我们一生所作所为，如果没有流芳的美德，如果没有千古的业绩，如果没有伟大的杰作；人在大地，人在天空；人在大海，人在高山；逗留的时光屈指可数，很快被后人火化和遗忘。

81. 风暴过后的阳光

忧郁害怕灿烂的鲜花，痛苦回避明天的晨曦；乐观对于疲惫是恩惠，贫困对于生命是激发，厄运对于意志是良药，失意对于人生是挑战。

挣脱不幸的锁链，赶走迷茫的恐惧，撇开无为的琐事；走在梦想的大道，纺织苦乐的朝霞，风暴过后的阳光，是一坛实实在在的黄金。

82. 人性的光辉

风暴、雷电、黑夜、冬天；不能改变春天的温暖，不能改变太阳的光明。

迷惘、艰辛、残酷、绝望；不能放弃求生的欲望，不能放弃追求的梦想。

不管是穷是富，不管是祸是福；心灵不能没有爱，灵魂不能没有善；胸中不能没有真诚的光芒，世界不能没有人性的光辉。

83. 人生至宝

我喜欢新年阳春三月，昼夜长短相同的时节，春风满载金色的美梦，吹过弯曲小路的黄昏。

我喜欢品尝美酒一杯，脸庞泛着紫色的酒光；醉卧树林放松自我，遨游太空自由自在。

我喜欢审美人生至宝，权力荣誉财富和爱情，哲学诗歌历史和艺术，震撼人的感官和精神。

84. 人生元素

贪欲，波涛上的孤舟；愤怒，利剑上的草绳；野心，烈火上的飞蛾；虚荣，北风上的芦苇；欢乐，黎明短暂的梦想；吹捧，空洞浮夸的词藻；金钱，光彩夺目的霓虹。

知识，一朵不雕的玉花；智慧，和平庄严的殿堂；抱负，正直道路的桥梁；梦想，时间茧子的丝线；美德，朴素心灵的良港；信仰，崇高精神的脊梁；创造，伟大民族的砥柱。

85. 人生的盾牌有两面

伸出手，动手打吧！要做铁锤，不要做铁砧。

命运中的羊，不是被狼生吞，就是被人剥皮。

谁把一头牛，一只鸡，一匹马，一位俗人；美化成偶像，供奉为神灵。

强与弱，人生的盾牌有两面；弱者，跪在老天面前求救；强者，利用老天征服弱者。

86. 天人合一两相宜

修身是贤者，责己是仁者，无欲是强者；求知问道是智者，崇尚公正是王者，胸怀博爱是伟者。

贤者高远如秋云，仁者寂静如夏夜，强者运转如太阳，智者深邃如夜空，王者平易如流水，伟者博大如自然，天人合一两相宜。

87. 善待别人

朋友终日在你眼前，不如有时偶尔一见；谁都讨厌这样的朋友，把你的丑恶看作完美，把你的短处认作优点，把你的荆棘当作玫瑰。

如果让你站在仇人面前，他对你的缺点决不隐讳；你既种下一粒恶的种子，休想获得一枚善的果实；谁想在困厄时得到援助，就应该在日常善待别人。

88. 禅歌

风在午夜休憩，鸟在黄昏回巢；每一朵无声的鲜花，每一道低垂的闪电，一如蜉蝣爬进六月。

梦与影，高层的光；睡与醒，底层的人；石与火，中间的心；太阳小，星星大；树叶飘飘倚靠天空，生命是秋天的财富。

我爱倾听心灵的天籁，透明的万物穿过空寂，隐匿的快乐回旋禅歌。

89. 一路鸟语花香伴你同行

别藐视一滴泪，一滴泪可以湿衣襟；别藐视一句话，一句话可以伤人心；别藐视一滴血，一滴血可以夺人命。

桥上辗转，世路奔走；风雪飘蓬，山水缠绕；斩断怨丝，抛弃恶语；春风会吹绿严霜的田野，石子会铺平曲折的小径，一路鸟语花香伴你同行。

90. 现实和书籍

天天喜怒哀乐，年年悲欢离合，代代生老病死，朝朝贫富贵贱；千万年历史雷同，这就是现实的学问。

仁义道德的星星，大同世界的月亮，自由平等的朝旭，博爱无私的阳光，千百年普照天下，这就是书籍的真谛。

91. 悲剧性箴言

你掌握权力名誉，你拥有金钱财富，你大吃山珍海味，你狂饮玉液琼浆，你沉醉声色犬马，你携手美神爱神，你游遍五洲四海，你登上三山五岳，你穿越凯旋门；左边幸运之神，右边胜利之神。

天上骄子，天下贵人；请看时间之手，名山镌刻悲剧性箴言：物极必反！

92. 探寻人生之路

我是一轮秋阳，我是一朵秋菊，我是一条小溪，我是一块岩石。

我要沉默，倔强地沉默；在黄昏的天涯，在宁静的篱笆，在淡泊的丘岭，在贫瘠的悬崖；谁会来独辟蹊径，谁会来叩响门铃。

我不要暴烈的热情，我不要煽情的歌曲，我不要冒险的竞争；在万紫千红的原野，放飞一颗火焰的灵魂，智慧地探寻人生之路。

93. 蝴蝶飞舞

天空黑暗，有太阳照耀；生活光明，有夜色笼罩。

生活是从鲜花，摘下芬芳的忍冬，还有高雅的凤仙，还有洁白的茉莉，宛如满天的繁星。

生活和谐舒畅，人生美好多彩；即使废墟之上，有玫瑰飘香，有蝴蝶飞舞，有雄鹰翱翔。

94. 沙漏无情

人生是一枝花朵，爱情是一缕香魂，很容易被风打落，很容易被雨浇灭；被闲言碎语摧毁，被金银财宝埋葬。

沙漏无情，千年一闪；时间的眼中，热恋的甜言蜜语，拥抱的山盟海誓；登高位的春风得意，攀财富的风流倜傥；都是海滩一粒灰沙，瞬间不知飞向何方；到沙漠去种植胡杨吧，到大海去搏击风浪吧！

95. 生活的宝藏

智者不承认被击中，聪明人不暴露软肋；不管无意还是有意，这是弱者最后的防线。

不要伸出受伤的指头，不要抱怨遭遇的不幸；邪恶者总是寻找弱点，对准受伤的部位下手。

如果你希望伤害停止，如果你追求大有作为；用微笑照亮黑暗的隧道，用善意穿越人性的黑洞，你会发现生活的宝藏。

96. 生命并不比抽一袋烟丝更长

生活不是舒服的皮鞋，它是一条曲折的道路；昨天给你酸辣的记忆，今天给你麻醉的感觉。

对热爱生活的人来说，都把希望寄托在未来；前进后退还是居中，选择将决定你的命运。

这是生活的真谛，别人无法言传身教，只能生活过程自己领悟；功名利禄没有来临不要想它，荣华富贵光临就接受它。

人生满足做自己想做的事，生命并不比抽一袋烟丝更长。

97. 碧绿的世界

别担心花落，别牵挂叶枯；天空永远辽阔，即使是在雨天；阳光永远温暖，即使是在冬天。

自然的智慧博大，人生的真理简单；时间飞来知更鸟，春天的风光依旧，几棵小草，几株茉莉，孵出一片碧绿的世界。

98. 汗水浇灌的花不凋

今夜月亮残缺，今晚夜色苍凉；远方木鱼在悲鸣，那是哭泣的丧钟；窗外钢琴在呼啸，那是欲望的阵痛。

天人合一，日月轮回；高山的火焰会熄灭，美人的容貌会凋谢；富豪的钱财会散尽，幸运的美梦会破裂。

我虔诚地相信：汗水浇灌的花不凋，鲜血浇灌的果不烂；伟大的英雄来自战场，不朽的诗人来自生活。

99. 机遇是自然收获

只要辛勤耕耘，日夜浇灌，春天抽枝发芽，秋天开花结果，机遇是自然收获。

只要专心致志，面对杂乱无章，千头万绪，不要沮丧懊恼，工作是拼图游戏。

只要明智生活，只要透明做人，洁身自好是干净衣服，廉洁自律是娱乐消遣。

100. 万年的泥土变成金

浮在海面的灰尘，未必永远在上层；沉入海底的黄金，未必永远在下层。

现在拥有的荣华，不等于将来拥有；今天没有的富贵，不等于明天没有。

鲜花中探索枯荣，月亮中观察圆缺；千年皇宫化成灰，万年泥土变成金。

101. 悄悄拨开藤蔓远望

繁星点点，消融现实的灰暗；芳香袅袅，驱散原野的腐臭。

我歌颂光明，减轻人生的愁苦；我诅咒黑暗，驱逐死神的恐惧。

请跟我来，迎风踏雪，登上高山；晴朗的天色，美好的时光，悄悄拨开藤蔓远望；黄河的波涛不屈不挠，长江的浪花各逞英豪。

102. 人生朝露　诗歌千秋

富豪夸耀钱财，官员夸耀尊贵，公民夸耀自由；投机者夸耀幸运，纵横家夸耀计谋，哲学家夸耀思想，科学家夸耀发明，伟大人物夸耀功业；只有夜莺夸耀诗歌，虽然诗歌喂不饱诗人，诗人却走出夜的影子；人生朝露，诗歌千秋。

103. 宇宙存在我的存在

社会是座金字塔，每个人都是一块砖；人类是个大海洋，每个人都是一滴水。

我接受别人的拒绝，别人拒绝我的接受；我痛苦别人的幸福，别人幸福我的痛苦；我思想别人的吃喝，别人吃喝我的思想；我善良别人的错误，别人错误我的善良。

我模仿猴子还是人类，猴子模仿我还是猴子；我依靠太阳光活着，太阳光活着依靠我；我在自然生死轮回，自然在轮回我生死；我存在宇宙的存在，宇宙存在我的存在。

104. 人类的财富

什么是人类的财富？

菲利普斯的回答：金钱、快乐、欢喜、享受；苏格拉底的回答：心灵、知识、艺术、理解。

两种对立的见解，两种交融的思想，合理地存在现实世界，构造形而上下的人生之路。

第二十七章 人生大道

1. 人生大道

人生像玉石，必须琢磨晶莹其光；人生像矿砂，必须陶冶成其器；人生像宝剑，必须锻炼利其锋。

人生要贤德，必须克己利人；人生要大功天下，必须修身精魂；人生要流芳百世，先行动微小之事；人生要立足天地，先踏进家国之门。

2. 伟大功业全靠奋斗

坚强挺立的青松，顶天立地的民族；拥有山的宏大气势，拥有海的深奥哲理，勇敢承受岁月洗礼。

星星闪烁的夜空，阳光照耀的大地；人以浩然之气为尊，人以拯救自己为重；要赢得人生的荣耀，要博得世界的敬仰，伟大功业全靠奋斗。

3. 不要让春天嘲笑我们

春天啊，太阳！谁不燃烧，只有冒烟！谁不发芽，只有死亡！

人的激情，有太阳就要燃烧！人的美好，有爱情就要抒发！人的思想，有春天就要开花！人的智慧，有真理就要追寻！

人生是抗争的艺术，人生是奋发的精神；不要让太阳轻蔑我们，不要让春天嘲笑我们！

4. 峥嵘在高山

天有天的博大，地有地的博爱；风有风的自由，人有人的风骨；诗要孤，画要静，书要忍，思要寂，生活要随意欢畅！月光，不惊艳，不浮华，不做作，谦和简约，赢得人心！

松柏，高山之巅，搏击风雨雷电，仰望苍穹，成其崇高尊严！小草，脚踏实地，蹒跚泥泞坎坷，遥想未来，成其圣洁美德！

燃烧吧，生活在烈火！萌芽吧，峥嵘在高山！

5. 对人生真理的尊敬

人生是痛苦的：亲人的死亡，朋友的背叛，恶人的欺骗，生活的贫困，爱情的短暂，事业的坎坷；只要坚持向前行，内在真实的光明，给人豁然开朗的睿智。

当你的心感受在服刑，只要抓住命运的意图，用洞察命运的眼光，你会正视自己的困苦；厄运打击下，开始你会立脚不稳，慢慢你会坚强起来，当你沉默不语抬头，望着向你走来的厄运，打量给你制造痛苦的人，你会向卑鄙的举动致敬。

这是有益身心的经验，这是陶醉成长的快乐；这是对人生幸福的认识，这是对人生真理的尊敬。

6. 世界之门

身居高位的人，荣华富贵的人，精明强干的人，才华横溢的人，功成名就的人。

当你打开世界之门，当你走进百姓之门；当你热爱平等的星空，当你热爱无私的大地，当你热爱纯洁的人民，当你热爱慈祥的祖国。

美德的宝石才会闪光，智慧的金币才会升值，知识的矿藏才会无价，荣誉的桂冠才会常青，爵禄的江水才会长流，幸运的女神才会眷顾。

7. 赞颂生命壮美的舞姿

我有博览群书的机缘，我有浪迹天下的经历，深知友情爱情的美好，饱尝世态炎凉的冷暖。

我的悲剧，理想面对现实的悲剧；我的痛苦，精神面对物质的痛苦；我的孤独，个体遥望宇宙的孤独；悲剧、痛苦、孤独，与我同在，与人类同在。

悲剧诞生绚丽的梦想，痛苦缝制温情的披风，孤独造就人才的利器；人生不能叹息，人生不能悲伤，面对困苦磨难，只有给自己力量，追随巨人的步伐，赞颂生命壮美的舞姿。

8. 崇高与悲壮

没有苦难，就没有悲壮；没有牺牲，就没有光荣；没有愚昧，就没有投机；没有丑陋，就没有美丽；没有卑劣，就没有高尚；没有贫困，就没有仁义；没有黑暗，就没有星光。

牛一样劳累，马一样奔驰，驴一样忍耐，骆驼一样坚韧；不屈中获得骄傲，忧患中提炼幸福，虚无中发掘意义，奋斗中赢得荣耀。

人生意义，创造过程的精美与崇高；人生价值，欣赏过程的热烈与悲壮。

9. 尽情挥霍爱之思

我天天上班，手忙脚乱；我日日苦读，佛像一尊；我夜夜求索，书山觅路；我年年写作，白纸黑字；我沉思默想，过去未来；我张口笑谈，美丑善恶；我揽镜自照，布衣一个；我拍拍衣袋，不名一文；我翻开裤兜，烟丝一撮。

蹒跚封冻的石阶，攀上险峻的高峰，领略世界的风光，收藏人性的古董；我不要一言九鼎，我不要一字千金；肉体不贴近美女，欲望不伸向功名，眼睛不张望财宝；我只要精神宝库，尽情挥霍爱之思。

10. 伤口的芳香

我啊！人类的一员；离开百花纯洁的童年，躲避邪恶掌握我的命运；风儿带着我伤口的芳香，飘散于繁星点点的天际。

我的心在天地，不论喧哗的水流，还是沉默的雪花，与行星一起闪烁，与月亮一道发光，撒下泥土和玫瑰，注定是血和泪的混杂。

暴风雨来了，原野一片芬芳；我前额的愁云，我奔放的思想，热烈追求内在节奏，在生命里赋予崇高的境界。

11. 一生都为你哭泣而灿烂

孤独，一只受伤，遭狂风暴雨追赶的惊鹿，一生都为你哭泣而灿烂。

竖起琵琶，弹起乐章，情思的泪水，颤抖的心灵，闪烁的功名，超人的毅力，光耀千秋的鸿志，把无形的重担负在肩，蹒跚荆棘丛生的小路。

悲哀的面容，自尊把我折磨，信念把我支撑；无数美妙的狂想，无数甜蜜的梦想，超越凡夫俗子的能量。

用泪之笔蘸着血，书写一生的渺小；无愧过去的年华，无愧今天的生活；也许明天只能孤身，携着剪不断的思绪，送给二月的蒙蒙细雨。

12. 梦想的崇拜者

我是一位梦想的崇拜者，惯于在天空自由翱翔，惯于在大海尽情畅游。

我想成为一位诗人，我想成为一位哲人；一位感情恬静的诗人，一位人生平实的哲人。

青春岁月陶醉湖畔浓郁的空气，夜晚倾听雪山遥远神秘的声音，梦中观赏岩石泛起白沫的大海。

日夜踏遍弯曲的人道，如诗如梦的愿景，陌生冷清的现实，造就豁达的性格，返璞归真的境界。

华美的春色，不再描绘远方的梦幻；明亮的眼睛，满足朴素真实的自然；黑暗的光亮，带给心灵强势的和谐。

我欣赏小溪小山小路，我品尝贫穷渺小无奈；我采摘野花小草爱心，我养成野鹤闲云的风度，我挥洒智慧卓绝的思绪，淡泊自在生活自然的怀抱。

13. 淳朴的月亮

淳朴的月亮，踏上黑暗征途，就要挺立高处，独自面对浩瀚的苍穹。

云中行走，风中奔跑，不理会彩虹的诱惑，不惧怕雷电的威胁，努力克服自我的孤独，极力摆脱内心的空虚。

我和月亮一样，为了让自己，更加明亮，更加纯洁；顽强的生命力，像骆驼的背影，走出重重沙尘，高视阔步黑暗之上，恬淡之光普照天下。

14. 把自己献给大地

守候夜，不再吟哺满月；期望爱，不再步入相思门。

美丽的梦，留下美丽的忧伤；绚丽的虹，只有瞬间的光彩。

结冰的河心平气和，古老的井沉思默想，落地的苹果悄然无声；人生是一道深厚的风景，心灵是一个汹涌的大海。

二十岁如牛犊，三十岁如狮子，四十岁如骆驼，五十岁如巨龙，六十岁如主人；平淡中坚持自然有收获，细水中长流自然入江河，人活着要把自己献给大地。

15. 小径指引人生的路

夜色，许诺幸福。

幸福，令人焦虑不安，使人忧郁烦闷。

花容美丽，月色温柔，叫人情不自禁，让人怦然心动。

爱是花朵，爱是月光；花不可攀折，月不可玷污；星星，燃烧人的心；小径，指引人生的路。

我埋葬自己的足迹，心向往天空，脚走向黎明。

16. 路

近，细瘦如绳；远，弯曲迂回。

一切凹凸，灿烂辉煌；一步一步，步步深入，弓一样惊险。

人生真谛，瞬息万变；谁曾万事如意，谁曾一生顺遂；唯有曲折向前迎接大道。

艰难迷惘，曲折陡峭；失足丧身，退而慌乱，进而探索，另辟蹊径，灵魂深沉如同大海。

世界半真半假，人生有死有生；攀上藤条翻越石壁高峰，醒悟绝境活着万千新绿。

17. 我过早踏上人生道路

春天的早晨，冬天的夜晚，风吹鹤群向远方飞去，我过早踏上人生道路。

雪花飘舞的日子，风雨拍打的时光；我把春青抵押给希望，我把生命抵押给理想。

爬过巍巍高山，走过茫茫沙漠；饱尝旅途劳累，饱尝人生冷暖；回望深深脚印，贮存殷红心血。

岁月带走揄扬的美誉，眼睛失去欢乐的光泽；我庄重地走进大自然，我要把思想化为朝霞，我要把诗歌化为星星。

18. 走下去 走遍前方的世界

脚下是沙漠，头上是乌云；只要走下去，走遍前方的世界，有沙漠就有绿洲，有乌云就有蓝天，大地还有更美丽的风光，天空还有更灿烂的奇观。

征途连绵不绝，意境寥廓悠远；只要智者在思想，只要勇者在行动；雄鹰扬威万里长空，人类声震整个宇宙，伴着喜悦、挚爱、燃烧的激情。

19. 登山

进入大自然肃穆的宫殿，置身大苦乐错杂的石堆，萦绕着蓬勃豪爽的笑语；好像意外捡到一颗宝石，惊喜的乐趣填补那空寂，山断路绝付出的精气神。

与日出一起登上高峰，骋目远眺，大地在胸；面壁巨岩，思索自问：这险峰境地接纳过谁？贤哲诗人还是英雄？风儿的声音高亢雄浑：历史的高峰只矗立丰碑！

蓦然回首暮色泛起美酒，夕阳走进西方的逍遥宫；名声的始终如光一样，开始由近至远，终结时远处美的霞光陶然大地。

壮丽哉，无畏的攀登者！

20. 九曲十八弯

我愉快上路，我走向空间，我走向时间，我走向现实。

有黎明导向，有太阳鼓励，有星月安慰，有寒暑鞭策，有风雨做伴，有地球支撑。

夜色拦不住，高山挡不住；大海隔不断，江河切不断；鲜花难迷眼，掌声难迷人。

现实告诉我：大海江河，不过是一滴滴水珠小雨；高山丘陵，不过是一粒粒细沙碎石；悬崖绝壁，不过是一条窄小的过道；妖魔鬼怪，不过是黑暗飘浮的阴影。

大摇大摆地走，神色自若地走；人生之路九曲十八弯，向前一步，步步紧随，天空金光灿烂，大地绿荫凉爽。

21. 顶峰

走向成功之路，我欣然把自己，比作山间的漫游者，不谙山路，缓慢吃力地攀登，不时要徘徊、犹豫、观望、止步回身；因为，前面已是绝境……

等到最后登上顶峰时，我羞愧地发现：若当初智慧地找到正确道路，本有一条阳光大道，可以直达顶峰。

22. 越过山峰又临深渊

雪花彷徨，白雾迷惘，黑夜盲目；只有意志，坚定如山。

每条小径沉默，每条小溪无语，被人遗忘的旮旯，有我的哲言和诗章。

越过山峰又临深渊，跨过高桥又遇急流；我不回头，我不返途，大自然有鸟语花香，人世间有欢声笑语。

23. 生命跌入深渊冲着太阳飞

我甩着两袖清风走遍天下，风中忍受骨头抽芽的疼痛，雨中品尝日月琢磨的苦涩；喧嚣衬托岁月寂寥的伤痕，脸色平添长年痉挛的皱纹；眼睛冒出脚底厚实的阴影，冷漠带走脆弱无为的梦想，饥饿在长征旅途变得经典。

俯瞰世界万变，星光灿烂；笑一笑一生保留无畏气质，相信庙堂没有一尊佛金镂，相信皇宫没有一个人金铸；不让心灵打上虚无的烙印，只让血管流淌奔放的激情；我如珠峰顶上翱翔的大鹏，生命跌入深渊冲着太阳飞。

24. 人生的未来不能没有大业

鱼虾在银盘，酒肉在圆桌，金钱在铁柜；舞厅欢度闲暇，床上欢度良宵；你春风得意，把生活装点得完美无缺，虽然你不是小偷和盗贼，你拥有的幸福没有生命力，你拥有的快乐没有持久性。

生活在理智的黎明，呼吸在道德的清晨，沐浴在希望的曙光；你要么把影子提升，意义从思想中站起；你要么从光明消失，精气从意志内泄漏；明媚的春天不能没有风景，人生的未来不能没有大业。

25. 与诗人贤哲为伴

谁愿安坐寒窗，谁愿独守孤灯，享受博览群书，读破万卷书的苦乐。

波斯花园的玉液，希腊葡萄园的琼浆，任杯盘狼藉大地，无人赞美器皿的精致。

中国的经史典籍，风赋诗词、艺术瑰宝；成为擦肩而过的路人，成为被人抛弃的怨妇。

雄辩沉寂，风雅衰落，艺术家偷得一顿残羹，文人墨客争得一份闲职，天下学子梦想仕途财富，都把聪明才智盛进饭碗。

我在遐想中飞翔，与鸿儒雅士为友，与诗人贤哲为伴；听到众人无关荣辱的笑，真不知是悲剧还是福音。

26. 我梦想　我写诗

我生活，我工作；我读书，我观察；我思考，我感悟；我梦想，我写诗。

同事说我清高，朋友说我无用，同学说我消极，商人说我不务正业，无知者说我是神经病，得志者说我是踩碎的珍珠，得意者对我伸出小拇指；只有哲人说我未遇知音，智者说我有思考能力，英才说我博学多才，专家说我是世纪人才。

诗歌是自然的森林，诗歌是不凋的花朵，诗歌是夜空的星光，诗歌是华夏的瑰宝，诗歌是人类的灵魂。

27. 榨取诗的汁液

欢乐的春天，痛苦的冬季，云朵飘在河面，激情涌向天际；大地长满谷物，生活长满蒺藜；年华随着秋草老去，你来我往生离死别。

纯净的中秋之月，孤寂灿烂与清新；褴褛的冬天逼近，风雪模糊了人影；只有辞旧岁的鞭炮声，惴惴不安期待着未来，我从报春花榨取诗的汁液。

28. 一路风雨一生欢歌

鱼儿在江河跳跃，菊花在篱笆飘香；炊烟在农舍舞蹈，彩虹在风雨绽放。
春天转眼成秋冬，心灵贮藏博爱美；人生创造崇高美，秋冬转眼成春天。

大地与天空相爱，草原和高山相伴；一树一树银花开放，一棵一棵青松屹立。

大麦吹倒又挺胸，太阳跌倒又昂首；人生艰辛十有八九，一路风雨一生欢歌。

29. 搜集日出的晨光

我岂能只为影子而活，一生水中释放层层涟漪。

我走向爱之路，搜集日出的晨光；我拥抱真实的大海，撒下天网，肩背鱼篓，盛满风和雨，泥土和果实，日夜忙碌品尝生活的甜蜜。

微笑的青春，真挚的感情，温暖的友谊，幸福的心情，珍贵的信仰，人生的理想；只有在梦境构筑，只有用智慧创造，只有用心血实现。

30. 浓荫梢头的阳光

最黑的夜晚，最冷的冬天；孤独的桂花枯萎，迷人的荷花凋谢。

我在荒坡徘徊，我在冰湖徜徉，抬头遥望星月，低头追随小溪，被人遗忘的地方，我要越过陌生的世界。

路途迢迢，求道漫漫，拨开眼前的迷雾，熄灭心中的鬼火；我在脚下，我在树根，寻找自己，寻找失落的心灵；明星消失的黎明，浓荫梢头的阳光。

31. 正在走来的光明

月亮露脸之前，我就爬进黑暗，走进林荫草地，踏遍山峦溪滩，寻找夕阳珍藏的宝，一颗黑夜闪烁的星。

风低语，空气歌唱，草原辽阔，骏马奔驰；刀光剑影的世界，没有守株待兔的猎物，没有唾手可得的金子。

火光，远方摇曳；曲水，流向大海；站在风吹雨打的山峰；我高飞，我远去；漆黑的长夜，喷洒运动的色，精疲力竭倒在东方，我瞥见正在走来的光明。

32. 我与风同行

风在大海起飞，风在心灵停歇，只有风走近我。

带着熟悉的呼吸，带着熟悉的微笑，与我的生命结伴。

风啊，我的心脏，永无静止，纵横天下；五洲四海，三山五岳，我与风同行。

风啊，无畏的化身，自由的斗士，崛起的力量；精神的捍卫者，智慧的实行者，未知的探索者。

当风送来温暖，当风推动历史；与海浪一起喧响，与高山一道宣誓，与人生并肩前行，人类在风中成长！

33. 我是现代幸运的男儿

我是现代幸运的男儿，面对扬沙走石的强风，锻炼忍受厄运的韧性；面对冲天燃烧的火山，磨砺刚柔相济的意志；身处金碧辉煌的都市，目不旁视金枝的花叶，足不踏进华丽的豪门。

坐在大世界的窗口，翘首远眺海雨春风，顾盼黎明晨露朝阳，迷醉诸子百家诗文，遵循经典美德嘉行，欣赏艺苑奇珍异宝；心灵如星辰夜光四射，人生如雪岭表里素净；唱起流金泻银的欢歌。

34. 幸福

朋友！幸福是什么？

幸福是一座魔窟，毒蛇猛兽守着大门，妖魔鬼怪挡住去路，你一不小心会命丧黄泉。

只有战胜，毒蛇的恶性；只有征服，妖魔的贪性；幸福才是豪华宫殿，幸福才是人间天堂。

35. 人生的希望和现实

每一个小市民，普通的知识分子，踏上现实的道路，面临激烈的竞争，你将为功名富贵搏斗，你将为权力荣誉奋斗。

瞧瞧灯火辉煌的世界，高官厚禄的豪华气派打动你，繁华闹市的高档商品吸引你，富家子弟的生活方式影响你，千娇百媚的曼妙女人亲近你，周游世界的美丽梦想诱惑你，享受幸福的海市蜃楼萦绕你。

欲望大于物质的世界，对于贫民子弟来说，注定要过平凡生活，注定成为弃物和失败者，你必须承受无名的痛苦。

精神大于欲望的世界，对于安贫乐道知识者，只有内在快乐地享受，人生的挫折和暗淡，生活的清贫和苦楚，这是昂贵的代价和收获，这是人生的希望和现实。

36. 人生真正目的是完善人品

人类世界，自相矛盾又符合逻辑，欲望横流又理智明睿。

讽刺家，给我们描绘丑陋世界；道德家，给我们描绘人性世界；哲学家，给我们描绘未来世界；政治家，给我们描绘等级世界。

孩子的时间，时而赛跑，时而静止；孩子的空间，时而扩张，时而收缩；孩子的世界，我们带着爱心寻找它，我们带着希望追寻它，一块果冻里一颗水晶。

要成为孩子的朋友，就要纯洁朴实善良；用不着大惊小怪，用不着没心没肺，用不着无情无义；一声粗野的呵斥，一道阴影的眼光，能让世界充满忧伤，能让心灵留下伤痛；历史的经验告诉后人：人生真正目的是完善人品！

37. 人生瞬间品味永恒美

我在过去跌倒，我在现在爬起，我向未来走去。

夜色中寻人，总也找不到；真正知音，总是姗姗来迟，千百年后的黎明。

时光流逝，生命短暂；为了纺出不朽的金线，我从太阳撷取希望，我从生活提炼诗歌。

欢乐并非接近幸福，忧伤不是靠近绝望；让感情绽放青春花朵，让爱情藏身心灵宫殿，人生瞬间品味永恒美！

38. 人生不是一个句号

海收藏阳光，沙收藏金子；妙语积累真理，歌谣积累美德。

民族的英雄，在古老诗歌，找到安魂音韵，石碑屹立千年。

欲望的鸟，不安于林梢；大漠胡杨，渴望暴风骤雨；高翔雄鹰，厌倦灯红酒绿。

遭遇失败困苦，痛苦激励勇气，悲伤坚定意志；强者搏击功业，贤者成就才智。

壮观较量，庄严会堂；陡峭山峰，自由火焰；晶莹浪花，翻江倒海，永远没有港湾。

生活不是一个逗号，人生不是一个句号。

39. 人生是一场无声挑战

逃避金钱，权力和名誉的诱惑；离开友谊，亲情和爱情的温床。

我获得恬静，工作自食其力，阅读诗文自知，研究哲理自明，品味历史自重，创作发挥智慧。

立言立德，绝不比功名轻易；文采与思想，像肆虐的风暴，冲撞崇高的意境，天才瞬间的灵感。

亲爱的朋友，创作是决斗，虽然内心火花，指引向天曲径；谁都知道堂堂正道，创造者都遭人嫉妒，先哲们都有精神疾患；痛苦、忧患、饥饿，侮辱每一位缪斯女神。

或许孤寂沉默，是大自然永恒谜底，鱼儿获得自由的真谛；活着一心一意有作为，人生是一场无声挑战！

40. 高山永远精神矍铄

山高水低，花红柳绿；鹰击长空，鱼跃江海；大路平坦，小路曲折；贫贱富贵，悲欢离合；自然万物形态各异，人生轨迹千差万别。

圣人闯荡人间难觅知音，诗人走遍世界无人相识，哲人苦口婆心遭遇嘲笑，学者标新立异视为疯狂；只有古井依旧清冽甘甜，只有高山永远精神矍铄。

41. 人生永远尊贵

夏季的葡萄园，温馨的蔷薇苑；自然循环不息，社会周而复始；劳动创造世界，吃喝享受生活。

信仰汹涌的大海，美德险峻的高山；那里有晶莹的青春，那里有纯洁的雪莲；使心灵永远年轻，使人生永远尊贵。

42. 如水流顺其自然生活

我在自然与必然，领悟人生的价值；愉快地接受灾祸，虔诚地面对苦难；快乐地迎接幸运，高兴地享受人生；兼收古今学问，并蓄中外思想，交融雅俗智慧，领悟善恶真谛；把尘世风与雨，把现实美与丑，化为无价诗歌，完成人生使命，如水流顺其自然生活。

43. 忙碌而充实中活到老

我宁愿当个劳动者，付出自己血与汗；得到一根羽毛就高兴，收获一棵谷草就快乐；看着光阴一分一秒消逝，把每一天时间精心安排。

多少时间用于工作，多少时间用于家务，多少时间用于健身；多少时间用于阅读，多少时间用于思考，多少时间用于创作，多少时间用于睡眠，有条不紊度过一生。

兴奋与疲劳中体验生，忙碌而充实中活到老；逝世在劳动的芳香里，我会成为一朵大奇葩。

44. 踏在自己的宏图

我接受夏的风暴，我迎着冬的刀剑，不怕冷暖和挂彩。

昨天今天明天，不管是曲是直，是爱是恨，是悲是喜；自由穿梭大街小巷。

我的身倒下，我的心站起；只要血在流，每一颗恒星和行星，都在顽强地运动。

人生，存在宇宙，仅有一次生命，具有神圣的使命；走过的路要留下脚印；一步一步，踏在自己的宏图；推开迷雾的大门：未来，阳光璀璨！

45. 我是一滴水

我用勤奋壮大自己，我用汗水浇灌自己，我用人品打造自己，我用知识充实自己，我用诗文显赫自己。

我是一滴水，大山怀抱成长；站在山脚，山不嫌弃我卑微；挺立山峰，山不嫉妒我高傲；我吸取天地精华筋骨强健。

我沿着小路，与花草和泥沙为友；走向江河，奔向大海，感受挚情摇撼的强度，随着狂飙卷起的浪潮，献出跌宕多姿的生命。

46. 光明磊落走四方

美好功业令人兴奋，即使只有瞬间欢乐，即使只有短暂幸福；优美音乐，秀雅眉梢；成功喝彩，胜利赞美；金钱奖赏，荣誉桂冠；英雄和美女，平民和政要；永远铭记人生辉煌一刻。

珍贵品质受人敬仰，即使孤灯摇曳每个黄昏，即使清贫伴随一年四季；德行光明，思想真理，照亮人间路，点燃心灵灯；人生光明磊落走四方，精神魅力，人格力量，永远是时间和历史的宠儿。

47. 我是一位无畏的探索者

我是一位无畏的探索者，我是一座正在长高的山峦，我是一片正在长大的海洋，我是一个遥无边际的宇宙。

我要扩展，我要改变；从饥饿中学会得到食物，从寒冷中学会得到服装，从孤独中学会做人技巧，从懒惰中学会刻苦勤奋。

我知道美丽，我理解痛苦，我感悟时间，我懂得生命；我看到永恒的大自然，我透视不朽的人性美，我相信人为创造而存在。

世界日夜浩浩荡荡的激情，我是千古奔腾不息的热血之海！我是万古燃烧不灭的红色太阳！

48. 满天都是自由的星星

海阔天空，轻轻松松地飞吧！爱情的翅膀在山峰，高远的志向在蓝天。

门前小路通天下，沿着小河游四海；不要投下阴影，不要留下伤痕，不要流下眼泪，离乡背井不是一件坏事。

飞吧！自由的世界，自由的心灵；为了你的爱情，为了你的梦想，为了你的希望，满天都是自由的星星。

49. 走向更高境界

我做好事都是祸害，我钻研学问全是厄运，我品行端正深陷苦海，命运考验我走向更高境界。

我心头压着重担，我额头冒出冷汗；朋友看出我的酸楚，人类看出我的苦难；我几百次想放弃，却始终抓住生命；我时刻想扔掉枷锁，却执意要一生背负。

我不怨命运多舛，我不叹时运不济；我在大道行走，为了光明正大；我在深夜写诗，为了迎接黎明。

50. 人生最大喜悦

人生最大喜悦，以无畏的心灵，以温馨的眼神，以坚定的脚步，随时迎接厄运挑战，宛若迎接凯旋大军。

人生未来的美好，充满憧憬与希望；聆听优美的音乐，欣赏鲜艳的花朵，阅读圣贤的经典；就像跋涉者舒展筋骨，喜悦将悲伤一扫而光。

喜悦不是水中捞月，喜悦不是空中楼阁；唯有体验超人痛苦，千古如斯永恒海潮，捕获最滋补海参——智慧；捡拾最耀眼珠贝——幸福。

51. 我不怕冬天

我不怕冬天，我不怕黑夜，我不怕云雾，我不怕风雨。

只要有诗歌，总会融化冰雪；只要有梦想，总会迎来黎明；只要有理想，总会走出迷惘；只要有希望，总会看见彩虹。

寒风过后，春天走来；散发芳香，翩翩起舞；我又是一朵玫瑰，我又是一只蝴蝶，在阳光灿烂的大地。

52. 赤裸身体迎接冬天

不要为我哭泣，我一生孤苦伶仃；昼行冬天雪岭，夜读冬天景致，赤裸身体迎接冬天。

脉搏跳动严酷冬天，脚步行走严酷冬天，心灵枯瘦严酷冬天，梦想隐藏严酷冬天，灵智孕育严酷冬天，意志成熟严酷冬天。

我长大，我长高；枝繁叶茂，然后我凋谢；把人性一切渺小，可笑，猥琐情愫，埋葬风雪的冬天。

人生是冬天一条道路，历史是冬天一个思想。

53. 追赶冬天的寒风

风吹落花，风吹落叶，风吹落果实，迎来一个美好春天。

风吹走懦弱，风吹走依赖，风吹走哭泣，风吹走空虚，风吹走孤独，迎来一个坚强人生。

我用青春的脚步，我用阳光的速度，追赶冬天的寒风，博取一颗事业的雄心。

54. 春夏秋冬各领风骚

夜来了，带着星斗，带着睡眠这件贵重礼品，心和眼相伴，灵与肉交融；撩开美的面纱，陶醉梦的渴望。

一日又一夜，雨天和晴天交替，生活从风暴中醒来；头一甩，撒出个大白天，把揪心的悲欢抛在脑后。

走进世界，饱经风霜，热烘烘的太阳微笑；当心灵成为天空剪影，我发现人生旅途美不胜收，我明白春夏秋冬各领风骚。

55. 狂风刮不到一夜

不要贪恋财富，得之大喜大悲；不要抛弃快乐，失之忧心如焚。

不要害怕艰苦，不要害怕贫困；暴雨下不了一朝，狂风刮不到一夜。

不论踩踏华丽的地毯，还是蜗居简陋的茅屋；精神要豁达自由开放，行动要谨慎从容适度；天赐的幸福没有快感，耕耘的收获没有愧疚。

56. 我独自构成遗忘的一代

我不会孤独，走过二个世纪；栗树的绿叶上，满地金色的霞光。

风吹拂高山，雨迎来秋天；寒流越过山岭，越过溪水的琴音，越过星星的静穆，越过石头的意志，未来用沉默唤醒我。

我不会孤独，太阳爬上我的肩膀，冰雹打痛我的脑袋，地球顶端高视阔步，宇宙落在我的襟怀；我在暴风雨中大笑，我在悬崖峭壁大哭；顺着溪流奔向大海，我独自构成遗忘的一代。

57. 上天赐予我三件宝物

权力强迫我，顺从；利害强迫我，沉默；陈规强迫我说，好啊；习俗强迫我说，是的；良心真诚呼叫，不！

为了不使自己，随波逐流；为了不使自己，沉沦人海；为了不使自己，平庸凡俗；为了不使自己，世故圆滑；为了不使自己，一事无成；上天赐予我三件宝物：梦想、真理、诗歌！

58. 锻炼

锻，就是锻造；用锤子击打，把铁片打成，一件有用的工具。

击打，皮肉要受苦，精神要受罪；你不被击打，永远是块铁片。

炼，就是火炼；加热燃烧，使铁更纯净，更硬气，更坚韧，刚柔相济。

击打与燃烧，经受时间的考验，经历事件的锻炼；一生辛苦，一身创伤，我成为优质合金钢材。

59. 砥砺

假若人生没有，傲霜斗雪的严酷，浸渍生活的风暴；劲挺高拔的松柏，八方知名的山丘。

假若人间没有，春夏秋冬，阴晴圆缺；宠辱得失，是非曲直；贫富贵贱，兴衰成败；交织成明暗高低的天空，交织成光怪陆离的事件。

谁来砥砺胸怀的凌霄壮志，谁来守住德行的孤峰绝顶，谁来欣赏心灵的郁然深秀，谁来崇敬英雄的无私壮举。

60. 失意是清凉的暖风

一次次沉浮大海的潮汐，一次次啼哭诡计的镜台；一次次迎接寒风的鞭笞，一次次清点火焰烧焦的骨头，我饮尽天赐的琼浆玉液。

当我顶住风的摧残，当我顶住雨的围攻；无视风流雅士的嘲笑，冷对下里巴人的捉弄；当岁月笔直的走廊弯曲，当日出一束光亮透一颗心，我被庄严的生活精心打造。

疲劳眼神寻觅自己的形象，我失去毫无意义的外表，一张沧桑的脸依然坚毅；苦难使我成为闪电起伏黑夜的脊梁，挫折使我成为利箭穿过心灵的铠甲；在我兜揽天地晓风残月的诗人襟怀，痛苦是风刀霜剑赠送贵重的礼品，失意是立春吹来一丝清凉的暖风。

61. 慈爱的微笑

不要怕，明月下的刀光剑影，生活中的狂风暴雨；弯曲的地平线延绵不绝，幸运的跋涉者屈指可数。

花茎以粪土为食，荷莲以淤泥为生；只要把痛苦倾注意志，只要把幸福播撒人间，只要凝望繁星不改博爱的初衷，只要畅游大海不灭搏击的雄心。

精神的火焰会从山峰喷涌勃发，思想的翅膀会从鸟巢飞向神殿，黎明的珠光会装点健康的身心；当我头戴无冕之王神圣的桂冠，大地母亲向我露出慈爱的微笑。

62. 无价的珍宝

不管你有什么追求，不管你有什么向往；只要一生紧张又忙碌，肩上总挑着千钧重负，为了减轻他人身上的负荷，为了解开他人内心的困惑。

世上的祸福并非都无因，人间的荣辱不是都偶然；要说什么是无价的珍宝，那颗沉重忧国忧民的心，那份鸿鹄远走高飞的志。

63. 眉峰闪烁的真理

从微笑到哭泣，从年轻到年老；我体验欢乐与悲伤，我看见贫贱与富贵，我经历生离与死别；心灵变成霜打的草木，命运变成远行的大道。

我离开名利的是非之地，我告别幸运的虚无之乡；我只想留下精神，一生珍惜的信仰；太阳照亮的山峦，月亮涌动的江海；暴风骤雨的歌声，眉峰闪烁的真理。

64. 成为好男儿

不管人生是顺是逆，不管人心是红是白；只要你不咒骂别人，只要你不抱怨他人；星星会成为你的朋友，月亮会成为你的知己。

不管憧憬是美是丑，不管信仰是真是假；只要遵循黎明的光，困苦中一直向前走；你的脚下会百舸争流，你的头上会风起云涌。

不管命运是好还是坏，不管道路是曲还是直；只要你不悲观厌世，只要你不丧失自我；在大地中站稳脚跟，一定会成为好男儿！

65. 昂首阔步在人间

不是每只小鸟都唱歌，每粒种子都发芽，每颗星星都闪烁，每首歌曲都欢乐，每支鞭炮都上天，每个铜板都响亮，每位富翁都幸福。

握手有冷有热，说话有轻有重；心灵有红有黑，动机有好有坏；人品有高有低，修养有深有浅；生活有苦有乐，人间有生有死。

千万别哭丧着脸，没脸还有皮骨肉，没钱还有精气神；夜里喝酒就是美，白天走路就是帅；头顶天来云作帽，昂首阔步在人间。

66. 用太阳月亮星星做砝码

山中漫步，湖畔散心，风中欣赏鸟语花香，雨中观赏湖光山色，心中收藏美好人生。

笔直的小路，逆转的荆丛，高低的悬崖，无声的风浪，苍凉的迷雾，把我逼向绝境。

我用双手自救，我用双脚脱险；我用感情的汗水，我用意志的鲜血，染红西天晚霞的路。

沉思的黑夜，醒悟的黎明，我调动智慧的潜能，我发挥理性的卓见，研究得与失的利弊，计算苦与乐的价值，平衡生与死的重量，用太阳月亮星星做砝码。

67. 我们都有更好的未来

只要有希望，只要有理想，只要有活力；遇到小坎坷，遇到小不平；请不要悲伤，请不要流泪，苦尽甘来花果飘香。

让我们拥有今天，享受白夜的奇观，观赏落叶的美景；憧憬幸福的心情，渴望欢乐的感情；驱散心中的阴影，温暖苦难的生活。

穷朋友欢聚一堂，相逢不是道别，欢宴不是遗嘱，我们都有更好的未来。

68. 历尽沧桑翻身上天

不能轻易弯腰，不能轻易低头；大浪过后有珍珠，绝望破灭是希望。

不要轻洒泪水，不要高喊痛苦；曲折是坦途的捷径，耐力是消灾的港湾。

要动就如花豹，要飞就如雄鹰；历经沧桑翻身上天，站在山顶俯瞰大地；你会珍惜每一块顽石，你会感谢每一条弯道。

69．痛苦磨炼我的意志

假若痛苦，磨炼我的意志，砥砺我的信仰。

假若痛苦，让我理解自然的博爱，让我感悟崇高的境界。

假若痛苦，是一座坚固踏实的桥梁，是一头勇猛嗥叫的雄狮。

假若痛苦，峻峭呼啸处可得岿然，清风明月处可见飘逸，百花争艳处可嗅孤芳。

那么，让我高举人生火炬，一往无前英雄气概，勇敢战胜艰难险阻，登上理想的精神高峰。

70．皱纹上的笑颜

不被世俗流言征服，不被生离死别压垮；一生一世拉着纤绳，光着脚板在沙石蹒跚；活到老多么幸福安详，自由轻松在绿荫品著，心中高唱生活的颂歌。

一生饱尝生活的忧患，一生品味诗书的甘甜；皱纹上的笑颜，白发中的清香，神清气爽的品质，暗含秋日的柔静，渗透大地的脉络，平心静气养精蓄锐，功成名就为长寿添彩。

71．请别问

别问我，为什么心花怒放，闷闷不乐中欢歌，对人生怀抱热切希望，面对厄运依然意气昂扬。

不要问，为什么心在燃烧，不惑之年欢唱爱情，永远把纯真唤作情侣；哟，爱中有人生箴言。

登山者，不怕坎坷；痛苦赐给我，坚韧力量，爽朗激情，多彩的才华；这是为什么？请别问！

72．重新回到人生的起点

我痛苦在哭泣的雨季，我绝望在哀号的寒流，我厌倦在烦闷的三伏，我歌唱在明媚的春天。

我的青春是一场大雪，我的幸福是一阵大风，我的欢宴是一碟苦瓜，我的磨难是一只苍鹰，我的收获是一部历史。

碧波青天洗涤灰尘，林荫深处找个驿站，黎明登高迎接光明；趁热情还没有下山，一览壮丽河山的奇观，重新回到人生的起点。

73. 我终于看见海岸

生命在爱的摇篮，灵魂沉睡着，青春在平静河床流淌。

我闭目塞耳，听不见嫉妒之声，看不见河床的暗礁，滔天的波澜。

有一天，我来到险峻的狭谷，整个生命撕成旋涡，纷扰、泡沫、喧哗；我被岩石撞击成原子，我被大浪打击成泥沙，苦痛、羞辱、绝望；惊心动魄，九死一生。

我在不平静水面，快乐的大海颠簸，苦恼的狂风暴雨，掀起自由的巨浪，波涛汹涌滚滚向前；远方，我终于看见海岸！

74. 青春的芳香

青春的芳香，青春的风华，青春的爱情。

我看见你的眼睛，是跋涉者梦见清泉；我感觉你的心灵，是淘金者发现黄金；我看见你的脸庞，是朝圣者直观神灵。

我像天真烂漫的孩子，放声大笑又放声啼哭；无穷的欢乐，无尽的烦恼；只因有情人相约在黄昏，只因有情人别离在黎明；理想与现实像一对情人！

75. 独一无二竞自由

活在人间，不必等明天，不必论贵贱，不必讲贫富；大地百花争艳，大海百舸争流，不分白天和黑夜，不计成败与得失，独一无二竞自由。

头上乌云密布，脚下污水横流；大风吹落杏花纷飞，火山喷发遮天蔽日，大地震动尸横遍野，大海呼啸心惊肉跳；站在境界睥睨灾祸，生死间展开垂天巨翼，方显英雄豪杰大本色。

76. 未来的光明

我不愿，在港湾高枕无忧；我不愿，在金库寻找幸福；我不愿，在地毯寻找爱情。

走出大海的城墙，大风中壮丽航行，哪怕波浪中倒下；站在黄昏的天边，像高塔在风雨飘；暮色中捏碎月亮，撒出红色的火花，昭示未来的光明。

77. 有情的花

看群山起舞，听小溪歌唱，闻鲜花芳香，沐春晖至爱。

无情的人，听不见鸟的歌吟；有情的花，捎来明天的希望。

要慷慨，如春风，抚摸小草，吹醒绿叶，种子发芽，树木茁壮。

要成业，不畏险，面对风暴，面对黑夜；为太阳开辟道路，让黎明绽放笑容。

78. 说真话

把手指放在唇边，劝告人要三缄其口；人杰不会沉默不语，不怕独立见解得罪人，不怕坚持正义遭灾殃。

世故圆滑的小爬虫，阴暗角落的小臭虫；你没有胆量挺直腰，你没有勇气说真话；聪明的人直抒己见，诚实的人心直口快，睿智的人襟怀坦荡；笔锋蔑视刀光剑影，善行轻视流言蜚语。

人生远大前程，人生光明大道，诤言是最美祝酒词，真理是人格保护神，真话是诚实金话筒。

79. 鲜花与钻石

像鲜花一束，高人有两条路：或遭风雨摧残，凋谢篱边路旁；或在万人之上，满面春风得意。

如钻石一颗，能人有两重天：或在岩层之下，备受黑暗压制；或在皇冠之上，璀璨光芒四射。

80. 告别昨天

踏上生长的土地，登上勇气的舞台，张开梦想的翅膀，饮尽爱情的汁液；轻松呼吸空气，自由行走云天。

情不在开端，爱不在拥有；幸运不可多得，厄运不可回避；被风抛向远方的蝴蝶，揭开春天美丽的帷幔。

我告别昨天，不带走过去；只揣一颗心，人生坎坷之路，天下求索之道。

81. 没有看破红尘的世人

阴暗角落看世界，每个声音都是谎言，每个手势都是虚假，每个笑脸都是面具，每个行为都是欺骗，每个计谋都是陷阱。

你若逃避人生，你若离群索居，你若隐居山林，你若沉默不语；不必撒谎欺骗，不必扮演角色，不必装腔作势，不必争名逐利，不必尔虞我诈；自由自在无拘无束，往返天地翱翔心灵。

有鱼虾的大海，哪有别墅临海孤独；有果实的山林，哪有寺庙依山沉默；有名利的都市，哪有窗口睁着瞎眼；有金玉的古墓，哪有尸体入土寂寞。

熙熙攘攘的人间，皆为名利的现实，只有四大皆空的逝者，没有看破红尘的世人。

82. 诗人拒绝庸碌的生活

小船接受波涛的拍打，才能抵达理想的彼岸；小花接受风雨的摧残，才能飘香人间的乐园；小草接受泥石的践踏，才能挺起尊严的胸膛。

战士穿越枪炮的疆场，才能成为光荣的将军；英雄经历生死的考验，才能建立不朽的功业；诗人拒绝庸碌的生活，才能敲开永恒的大门。

83. 精神是不朽财富

瀑布走下山岗，大风爬上树梢；看到云中的闪电，听到雨中的雷鸣，见到小路踏过荆棘。

经历曲曲折折，经历寂寞孤苦；遗忘荣耀和财富，遗忘烦恼和哭泣；不再接受黄金和钻石，不再接受怜悯和施舍；我只留下真情和爱情，我只留下文字和智慧；因为感情是人生珍宝，因为精神是不朽财富。

84. 诗人墓志铭

诗人创作的诗文，诗人凝练的思想；因仁慈受到理解，因善行受到爱戴，因哲理受到颂扬，因睿智受到尊敬，因造福受到赞叹，因爱国受到荣誉。

诗人就没有虚度年华，诗人就没有浪费心血；诗人会心花怒放，诗人会满怀豪情，诗人会手舞足蹈；诗人将幸福地躺在大地，享受未来不朽的清闲。

第二十八章

人生与自然

1. 真

花朵与绿叶，阳光与星光，告诉你真心；古树与村寨，琴瑟与歌谣，告诉你真情；小草与栋梁，茅屋和宫殿，告诉你真理。

2. 孔雀展翅

蓝天下，青山上，孔雀展翅；白云伴它遨游，星星为它导航。

掠过，风雨的逆境；欣赏，苍穹的曲线；阳光使它精神，雷鸣使它振奋，天空使它自由，空气使它欢畅，月亮使它安详，大地使它惊叹。

如画的风景，多姿的江山；飞翔的羽毛最丰满，搏击的翅膀最美丽。

3. 热爱自然　眷恋生活

我不愿意与空想者为伍，我不愿意与吃喝嫖赌者为朋，我不愿意与坑蒙拐骗者为友，我不愿意加入淘金者的行列。

我喜欢鲜花胜过落叶，我喜欢乡野胜过都市；嗅到带有咸味的空气，听见浪拍船舷的声响，我驶出平静的避风港。

绕过兴奋剂式的幸福，航行碧波烁金的大海；踏上原始真实的小岛，欣赏晚霞映红的星月；一边散步舒放压缩的心情，一边聆听动物悄悄的私语，一边沉思万物存在的意义。

人站在地球的中心：多么正直，多么纯洁；多么孤独，多么自由；多么渴望，多么焦虑；多么渺小，多么卑微；多么伟大，多么崇高。

我热爱自然，我眷恋生活，虽然人生是一次短暂的旅行。

4. 同天地交流

天空的太阳，峡谷的江河，平川的高山，大地的花草，世界的大海。

眼睛，不能没有红花绿叶，不能没有湖光山色；心灵，不能没有锦绣河山，不能没有江山社稷；胸怀，不能没有远大抱负，不能没有崇高理想。

别问我，为什么孑然独立？像大漠的金字塔，同天地促膝谈心，冥思苦想把时间消磨，把万物本质收藏心尖。

相信吧！为自己歌唱，歌中有人生的智慧；为大地歌唱，歌中有人类的豪情；为宇宙歌唱，歌中有大自然的真谛。

5. 创造使万物日夜除旧迎新

骑着骆驼穿越沙漠，乘着飞船远征宇宙；跨越荣耀的沟壑，扫除国度的疆界；世界的秩序变迁，人类的规则复兴。

智慧大殿的黄色圆顶，卷帙浩瀚的历史典籍，纯洁华丽的精神诗篇；知识使贫穷放出金色光芒，创造使万物日夜除旧迎新。

6. 春天属于每一个人

黄莺歌颂春，青蛙呼唤晨，风儿扫落叶，把道路铺平。

月亮在水中，爱情多么浪漫；星星在心灵，人生多么光明。

不要忧贫富贵贱，不要愁生老病死，不要怕天塌地陷；人生的明天美好，人生的欢乐长存，只要顺应自然生活，春天属于每一个人。

7. 天人合一的化身

我的梦想，不是海市蜃楼；我的理想；不是空中楼阁。

我一生追求，玫瑰色的春天；我一生追求，水晶色的黎明。

我一步一步，从黑暗走向光明，从冬天走向春天，从野性走向人性，从良心走向天心。

时间是我的生命，大地是我的肉体，宇宙是我的灵魂，太阳是我的心脏，高山是我的头脑，大海是我的血液，月亮是我的感情，星星是我的智慧。

我是灵肉的混血，天人合一的化身。

8. 有一束我的火焰

小草，不因渺小而自卑，只为自尊而自强。

喷泉，决不随波逐流，为了激扬心中的豪情。

喜鹊，唱起金色的恋曲，为了释放心中的感情。

太阳，点燃月亮，点亮星星，为了与黑暗奋争。

人生，接受火的洗礼，灵魂浸润血的元素，为了有一束我的火焰。

9. 我歌颂大地的风景

我歌颂大地的风景，蓝色的天空，红色的朝霞；褐色的蝴蝶，黄色的菊花；黛色的轻烟，绿色的山峦；春天洋溢释然的灵性之美，秋天收获思想的成熟知性。

我歌颂田园的生活，这里没有深奥的哲理，这里没有激昂的英雄；却吸引哲理素养的人，却吸引英雄情结的人；因为那是失落的故园，因为那是永恒的生活。

我歌颂农人的生活，让我耕耘一块土地吧，让我爱恋一块土地吧；分享农人简朴的快乐，分享农人勤劳的美好，分享农人亘古的作息；怀着对水和太阳的信仰，怀着对植物和动物的虔诚。

10. 悟彻青春的永恒

爱情的鸟飞远，希望的船沉没，美梦的星陨落，理想的花褪色。

微笑成熟为泪花，欢乐成熟为痛苦，善良成熟为信念，知识成熟为智慧。

在生命旅途，此岸到彼岸，这山到那山；风拂去云雾，雨撕开沙尘，露出鸟语花香的世界，我才看清真实的青春，我才悟彻青春的永恒。

11. 真正的人顶天立地

蜜蜂不知辛苦，骏马不知路遥，溪流不知疲倦，人不会虚度一生。

指南针不走歧途，航船不随波逐流，瀑布不怕层峦叠嶂，真正的人不在乎升沉。

太阳光明，月亮纯洁；星星不被盛名迷惑，高山不被权威吓倒，真正的人不为名利所累。

飞鸟不被教条束缚，岩洞不被时尚摆布；宝塔不与风雨同流，宝石不与泥沙合污，真正的人顶天立地。

12. 天地有神龙

年青有理想，等于夜空有星光；灵魂有思想，等于天空有太阳；生活有希望，等于原野有江河；胸中有信心，等于沙漠有绿洲；头脑有知识，等于大鹏有翅膀；人生有智慧，等于天地有神龙；做人有骨气，等于平川有高山。

以钱成大亨者，不是官商就是名人；以艺成大家者，不是工匠就是巨匠；以力成大业者，不是将军就是英雄；以行成大功者，不是政治家就是科学家；以智成大师者，不是诗人就是哲学家。

13. 选择决定一个人的归宿

飞蛾扑向大火取暖，雄鹰翱翔蓝天抒怀；山峦在春天熠熠生辉，河水在四季静静流淌，枫树在冬天欢呼新生，海浪在沙滩留下足迹，自然按照它的意愿生存。

劳动造就人类的财富，创造造就人类的功业，豪气造就天下的英雄；春风沐浴天下的美女，自省养育智慧的哲人，自尊托起思想的诗人；理想只会提高人的价值，梦想只会加速人的脚步。

富贵走出仁爱的天，贫穷失去自信的地，愚蠢无法打扮野蛮的脸，欺诈无法装饰罪恶的心；星星在黑夜依旧闪光，航船在逆流依然搏击；天下的道路四通八达，选择决定一个人的归宿。

14. 纯洁

蔚蓝的天空，洁白的云层，清澈的泉水；从海蓝到翠绿，和谐的交融，一派郁郁葱葱。

一望无际的平原，波浪起伏的山峦，排排友爱的树林，朵朵亲热的花卉，株株友谊的小草，颗颗甜蜜的果实；自由活泼的蝴蝶，热情奔放的小鸟，天地博爱而纯洁。

纯洁——大自然，给人类永远的忠告！

15. 发光

清明的理智，谦和的心态；博大的灵魂，永生的思想；坚强的毅力，远大的目标；这是自我设计的完美人性。

个性的百花，自强的星星；风骨的高山，宽容的大海；告诉普通人一个简单真理：只有自我激励与自我奋进，才能在自己的位置上发光。

16. 绿魂

抚摸绿色的肌肤，比沙雕柔滑细腻。
拥抱绿色的心灵，比宇宙浩瀚无垠。
风在四海飘，雨在大地行；绿色的世界，绿色的人潮。
我与风，并肩而坐；我与雨，互相搀扶；你注视我，我注视你，在绿色波浪上空。
一片音乐之林，红花写着动人的词，绿叶挂满优美的曲；歌词是树林的水，歌曲是丛林的鹿，歌声是枝头的星；好歌是人心天良，共同谱写的绿魂。

17. 秋的智慧

每只鸟，自由自在；每朵浪，我行我素。
小鸟喜欢画，感情的天空，翱翔盘旋，挥洒自如。
大浪喜欢诗，智慧的大海，波澜壮阔，激情奔放。
仰望血色的月亮，期盼绿色的黎明，朝霞抹红的山岗，活力四射的大地；每一天都萌发春的感情，每一天都闪烁秋的智慧。

18. 品味静境寂然的永恒

我旖旎的心，我轻轻的名；纯洁的思绪，仰望月色的眼神，崇高的自然界舒放光彩。
燃烧的夜晚，迷人的学问，多彩的艺术；感受生的甜蜜，感受活的幸福，感受思的自由，感受智的洒脱，沉浸时空美好的梦境。
一只蜻蜓，一片枫叶；绿色的浓荫，黄色的果实，悠长的蝉鸣，动人的鸟语，芬芳的星空；互相衔接，互相衬托，品味静境寂然的永恒。

19. 大自然胸襟博大

秒针在大地疾走，劲风在天空飞奔；蚂蚁为今天忙碌，蜜蜂为明天经营。
太阳沐浴生灵，月光照亮黑夜，春风吹遍大地，细雨滑过嫩枝，百花结出果实，绿草奉献生命，地球创造万物，大自然胸怀博爱，大自然胸襟博大。

艺术神圣的舞台，歌手在高唱理想，舞者在表现希望，古筝在呼唤诗人，二胡在召唤哲人，琵琶在追忆英雄；把人类的未来描绘，把人类的历史更新。

20. 自然是我们的良师与益友

高山指引我艰难到达极地，小路指引我奋力跃过深渊，海浪教我雷霆万钧破坚冰，雄鹰教我搏击长空竞自由，松柏教我冰天雪地展风骨，我们与自然同生死共荣辱。

溪流深情向往每一泓湖泊，微风轻柔吹拂每一棵庄稼，细雨辛勤浇灌每一片土地，飞鸟眷恋故乡每一根枝头；百花日日散发每一缕芳香，小草天天贡献每一份绿色，大树年年赠送每一丝阴凉；云彩创造天地每一个梦想，黑夜精心呵护每一颗灵魂，星星袒露人民每一份自信，月亮展示大地每一处丰饶，太阳蕴藏人类每一个意志，自然是我们的良师与益友。

21. 大自然朴素的理性

赞美的终归要还原，耀眼的终归要黯淡，喧嚣的终归要沉寂，肤浅的终归要消失。

人生的荣耀，人生的功业，人生的富贵；波澜起伏，花开花落，随着时间的脚步。

记取的，只有艰辛与磨难；沉淀的，只有奉献与价值；这是历史真实的规律，这是自然朴素的理性。

22. 人类神圣的朋友

我轻视横眉的狂风，我蔑视怒目的暴雨；我小觑凶恶的豺狼，我讨厌狡猾的狐狸。

它们只会恃强凌弱，它们只会巧取豪夺，它们是不和谐的音符，它们是贪赃枉法的野兽；正义的世界它们迟早消亡，公正的社会它们总要灭迹。

我喜欢不会褪色的太阳，我喜欢不会衰老的月亮，我喜欢不会绝望的小草，我喜欢不会倒下的胡杨，我喜欢不会哭诉的果树。

它们给天空带来光明，它们给大地带来生机；它们是永不气馁的心，它们是博爱怜悯的情；它们是人类尊敬的恩人，它们是人类神圣的朋友。

23. 碧绿的宝石

智慧的书页，滋润月亮的天心；现实的身体，袒露自然的真理。

碧绿的玉石，不露高贵的身价；威严的峰峦，收养带刺的黄蜂；寒春的融雪，冻成脆弱的冰柱。

一旦降生大地，生活是甜是苦，世界是美是丑；不管乐意不乐意，不管喜欢不喜欢，不论希望有多高，不论理想有多大，你都要老老实实接受，你只能竭尽全力超越。

翻越险峻的高山，渡过汹涌的大海，踏过秋月的影子；迎着玫瑰色黎明，咀嚼冬天的冰雪，品尝人生的辛劳；与自然融为一体，与现实打成一片，与自我和睦相处，这是人生幸福的底色。

24. 与你的至美合一

我的心，在劳碌的世界跳动；我的理智，在荒漠的大地奔走；我的灵感，在寒冷的雨天闪烁；我的眼睛，在迷惘的雾天搜寻；我的感情，在呼啸的风中彷徨。

今夜，美丽的月亮；我要独自守候，期待你的恩赐，含情脉脉的柔情，洁白纯正的光辉，安慰一颗离群索居的心，充盈一颗廓然独居的魂。

让我平凡的诗歌，与你的光明合一，与你的至美合一，心灵在夜空享受自由。

25. 大自然崇高

野鸭在休息，水鸟在觅食，天鹅在飞翔；小船在湖面飘行，荷花在水流飘香，芦苇在风雨摇曳，一切都是静悄悄的；上游和下游的瀑布，回响着天籁的声音。

月亮美丽，月光纯洁；空气新鲜，江河温柔；高山雄伟，大海威严；太阳神圣，大自然崇高；我的理想翱翔星光之上，我的心灵怀抱大千世界，我的人生不是一场梦幻！

26. 走进自然就要爱自然

当春天唤醒江河，大地身披婚礼服，大自然展示和谐，福泽妩媚的图景。

甜蜜深邃想象，带来无穷滋味，交融广袤自然，想象力扩充宇宙，回归人类的自我。

当我们漫步海滩，观赏落日余晖时，不能这样要求天空：右边添一点橘黄色，左边少一块紫红色；喜欢日落就要爱日落，走进自然就要爱自然。

27. 听大自然演讲真理吧

当我们漫步田野，树林草原和丘陵，被壮丽山河消融，被崇高日月吸引，流连忘返大自然。

因私小带来痛苦，因欲望带来焦虑，因爱情带来忧郁，因失落带来彷徨，因竞争带来伤害，因死亡带来虚无。

春天百花争艳，秋天草木萎蔫，万物兴衰枯荣；丰富智慧，振奋精神；清静心灵，开拓胸襟；品味诗境，领悟禅机；听大自然演讲真理吧！

28. 人类创新自然

地球繁衍人类，大地养活动物；星月照亮夜空，太阳温暖世界。

高山平川，分居各色人种；江河湖海，孕育花草树木，飞禽走兽。

清晨中午黄昏夜晚，春天夏天秋天冬天，东西南北热风冷雨，阴阳八卦井然有序。

一颗星，闪烁你的夜空；一只蜜蜂，停在你的花蕊；一个音符，闯进你的梦魂；一只小鸟，飞在你的心灵；一条小溪，淌进你的心田；一片枫林，熏染你的爱情。

自然创造人类，人类创新自然；伟人规划生活，诗人歌唱生活，科学家改变生活，艺术家丰富生活，哲学家升华生活；亿万颗心灵思考生活，亿万双手完善生活。

29. 我为大自然喝彩

夏天的沙漠，秋天的森林；大地的山峦，大海的岛屿；是你圆圆的乳房，是你丰饶的母体。

黑的眼睛，白的牙齿，黄的皮肤，红的心灵，绿的衣裙，蓝的皮帽，紫的鞋子，橙的腰带，五彩缤纷的首饰；世界的光影，聚焦在自然的美。

拥抱你，亲吻你，品尝天下的美味，阅尽大地的美色；为你滋润的肉体，为你芬芳的灵魂，我为大自然喝彩！

30. 万物至美至善

土地给人衣食，花草给人感情，松柏给人人格，石头给人意志，高山给人尊严，大海给人胸怀，星星给人理性，日月给人道德，自然给人秩序，宇宙给人哲理，万物至美至善。

31. 意义创造历史

白与黑，是与非；善与恶，贵与贱；公与私，生与死。

为什么春花飘香？为什么冬叶枯黄？为什么人新生？为什么人死亡？自然追求淘汰式平等。

活着，生命是一股激流；死去，生命是一种意义；沙滩的脚印，高山的碑文；天上的太阳，心灵的信仰；文化创造符号，意义创造历史。

32. 我是黎明

我是小花，是你最甜蜜的恋人；我是小草，是你最亲近的朋友；我是小溪，是你最贴心的知交。

我是燧石，经受打击激发热情；我是瀑布，神采奕奕走出深渊；我是火山，燃烧自己证实活力。

我是水珠，到达彼岸成为哲人；我是泥沙，登上顶峰成为英雄；我是春风，沐浴万物成为诗人；我是黎明，打破黑暗成为太阳！

33. 月亮的美与媚

月亮，纯洁的目光，注视每一个人的幸福！

善良的月亮，把热忱献给路人；宽怀的月亮，把真诚赋予沧海；从容的月亮，把襟怀献给天空；博爱的月亮，把清辉温润心灵。

月光，沐浴每个人，沉浸幸福的蓝色气氛，预示女性的柔美；春天的爱恋之心，夏天的爱情之手，轻轻抚摸阿佛洛狄忒（希腊女神）身体，美与媚魅力无穷。

34. 一颗星

一颗星，颠沛流离，从深远的银河，对我闪烁；夜行大道，它跟我移动，瞧着我，亲切而温存。

这是美与善的目光，这是和宇宙沟通，同宇宙交谈，同宇宙拥抱；人的精神，人的感情，人的哲学，来自对星空的遥望。

35. 夜空

夜啊，像一位哲人，天然贤人，找到自己，完成自己。

夜啊，幼芽在开放！白杨树、香樟树，互相遥望；桃李红绿，用气息呼吸，散发自己的香味。

夜啊，永恒与流逝的刹那，生命如此优美、精致、高超；默默过去，天空光明一现，什么都没有……怎样的早晨啊！太阳真心微笑，金色的欢乐！

我在夜空，仰望星光、月光、生命之光；远大的宇宙启示：大地上，只要心怀抱负，心灵崇高，灵魂高贵，没有低贱、卑微、无足轻重的人！

36. 起风了　人应当飞起来

迷人的酥胸，热血的芳唇；明眸眼波一闪，时光殿堂一叹，琼楼玉宇寂寞。

美丽真实的天地，鸽群往返，大海循环；庄严无极，生命无边；万物焚毁、新生、兴旺。

夏天的水流圣洁，冬天的太阳珍贵；温暖走了，寒冷走了；抛洒热血锲而不舍追求，不朽之名，永恒之美。

起风了，人应当飞起来！

37. 生命的自由和美丽

早晨阳光明媚，浮萍的水泽边，雄鹰凌空翱翔，丹顶鹤金鸡独立；喜鹊在荆条颤悠，蜜蜂在花丛追逐，蝴蝶在田野翩飞；幸福的时光女神，美丽的欢乐仙子，携来五月的季候。

三色堇、紫罗兰；清香的荷花，纯白的石竹，浓妆的蔷薇，淡抹的水仙，浅黄的茉莉花，银灰的素馨花，舞起一只只百灵；三春的花朵缤纷，六月的绿叶温馨，如柔爽摩挲纤手。

每一只活泼的动物，每一枝独特的花朵，向世界郑重地宣告：生命的个性和价值，生命的尊严和自爱，生命的坚韧和力量，生命的自由和美丽！

38. 我要回真理的家

星星，只有你，看见我，行走夜路，左右彷徨，为我的处境担忧。
月亮，只有你，发现我，荒山野岭流浪，七上八下，为我的际遇悲伤。
朝霞，睁开眼睛，不远万里，黎明前的黑暗，向我投来一线希望之光。
太阳，挣脱枷锁，拨开云雾，打开光明之门，为我指引一条向天之路。
我要回真理的家，日月星辰的仙境，劳动人民的田园，先哲诗人的故乡。

39. 求知立德的生活

正直的原野，暖风自由流畅，泉水清爽甘美，百合洁白温馨，玫瑰艳丽飘香，这是心驰神往的大地。

远离都市喧嚣，浮名如风飘逝，浮财如烟消失；树荫下养性修身，心绪平静，谦卑恭敬，笑颜常开，胸怀宽广，生活快乐自由和单纯。

站在高高的山顶，手捧天上的月亮，细数落地的皇冠，指点闪耀的群星，结交历史的朋友，清理心灵的财富，求知立德的生活，使人生丹心壮美。

40. 人的精神构成宇宙美

道家清静无为，儒家仁义道德，墨家兼爱平等，法家严刑峻法，理家天道在心，佛家四大皆空，基督怜悯博爱。

道家如月亮，儒家如太阳，墨家如星星，法家如雷电，理家如山海，佛家如云彩，基督如空气；人的精神构成宇宙美。

41. 欣赏夏日美的英姿

整个美好夏季，朝霞漫游大地；金光挂满麦穗，风飘雏菊芳香，湖泊镶嵌柳丝，槐树装饰彩虹，合欢全身金黄，花仙穿件新衣，美人蕉戴着穗头，玫瑰花翩翩起舞。

蝴蝶来自美丽花朵，蜜蜂散发田野气息；麻雀讲述美好梦想，蜘蛛希望结交明星，农人渴望泥土成金。

我这颗激情的心灵，一颗蕴藏活力的钻石，虽然被冬季的手紧攥，能感受夏天爱的热情，能欣赏夏日美的英姿。

42. 庄严等待夜幕的开启

树，遭雷击，如秋天，显隐晦；它要凋零、枯萎、新生。

山，遇风暴，如春天，露峥嵘，登峰造极，逐鹿天地的自由，沉醉江海的欢乐。

人，碰厄运，相信生命，陷入黑暗，必有一线光明；站在人类舞台中心，甘美的心情享受孤独，庄严等待夜幕的开启。

43. 晨曦唤醒生命

寂寞的冬夜，落日跌跌撞撞，月亮踽踽独行，星星失去视觉，浮云失去触觉，寒风失去听觉；守着漆黑的夜，流下几点忧伤的泪，发出几声无奈的笑。

等待春天，相信未来，相信自己！一张麋鹿的脸，长出新的鹿茸；乐观的微笑，花一样出世。

天上的光明，心中的信仰；晨曦唤醒生命，枯萎的思想发芽，冻僵的手脚运动；秋夜的月亮楚楚动人，黎明的太阳朝气蓬勃！

44. 放松一下自己的身心

天上不自由，人间不自在；爱实在劳累，恨实在沉重；时间并不宽裕的生命，我哪有工夫愤世嫉俗，我哪有时光借酒浇愁。

我只想豪饮雨露，我只想陶醉山水，我只想沐浴阳光，我只想遥望繁星；大自然温暖的怀抱，仰面朝天撒开双手，无拘无束睡个好觉，放松一下自己的身心。

45. 摄取大自然的佳趣

蜜蜂劳动，蟋蟀歌唱，熊猫享乐，蜗牛闭目养神。

蟒蛇盘曲，狮子吃肉，黄牛啃草，长颈鹿喝水；大象走向故乡，猴子抱着儿子，巨大的河马昂天长啸；天鹅欣赏自己的倒影，小鸟飞向沉重的天空，老虎徜徉绵羊的身边。

动物涌进我的心，人类走进我的魂；眼睛啊！尽情摄取大自然的佳趣！

46. 生得顶天立地

黑暗中，你找不到自己的影子；阳光下，你甩不掉自己的阴影。

落叶枯黄，潇潇洒洒踏上归途；溪流弱小，划出一条洁白的曲线；巉岩憔悴，四季抬起绿色的峰峦。

诚实的人，走的路磕磕碰碰，睡的觉踏踏实实；做天上的梦，走人间的道；做今天的事，创未来的诗，与时间齐名；生得顶天立地，死得威风凛凛！

47. 永恒的星是未来的希冀

不是天堂，不是梦境，所以有善有恶，所以有冰有雪；风吹雨打的大地，一条小路蜿蜒绕进群山。

潮汐中，迎着青春，穿越中年，渡过老年；逆流而上，船尾的浪花，眼前出现闪烁的航灯，宛若一枚金质的贝壳，永恒的星是未来的希冀！

48. 自然怀抱享受生活

雨，游走小路，舔着花草；蚂蚁不停搬家，蜘蛛忙碌织网，松鼠上下觅食，自然怀抱享受生活。

风，送来春天，美丽的蝴蝶起舞，欢乐的喜鹊歌唱；青蛙回到恬静的湖边，医治湖岸受伤的杨柳，抚慰湖畔烦恼的爱情。

49. 每一个生命都渴望真善美

生活，奏出人间的谐音；星光，闪烁天上的光明；诗歌，道出人类的心声！

春姑娘，只爱恋，风和日丽的早晨，青春活泼的黎明；只喜欢，清风拂来的温暖，花朵送来的芬芳；只欣赏，江河湖泊的轻柔，蓝天大海的清澈。

一颗星，为她指点迷津：世界上的万物，每一个生命都渴望幸福，每一个生命都渴望真善美！

50. 流逝岁月的歌韵

秋月银光轻柔，一颗西天的星，可爱像玫瑰，甜蜜像葡萄，蹑手蹑脚蹒跚，自由自在旋转，数着月亮的晕圈，满怀金色的果实。

流逝岁月的歌韵，掀起无形的浪花；这是蝴蝶的美姿，翩飞春天的大地；这是音乐的天籁，飘舞优雅的心灵；这是诗文的华彩，萦绕人类的脑海。

51. 艺术之珠长明

我爱自然，我爱艺术；为了永葆纯朴，为了永葆青春。

自然朴素真实，艺术崇高壮美；自然生生不息，艺术欣欣向荣；自然之水长流，艺术之珠长明。

阳光在心灵闪烁，彩虹在梦想飘舞，蜜蜂在花丛忙碌，鸟儿在枝头歌唱；怀着春天的希望，拥有冬天的坚韧，憧憬美好的未来，理想甜蜜的明天。

52. 海的深处有你的魂

露珠可爱，鲜花可亲，爱情甜美；微笑的面庞，荡漾春的梦想。

不会酿蜜，不去飞翔，不想觅食；悠闲自在，及时行乐，生活就是警告。

河岸，有开放不完的花，花朵有希望的色彩；悬崖，有流淌不尽的水，水流有生命的活力。

生命之水，竭尽甘苦，川流不息，绝处逢生奔向理想；山的高处有你的血，海的深处有你的魂。

53. 苦难之水泡大的海啊

大浪潮，被礁石粉身碎骨；大事件，被历史收入囊中；大人物，被时间褪去光环；一代人消亡，任人评说，褒贬抑扬；一代人兴起，豪气冲天，治国为家。

小人物，悬崖的瀑布，被命运之手，瞬间举到山顶，即刻摔向深渊，顺着沟沟坎坎，沿着山峦坡地，夹着污泥沙石，默默无闻流向天涯。

星虽小，光无边；人虽微，志无量；不论是福还是祸，不抗争，不抱怨，习惯地耐心等待；当万难转化智慧，当懦弱转化力量，当绝望转化希望；堆积信心的大海，涌起激情的浪花，形成功业的狂飙。

我把王道的艺术，霸道的秘密；人生的箴言，心灵的禅机；自然的规律，人类的真理；放在风暴中心编撰；不靠幸运，自造英名！苦难之水泡大的海啊！

54. 真正的强者

真正的光明，不是没有黑暗，而是不被黑暗淹没。
真正的大海，不是没有平静，而是不被平静蒙蔽。
真正的高山，不是没有风雪，而是不被风雪吓倒。
真正的强者，不是没有懦弱，而是不被懦弱征服。

55. 人间永恒曙光

黑夜没有人性，荒野没有人道；洞穴没有人才，沙漠没有朋友。
星星就是知己，太阳就是知音，月亮就是知心，人间永恒曙光。

56. 永无止境的时间搏击

阳光沐浴翅膀，清泉洗亮眼睛，火山燃烧意志，天空拓展胸襟，宇宙提供自由。

夏日的暴雨煮沸岩石，泰山的碑文诏告天下：不要低估燕雀的力量，不要误解灌木的坚韧，不要怀疑沙砾的生命；疾风吹不倒大地的小草，野火烧不尽天下的大树。

英雄辈出的伟大年代，只要不怕习俗的桎梏，只要不怕恶行的肆虐；把希望的羽毛放飞星空，在永无止境的时间搏击。

57. 领悟自然的智慧

云自由，风气壮，浪狂放；星星纯洁，月亮温暖，太阳光明。

花朵红，树叶绿，松柏青；小鸟是欢乐的精灵，熊猫是和平的使者，雄鹰是威严的象征。

我是大自然的统帅，用思想万能的力量；我要安静让心灵忙碌，用智慧领悟自然的智慧。

58. 最美的花朵开在篱笆

最美的花朵开在篱笆，最甜的葡萄吊在枝梢，最强的小草长在深山，最高的大树活在原野。

最美的人奔走在疆场，最善的人浪迹在底层，最强的人穿梭在沙漠，最高的人进出在茅舍。

59. 天不会让人贫富守恒

美好生活的边缘，欺骗没有幸福的味道；荣誉背后的故事，诽谤没有欢乐的感觉；财富炫目的金光，灾祸没有时间的笑容。

风不会让树长年不倒，雨不会让花四季开放；雷电不会让人日夜宁静，天公不会让人贫富守恒，因为自然与社会永不停步。

60. 只有宇宙悠闲

登上泰山，雾气缭绕，敞开胸怀，俯仰天地，青松耸立，溪水潺潺，云朵飘动，野花鲜艳，碑石如林。

风吹世态炎凉，雨打金钱财富，日晒穷困潦倒，雷击功名利禄，四季悲欢离合，转眼生老病死，地球沧海桑田，时间评说历史，只有天空虚岁，只有宇宙悠闲。

61. 星期天的阳光灿烂

星期天的阳光灿烂，行走在湿润的草坪；妩媚女性芳香四溢，英俊少年神采奕奕；白色的丁香轻言细语，红色的玫瑰眉飞色舞，清澈的喷泉热情奔放，轻松的游船悠闲自在，幸福的松鼠欢天喜地，爱情的小鸟放声歌唱，远山的秋色淡雅天然，大地的宫殿富丽堂皇；天下的美景收藏眼帘，天上的风云装载胸襟。

62. 神往的喜悦

走不完的小径，踏不尽的崎岖，摸不到的阳春，满天是幻景迷彩。

我心中渴求，隐约的希望，甘苦的欢乐；淡泊的云天，黎明的良辰，一袭时间的襟袍，一顿精神的早餐。

我灵魂需求，一道溪泉，一束月光，划破林子的闪电，吹散云翳的轻风；神清气爽的蓝天，振奋人心的日出。

寂静的山水，聆听小鸟歌唱，品尝草尖露珠，遥望自由的云朵，感应沉默的星月，遐想天堂的生活，奏出心中神往的喜悦！

63. 仰天大笑走天下

春天，纤细的手，温柔的手，抚摸我的记忆，安慰我的思想，赐给我一缕暖风。

凉风冷雨中，我拣起灵魂，湿漉漉的生命；秋天的月，闪烁的星，赐给我一线光明。

太阳告诉我：要活得精神，要胸怀乐观，带着骄傲的神情，洋溢甜美的感觉，仰天大笑走天下。

64. 天上的星星晶莹

蝈蝈的家园，屋前开满杏花，屋后涌动春潮；桥下流水自如，桥上纸鹞逍遥；抬头行云流水，低首行人匆匆；黄昏看自己身影，半夜听别人梦语；庭院的月亮正圆。

天上的星星晶莹，天下的夜色朦胧；灯红酒绿的都市，追名逐利的江湖；有谁比星星纯洁，有谁比星星透明。

65. 珍惜生命的时间

太阳高挂天上，月亮照耀大地，葡萄穿起紫衣，小草披上绿袍。

阳光下提炼黄金，月色中提炼白银，葡萄里酿出美酒，草叶里挤出牛奶。

珍惜生命的时间，品尝生活的甘苦，它教你迎风而立，它教你曲折行走。

66. 自然怀抱成长

绿洲向着远方，是骆驼一步一步地独语；理想向着未来，是人类追寻物质的乐园；诗国向着梦想，是人类创造精神的天堂。

高山之巅，大海之滨；登山情满于山，观海意足于海；高山砥砺人的意志，大海开拓人的胸怀。

任山风吹乱发丝，任海风扯破衣襟，仰视傲然奋飞的雄姿，俯拾大海撒下的贝壳，我们在自然怀抱成长。

67. 萌芽未曾被残雪征服

萌芽未曾被残雪征服，小舟未曾被浊浪吞噬，星星未曾被黑暗埋没。

山顶有蹁跹的白鹤，绝壁有圣洁的太行花；荒野有柔美的绿茵，海底有奇崛的珊瑚。

道路沟沟坎坎，险峰盘旋曲折；竭尽全力攀登，是对磅礴日出的向往，是对瑰丽异境的陶醉，是对不朽春天的神往，是对人生理想的执着。

68. 欣赏最灿烂的风景

心萌发绿叶，魂长出翅膀，兜满自然的向往，春暖花开的季节。

风在怒号，云在奔腾；自然优胜劣汰，人类争名夺利，世界战火纷飞；平静地坐在窗口，欣赏最灿烂的风景。

雨从天上飘来，风从八方吹来；大海潮起潮落，人生跌宕起伏；拥有淡泊心情，穿越时间逆行，保持一颗天真的童心。

69. 与时间携手走向未来

我爱自然的山水，天不值得争，地不值得斗；与穷山为朋，与瘦水为友；执手相握，促膝相谈；我读懂它们的尊严。

山不肯低头，水不肯屈膝；风生得自由，雨活得潇洒；上天和入地，奔走平川和大海；任野兽辱骂暴打，任泥石左阻右挡。

人与自然生命合一，肉体能承受贫富贵贱，灵魂能超度功名利禄，顺着柳暗花明的曲线，与时间携手走向未来。

70. 悄悄展示独特的魅力

思想自由自在，眼睛左顾右盼，见到太阳升沉，领悟微笑含义，懂得世故言谈，体验现实冷暖，笑看功名富贵，冷对生老病死，感悟人生真谛，彻悟生命终极，张开智慧行囊，珍藏生活瑰宝。

最虔诚的感情，最执着的意志，敢于希求天性，勇于追求志向，奋飞抱负天地，不怕落进猎人的陷阱，不怕迷途高手的八卦。

学习时间的耐心，学习大地的忍辱，学习春天的活力，学习秋天的成熟，噘起小鸟的嘴唇，悄悄展示独特的魅力。

71. 当我弹起诗琴

风在吹拂，星在闪烁，云雀在歌唱；红莲怡然吐蕊，甘霖大方飘洒，太阳映红地球的心。

快乐的小孩手舞足蹈，幸福的青年谈情说爱，安详的老人咧嘴大笑；生活多么甜蜜又美好。

当我弹起诗琴，赞美生活和爱情，赞美健康和智慧；颂扬理性和希望，颂扬名誉和品德；人生和自然多么和谐。

72. 小鸟都有一片欢乐的天空

虽然生活非常艰辛，虽然人生相当复杂；爱情的花草不再歌舞，正直的道路任人歪曲，春天依旧孕育生命的新绿。

虽然命运极其诡谲，虽然世界变幻莫测；正义的闪电，射出红色光亮；痛击黑暗，驱散阴霾，神情自若大步走向明天。

不为升迁荣辱左右，不为悲欢离合动摇，贮藏未来甜蜜的信念；蜜蜂都有一颗充实的心灵，小鸟都有一片欢乐的天空。

73. 江月照人

你的权威丧失，你的财富流失，你的声名狼藉；你的生命，不是春天的雪，就是雨天的虹。

江月照人，江水滔滔；只有我活着，天地间仰卧，头颅的智慧，满天的星光，满天的诗意；爱情、绿色、空气……

74. 我拥有大自然

不要说我不幸，不要说我无知，不要说我软弱，不要说我卑微，不要说我贫穷，不要说我远离生活；因为在我出生以前，社会已经决定我的命运。

幸运女神眷顾，我拥有大自然，纯洁的清泉，轻柔的雨丝；胸襟开阔的云霞，自由自在的清风，心旷神怡的空气，悲天悯人的阳光，群芳竞艳的花草，遮风挡雨的绿树；天地智慧的哲学，天人合一的诗歌。

75. 向春光求爱吧

年轻的朋友，你的手有否触摸纯净的玫瑰，你的脚有否走过洁白的雪地，你的嘴有否品尝甜美的蜂蜜，你的身有否穿戴海狸的皮毛，你的床有否铺盖天鹅的绒被，春姑娘千娇百媚的季节。

向最美艳的春光求爱吧！太阳携着月亮向你走来，自然展示绿黛红颜杰作；她拥有瑰丽碧翠的今天，她拥有灿然一新的未来，她拥有温暖芬芳的乐园；黎明曙光献给勤劳的蚂蚁，青春财宝献给歌唱的小鸟。

76. 秋天的黄昏

她是那么蓬勃，那么美；不知有多少痛苦和惆怅，不知有多少创伤和忧患，催她萎缩和凋谢，香消玉殒；欢乐的青春仍在激荡和低语。

秋天的黄昏，另有一种明媚；景色神秘，美妙动人，阳光把树叶染成金色，风儿把果实串成珍珠，紫色的树木带着慈祥的笑容。

谷穗落了！休憩的大地；天空透明，高旷无垠；神闲气定，明丽坦荡；一片温暖而纯洁的蔚蓝；你是否感到秋天的优雅，你是否感到女性的成熟。

77. 跨越冬的门槛

只有今天的欢乐退席，才有明天幸福的大门；只有把前浪推进港湾，才有后浪美丽的曲线。

每一朵绽放的鲜花，都为果实自动凋谢；每一枚果实的坠落，总会迎来新的季节；每一个春天的到来，总要跨越冬的门槛。

朋友，年青的朋友！不要为眼前不幸忧伤；相信明天，相信自己，总有实现理想的一天。

78. 我把生命从尘埃拾起

我的生命，多么刚强，多么脆弱；轻轻抖动手指，烟灰踪影全无。

我的生命，不在花丛，不在凤巢，不在金殿，我从尘埃拾起；光明时高举，黑暗时收藏，放进精神的宝盒。

我的生命，春天与小草一起成长，与小溪一起流淌；星空上找到位置，大海中到达彼岸。

79. 醉入童话的夜景

自由的灵魂，热血的头颅，负荷伟大的思想。

经络的江河，骨骼的山峦，岩缝中的灵芝，一首千古诗歌。

风吹过，碧海苍天；雨飘过，日月星球；蟋蟀歌唱的黄昏，醉入童话的夜景。

要珍惜坎坷，要珍惜苦难；把生命的泪水，酝酿成蜜和酒；生活初恋般美妙，人生海鲜般美味。

80. 同生活共兴旺

一个山丘，一块石头，一粒沙子，一汪泉水，一棵树，一朵鲜花；溪壑和翠谷，飞鸟和野兽，海洋和江河，云彩和风雨，空气和星星，月亮和太阳；它们是人类，精神的寄托，生命的摇篮。

自然界的生物，宇宙间的万物；女人一样柔美，孩子一样可爱，朋友一样亲切；荣誉一样珍贵，金钱一样万能，黄金一样真实；人类不朽之年，同生活共兴旺。

81. 热爱自然就是幸福

我不怕山风吹拂，有坚挺的松柏支撑，走过曲折的路，登上险峻的峰；穿越森林沙漠大海，我生来是自然之子。

自然美丽的生命大厦，每座山谷都是家园，每块石头都是粮食，每颗露珠都是琼浆，每滴泉水都是玉液。

与豺狼为伴，交虎豹为友；与狮子同眠，请狐狸看戏；与猿猴玩耍，陪大象旅游；与猫狗赛跑，同雄鹰飞翔；与熊猫吃喝，邀鲸鱼歌唱。

热爱大地就是欢乐，热爱自然就是幸福。

82. 自然与都市神交

不论我迷惘，还是我清醒；望着远近高低，瞧着东南西北；生气勃勃的大道上，亿万车辆辚辚驶过；人类屁股冒着白烟，比过去跑得更快，一转眼不见踪影。

眼睛清点自然，百花盛开的风光，百鸟争鸣的歌声——花萼，果实，泉流，青草；太阳，月亮，美丽的星座，蔚蓝色的大海，青绿色的高山，一览无遗的天空。

我逝去的年华微笑着，阅览宁静的时光；不爱虚荣的灵魂，不慕功利的诗歌，企盼自然与都市神交。

83. 支撑一生的信念

一堆篝火，一抹朝霞，一朵野花，一群鸽子，一只飞燕，激发生命的活力。

云一样的高瞻，海一样的胸怀，山一样的坚定，星一样的心灵；月一样的恬静，风一样的自由，太阳一样的抱负，支撑一生的信念。

84. 剪开云层的凤凰

昼夜中验证黑暗和光明，峡谷中认识肤浅和深邃，山峦中分辨曲折和正直，风雪中体会冷酷和激情，生活是两枚黑白的棋子。

蓝天比雄鹰的志向更高远，珠峰比丘陵更巍峨，大海比商船的航线更壮阔，草原比骏马的疆场更辽阔，人生是剪开云层的凤凰。

85. 曲院风荷览胜景

千朵万朵的奇花异卉，多姿多彩的人间百态；最是滋润风雨的昨天，最是乍泄春光的夜晚，最是黄绿青蓝的今朝；最是草木岁岁枯荣，最是人生年年春秋，最是悲欢离合的四季。

不要喜晴天都是香花，不要愁雨天尽是落叶；谁都有含苞绽放的春天，谁都有枯萎凋谢的冬季；观风光的旅人络绎不绝，只要人心不凋生机常存，只要群英荟萃风流无限。

山常青，水长流；花常红，草常绿；人间自然春色满天下！

86. 我属于天空

寂寞的夜晚，我遥望天空，我猜想天空，我思考天空，我拥抱天空。

我属于天空，带着它的温暖，带着它的光明，带着它的希望，我要飞得更高。

学习天空的沉默，学习天空的博爱，学习天空的包容；采集天空的智慧，吸取天空的无私，收藏天空的感情。

在宇宙辽阔的思想旅行，在恒星鲜活的语境摸索；在文明自由的理想国定居，在高山大海的怀抱里生活；我是自然的生命，我是天空的灵魂。

87. 保持矫健游龙的形象

逆风的阻力，鸟的翅膀更硬朗；雷暴的击打，山的峰峦更巍峨；断路裂罅，甘泉更清冽甜美；秋菊冬梅，浓香更沁人肺腑；修枝剪茎，果实更爽口怡人。

自然与人生之美，彰显风雨坎坷之后，保持平衡和谐的意境，保持矫健游龙的形象。

88. 我来到森林

我来到森林，草木繁荣；尽情摘吧！鲜花和果实，大自然馈赠的礼物。

我来到森林，微风步态婷婷，百鸟声态各异，青枝绿叶的美姿，星星月亮的碎影，黑夜无法将它扼杀。

我来到森林，绿荫下小憩，晓岚里沉默；咀嚼人生光阴，咀嚼内心思绪；感受森林的淘气，感悟孤独的力量，享受自由的幸福；相信自我的尊贵，宛若一位森林王子。

89. 兼容天下的善与恶

朋友，笑吧！不顺心的时刻，千万不要生气；让希望萦绕心头，让乐观放出光芒。

经受白天的煎熬，才能理解星光的璀璨；站在心灵的窗口，才能眺望宇宙的浩瀚。

我们都是自然之子，挥洒巨大如椽之笔，描绘花草树木的真，抒发山山水水的情，兼容天下的善与恶。

90. 一生平安自由潇洒

花红只有一时，富贵只有一朝；坏人熬不过一夜，恶人走不出明天。

当你潦倒人间，遭人鞭挞和嘲弄，受人践踏和冷眼；不要埋怨社会不公，不要叹息世风日下；要忍气吞声保护自己，要跌倒爬起挺直腰杆。

饱览自然优美风景，荆棘的路通向坦途，黑暗的路通向黎明；善人的路鸟语花香，诗人的路红灯高挂，两袖清风飘飘欲仙，一生平安自由潇洒。

91. 纯朴的幸福熠熠生辉

冬天云集，寒冷的霜雪；秋天云集，成熟的果实；夏天云集，无情的风暴；春天云集，美丽的鲜花。

不管天色是好是坏，不管道路是直是曲；登上山巅俯瞰大地，襟怀开阔，心灵和谐；宛如金色黎明的晨曦，纯朴的幸福熠熠生辉。

92. 它们都是朋友

大自然的怀抱，天鹅张开翅膀，雄鹰盘旋天空，云雀自由飞翔，青蛙呱呱唤春，野狗大步奔跑，蜗牛蹒跚而行，小草睁开眼睛，瓜果哈哈大笑。

我的心快活吧！顺着碧波流去，青山绿水景致；孔雀披着霞光，松柏迎接黎明；鸳鸯谈情说爱，老虎畅叙友谊，熊猫憨态可笑，鸡鸭活蹦乱跳，青色梅子酸鼻，金色葡萄甜心，黄色枇杷养眼；它们都是朋友，我精神的伴友。

93. 高吟春秋

大海有鱼游弋，天空有鹰翱翔，树枝有鸟栖息，草原有鹿奔跑；山上有花红艳，山下有草碧绿；良辰美景赏心，天地人和兴业。

漫步曲折幽径，穿过寂静山岭；小溪唱起歌曲，春潮演奏音乐；闪电透视夜晚，星星超越黑暗；轻风吹落果实，诗人高吟春秋。

94. 只要思想活着

花，总要凋谢，只要森林繁茂；星，总要睡眠，只要大地清醒。
高楼，总要倒下，只要大山屹立；钱财，总要灰烬，只要金子发光。
帝王，总要驾崩，只要江山日新；肉体，总要死亡，只要思想活着。

95. 适者生存

弱肉强食，物竞天择，适者生存，不适者灭亡。
恐龙强大，灭亡了；帝王强大，灭亡了；老虎强大，濒临灭亡了。
只有绿色的小草，歌唱生活；只有勤劳的蚂蚁，赞美生活；只有创造的蜜蜂，热爱生活。

96. 天道

聚财者富而缺乏，积智者穷而绵延；小我者目光短浅，大我者路正长远；制人者受制物欲，受制者宽舒心灵。

贵人藏匿密室，真人行走天下；帝王代代消亡，百姓朝朝兴旺；人道贫富贵贱，天道日月同辉。

97. 雪花的温馨

有爱的相会，就有怨的别离；有幸福的欢乐，就有伤心的痛苦。

年复一年，夏日紧挨冬季，带着热情与冷漠；春来了，惹一路欢声笑语；秋天走了，带几分装腔作势。

谁不享受，火热的柔情；谁能感觉，雪花的温馨；爱与情，背负着屈辱与神圣；情与爱，延伸着死亡和新生。

第二十九章

超越自我

1. 为中国现代文明

为中国现代文明，追求崇高的精神；顺应世界的潮流，专注文化的精髓，为这番事业尽瘁。

人类精神不朽，业绩功德千古；珍惜宝贵的生命，决不碌碌无为，决不放弃追求，贫寒艰辛或坎坷。

2. 事业

中国理想的事业，光荣具有的荣耀，伟大具有的震撼，崇高具有的向往，功业具有的永恒。

仰望它，如此高远；崇敬它，如此神圣；一旦它，吸引身心；我们会忘我地奋斗，付出时间精力和才华，付出青春鲜血和生命；哪怕倒下，哪怕死亡。

3. 光荣的路

无瑕的名誉，人间的珍宝；失去无上的名誉，人成了镀金的烂铁。

高尚的荣誉，世间的皇冠；失去崇高的荣誉，人成了唾弃的粪土。

光荣的路，高耸的珠峰，属于大志者；只有不畏艰险，只有永不停息，一生攀登的勇士，才能领略世界的风光。

4. 奋斗中流芳百世

一条灰色道路，不会通向天堂；一个苦闷的黄昏，没有幸福的恋人。

身居寒舍梦想琼阁，美丽和丑陋是姐妹；地位卑微满怀自豪，渺小与崇高是兄弟。

我每天在下坠，比地球更重的分量；我每天在上升，比光明更快的速度；我冷静思考，思考时超越虚无！我拼命地奋斗，奋斗中流芳百世！

5. 永生

人生存，善与恶之间，苦与乐之中；必须忘我地工作，必须有效地奉献。

人活在，生与死之间，贫富与贵贱之中；必须认识社会规律，必须领悟真理本质。

永生者，超越常人的智能，自我与人类合一，自我与万物统一，滋生创造世界的力量。

6. 尊严

埃及，金字塔坐落在大漠，它因不畏飞沙走石，穿越时间；以自己的意志，昂扬自尊的形象，赢得尊严！

中国，万里长城飞翔在山峦，它因超越曲折坎坷，傲视群雄；以自己的坚毅，龙腾虎跃的形象，赢得尊严！

7. 只要艺术不怀疑我诗歌的高贵

我把自己抛向冰天雪地的荒野，寒冷考验良知，黑暗清醒理智；痛苦磨炼意志，豁达开拓胸襟；寂寞孕育梦想，孤独诞生理想。

离群索居像符咒把我一生笼罩，只有星星为追求光荣穿越黑夜；无论炫耀的家世，显赫的权势，还是天生的美貌，享乐的财富；荣华之路终归扬起悲剧的寒灰，腐败之花终归飘落不朽的大地。

领悟平凡的人生，感觉不凡的生命，我用缪斯之火点燃心灵的金炉，我用自然之手拨响宇宙的琴弦；只要知识不鄙视我人品的庄重，只要文化不轻视我思想的精纯，只要艺术不怀疑我诗歌的高贵。

8. 我是中国的诗人

天地为我而设，我为诗歌而生；不论在我生前，还是在我死后。

我是中华的公民，我始终站在天地的中心，我一生高举生命的火炬，我永远闪耀人性的光辉。

人们从正面看我，我是太阳；人们从反面看我，我是月亮；人们从东面看我，我是大海；人们从西面看我，我是高山；人们从上面看我，我是云彩；人们从下面看我，我是森林。

物竞创新的世界，我是自然的良知，我是人类的良心，我是大唐的后裔，我是中国的诗人。

9. 我是一位小小的诗人

我是一位小小的诗人，我不因人生艰危叹息，我不因肉体死亡绝望，因为我是天上的星星，来到大地为照亮心灵。

我是一位小小的诗人，寻觅一片干燥的沙漠，发现一块灵魂的净土；一生培育心灵的花草，一生收藏真理的瑰宝，一生收集生活的智慧，一生收割人类的思想。

伦理家赞美我，德行净化灵魂；艺术家赞颂我，格调高雅豪放，音韵庄重和谐；政治家赞赏我，为人类，为江山，抹一笔永恒的光彩。

10. 一只抱负的候鸟

一只抱负的候鸟，张开时间的翅膀，飞向理想的远方；随着惊恐艰危之路，高山的风使你失去方向，大海的潮使你生死未卜，空旷的天使你孤独寂寞，遥远的路使你精疲力竭。

飞越死亡的大海，飞越痛苦的大山，飞越精神的大漠，飞越虚无的天空，飞越冷酷的荒原，飞越贫困的废墟，飞越搏杀的战场，飞越天地的崎岖坎坷。

一旦完成伟大的行程，虽然天涯的道没有尽头，虽然死亡的路近在咫尺；你会感觉哭泣多么动人，你会感觉微笑多么神圣，你会感觉生命多么壮美，你会感觉精神多么崇高；你会相信自己存在的意义，你会相信自己存在的价值；你会获得日出般热烈的欢迎，你会获得英雄般衷心的崇敬。

11. 世界属于创造光明的人

不要被幸福迷惑，不要被快乐陶醉；不要被生活压垮，不要被雷电吓倒。

屋檐下的滴水，不要瞻前顾后；思索时学会恬静，行动时学会果断，勇往直前奔向大海。

知识的力量，在于洞达事理；智慧的力量，在于战胜逆境；道德的力量，在于自律欲望；人格的力量，在于顶天立地。

我们有幸来到天堂人间，善恶交叉，美丑纵横；祸福相依，生死相倚；就让我们含着泪微笑，就让我们拼着命奋斗；彼岸属于搏击激浪的人，世界属于创造光明的人。

12. 唱响黎明的雄鸡

我是位凡人，按善恶标准，还算安分守己；按俗人眼光，不够男儿档次。

我没有金银，却胸有点墨；心有灵犀，与天地对话；心有智慧，与艺术家和哲人神交。

我追寻美；凡·高，伦勃朗，画境魂牵梦萦；莫扎特的舒婉，贝多芬的雄健，旋律震撼心灵。

我追思先哲，老子云：无为无不为；孔子云：穷则独善其身；屈原云：吾将上下而求索；李白云：天生我才必有用；孔明云：淡泊明志，宁静致远；苏格拉底说：认识你自己！培根说：知识就是力量！古语说：自助者天助也！一生铭记理会，一世身体力行。

我一生在书海搏击，夙兴夜寐，深渊摸到海参，砂石淘到真金，我会迎风高歌，犹如唱响黎明的雄鸡！

13. 童话属于一生梦想的人

我的眼不高，我的心不大，我的志不狂，我的胸不宽；我非常渺小，一颗遥远的星。

深不可测的渊不探，惊天动地的事不做，富丽堂皇的花不采，黑白不明的人不交，游走人生的阳光道，我没有闪光的鳞片。

受到风雨侵袭，忍受冰针刺扎；遇到豺狼进攻，碰到狐假虎威的恐吓，遭到堂吉诃德的长矛，我就把自己变得卑微，我赶紧保护内心的尊严，使精神不陷入绝望的境地。

裹在风衣中，呼吸自由的空气；当我被厄运的阴霾笼罩，我用内在光明照耀自己；我相信明天会柳暗花明，奇迹属于永不放弃的人，童话属于一生梦想的人。

14. 坚信自己有诗人的灵魂

我孤零零的心，找不到一个人，可以同喜同悲，人满为患的世界。

小鸟啊！别为我担心，自由地飞翔，一旦攀上高枝，千万别嘲笑我的渺小。

风摧残柔弱的草，雨拍打无助的叶；卵石闪着海浪的光亮，贝壳怀揣大海的胸襟。

穷愁落魄的我，举目无依的我，坚信自己有哲人的抱负，坚信自己有诗人的灵魂。

15. 我是自己的主人

无论我怎样叹息，无论我怎样抱怨；蚂蚁永远不会飞，厄运始终不会变。

时刻要提醒自己，只要我跌倒爬起，只要我受伤挺立，狮子就不敢扑向我，猛虎就不会吞噬我。

时刻要相信自己，我的意志和勇气，我的知识和力量，我的理智和感情，我的能力和毅力，我的聪明和智慧。

千万不要忘记啊！我是中华的子孙，我是人类的精华，我是自己的主人。

16. 我有否让虚无给人生画押

生活，有那么多希望；心灵，有那么多憧憬。

美丽的花团锦簇，大地的生命碧绿，希望与光明的枝头；我有否飘拂馥郁的芳香，我有否结出甜美的果实。

一天又一天，一年又一年，光阴漫长而急促；时间的利剑挥去昨天，脚步逼近世界的边缘，双手翻开人生的书页；我有否充实有限的生命，我有否让虚无给人生画押。

17. 我不愧是腾云驾雾的巨龙

我遥望黎明，我走向未来，怀一颗赤子之心；在人生的道路开拓，在精神的征途探索；风吹干泪，风吹裂心，看不见光，尝不到甜，日子像贬官放逐边远，唯有冰柱淌一滴同情泪。

人生艰辛的生活，人生不懈的追求，人生斑斓的心灵，人生丰沛的精神；是我的荷塘月色，是我的初恋微笑，是我撩开情人面纱的心跳，是我打开生活宝库的钥匙，是我建造智慧殿堂的基石，是我登高远眺日出的光明；我自信是高山翱翔的雄鹰，我不愧是腾云驾雾的巨龙。

18. 巨人与侏儒

你是巨人，我是侏儒；就像火与铁，就像光与玻璃；你使我成为火，你使我成为光。

其实，我就是你，你就是我；你在地球，我也在地球；你吸进空气，我也吸进空气。

我们都身强力壮，我们都坚毅勇敢，我们都技艺超群，我们都聪明睿智，我们都雄才大略，我们都精明能干，我们都不知疲倦，我们都经历成败，我们都功勋卓著，我们都高贵伟大；只是幸运女神眷顾你成为巨人，我是站在巨人肩上的一位侏儒。

19. 只想成为理想的自我

历史留下印记，贫富、兴衰、爱恨、尊卑；一条自然又不自然的路。

现实不允许回头，走进曲径和坎坷，遭遇诋毁和冷遇，要用智慧和血性，适应谎言和欺诈，穿越荆棘绕过陷阱。

目睹背叛与不忠，亲历重利与轻理；不要害怕别人的蔑视，不要原谅自己的泪水；我是一粒大海的沙，不想成为众人的焦点；我是一棵高山的草，只想成为理想的自我。

20. 我要创造真实的自我

拣一个晴朗的日子，把自己放飞在阳光，告别漫长而潮湿的雨季，自由自在飞翔在蓝天上。

面对一汪碧水，我不要影子，我不要倒影；即使面对富豪，即使面对王子，不做富贵的影子，不做荣华的倒影。

我不是太阳的影子，我不是月亮的倒影；我是实实在在的人，我要创造真实的自我。

21. 统一永恒的自我

没有美的生命，是没有芳香的花朵；没有爱情的生命，是没有花果的树木；没有感情的生命，是没有春天的季节；没有正义的生命，是没有绿色的沙漠；没有自由的生命，是没有心灵的肉体；没有道德的生命，是没有人性的强盗；没有思想的生命，是没有头脑的走兽。

美、爱情、感情；正义、自由、人性、思想；这燃烧意识的力量，与风暴一起奔腾，与大海一起咆哮，与花朵一起微笑，与溪流一起奏乐，与太阳一起升起，它们统一永恒的自我。

22. 大我

人的一生不是，紧握双拳而来，平摊双手而去。

我们来到这个世界，就要成为一座高山，就要成为一片大海。

积累一颗颗沙，凝聚一滴滴水，竭尽力量和智慧，将潜能发挥到极致；成为一座最高的山，成为一片最深的海，让高山和大海展示大我。

23. 成为自己的导师

比别人强，并不算高明；比自己强，才是真正的人。

教养最终目的，要忠实于自己；只有人道和博爱，只有同情和公正，只有自强和自尊，只有无私和无畏，才是人的感情和意志。

只有敬畏道德，才会理解真理；我要竭尽全力，把心中美好的本质，成熟为目标；唯有自己，才有资格成为自己的导师。

24. 我是希望的灯塔

一天大雨滂沱，一生阴雨绵绵，顺着小路向前，沿着山道向上。

抹去泪痕，挥手告别每天；信鸽飞回家园，躲进小楼书写历史。

难道我生下来，就是为了悲伤，就是为了磨难；我要自由挥洒，我要纵情歌唱；让整个心灵舞蹈，不知什么是寒冬，不知什么是酷夏。

因为我是荒原的燧石，我是大地的火山；我是白天的太阳，我是黑夜的星星，我是希望的灯塔；温暖自己，温暖世界；照亮自己，照亮世界。

25. 你给我清泉

你给我清泉，我酿造醇酒；你给我春风，我长出花草；你给我泥沙，我淘来黄金；你给我天空，我展翅飞翔；你给我大海，我扬帆远航。

你给我双眼，我洞穿古今；你给我双脚，我横跨欧亚；你给我肉体，我雕塑灵魂；你给我博爱，我拥抱人类；你给我生命，我追求永生；你给我诗歌，我歌颂母亲。

26.　超人

超人关心大地，现实的人生；超人尊重自强者，超人敬佩道德者；超人崇尚抗争、战斗和强大；超人坚持超越、创造和征服。

平静的生活不会给人带来幸福，只能使人虚弱颓废畏缩和屈服，超人就要超越惰性安逸和舒服；迎接痛苦生命才能充盈和扩大，挑战残酷人生才有乐趣和欢悦，超人就是屹立巍峨山顶的长城，超人就是挺立大沙漠的金字塔；一片春色可以使千里沃土繁荣，一位英雄可以使千年历史生辉；一滴清泉可以使万顷大海汹涌，一位哲人可以使亿万人民觉醒。

27.　手捧人生之书

手捧人生之书，涉足大千世界，不要焦虑不安，不要畏缩不前，不要分散注意力，不要让无知之鞭，驱使你走向荒原，跨进地狱的大门。

人是命运的主宰，要成为自己的主人，必须自己教育自己，必须自己认识自己，必须自己拯救自己，必须自己解放自己，必须全神贯注现实。

你才能分清，生活的伪币和真币；你才能认识，社会的末流和主流；你才能掌握，人生的艺术和权力；你才能登上，世界和历史的舞台。

28.　最初的抱负

美在苦泪中强笑，善在扭曲中挣扎，真在虚假中计算，估量生命的价值。

火与剑论证勇敢，血与汗浇灌智慧，道与德哺育善心，河与岸同生共死。

不去追寻，必须追寻；不去超越，必须超越；时间检阅青春最初的抱负。

29.　前进与后退

前有高山，后有大海；前进与后退，都需要勇气，都需要智慧。

高山有豺狼，大海有鲨鱼；登高山需要英雄气概，搏大海需要哲人睿智。

登上大山的高峰，风铃会成为洪钟；到达大海的彼岸，侏儒会成为巨人。

30. 明天　我是如此伟大

睁眼，我是如此昏眩；闭眼，我是如此清醒；开口，我是如此卑微；沉默，我是如此崇高；交际，我是如此木讷；孤独我是如此灵动；顺从，我是如此苍白；创作，我是如此激情；今天，我是如此渺小；明天，我是如此伟大。

31. 一条瓜蔓结出的果实

化石没有生活，乌云没有理想，昙花没有未来，黑夜没有黎明，它们主动放弃自我。

小鱼追求自由，小草渴望幸福，小溪不甘落后，小鸟奋力向上，它们竭力证明自我。

太阳不会低头，月亮不会弯腰，高山不会彷徨，大海不会犹豫，它们掌握自己命运。

一条瓜蔓结出的果实，有的味道酸涩，有的味道甜蜜；正如人的生命，有的是便宜的石头，有的是昂贵的金子。

32. 为功成名就者祝贺

不管天上挂什么星，不管天下刮什么风；农田的庄稼要生长，大地的树木要结果，天下的人类要生活。

善良的人，渴望幸福的生活；平常的人，祈求平安的人生；勇敢的人，怀抱英雄的理想；进取的人，胸怀崇高的信念；远见的人，蕴聚伟大的抱负。

阳光最平等，时间最公正；健康的树种，结出最甜的果实；健全的人格，创造最美的功业；让我为德行高尚者祈福，让我为功成名就者祝贺。

33. 火山攀登

海市蜃楼，没有朝霞；羊肠小道，没有光明；三九严寒，没有温暖。
推你的门，敲你的心，寻找朝霞，寻找光明，寻找温暖，生命本源。
火海搏击，火山攀登，才有自我的，朝霞、光明、温暖，释放能量。

34. 登上泰山碑林

芦苇之茎，挂满五彩的星。

秋风起，星发紫，星发黑，星跌落，天上的流星被沙欺。

月亮迷人，月色撩人；我爬上晶体的格子，被死亡染黄的书页。

我未受邀请，独自远走高飞；攀上黄山雾淞，登上泰山碑林；超越感官的光线，属于自己的明天。

35. 头撞苍穹世界会颤抖

我追求自己的星，我追求自己的梦，相信星会发光，相信梦会成真；只要我自己不灰心，只要我自己不倒地，月亮不会睡得不省人事，地球不会喝得酩酊大醉。

行走在时间的走廊里，生活在现实的屋檐下，混浊的眼睛只见鼻梁，明亮的眼神瞻望世纪；软弱的心灵寸步难行，坚强的灵魂张开翅膀，飞向志在千里的蓝天；无畏的人生坚不可摧，头撞苍穹世界会颤抖。

36. 成为你荣耀的战利品

荣誉，嵌在人心；永恒，藏身时间；不朽，植根空间。

要抓住它，要征服它，要拥有它，成为你荣耀的战利品。

你必须具备，天的无私，地的博爱；山的崇高，海的胸襟；龙的智慧，凤的美丽；虎的威严，狮的勇猛；豹的敏捷，马的速度；牛的勤劳，龟的坚韧；雄鹰的翱翔，大象的平和；才能成为精神的巨人，才能成为时代的英雄。

37. 让我的船下海

把我交给世界，把我交给风暴；让我的船下海，让我的帆张扬。

我比日出醒得早，我比月亮睡得晚；我的眼前是大海，我的远方是彼岸；接受阳光的炙烤，迎接滔天的巨浪。

晚霞和滴血之间，大海和搏击之间；世界最深的真理，藏在最浅的航船。

38. 成为遥天翱翔的大鹏

独立的小鸟，明媚的春光下，张开翅膀飞翔，沉浸沃野的花香，呼吸新鲜的空气。

好奇的小鸟，迎着黎明的朝晖，向东方上空搏击，追踪太阳的足迹，盗取天上火种。

自信的小鸟，活跃翠绿枝头，打开嗓音歌唱；声音有限，欢乐无限，洒向林梢人间。

坚强的小鸟，天南地北，五洲四海，留下美丽踪影；风雨锻炼心力，路遥考验意志。成功的小鸟，丰富的阅历，万能的智慧；一只无足轻重的鸟，成为遥天翱翔的大鹏！

39. 心向天地

纯金不成器，没有价值；钻石不琢磨，不会璀璨。
穷当益坚，老当益壮；人穷志不穷，人老心不老。
大丈夫，困守陋室，志在四海；独居一隅，心向天地。

40. 男子汉

男子汉，顶天立地，面对野兽嗥叫，掐住喉咙要鼓起勇气。

致命一掌，回击千爪；鄙视毒蛇猛兽，才能死得无比高尚。

面对厄运，昂首屹立；只剩树干，赤裸裸的力，擎起冬天的严酷。

男子汉，铁肩担道义；决不贪图名声，决不贪婪物质，决不放弃理想和信仰。

男子汉，求索精神，坚定而执着；胸中豪气冲天，跃过黑暗的栅栏，发出纯种马锐利的嘶鸣！

41. 做一名堂堂正正的男儿

我不愿与人争斗，没有人值得我争斗；他们都是我的朋友，他们都是我的知己，他们都是我的情人，他们都是我的同胞，都有一张熟悉的面孔。

我不愿与人争斗，为名誉争斗毫无价值，为权力争斗没有意义，为金钱争斗贬低自我，为私利争斗不如禽兽；与其争斗不如努力劳动，与其争斗不如发奋创造，做一名堂堂正正的男儿。

42. 一颗沙聚变一个天体

酒徒麻醉你，赌徒挥霍你，美女亲近你，歌女追随你，你在梦中生活，运气会不翼而飞。

规律的生活，节奏的工作，节制的享受，分寸的交友，你在现实生活，幸运不会溜之大吉。

是流星，只会倏忽而逝；是珍珠，只会遗忘一时；一旦慧眼识珠，你会惊天动地，激起澎湃的浪潮。

相信自己，只要努力，只要坚持；一滴泪涌出一个春天，一颗沙聚变一个天体。

43. 我不相信

我不相信，世界只有一条路，人生只有一种美。

我不相信，天空只有暴风骤雨，大地只有烈日寒霜。

我不相信，只有行者走出沙漠，只有勇士登上高山。

我要踏出自己的脚印，我要划出自己的轨迹，我要唱出自己的歌曲，我要创造自己的历史，在城市的陋室和小巷。

44. 生活不相信失败

人生的征程，谁不曾摔跤；当你趴在大地，不要向生活低头；未来在向你招手，生活不相信失败。

失败表明你有经验，失败表明你有信念，失败表明你有实力；失败表明你要未来，失败表明你要幸运；失败表明你会成长，失败表明你会选择，失败表明你会成功。

45. 木偶戏

戏台上，木偶，闪电般旋转舞蹈。

限制一切的游戏，湮灭一切的功业，遗迹隐遁在夜的谜团。

当它被线条悬挂，传递认识自己的密码；你要吹响理智的法螺，给自己定下恒久的席位。

轻视是非褒贬，淡泊名利掌声；白天编织花环，夜晚挥毫诗画；以磅礴的气势为自己壮胆，借此从社会舞台走上永新，抵达不受绳子束缚的天地。

46. 炼狱

骄阳暴晒的大路，一侧群峰高耸，一侧峭壁临渊。

长满荆棘的小路，一条通向汹涌的大海，一条通向寂静的沙漠。

走不该走的路，说不该说的话，注视不该注视的远景，欣赏不该欣赏的风物，阅读不该阅读的华章，思考不该思考的主义，梦想不该梦想的事业，超越不该超越的名位，请宽恕一粒种子的梦想。

生命既非永恒，也要远离蜉蝣生活；苦难无法摆脱，也要昂首奋力前行；哦！炼狱中的酷刑，飞蛾自焚造就千万火凤凰。

47. 掌握人生未来睿智

不论肉体刺激，如何幸福快乐，如何星光璀璨；都不如探求哲学，追求永生的生命，融入千古思想洪流，掌握人生未来睿智。

不论金钱享受，如何迷醉魂魄，如何春风得意；都不如创造诗文，运用太空的灵气，运用时间的才华；把灰色日子镀上金，把平凡人生化不朽。

48. 魅力四射

我不想躺在，蔷薇花卧榻；睡梦中爬出蛇，伸出锋利的毒舌，把我的心灵咬碎。

我是沙漠中，一颗独立沙子；明天变成黄金，后天变成钻石，王冠上魅力四射。

49. 淋着雨丝

她的脸庞，吸引我的目光；她的脚步，伴随我的愿望。

她的衣裙，掳走我的心意；她的眼神，牵着我的灵魂。

我如一株逢春的枯木，幸福忐忑，湿漉漉地淋着雨丝。

我有权利，整个一生，梦想爱与再爱，创造与再创造。

第三十章

自强意识

1. 鼎立

生活为炉，奋斗为炭，如日中天，铸人生之鼎。
意境为谷，真理为山，万岁千秋，著英灵不朽。

2. 我并不渺小

幽兰最香，小草最绿，星星最亮，月亮最纯，生命最强，心灵最大。
仰首远眺，太阳光下，我并不灰白；低头沉思，高山面前，我并不渺小。

3. 我是种子

我是种子，冬天睡眠，春天梦想；哪怕泥沙侵害生命，我决不屈服绝望之下。

我是飞鸟，夜空摸索，晴空翱翔；哪怕狂风暴雨打击翅膀，我将奋力搏击期望之上。

路注定是弯，山注定是陡，人生注定是悲；在生命的征尘跋涉，我决不承认是过客。

4. 一颗脱离恒星体的小星

我本应占有尊贵的席位，却卑微屈辱坐在板凳上；我勤勤恳恳被燕雀曲解，我清清白白遭泥沙玷污；看满天的蝗虫蚕食绿草，天降的风沙考验大漠胡杨，命中注定一个人面对风暴。

一个声音高喊：什么骨头生什么种，凤凰注定在天上飞，神龙注定在云雨藏；一颗脱离恒星体的小星，跨过辽阔沙漠和险峻高山，跋涉幽暗森林和神秘海洋，环顾迷茫寰宇和无际天国，宇宙中我失去方向却获得自由。

蹒跚漫漫黑暗的长途，大智大勇者处之泰然；贪婪恶人在劫难逃，好人灾殃总有尽头；黎明曙光露出微笑，未来道路四通八达；卓越人才是天地之灵，星光比月亮璀璨，星光比太阳烂漫！

5. 茁壮成长

越过苦难的大山，越过饥饿的天空，越过瘟疫的大海，望着遥远的彼岸。

于是我沉默了，仿佛挨了石头；听到奚落的话，泪珠宛若金星，颗颗落进雪地。

受命运欺骗，受凡人嘲弄，傲骨不可无，凛然正气不可缺，誓不改变人生尊严；凡事需要我们向上，受愚弄要大声欢笑。

喘吁吁，跌倒了，再爬起；奋斗中，备尝甘苦其味无穷，只要手指还会颤抖，只要阳光照耀福地，体内必定蕴藏惊人的力量；倔强的小草一旦冲出石缝，威严的生命便会茁壮成长。

6. 保持

我是草，就保持朴素；我是花，就保持美丽；我是柳，就保持温柔；我是松，就保持刚强；我是梅，就保持风骨；我是竹，就保持气节；我是风，就保持自由；我是雨，就保持潇洒；我是山，就保持崇高；我是海，就保持深沉；我是火，就保持激情；我是雪，就保持纯洁；我是牛，就保持勤劳；我是马，就保持矫健；我是骆驼，就保持坚韧；我是月亮，就保持神韵；我是太阳，就保持光明；我是大地，就保持博爱。

我是权威，就保持尊荣；我是英雄，就保持威严；我是贤哲，就保持睿智；我是诗人，就保持伟大。

7. 昂扬的灵魂

自然告诉我，真理就在天道；哲人告诉我，真理就在探索；政治家告诉我，真理就在功业；文学家告诉我，真理就在灵感；艺术家告诉我，真理就在真善美；道德学家告诉我，真理就在仁义道德；经济学家告诉我，真理就在金钱财富；释迦牟尼告诉我，真理就在超脱生死；历史学家告诉我，真理就在兴衰轮回；科学家告诉我，真理就在利用自然；享乐者告诉我，真理就在吃喝玩乐；百姓告诉我，真理就在辛勤劳动；现实告诉我，真理就在生老病死，贫富贵贱，喜怒哀乐，恩怨情仇。

有多少种类的人，就有多少种类的真理；我在寻找属于自强的真理，路漫漫，蜿蜒曲折无穷尽，当我跨越两个世纪间的桥梁；意外地发现了自我：

黎明的阳光，大地的绿色；沙漠的金子，悬崖的松柏；虔诚的大海，崇高的珠峰；永恒的宇宙，不朽的人类。美哉！壮哉！昂扬的灵魂啊！

8. 自强的意识

没有灯，我的小屋一片漆黑；没有月光，我的梦想一片阴霾；没有太阳，我的前途一片暗淡；没有智慧，我的人生一片虚无；没有精神，我的世界一片荒芜；没有思想，我的灵魂一片沙漠。

没有力量，我不能把握自己的命运；没有德行，我不能分辨善恶的界限；没有文化，我不能追踪流星的轨迹；没有诗歌，我不能测量诗人的高度；没有功名，我不能评估伟人的价值；没有爱情，我不能认识生活的美好；没有金钱，我不能察觉社会的金字塔；没有典籍，我不能发现人类的艰难历程。

当我拥有一切，就有自强的意识。

9. 不会虚度平凡高尚的一生

严寒中，等待春天；春天来了，我要进入新的天地。

和煦的阳光，温柔的月亮，如茵的芳草，鲜妍的花朵；勤劳的蜜蜂，我要让美甜到心底。

宁静安谧中，沉思真善美，三题合一的真谛；诵读永恒的诗句，弹奏悠扬的琴曲，我要升华人生的品位。

真的金银，打造一颗纯洁的心灵；善的钻石，闪烁一个崇高的理想；美的金线，纺出一幅精深的思想。

为了博大的爱，为了人类的尊严，我要像地母丰饶多产，不会虚度平凡高尚的一生！

10. 我按照自己内心努力

树大招风，不如矮小正直；水深混浊，不如浅显清爽；风吹拂田园自静，雨淹没江河自净。

我按照自己内心写作，穿越千年破碎的灵魂，缝补时间深处的伤口；七彩光打扮严峻的美，一件素雅精致的绣品。

我按照自己内心努力，睥睨庸庸碌碌地活着，纵然美使我生活残缺；朴素信仰，远大志向，黑暗中照耀生命小径。

11. 个人感

一个人的命运，一代人的命运；一个生死与共的时代，每座墓碑都是世界史。

当我想到，我的存在转瞬即逝，沉没生前有过的永恒，消融死后还有的永恒。

当我想到，我占据的空间，它不知道我思想，我不知道它思维，仰望它不寒而栗。

为什么？我生在现在不是未来，我站在底层不是高层，我不愿接受浮云的嘲笑，张开诗歌翅膀飞向太空，为自己赢得壮阔的空间。

12. 扮演独一无二的角色

我变成云，空气与大海之间，依靠自由生活。

我变成风，穿过门，穿过墙，田野散发松树的芬芳。

我变成烈日，一个人欣赏，东方磅礴的气势，西方流动的倒影。

我变成海鸥，嘲笑长颈鹿，讽刺黑白熊猫，挑逗豺狼虎豹，刺激爬行动物。

我变成人，渺小、伟岸；卑微、高贵；世界大舞台，扮演独一无二的角色。

13. 梦想的大舞台

我们要做一个人，现代社会的真人；肉体上不受歧视，精神上获得自由，物质上获得公正待遇，社会中占据一席之地。

生活是精心选择的乐器，站在人生梦想的大舞台；每个人都要焕发自己的光彩，每个人都要发出自己的声音，演奏天性中独步天下的乐章。

14. 星星的伟大

星星高高在上，星星威风凛凛。

一颗小小的星星，闪烁明亮的眼睛，渺小又无比崇高。

丛林的精灵，水泽的鬼怪；天上的神仙和天使，大地的英雄和贤哲，对星星顶礼膜拜。

星星的伟大：生在黑暗，长在黑暗，只要活着，求索不止；勇敢无畏，坚忍不拔，寻找自己生活的道路，选择自己人生的坐标，发出自己永生的光芒。

15. 只有征服自己

不弯的心，挣脱荆棘，扎根无垠的粮仓，坚实的大地。
金字塔底层，走别人不敢走的路，沙砾不会卑躬屈膝。
长城脚下，不断攀登，石头赛过金砖，闪烁英雄光彩。
春天的迎春花，美与真的表情，开拓一方灵魂的国土。
智慧的双眸，两弯天然良港，交融八面来风，吸纳四海惊涛。
只有征服自己，才能征服万难，才能拥有事业；才能拥有未来。

16. 站在太空驾驭风云

我是命运的舵手，我是心灵的主人；我在彼岸选中目标，我在此岸粘贴邮票，循序渐进抵达港口。

没有自我坚实未来，不会有充实的生活；幸福并非知足常乐，成功并非金钱财富；执着追求崇高理想，不懈开创人类远景，站在太空驾驭风云。

17. 人人都是太阳

太阳是自由的，人是自由的；太阳是至高无上的，人是至高无上的。
位尊不矜持，位卑不自贱；知人者智，自知者明；胜人者力，自胜者强。
太阳，不是一个物，是一个灵魂；如果把太阳当物崇拜，你就永远找不到太阳；太阳就是对自我的信仰。
人人都是太阳，发现自己的才华，发挥自己的能力，实现自己的梦想；让自己盛名不衰，让生命发出耀眼光芒，取决把握精神的太阳。

18. 矍铄的光

别理睬聒噪的乌鸦，别害怕翻滚的浊浪；只要心灵没有阴云，只要双脚走遍世界，你的胸怀比天宽广。

跨过每一道沟壑，翻过每一座山峦；横越无遮拦的大海，不留恋温柔的湖畔；扔掉失望中的玫瑰，亲吻孤独中的雪莲，你的意志比铁刚强。

悲哀时，把眼泪擦干；叹息时，把忧愁融化；困苦时，把绝望消灭；当恐惧和死亡不再是敌人，你的眼睛会放出矍铄的光；你看见自己就是一颗明星，你发现自己就是一颗太阳。

19. 我内心世界的太阳

我卑微，精神不卑；我低贱，智慧不贱；我贫穷，志向不穷。

我遥望英雄，我远眺贤哲，我崇尚诗人；我内心世界的太阳。

20. 世界永远有你的美丽

不要说历史曲折，不要说现实严酷；自然由昼与夜交替，史册用血与火写成。

不要怕山高无力攀登，不要怕海啸无法征服，不要怕地震无从预测，千年脊梁抖擞万古激情。

不管大地花开花落，不管天空云遮雾绕，不管人间贫富贵贱；只要你亲手纺织锦缎，绣着隽永的生命图案；只要你心田种植鲜花，世界永远有你的美丽。

21. 人生的大海

大海幽深莫测，大洋浩瀚无边；远眺天水相连，看不见尽头，望不到彼岸。

我是小舟，随勇敢的人，向彼岸搏击；狂风暴雨肆虐，多数人被大海吓倒，只有少数人继续游弋。

呼啸的风声浪声，骇人的孤寂恐惧；我们无法向亲人诉说苦楚，我们无法改变大海的本性，我们无法征服大洋的王国；我们无法掌握人类的命运，我们无法纠正人性的弱点；只有读它，猜它，探索它，理解它；正如我们面对自己的欲望。

22. 人类的塑像

我愿做一棵无忧的树，因为山在大风中长高，因为海在大雨中长大。
我愿做一颗无名的星，因为珍珠用寂寞建筑美丽，因为金子用孤独构筑真诚。
我愿做一块朴素的礁石，因为礁石在艺人的眼里，它是自然的杰作；在智者的心中，它是人类的塑像。

23. 我从睡梦中惊醒

博大的心，被宇宙笼罩，压抑而疲倦，为喘息而搏动几下。
不绝回忆，巨大欲望，饮下沉默的药剂，紊乱生命的节奏。
一只小舟，漂泊怒海，惊涛上航行，远远看不见陆地，彼岸的沙滩。
梦境美丽，梦境新奇，却没有爱与善，美与真，幻想的光明与和平。
成功没人祝贺，失败没人安慰；星眼轻蔑地瞅我，这使我焦虑不安。
彷徨路径，不知谁在黑夜，设下机关和陷阱，安排美酒和美女，准备金钱和赌具，撒下罪孽的罗网，再把恶名戴在头上。
黑色棋盘，看不见的手，把人当棋子玩，移过来挪过去，吃车马又捉将；然后安放小盒里躺着，只能被时间折磨，只有被死神俘虏。
独步，海的浪尖，山的脊梁；太阳之上，眺望开放的世界，裹着浓郁的绿色，穿戴时尚的服饰，这是强者的天下，我从睡梦中惊醒。

24. 怀着不变的信念

蚂蚁早出晚归，蜜蜂采花酿蜜，虽然生命短暂，不把时间荒废。
一片暖和的阳光，一弯美丽的彩虹；不论是狂风暴雨，不论是曲折崎岖，越过一座座高山，跨过一个个大海，把喜悦心情传送。
怀着不变的信念，放飞美好的希望，撷取自然的智慧，歌颂壮丽的江山，朗读崇高的人生；短短的生命走廊，留下长长的诗篇！

25. 凝聚天地的精华

只要月亮当空，我就攀登高山，我就搏击大海；为了摘取诗人的桂冠，为了到达灵魂的彼岸，就得释放潜能的才智，就得奉献珍贵的生命。

每当万籁俱寂，我就沉思深奥的死，我就遐想崇高的生；为了生前不荒废时间，为了死后不成为烟云，就得凝聚天地的精华，就得奉献精神的财富。

26. 把精神献给未来

走进阳光，感受轻风的温暖；走进花丛，呼吸自然的芳香；走进大山，诵读不朽的诗篇。

把爱搂在胸襟，把美撒在大地，把善藏在宝塔；人的心灵会纯洁，人的眼睛会明亮，人的气度会恢宏。

当我审视这个自我，当我审视这个世界；创造与毁灭的过程，我把肉体献给现在，我把精神献给未来。

27. 自助者天助

峥嵘的山峰，石碑正直刚劲；旖旎的森林，松柏坚韧柔美。

我用勇气，控制自我；我用意志，坚定自我；我用智慧，认识自我；我用才华，发挥自我。

自明是我的追求，自知是我的发明，自信是我的创意，独立是我的创新，自助是我的专利，天助是我的命运，希望是我的精神，理想是我的生命。

我自由选择道路，我自己把握方向，利用沉思的优势，探究人生的真谛；虽然名缰利锁束缚人，我奋起铁蹄纵横天下。

28. 活得无愧

人的名气，不会使人美丽，不会使人形象高大。

创造的目的，是贡献自己；不是招摇过市，不是自吹自擂。

人要活得无愧，保持自己的本色，赢得博大的爱慕，听从未来的召唤，事功需要脚踏实地。

做永恒人质，成为时间的朋友；我是人民的公仆，我是大地的儿子；坚持工作，一步不停，创造精神不朽的财富，为子孙后代造福。

29. 永恒的天道

青蛙耐不住寂寞，知了守不住孤独；它们在黑夜悲叹，它们在白天伤感；

为虚度良辰美景，为生命孤独短暂；唱起最痛苦的歌，吟诵最绝望的诗。

看百代过客，寂寞兰花凋谢；看现代高山，名流风云一度；惊醒我的美梦，吹落我的天真，埋葬我的青春；把短暂一生志向，寄托永恒的天道。

30. 孤独是能量守恒的砝码

孤独是一个酒窖，酝酿人性的美酒；孤独是一种享受，品味思考的乐趣；孤独是一对翅膀，高翔理想的春天；孤独是一颗心灵，承载世界的空虚；孤独是一座城堡，抵挡刀枪的侵袭；孤独是一座金山，堆积智慧的精华；孤独是坚强的意志，高傲得像自由女神。

个人的能量是一个恒数，孤独是能量守恒的砝码。

31. 雕塑与壮大

我孤独得像太阳，但不为孤独烦恼；我痛苦得像夜莺，但不为痛苦啼泣；我劳累得像黄牛，但不为劳累倒下；我无奈得像瀑布，但不为无奈绝望；我渺小得像泥沙，但不为渺小自卑；我无名得像野花，但不为无名自弃。

我在孤独痛苦劳累中，雕塑自我成为智慧的人；我在无奈渺小无名中，壮大自我成为高尚的人。

32. 豁达

豁达是胸襟，豁达是坦荡，豁达是乐观，豁达是自信，豁达是奉献，豁达是忘我。

不论现实怎样捉弄你，不论生活怎样欺骗你，不论人生怎样打击你，不论命运怎样考验你。

心灵多一份豁达，世界多一份美好；你会永远迎着月亮歌，你会永远迎着星星舞，你会永远迎着太阳笑。

33. 思绪

思绪，是苦恼的天，是痛苦的地；是灵魂的宇宙，是生命的小径，离群索居的寺庙。

思绪，是朝霞的光，是月亮的笑；是琴弦的音，是山水的美；是绿色天空，一群快活的小鸟。

思绪，获得灵感和启示，收集知识和信仰；采集意志和理性，精气神和才行美德，金刚石纯净坚韧的品质。

34. 酝酿希望琼浆

遇到一次坎坷，丢失一次机会，不要以泪洗面，不要终日忧伤；要保持心境平静，要勇于面对现实，把命运赐给的每一天，看作生命额外的盈利。

生命随时光在飞逝，抓住今天，利用现在；春花红艳，青春壮丽；沐浴阳光雨露，迎着歌声笑语；享受工作的乐趣和美好，享受假日的轻松和自由。

绿荫下细心地品茗饮酒，夜幕中轻松地畅游爱河；聪明的人吸取幸福甘露，智慧的人酝酿希望琼浆。

35. 日月星辰向我邀宠

我不是太阳，我不是月亮，我不是星星；我没有温暖，我没有色彩，我没有光环。

高山不理睬我，大海不信任我；只有燃烧的冰川，只有激越的溪流，教我悟出大哲理。

冰川的温暖在于心，溪流的力量在于柔；只要顶天立地站稳，只要傲视群雄举步；高山在我脚下磕头，大海在我面前献礼，日月星辰向我邀宠。

36. 我是大山的碑林

我这颗心，不是用蜡浇铸，不是用线交织；瞬间描绘生活景象，火舌一舔即刻模糊。

谁在我心灵的画布，抹上悲欢的色彩，就会留下难以抹去的痕迹，蒙娜丽莎神秘的微笑。

谁在我生活的纱幕，剪开无情的撕口，就会留下难以泯灭的印记，黄河汹涌激荡的壶口。

我一生雕刻，眼前飘过的：一丝春风，一片雪花；一缕芬芳，一滴雨水；虽然我的心沉默不语，因为我是大山的碑林。

37. 一条等你的小舟

夜半睡岸边，风声雨声涛声，惊醒沉沦的心。

一枝挺立寒秋的花朵，一个走出黑暗的愿望。

梦里寻找，一只手，一双脚，一首小夜曲；自由的光线，美丽的微笑。

梦没有白天的生活，黄昏的恋爱，早晨的面包，晚餐的美酒，解渴的水。

人只有跋山涉水，只有风餐露宿；风吹浪打的海滩，那里有一条等你的小舟。

38. 四种意念

大道开裂，我陷入泥沼，我僵卧寒冰。

强悍的心灵，抵御八面来风；坚忍的意志，蔑视脚下坎坷。

理想是跋涉的起点，希望是坚固的手杖，忍耐是长途的皮靴，信念是攀登的高峰。

人具有这四种意念，才能跃过现实的恶，才能跳出死亡的坟，历尽万难迈向永恒。

39. 醒来

我们来自何方？田野，森林，沙漠；巍峨高山，浩瀚大海；万物死去又永远活着。

沉思的信心，思想的信心，行动的信心，创造的信心；一颗心，跳进广袤大地，涨满整个大海，抖擞每座高山，冬眠的世界醒来。

轻舟啊满载，真理与艺术，希望和信念，鲜血和生命；我在等待轻舟，哪怕奄奄一息；因为潮汐还未，抵达我的港口。

40. 让世界躺在原始的裸地

我不愿揭开海的伤疤，我不愿揭穿山的谎言，我不愿砸碎河的坚冰。

一年四季保持春暖冬寒，让人类走向真实美，让大地保持现实美，让世界躺在原始的裸地。

我要守住一份宁静，我要守住一份思绪，我要守住一份孤独，我要守住一个真我，与世界保持本色。

留给希望，留给梦想，留给未来；绽放的春天，热烈的夏天；浩渺的天空，广阔的草原；放飞一个红色的希望，实现一个绿色的梦想，成就一个伟大的未来。

41. 自戒

欺骗成名在一时，求实成功在一世。

我要自助，我要自律；我要自尊，我要自强；白天在大地耕耘，夜晚在星空创作。

收起感情的翅膀，克制欲望的梦想；白天怀抱一个太阳，夜晚遥望一个月亮；走在人生的大道上，迎八面来风不回头。

一旦被人误入歧途，向正直旅人探询大路；知识老人的智慧箴言，比生命的价值更贵重；尽管人世沧桑乱麻交织，及时把紧扎的心结解开；春风吹得花蕾猝然开放，一生永葆青春神采奕奕。

42. 远方的白色

大海壮阔，草原繁茂，森林郁葱，沙漠起伏。

瞧！远方的白色，是飞鸽还是山羊，是雄鹰还是帐篷。

如果你是，一只山羊，一顶帐篷，注定要留在草原上。

如果你是，一只飞鸽，一只雄鹰，注定要振翅高飞，一个广阔的空间。

43. 当燕雀展翅

当燕雀展翅，唱起和美小曲；当玫瑰开花，散发春天芳香。

感谢良辰美景，给予幸福人生，赐予甜蜜生活，赠送纯洁爱情。

因为人生是金矿，生活是财富，爱情是皇冠，在大地熠熠生辉。

44. 我是一只小鸟

我是一只小鸟，飞翔辽阔天空；心情轻松愉快，幻想自由自在；搏击风云不怕万难，跋涉山水不怕路遥，足迹遍布东西南北，歌声唱响五湖四海。

我是一只小鸟，无论眼前是迷雾，无论远方是雪暴；我自由飞翔的翅膀，我高瞻远瞩的目光，可以发现心灵的乐园，可以找到人生的宝藏。

45. 我们成长

我们成长，开始忧郁不安，寻求狂暴的满足，追求力和醉的享受。

我们沾沾自喜，白天沽名钓誉，夜晚寻欢作乐，闲暇吃喝嫖赌，全身乌烟瘴气。

我们知道，良心折磨，最锋利持久；渴望回归自然，屹立正直的高山，拒绝被潮流冲进峡谷。

46. 思想的运动

风声很大，虽然语意模糊，虽然意象暗淡，它会吞没你的声音。

唱吧！完美地唱出，想象的词语，优美的韵律；把爱赠予恋人，一支小小的夜曲。

思想的运动，在孤独者的寺庙，在圣贤者的祠堂；当风停息，天上白云依旧，走自己的路！

47. 请争取在今天纺织

绿荫下，不知水的甜美；沙漠中，不知水的踪影；吃喝玩乐，不知幸福的滋味；东奔西忙，睡眠格外的香甜。

不要在爱的浓欢，喝干幸福的美酒；不要在爱的拍打，流干痛苦的泪水；梦想明天的美好，百褶的真丝绸绒，花纹的绫罗绸缎，光彩的流云织锦，请争取在今天纺织。

48. 道德和幸福

道德就是善，道德就是满足，道德就是中道，道德就是幸福。

幸福就是寻求道德，内心独立，性格刚柔，保持自我和世界同步。

49. 自由与自我

我们只有心灵不拘，富贵和贫穷，享受和吃苦，顺境和逆境，荣誉和侮辱，工作和闲暇，才能拥有自由。

我们只有思想冲突，传统与时尚，顺从与反抗，道德与羞耻，文化与无知，存在与虚无，才能感觉自我。

50. 独立

我们走路了，不要精神的拐杖；我们成年了，不要慈父般的关怀。

我们成熟了，不是机械的制品；我们独立了，不是科学家的工具。

51. 天下没有救世主

恶事自己做，耻辱自己承受；善事自己施，幸福自己享受。

天上，没有神仙；天下，没有救世主；唯有自己，谁也救不了谁。

52. 为自己消灾

为了私利，去看社会，眼睛无所见；为了私利，去听人言，耳朵无所闻。

私小的人，幸福天天减少，祸害天天增多；大公的人，既为别人造福，也为自己消灾。

53. 物质与精神

物质犹如美女蛇，明知她在欺骗，明知她在撒谎，我们总相信她。

物质像王朝背影，使我们失掉信仰，那个辉煌的错误，它迎合心灵冲动，远胜易朽的生命。

人的肉体没有永生，人的精神恰似大海，怎样呼喊总要流向前方；我们的特权就是随它流动，从宇宙变迁生死转换领悟死亡，自己高声朗读渴望永生的诗篇。

54. 自由存在爱的一瞥

人与人，接触目光，互相逮住，内心世界。

感觉被窥视，他人的眼光，剥夺我的世界。

揭示自己眼光，揭示他人眼光，就是揭示世界眼光，自由存在爱的一瞥。

55. 自我

知了，孤零零，枝头歌唱。

红花绿叶，高山峡谷，天空大海，睡梦中苏醒。

啊！知了，绿色的骄子；只有我理解，你赞美自我，你歌颂自我，至高无上！

证明每个人存在的价值！

56. 我崇拜壮大的自我

你是否知道，天空的壮美，就是我的美，一颗耀眼的北斗。

你是否知道，夜空的恒星，如果漫不经心，总有一天会黯淡。

你是否知道，我是茫茫宇宙，一棵思想的野草，每天被时间刈割，创巨痛深却永不退缩；遥望心空庄严的道德律，我敬仰日月星辰，我崇拜壮大的自我！

57. 追求成功

追求成功，为了开辟道路，展开搏击的翅膀，给人类留下希望。

追求成功，为了荣华富贵，为了位极人臣，为了笑傲江湖，为了君临天下，为了享受极乐。

如果我成功，一定像棵树，寻一块沃土，功德圆满的森林，秋高气爽的林园，品尝人生的果实，欣赏天籁的音乐，与天下人共享无忧之乐。

58. 葱郁的绿色

叹息不是忧伤，黑暗不是绝望；大海的远方有彼岸，沙漠的深处有绿洲。

痛苦填平创伤，苦难治愈懦弱；红色的血洗涤黑色污渍，风雨的天孕育绚丽彩虹。

无怨无悔地等待，风吹落腐烂的果实，雪地播下未来的小草，春天遥望大地葱郁的绿色。

59. 心中隐约的忧伤

散步河岸，徘徊溪滩，与夕阳为伍，远离暴风雨。

人们总在自问：世上有谁在骂我？世上有谁在哭我？有谁在晚上盯着我？有谁在白天走向我？焦虑笼罩意识的心理。

天空投来一片霞光，墙角开放一枝红杏，爱飘着永恒的芳香；那是山巅喷发的火焰，那是心中隐约的忧伤。

60. 独醒

晨曦微露，林泉森森，深壑寂寂，长空远迈，宇宙无边，寺庙洪钟天籁。

人生自然，情趣皆美；海小随波，心大比天；世人与我，尘埃无名；狂飙吹我，唯吾独醒。

阿弥陀佛，天下无四大皆空！

61. 迷途的羊羔

五月，没有开出花；六月，没有唱出歌。

站在，欲望石头，遥想历史；理想褪色，信仰失落，希望渺茫，心无家园，流浪天南海北。

迷途的羊羔，总有一天，落进豺狼的血口，掉进狐狸的陷阱。

62. 珍惜自己的鲜妍

诗人沉迷风花雪月，落笔岂能入木三分；官员醉心谋取私利，气短不敢为天下先。

不要浪费宝贵青春，不要流干真诚热泪；只要成为庸俗祭品，没人再指望你成功。

看一看初绽的花卉，抚一抚舒放的绿叶，在万紫千红的大地，都珍惜自己的鲜妍。

63. 笑

笑是清晨的朝霞，笑是百灵的鸣啭，笑是花萼的露珠，笑是蝴蝶的翅膀，笑是石榴的红心；笑是春天的桃花，飘落爱情的湖畔。

笑是强者的长矛，笑是弱者的盾牌；笑是昨天的记忆，笑是今天的温暖，笑是明天的财富；笑是热恋的少女，笑是成长的巨人。

64. 超越灵魂肉体之界

如果你想精神饱满，就要感觉愉快和欢乐，就要感觉温柔和激情。

如果你想睿智豁达，就要体验不幸和痛苦，就要体验恐惧和绝望。

唱歌、跳舞、吃喝；阅读、思考、创作；敢于超越灵魂肉体之界。

65. 宇宙　思想能征服它

蝼蚁，盘踞一抔土穴；小树，独守一隅坡地。

大地，羡慕高山的俊伟；高山，赞美大地的胸襟；月亮，慨叹大海的力量；大海，倾心月亮的温柔。

太阳虽大，星星眼里，它不如一个细胞；宇宙无边，人类心里，它不如一颗沙粒；因为思想能认识它，因为思想能征服它；这就是人的力量，这就是人的伟大。

66. 我会成为一盏神灯

雪花，飘进泥沼；无形体、无波纹、无色彩。

黑暗，压抑洁白的希望；迷雾，遮盖爱情的智性。

我坐在风口，有时露出微笑，有时神情庄重；不论风浪火山，但丁的炼狱中，我会成为一盏神灯。

67. 诗文 保护人类崇高的梦想

物质，支配的世界，人的精神焦虑，人的内心忧郁，人的心灵空虚，人的生活孤独。

富贵是剑，击中人的意志；荣华是雾霾，损害人的心肺；酒色是毒品，害死人的生命。

曲折的人生，阴雨缠绵；名利的战场，六亲不认；爱情的田野，杂草丛生；沸腾的大锅，蒸馏虚无；知识的荒坡，岩石无语。

世界，一个不十分理想的天堂；只有诗文，保护人类崇高的梦想。

68. 精神自由

人生是猛进，不允许停留，一旦被时间超越，一旦被风雨吹折，就是一棵枯萎的树。

小舟在海浪，小草在高山，搏斗中把心灵锤炼；为世界，为自我，探索星球和宇宙，发现只有人类具有顽强毅力，只有人类具有不挠精神，只有人类具有自由意志。

欲望者没有自由，无知者没有自由，他们依赖外在事物，不能把世界变成自由的工具；好奇的推动，知识的吸引，哲学的探索，科学的论证，都源于一种希求，建立新的精神自由，把不自由的束缚消除；用新观念和思考认清，世界给人只有一次生命，要用行动把握，支配和实现梦想。

69. 切莫辜负太阳的光辉

一代兴起，必有一代机遇；机遇靠一时选择，成功靠一生进取。

在大海遨游，在世界探秘，取决天时地利人和，取决智慧才干实力，取决意志毅力胆略。

只有了解大海与世界，只有认识自我与环境，才能叩开成功的大门，发现一片奇异的洞天，阅尽海阔天空的风景。

朋友啊，要努力！站在新世纪的门槛，抓住稍纵即逝的光阴，切莫辜负太阳的光辉。

第三十一章

精神意象

1. 一寸碧波囊括大地春色

迎着淡云轻风，踏着山道水湄，诗情画意滋生。

六朝猩红的胭脂，涂抹自然的唇颊；盛唐殷绛的诗魂，点缀春天的梦境。

一排排琴键，一首首诗歌；走出顽强的贝多芬，走出浪漫的白居易；采一束茉莉花的星光，插一束玫瑰花的海潮；一寸光阴傲视人间财富，一寸碧波囊括大地春色。

2. 天地无私而崇高

看看星星吧！白天藏个身影，夜晚不辞万里，照亮孤独寂寞心灵。

看看地球吧！九天之外下凡，养育天下万物，自己守着那片空间。

看看花朵吧！春风里摇曳，献出果实的枝头，伸出的手一无所有。

花朵美丽又慷慨，受人称颂；无地无私而崇高，被人类永恒膜拜。

3. 大地贡献无价的珍品

春光下，为了花常红，为了叶常青，为了生命不朽，大地贡献无价的珍品。

松柏的意志，杨柳的智慧，翠竹的气节，荷花的品德，玫瑰的爱情，牡丹的富贵，罂粟的美丽，江河的柔韧，高山的刚强，大海的襟怀，绿色的博爱。

藏在月光下，藏在纸页中，藏在人类心中；像三山五岳屹立，像太阳璀璨之光照耀，燃起的天火永不熄灭。

4. 泥土

泥土无知，不分善恶，不分是非，不分贵贱，不分香臭。

泥土沉默，自我劳动，自我休息，自我消沉，自我振作。

泥土自律，自我沉思，自我表达，自我探索，自我释放，自我创造，自我保护。

泥土卑微又高贵，泥土贫瘠又富饶，泥土无为又有为；泥土无价胜有价，泥土无名而永恒。

5. 笑看天下灿烂的远景

空谷的幽兰，高寒的梅花，老林的人参，冰山的雪莲，绝顶的灵芝。

善意的谎言满天飞舞，无知的嘲讽钻进耳朵，无情的打击迎面扑来；它们没有精力理睬，它们没有时间辩解，它们宁可含垢忍辱。

优秀的物种，杰出的人才，具备超常的生命力；在狂风暴雨中，在飞沙走石中，活出自己的强健，抖出自己的神采，展出自己的风骨，笑看天下灿烂的远景。

6. 小星星

小星星，别崇拜太阳；小星星，别羡慕月亮。

虽然，太阳比你大；虽然，月光比你亮；迷路时，我总靠北斗指引。

7. 途中的星光

星星的光芒，照耀大地，照亮心灵，需要行走亿万光年。

星星，看不到你，你在发光；见到你的光，星星已安息。

途中的星光，穿越风雨，孤独的时间；为了人类的光明，不惜生命的代价。

星的不朽，在于坚持光明；人的永恒，在于拥有信仰；星活在天道，人活在人道！

8. 月亮

晴朗夜空的圆月，你比牡丹大方，你比玫瑰美丽；你比星星亲近，你比太阳温柔。

风雨交加的夜，你残缺的美姿，没有人为你欢呼，没有人为你歌唱，没有人为你记述，像丰饶的处女地。

朦胧潮湿的三月，黎明有你的孤影，黑夜有你的相思；你幻想爱情的眼光，你渴望浪漫的诗篇，编织绵绵不绝的梦。

9. 日月永远光明

鸿鹄的志向在天空，雄狮的志向在草原；高山的志向在大地，大海的志向在世界。

如果你是鸿鹄，就不要与燕雀计较得失；如果你是雄狮，就不要与狐狸计较名誉；如果你是高山，就不要与泥石计较地位；如果你是大海，就不要与浪花计较金钱。

诗人在天空呼唤，星光永远灿烂；英雄在草原驰骋，绿色永远苍翠；哲人在高山仰望，襟怀永远开阔；智者在大海探秘，思想永远深邃；人民在大地创造，日月永远光明！

10. 太阳和月亮

月亮喜欢，黑暗中孤独生活；太阳喜欢，光明中孤独生活。

时间长流，空间无边；沉思的折磨，迷惘的愁苦；忧郁和焦虑，无奈和绝望；换取灵魂的自由，收获博大的胸襟。

月亮纯洁，太阳温暖；纯洁是自然的本能，温暖是自然的天性；远比黄金的价值珍贵，远比金钱的万能高尚。

11. 日出

黎明，在摘星揽月的怀里，赋予苍穹一个宁静，一个人类企盼的希望。

曙光，透过三棱镜，清晨的雾气，广袤无垠的大地，波涛起伏的大海，生命弯成一张强弓。

日出，穿越时间隧道，划过历史长空的力，惊醒沉睡的心，震撼孤独的人，生命燃起一把火炬。

超越曙光，这是成功的喜悦，这是欢庆的歌舞；太阳的灿烂七彩，生命的璀璨光华，神圣崇高和永恒，滑过时间与历史的隧道。

黑夜的灯火辉煌，没有太阳光神圣。

12. 黎明之光

雪天瑟缩，酷暑烦躁，阴雨忧伤。

饮酒吃饭，抽烟喝茶；不如出门，湖畔草丛，月色幽美。

热情，容易蒸发；智慧，一文不值；爱情，装腔作势；命运，无从把握；地球，人类旅馆。

人，自信又自卑，张狂又胆小，坚强又脆弱，叛逆又顺从，万能又无能；只有黎明的光，如入无人之境，走着自己的路；光明、正直、无所畏惧。

13. 太阳真实

整个冬天，漫长的冬季，我都在想念太阳。

太阳温暖，太阳真实，太阳单纯，太阳古朴，太阳新鲜。

太阳威力无比，一束三角形黄光，犹如巨大的磁石，吸引一颗孤独的心，驱散一生寒冷的情。

生命短促，转瞬即逝；我渴求太阳，面对黄色球体，我要捕捉正在消逝、具有永恒意义的生命。

我需要太阳，把我的诗意燃烧，催我的果实成熟，赠给美好的世界。

14. 一颗独立闪耀的太阳

紫色鹅卵石，注定陪衬溪流的光辉。

鸟的翅膀拍击时间，美的春天预言未来。

寂寞的心，绿如浅草，红如草莓，黄如泥沙，白如积雪，灰如阴霾，镶嵌着一颗宝石。

命运引领我，走向风暴，走向黑暗，采摘星星，永恒的果实；灵与肉，爱与美，真与善，诗与思；亿万颗星星，凝聚成伟大，一颗独立闪耀的太阳，一位顶天立地的诗人！

15. 太阳饱经风霜

高高的山，信仰寓于力量；轻轻的风，真理就在自我。

太阳饱经风霜，洒出自己的光芒；云雾历尽坎坷，挂起自己的彩虹。

我是一棵小草，在森林踏出血路；我是一条小溪，在沙漠挖掘珍宝；我是一位诗人，在天地自由长歌。

16. 太阳播下的种子

大山，孤独时，你最雄奇；大海，寂寞时，你最博大。

朋友，请相信，我是太阳播下的种子；我的未来，比山雄奇，比海博大。

每一个清晨，每一个季节，如果我是一棵小草，如果我是一朵小花，一定挺拔站立，一定清爽开放。

17. 夜

夜，寂寞、宁静、真实，在它自身的光明。

夜，纯洁、忧伤、美如天仙，在它创造的世界。

夜，寂静，广阔；如同大海的水波，时而闪烁，时而暗淡。

夜，行走大地；金色的晚霞，银色的星辰，缓缓关上世界的大门。

18. 光彩

太阳是天空的光彩，月亮是黑夜的光彩，波涛是海洋的光彩，森林是大地的光彩，果树是山岭的光彩，春天是万物的光彩，爱情是青春的光彩。

国家是人民的光彩，卫国是士兵的光彩，预言是诗人的光彩，箴言是圣人的光彩，智慧是哲人的光彩，功业是伟人的光彩，荣誉是英雄的光彩，尊严是志士的光彩，知识是人类的光彩。

19. 烂漫的晚霞

跨越长长的桥，跋涉漫漫的路，追逐飘飞的云，搏击汹涌的浪。

寒风吹不灭信心，荆棘扯不破梦想，水珠滴不穿忍耐，时间磨不透意志。

太阳，一路之上，俯拾春光的绿嫩，呼吸夏天的芳香，采摘秋天的果实，沐浴冬天的温泉，回望烂漫的晚霞，理想的天不言自高，希望的地无语自厚。

20. 彩虹

孤栖斗室，受困都市，利禄得失，功名成败，生活的烦恼，生存的恐惧，写在人类笑脸。

只有彩虹，不畏风雨，不畏雷电，笑傲虫豸，足踏星球，飞翔太阳之上，神驰宇宙之外。

21. 一弯飞虹

生活很苛刻，冰霜一样凌厉，风暴一般无情，我用意志的甲胄，保护心灵不受伤害。

生活很大度，不论我愚顽还是聪慧，不论我忧患还是憧憬，它唤醒沉睡心灵的真理，它赐予热爱经典的智慧。

我感谢心灵悟性，小时对人生际遇，寻根究源的盘诘；迷惘和清醒之时，失落和领悟之间，纯洁是启蒙的光。

鲜花的荣耀，绿草的朴实，落日的淡泊，大地的生机，不忘自然的哺育之恩，它带给我桃红柳绿的美；生命彼岸飞翔一弯飞虹，使我一生怀揣七彩的理想。

22. 风

人是芦苇，它需要风；只有在风中，才能不被风吹折。

人是小草，它需要风；只有在风中，才有坚忍的意志。

人是松柏，它需要风；只有在风中，才有不倒的精神，才有常青的生命。

微风吹起，寂然无声，生命是流向远方的风；风的存在，风的自由，生命才有活力，人生才会洒脱，人类才能飞向宇宙。

23. 春雨

等待你，轻捷的脚步；落在秀色的睫毛，落在飘舞的衣裙，落在清新的思绪。

花园和果园，丁香和百合，树枝披上浓绿，鲜花姹紫嫣红，百鸟争相报春归。

清晨苏醒，新生真是甜蜜；一颗颗期待的心，一颗颗干渴的魂；粲然一笑的白玫瑰，焕发青春的红玫瑰。

24. 雪

梦幻飘落现实，覆盖黑色的记忆，散发清香的皱纹，这是良知的避难所，唱着静谧远大的颂歌。

丝绒般轻柔温润，掠过心灵的重荷，哑然无声的瓷雕和玉雕，没有玷污凝结的水气，只有土白色的凝重。

恰似宝剑出鞘，黎明周身丰满，大丽菊的形体，玉色的天空，银色的大地，灵魂细嚼雪的意趣，领略美醉人的功效。

25. 山

山苍茫，奇妙的海市蜃楼；山妩媚，美丽的蓬莱仙境。

山大度，不拒绝微风细雨；山博大，不排斥沙尘泥石。

山丰饶，蕴藏美德和真理；山壮美，胸怀抱负和雄心。

山崇高，纳天下志士才俊；山伟大，建人间不朽功业。

26. 高山啊　风雨岂能撼动你

高山啊！风雨岂能撼动你，雷电休想击倒你，海浪无法淘尽你；雄壮伟岸的英姿，千万年坚韧向上，巍然屹立天地间。

高山啊！野心家企图征服你，留下白骨一堆；冒险家企图超越你，摔得粉身碎骨；幻想家企图搬动你，葬身泥沙石流；投机者企图利用你，飞蛾扑火自焚。

你只留一朵雪莲，给予理想者；你只留一片小草，给予希望者；你只留一条坎坷，给予探索者；你只留一颗雄心，给予创造者；你只留一片蓝天，给予攀登者；你只留一块丰碑，给予登顶者。

27. 独坐山石

树枝又嫩又绿，草莓又甜又酸，怀五月之心一颗。

我独坐山石，眼睛同地接触，心灵与天交流，咫尺而悠远。

看大海，一生波澜壮阔；看黎明，一生灿烂辉煌；望天空，太阳月亮星星，把光明献给大地，把幸福献给人类，创造天下最美的杰作。

28. 峡谷脚下通海

峡谷脚下通海，山峰头上通天；道路迂回曲折，溪水一往无前。

不管乌云多么黑，终将化为雨露；不管悬崖多么险，总有鲜花飘香。

蝴蝶虽小，只要展翅，就有美丽；星星虽远，只要发光，就有未来。

29. 海

不要说大浪无情，不要说大潮无义；大海冶炼出一个旭日，大海孕育出一个月亮；多少心旷神怡的梦想，多少雄心壮志的抱负，都从大海的波涛升起。

这里没有庸碌的岛屿，这里没有叹息的海鸥，这里没有随波逐流的舵手，这里没有心胸狭窄的潮汐，这里没有心怀叵测的沙砾；这里只有通向世界的航道，这里只有展示胸襟的海量。

海使我热情，海使我浩瀚；海使我质朴，海使我庄严！

30. 大海是人走向崇高的唯一支点

我信赖大海，它有天的胆量和气魄，它有地的坚定和真实，它有太阳的激情和力量，它有英雄的梦想和抱负。

我相信大海，在它的生命深处，肩负着自然的重托，超越生老病死的劫难，超越贫富贵贱的侵扰，超越内在腐恶的咸涩。

我颂扬大海，它是时间的诗歌，它是时间的巨著；它在世界底层，历尽艰辛而不屈，倍受压抑自我壮大，微笑到最后的圣灵。

我发现大海，有春夏的月夕花朝，有秋冬的雷雨雪暴；有童话的天真烂漫，有哲人的隽永细语，有历史的不倦教诲，有大地的厚重诚实，有宇宙的恢宏气度。

我崇拜大海，它始终向高山炫示，一种沉毅庄严的反叛，这是人走向崇高的唯一支点！

31. 海螺

不经风吹浪打，与夜搏斗；不经潮起潮落，暗礁磨砺。

没有浪花托起一颗光明的恒星，没有沙滩洗濯一颗金子的心灵。

如果有一座温暖的港湾，有一道享乐的堤岸，我怎能创造人间奇迹。

肉体死去，生命犹存；面向蓝天，面向未来，唱一支长生不老的歌，吟一首永垂不朽的诗！

32. 岛屿

一座岛屿，海浪打击它，咸潮侵蚀它，风雨摧残它，云翳包围它，时间折磨它。

不管这一切，我要拥抱生活，我要拥抱世界，拥抱整个存在的我，把搏斗拓展到永恒的范畴。

我坐在风口浪尖，我站在云涛雾霭，天生不爱倾诉苦难，并非苦难已经绝迹，被风浪洗礼变成珊瑚，被海水重压变成水晶。

感情忍受大海的侮辱，理性认识大海的善恶，知识洞悉大海的价值，意志始终向暴风雨挑战。

不平的世界最公平，不幸的人生最幸运，痛苦的生活最幸福，卑贱的人儿最崇高；在席卷天下的风暴中，惊涛骇浪吞噬豪华的商船，我昂首天外与大海一起壮大。

33. 海贝

海底，沙砾磨不灭你，鱼虾咬不动你，心血凝成的宝珠，连同肉体献给大海。

你虽渺小，你虽苍白，海的怀抱，每一光斑彩釉，辉映海浪的金光，翻动鱼鳞的银色；大海因你更加美丽，大海因你更加纯洁。

34. 灯塔

眼前是浩瀚大海，身后是悬崖绝壁，挺过长长的风雨，守着漫漫的历史，我在春华秋实中欢歌，我在冷嘲热讽中明志。

我注定终生不渝，坚守自己的信念，无视身前的狂风恶浪，不怕身后的逆境绝路；不动如山，平静似水。

站在高山之巅，放眼天地之博大，洞悉人心之幽微，紧贴大地的心脏，听自己沉默的声音，听世界真理的绝唱，看万家灯火照亮窗，看千年岁月照亮心。

35. 低贱使它高贵

金子在大地，即使人们不陶冶，水流也会开采它；种子在大地，即使默默无闻，无私者会献出硕果。

雪莲寂寞，寂寞使它纯洁；太阳孤独，孤独使它光明；星星渺小，渺小使它伟大；大海低贱，低贱使它高贵。

36. 溪水

学会孤独，甘于寂寞，欲望不贪婪，心灵不旁骛，行动有作为。

高山阻挡，决不低头；泥沙同行，决不合流；花草同床，决不梦想；大树压身，决不呻吟。

一路之上，自强不息，锲而不舍，百折不挠；大地是我的乐园，大江是我的天堂，大海是我的圣地。

37. 泉流

你直劈大青山，你横扫小泥石；舞蹈绿色原野，歌唱深山峡谷；一路鸟语花香，一路沃野千里。

瞧一瞧断墙残壁，看一看宫殿荒台；编钟的声音悠远，战马的嘶鸣回荡；兴和衰，荣与辱；贫和富，生与死，是时间的牺牲品。

豪迈的自然精灵，不屈的大地生命；大海有你的狂飙，灌木有你的韧劲；诗人有你的谦卑，哲人有你的高傲，人类有你的灵魂。

38. 永恒的春天

东西南北，酷暑冬寒，春华秋实；冰化成水，树变成泥，万物要松散腐烂。

人走向高处，终究要流向大海；人开花飘香，终究要枯萎凋谢，回归黑暗的虚无。

人类为了不朽，竭尽智慧创造，有了时间的钟表，有了精神的文化，有了灵魂的诗歌；破坏一个腐朽的冬天，缔造一个永恒的春天。

39. 春花秋月

春花秋月，洁如白玉，艳如朝霞，美如彩虹；轻轻摇曳，婀娜多姿。

风中谈吐高雅，雨中笑容可掬；黎明照耀灵魂，黄昏指点迷津；梦里医治身心，醒来甜蜜清爽。

我发现美，漫长一生，不再寂寞，不再孤独。

40. 生命之树

我的生命之树，冬天迎着风雪，春天跳进池塘，领悟繁荣与枯萎，欣赏壮丽和荒凉。

我不断长大，品味我的历史，眺望我的未来；为了寻觅片刻恬静，燃烧出心灵的红绿。

我孤独伫立，理想的中心，现实的边缘；欣赏玫瑰开放，观察牡丹凋谢，以一粒微妙的浮雕——胜利归来的国王，装饰命运廉价的冬帽。

41. 根的真理

明媚的春天，红绿的花草，壮丽的青春；在阳光下闪耀，在风雨中绽放光彩。

狂舞的雪花，冻僵枝干和树梢，摇落红花与绿叶，失去光环和华丽；我要进入根的真理，吸收大地深沉的智慧。

42. 树梢

春天，景色宜人，空气清新，河中活水流畅，河岸歌声悠扬。

蝴蝶翩飞，撩起情人曼妙的梦想；蜂儿采蜜，蓓蕾绽放一生的美丽。

欢乐的季节，幸福的时光；青春的芳香，心灵的活力；生活的温馨，人生的光彩，飘自最华美的树梢。

43. 宏伟的绿色

绿叶各有个性，青山各有雄姿；阳光在冬天舞蹈，树木在春天红绿。

纵横缠绕的根，收集火山与晚霞，装点沉默不语的凄凉美，支持令人心碎的庄严美。

粗壮刚直的躯干，高傲地昂首耸立，拱顶宏伟的绿色，显示生命的巍峨，昭示精神的崇高。

44. 绿色的风景

松柏，雄踞高山，飞黄腾达，风流倜傥，云雾慕名而来。

小草，站在大地，平淡无奇，渺小卑微，可它坚实稳健。

平凡的小草，摆脱平凡性，攀登崇山峻岭，却不留恋风光；稻谷飘香的田野，牛羊遍野的天边，生命跳动的大地，永远有一道绿色的风景。

45. 神圣的花朵

姜白石，梅的香冷；余光中，莲的香红；叶赛宁，绿色的夜晚；戴望舒，天青色的爱情；苏东坡，八月横江的白雾；李贽，四月高山的紫雨；施特劳斯，蔚蓝色的多瑙河；莫奈，棕色的伦敦之雾。

花与香，欲望的颜色；为了解放心灵，首先要解放这朵花；地球上神圣的花朵：哲学、诗歌、音乐、绘画，人类自由思维的精神宇宙。

46. 青春之花

黎明到黄昏，莫让花朵凋谢，莫让容颜黯淡。

日与夜，露水浇灌，心血呵护；保持鲜艳本色，保持火热爱恋，天地会赞颂你的美。

相信我吧！趁大好年华，烂漫的时光，采集青春之花，制作一顶桂冠；春天还是冬天，生前还是死后，牡丹一样雍容华贵。

47. 最平凡的绿色

天赐，那么多小草，最坚强的生物，最平凡的绿色。

狂风鞭挞，小草弯腰；脊梁决不会断，四季茁壮成长。

高大的树木，坚硬的植物，断骨折臂的时候，低矮的小草蔓延大地。

48. 仙人球

人的模样，冷漠得如同隐士；郁郁寡欢，固执而缄默。

婆娑弄影的叶子，同它无缘；绚丽多彩的花朵，不屑一顾；它在痛苦地沉思。

周身的沟槽，显得土气丑陋；灰蒙蒙的道旁，显得低声下气；寒风中傲然挺立，自有一副高贵气派。

坚韧的仙人球，不怕遗世独立；山地高处弥漫春风，篱边园地吐着清香；繁花在风雨后寂寞，明星在黎明前黯然；你在飞雪的天空欢笑，你在阳光的大地歌唱。

你的思想长得像刺，你的灵魂红得像血；宛若一颗美丽的心，纯洁、光明、本色。

49. 麦子

花朵轻盈，以秀色傲人；果实沉甸甸，以价值利人！

人的使命，如何实现？正如一粒麦子，若不掉在地里死亡，它终究是一粒麦子；若它掉在地里死亡，就会发芽吐叶，开花结果，生出许多麦粒；成功，就是忘掉自己，嘉惠别人——当你披荆斩棘，克服万难，登上高峰，吹吹山风，眺望远方……

50. 稻子

你与农人共苦，你与山水同乐；风雨、酷暑、惊雷，你是一位无畏的勇士。

你与大地为朋，你与人民为友；云霞和顽石之上，闹市和乡野边缘，修炼碧绿的意志。

不论山高水深，不管风起云涌；你走遍大江南北，你扎根沃土肥田，秋天寒意中成熟。

你如一位饱学之士，低下沉甸甸的头颅；温良谦和，沉思默想，孕育创造果腹的稻谷。

你教育人们要爱道德，你告诫人们要爱真理；只要善良勤劳和智慧，就能收获金色的诗品。

51. 文竹

你玉纤纤的巧夺天工，长长的叶片潇洒地飘；风和日丽造就你的轻灵，蒙蒙细雨造就你的柔韧。

你在尘土上建造天堂，孤身幽居，暗香盈袖，绿色的爱，绿色的情，弥漫心灵纯净的天空。

你低贱而气质不凡，心碧天一样清高，命皇后一般尊贵；峣峣者易折，皎皎者易污，你奔走物质的河岸靠自律，你迈向精神的殿堂靠勇气。

52. 竹颂

没有华丽的色彩，没有婀娜的身姿；质朴是你的外貌，节气是你的傲骨，挺拔是你的本色，向上是你的灵魂。

钻石只会孤芳自赏，珍珠只想炫耀自己；你如同不朽的松柏，你站在苍茫的原野，翘首上指千仞高峰，低头下临万丈深渊，凌云高处依然虚心，波涛脚下保持恬静，不在稍纵即逝的名利上萦怀，不在风刀霜剑的逆境下惊心。

你是自然的精灵，你是人类的精魂！

53. 一朵水塘的荷花

一朵水塘的荷花，一只蹁跹的玉蝶，一片轻盈的白云，一颗灼热的星辰，一条曲线的河流；自然之舞是生的欢乐，自然之美是爱的幸福。

音符叩响高山流水，画卷留下大地神韵，雕塑呈现生命奇迹，戏剧增添人物风景，诗歌走进崇高心灵；人生尊贵气度不凡，人类庄严美丽优雅。

54. 花果山上的孙悟空

人性诗化的孙悟空，自然天生的孙悟空，花果山上的孙悟空，大闹天宫的孙悟空，八卦炉里的孙悟空，五行山下的孙悟空，戴紧箍圈的孙悟空，脱紧箍圈的孙悟空。

无论愚智可笑之际，无论进取顺利之时；还是杂处逆境之中，还是战胜鬼怪之后，还是含冤落魄当下；祸不怨人，难不怨天；褒贬毁誉，进退维谷；

依然洒脱，自由狂放。

七十二变打妖降魔，真心感动天神玉帝；一路风尘竞取真经，一生傲骨终成正果，仰天一笑乾坤逍遥。

55. 蜗牛

我不愿飞翔，像雄鹰离开高山，像凤凰离开枝头。

我不敢鄙视同类，像星星讥笑尘寰，像月亮嘲笑大海。

我喜欢在大地，灯火阑珊之夜，怀着天真的信念，怀着善良的梦想，肩负纯洁的使命，迎着风雪和烈日；泥泞爬行，沼泽打滚，曲折而坎坷的道路上，坚持不懈、坚忍不拔，昂首一步一步向黎明，踏出一条洁白的光明大道。

56. 一只金色鸟

天空有乌云，原野有荆棘，荒山有嶙峋。

真理如此神秘，梦境如此幽远；攀登者重负如铅块，跋涉者双脚如磐石。

蔚蓝色天空，一只金色鸟，无畏、高傲、热情；怀揣闪烁的星，珍珠色的黎明，远方炽热光明；大海呼唤我：振奋！一路自由高飞，一生自由向上。

57. 寻找栖息的巢

阳光远离我，黑暗包围我，冬季孤立我；乌有无处不在，空虚装满世界；只有火山温暖大地，只有希望燃烧心灵。

我是一只鸟，我需要自由，必须逃出樊笼；我需要飞翔，必须展开翅膀；我需要搏击，必须拥有天空；我需要休息，必须投宿森林。

我一生在盘旋，寻找我的思想，寻找我的感情，寻找我的灵魂，寻找栖息的巢。

58. 夜莺

小有小的困境，大有大的难处；你有你的光明，我有我的希望；我只选择绿色，未垦的大森林，修炼沉郁的功。

雄辩的种子发芽，苦思梦想的灵感，清扫生命的垃圾，收集精神的欢乐；

大海脉动如颂歌，天空拱起如史诗。

一生的机会放弃，一生的功业回流；一条伤口的舌头，夜莺不喜欢白天，沙哑的嗓音向天，缝补分裂的时间。

59. 铁树天鹅凤凰

无论过去，无论将来，我不会枯黄，我不会凋谢，我是一棵铁树，一棵精神之树；我的叶面向太阳，我的根扎在大地，我的花开在人间。

不论生前，不论死后，我不会倒下，我不会腐烂，我是一只天鹅，我是一只凤凰；江河是我的家园，高山是我的故乡，天空是我的祖国；我的翅膀永远在奋飞，我的歌声永远在回响。

60. 大雁

我将被黑暗包围，我将被迷雾覆盖，我将被冰霜冻僵，决不冬眠在雪地。

我要振翅飞翔，我要去远方寻找，属于自己的栖息地；那里有温暖的太阳，那里有灿烂的星光。

一路之上，湖水湛蓝，大地碧绿；轻风吹拂，山峦起伏；桃红柳绿，花团锦簇；没有一块忧伤的土地。

大雁飞，夜莺唱，布谷鸟叫；它们向全世界宣示：每个人都有自己的天空，每个人都有自己的歌声，每个人都有自己的春色！

61. 翅膀

你志趣高远，英姿勃发飞向顶峰；你平易朴实，盘旋而下回归大地。

平仄，高低，画出生命的抛物线，绕着命运的远圆，线路流畅秩序井然。

光明时冲天，黑暗时守望，阳光下翱翔，冰雪中迎风、冒雨、穿雾、掠海；急如星火，慢如溪流，淡泊如云，激情如潮，奋进于绿水青山苍穹。

62. 燕子

为什么我要离开巢穴，为什么我要离开家乡；拍打顶着风雨的羽翼，划过篝火摇曳的草原，穿行露珠闪烁的森林，跨越波涛澎湃的海洋，飞翔在高塔山峰之上；缀满珠光宝气的天堂，追寻一颗不灭的星星。

独立遨游广袤的世界，因为我渴求自由的路，因为我梦想博大的天；证实自己多么孤独和渺小，证实自己多么勇敢和坚强；证明自己怀着天鹅的理想，证明自己怀着雄鹰的志向。

63. 牛

我敬重你坦诚的憨态，生硬疲惫谦和的尖角，每天高兴地钻进牛鞅，你用辛勤换取别人的轻松；他催促你，吆喝你，鞭打你；你的回答：质朴温顺，神情庄重。

你的脚步慢而沉稳，犁在湿润的黑土闪光，秋天高傲的金色稻穗，被你感动得低下头颅；你黑色明亮的大眼睛，映出广袤绿色田野的神圣。

月亮柔美动人，太阳温暖亲切；天下人在唱歌跳舞，天下人在欢庆丰收；此时，你悠悠然，在耕耘过的土地，在收割过的农田，自由自在地徜徉，享受悠闲的时光；从来不闻花朵的芳香，从来不尝果实的甜蜜。

64. 心灯

我们走过，黑沉沉的夜，布满阴霾的晨。

朋友，请别忘，灿烂的时光，比黑夜更长。

黑暗，总是走在，光明的前头；失败的道路，奠定成功的基石。

梦想，总会实现，美好属于你；只要不懈追求，只要心灯不灭。

65. 钟鼎不会在繁华中迷失自己

寂寞城市，一个人守屋，孤独如金钱，藏身秘密的旮旯。

夜是凉的，黑暗留在房间，桌上是丰盛的白昼，生活是扩张的圆形轨道。

摇摇晃晃的世界，横七竖八的人流；大风虽然卑躬屈膝，依然爬过人的肩膀，天上只有高高的星座。

岿然不动的正义，洁白无瑕的道德，如大海中央的灯塔；站在风口，立在浪尖，任时间拍打冲刷和暴晒。

只有雄鹰在飞，它习惯孤独，它喜欢风雨的天空；只有钟鼎在敲，它不怕寂寞，它稳如泰山，不会在繁华中迷失自己。

66. 井

深的字，深的绿，深的清，兰花飘出芳香。

魔幻的迷宫，翠玉的湖泊；千年的黑暗，万年的光明，我把自己抛向井，那不是绝望的深处。

采撷星星，打捞月亮；爱情女神，诗歌仙子，坐在圣洁的殿堂。

67. 手

不要说你最辛苦，不要说你一无所有；不要成为一名祈祷者，不要成为一个乞求者。

人生多彩，生活多变；紧握拳头，挥动双臂，布满青筋的手，月亮和太阳之间，敲响理想的洪钟。

十指张开，不管春夏秋冬，不怕千辛万苦；伸向大海江河，伸向高山荆丛，伸向大地沃野，伸向太空宇宙；把世界的财富握在手，把自己的命运握在手。

68. 脚

命运注定你，不去仰视明星，不去崇拜太阳，不用败者的膝盖，而用胜者的步伐；一个脚印、一个脚印，忍辱负重，千里跋涉，行走雪地草原，翻过三山五岳，穿越阴影中的深壑，搏击风浪中的江海，征服黑暗中的歧途。

气吞山河的魄力，气势不凡的力量，独步神圣的自由舞台；踏遍今天的酸甜苦辣，踏遍明天的生老病死，踏遍人生的是非曲直，踏遍社会的贫富贵贱，踏遍心灵的内方外圆，踏遍世界的思想灵魂，证明自己是大地的舞者。

69. 酒歌灯

酒有火的性格，率真、直爽；酒有水的外形，灵智、温柔。

歌有不老的青春，高昂、憧憬；歌有不死的灵魂，信念、深情。

灯是光明，照亮黑夜的天；灯是希望，灯是理想，照耀未来的路。

人类的智慧，创造酒、歌、灯；温暖我们的生活，温暖我们的心灵。

70. 酒浆仍散发着醇香

星光闪烁，月色迷人，孤影无人陪伴，孤魂无人欣赏；冬夜独自徘徊，好花不能开放，爱心不能倾吐；琴声在耳畔袅绕，夜色中寻觅知音。

春天来了，我祈求太阳，照亮我的心灵；我祈求月亮，安慰我的灵魂；我的感情啊！我的理智啊！葡萄酒倾倒了，酒浆仍散发着醇香。

71. 希望多么刚强

清醒的晨曦，比翼的小鸟，甜美的果实，金色的池塘，银色的湖泊，常青的山峦，奔放的大海，丰饶的原野，觉醒的小径；车辙弯曲的弧线，一路伸展向天涯。

生命多么精彩，希望多么刚强！

72. 不可征服的精神

叶在风中飘，草在雨中长，云在湖上行，泥在膝下生。

溪水流泉，蜿蜒曲折，闯过峰谷，绕过树林，走过原野，绵延不绝；水气飞扬，化作云雨，宛若天之骄龙。

生活是血汗灌溉的禾苗，智慧是挡风御寒的大氅，诗歌是高山大漠的黄金；天下没有长生不老的生命，人间只有不可征服的精神。

73. 高尚人格的气质

梅，孤花自赏的本性；碑，功成名就的见证；水，柔和万物的能力；松，坚贞不屈的意志；草，笑迎风雨的心态；心，内方外圆的智慧。

让山，表达思想；让海，倾诉感情；让火，燃烧激情；让风，张扬个性；让雨，纵横天下；让荆棘，穿透万物；让日月，映照人心。

我在其中，坚守自己，带着高尚人格的气质。

第三十二章

精气神

1. 中国人都有龙的精神

我是一位平凡的人，既不谦虚，也不鲁莽，却像大海那样骄傲。

我是一位自由的人，泰然自若，无拘无束，却像琵琶那样敏感。

我等待风儿吹来，掀起心灵的浪花；我等待雨儿拍打，响起优美的旋律。

谁知，风无情，雨无意；一声声冷笑和讥笑，一支支暗箭与明枪；侮辱我，打击我，直到我绝望，跌倒在沙滩。

电光石火，燃烧我的思想；风雨霜雪，焕发我的生命力；我的灵魂觉醒，我的灵感爆发，明白为什么而生存，知道为什么而歌唱，相信做人需要人格和尊严，相信做人需要荣誉和信仰，因为中国人都有龙的精神。

2. 经典是文化瑰宝

我是幸运儿，有一缕阳光，一生照亮我，内心的夜空；这是一道圣光，深通经典的智力。

当我拥有啊！经典的感情，经典的思想，经典的哲理，经典的智慧，经典的诗歌；它是滋补品，它是护身符；没有人敢轻蔑，没有人敢欺侮；没有人会嫉妒，没有人会剥夺。

我安宁的心灵，我纯洁的良知，我绿色的生活，我奋进的人生，我燃烧的灵魂，我博大的胸怀；没有污染的回忆，只有飞扬的灵智，只有自由的天地。

经典是文化瑰宝，使我的精神高贵，使我的智慧深邃；我能把握小我的命运，我能创造大我的世界。

3. 力学的圆弧

充实自己，与其顺从，不如独立；与其躺倒，不如站起；与其固守孤寂，不如敞开襟怀。

做事坚忍不拔，走路从容不迫；心中缀满象形文字，眼睛选择攀登高峰；伴着速度和力学的圆弧，大路上呈现青春和壮美，大地上划出真诚和真心；用呼吸画出浩然的志气，用人格耸立挺拔的脊梁。

4. 在大地一展雄姿

东方的玫瑰，北方的睡莲；西方的天竺，南方的茉莉；天上晶莹的星星，人类闪烁的心灵。

美好的生活，壮丽的人生，严峻的现实；比曙光明亮，比春天温暖；比天空崇高，比大地深刻。

无论怎样忧伤焦虑，无论怎样屈辱无奈；我要走进柔和的月夜，我要走完脚下的旅程；向苍穹升腾一个梦想，在山巅放飞一个希望；犹如兀鹰在天空自由翱翔，宛若巨龙在大地一展雄姿。

5. 给精神一条生路

你是否见到未来，你是否留恋过去；沙漏是历史的记忆，钟表是现代的见证，太阳照耀古今祖孙。

不要轻信，河流冰冷；不要轻信，冰雹无情；求你给生命一支歌曲，求你给精神一条生路。

迷恋这个世界家园吧！月光下坐着前世美人，星光下站着来世女神；缪斯一亿年的爱和情，结出的果实孕育春天，花朵映红每个人的笑脸。

6. 浩然之气

天没有记忆，地没有灵感，宇宙没有思维，只有浩然之气：正义和正气！

浩然之气，比大海深广，比天空浩瀚；轻盈灵秀飞在高空，托出人道，浮出创见。

浩然之气，没有踪影，却可以感知：为天下人不遗余力奉献；时间和空间，大地和空气，阳光和雨水，星星和月亮，生命和灵魂，动物和植物；成为人类的母亲，不朽的象征。

7. 世界为自强者璀璨

退缩，就是知其大可为而不为；超越，就是知其不可为而为之。

难能才见高贵，耐久才显祥瑞；冲突然后有奋斗，奋斗然后有道德，道德然后有快慰；奋斗越剧烈，道德越鲜明，快慰越深切；快慰，绝境得来，九死无言！

人只有跌入低谷，才能站在高峰；人只有穿越地狱，才能声震寰宇；孤独与寂寞，以愚为智，以卑为尊，以丑为美。

人与人，不可太远，太远不能印证经验；人与人，不可太近，太近不能摆脱利害；经验与利害的错觉：不智以为智，不善以为善，不美以为美。

熄火吧，熄灭！短促的烛火！瞬间的流星，夜空为自弱者悲悯！喷发吧，喷发，磅礴的火山！热情的太阳，世界为自强者璀璨！

8. 男人的光荣

有识之士开导人，一生贫困潦倒；德高之士为民谋福，一直缄口不言。

自富者筋力自强，自贵者才智自高；自律者德性自崇，自为者磊落自雄。

杜甫清贫是诗神，凡·高自残是画神；廉颇老矣是将才，凯撒被刺是帅才，项羽自刎是雄才；孔子落魄是圣人，尼采孤独是超人，老子无为是哲人。

卑微与崇高同行，渺小与伟大相邻；声震天下的英雄，名扬天下的文豪；穿穷途荒山大漠，越困苦急流险滩；一步一个挫折，越挫折越奋进，九死一生，攀登高峰，这是男人的光荣。

9. 只有思想创造未来

人没有思想，就是一棵树，一块顽石，一只动物。

人有思想，没有手，没有脚，没有眼，没有耳，照样自强不息生活。

天下的财富，大地的建筑；个人的金钱，个人的荣誉，时空会迅速吞噬它。

人的尊严，人的价值，在于拥有独特思想；只有思想囊括宇宙，只有思想创造未来。

10. 自信心和信念

鲁迅、叔本华，不怕孤独，不怕黑暗；不屈不挠的力量，支撑起自信心；在整个文化界，敌意和喧嚣的叫喊中，岿然不动，思想远播。

孔子、孟子、老子；替天行道，兼济天下的信念，表现自发的意志力，把哈姆雷特们构筑的障碍，像秋风扫落叶一干二净，《论语》《道德经》历久弥香。

11. 猛志常在

近看，人类这么丑；远观，世界这么美。

真假有善恶，生死有因果；人生大道蹒跚，五湖四海竞流。

一轮月光，心灵独朗；峰岩灵秀，天造地设；壁立千仞，山壑浩荡；登高临风，宠辱皆忘；热忱奉献路人，真诚赋予村寨，胸襟包容大地，智慧创造社会。

大海永无宁日，自然优胜劣汰；只要太阳常新，只要猛志常在！

12. 一曲壮歌飘然

谁愿让骗子占有财富，谁愿让懒汉穿上锦袍。

谁愿让愚人坐在高位，谁愿让恶者横行天下。

英雄的竖琴，美女的琵琶，只有生与死的爱，力与美的歌，才能把海浪镀金。

盗取圣火，誓与天争；永恒财富，传世美名，只有浴血奋战，只有酿造学问，赢得千古赞誉。

我迎着风暴飞，我攀登悬崖上；仰望日月星辰，俯瞰沧海桑田，敞开宇宙的襟怀，一曲壮歌飘然。

13. 到达境界的巅峰

生活吧！热爱生活吧！梅花踏雪而去，荷花浮水而来。

梅花饮露珠，荷花喝甘泉，不茫然接受，山野的浆果，路边的花草。

登高的双脚，沾满沉重的泥泞，身披春秋的风霜，到达梦想的绿洲，到达境界的巅峰。

14. 头颅朝上

哪里有恐惧，哪里就有崇拜；哪里有崇拜，哪里就有恐惧。

谁说实话，谁就不受欢迎；谁说假话，谁就可能青云直上。

说假话的人，一生内心恐惧；说实话的人，最终受人崇拜。

曲折的现实，光明的大道；不怕命运朝下，才能头颅朝上。

15. 心灵的创造力

万物必灭，人生终有一死；即使如此决不投降，若不能成功也要鼓起勇气，超然站在毁灭我的命运之上。

我是精神的巨人，不沉溺幻想的希望，不崇拜神化的偶像，不屈服外在的暴力；战争的暴力摧毁家园，物质的暴力制造穷人，权势的暴力滋生奴性。

我崇拜心灵的创造力，太阳大海高山森林的真，哲学历史科学知识的善，诗歌绘画雕刻音乐的美；长城金字塔大雄宝殿的庄严，把人类精神装点得神采飞扬。

16. 抬起头满天星光璀璨

当你处在危险关头，机会就会随之而来；当你处境艰难之时，应该想到曙光就在前头，应该看到希望正在等待。

争取吧！否则没有人给予你，幸福就是超越厄运，翻越崎岖坎坷的高山，横渡波涛汹涌的大海，抬起头满天星光璀璨。

17. 保持自己和自己同一

痛苦不是恶，灾难不是恶，贫穷不是恶，挫折不是恶，它不能摧毁自由，它不能使我二元化。

当我的意志坚强集中，保持自己和自己同一，在内心筑起铜墙铁壁，没有枪炮能打击进去，它能把恶行挡在外面，即使痛苦和灾难消除，即使贫穷和挫折改变，不能被当作目的动摇。

18. 我要一生燃烧保持激情

我把人生如此大的重量，举到又高又陡的山巅上；一阵风，刚要到达顶峰，瞬间跌入黑色无底深渊。

我遍体鳞伤失去活力，我生活底层千辛万苦，却不放弃向上攀登；放弃，意味失败，没有信仰，有损人格，贬低价值；时间将会拒绝我的希望，命运将会驱逐我的理想。

承受重负和打击的折磨，扯去绷带，吃力地站起；只要能扬起高傲的头颅，就能仰望天，火的太阳；血一旦凝固人不会崇高，我要一生燃烧保持激情。

19. 低矮的天穹下

艰难的人生岁月，跌跌撞撞地行走，高山上感受疲惫，大海中感受屈辱，沙漠中感受孤独，风雪中感受冷漠，饥饿中感受痛苦，黑暗中感受焦灼。

太阳出来照耀大地，疲惫、屈辱、孤独；冷漠、痛苦、焦灼；凝聚成闪亮的钻石，发射多棱镜的光辉；低矮的天穹下，潮湿的屋檐下，精神要比物质丰富，意志要比岩石坚强。

20. 人要有生气

狮子在旷野吼叫，昆虫在花丛飞翔，鸟雀在树林歌唱；生气的表现。

亚里士多德说：人生最大目的追求幸福，幸福就是不受阻挠的活动；这话是至理名言。

艺术，来自现实，超越现实；摆脱有限寻求无限，可以自由活动；摆脱平庸追求创新，希望从沉重空虚的时间，寻求瞬间的圆满，精神蓬勃的生气。

生气，就是精神自由活动；不生则已，有生即动；人要有生气！

21. 奋斗中柳暗花明是春天

当你鄙视我时，在造就我的伟大；真正的出类拔萃，存在于渺小和卑微，存在于轻蔑和屈辱。

当我被攻击，当我被冷落；被命运逼到穷途末路，被风暴吹到悬崖绝壁；炉火锻炼真金，炉火造就荣誉；患难时刻躺倒的是懦夫，强者面前跪倒的是弱者。

自信的人，自爱的人，远见卓识的人，精神威风凛凛；即使饥寒交迫，即使生命垂危，要拼个九死一生；黑暗中神色自若，远眺满天星辰闪烁，奋斗中柳暗花明是春天。

22. 我的行动只有战胜万难

夕阳催我出海，晚钟呼我扬帆，潮汐领我远航。

经历荆丛的游弋，回望伤逝的人生；纯洁的月光昏黄，美丽的彩虹褪色，黎明不再有梦想。

虽然前方一片漆黑，虽然远方波涛万顷；我不能刚起锚就退缩，我不能刚扬帆就返航，鲸鱼在理想的大海搏击，海鸥在希望的天空奋飞；我的信心只有执着未来，我的行动只有战胜万难。

23. 大器晚成

金出自沙砾，玉采自石生；道斟酌美酒，仙邂逅花丛。

桃李艳丽，不如松柏坚贞；橘子甘甜，不如橙子芬芳。

登山耐歧路，踏雪耐危桥；少年盛名，不如大器晚成。

24. 正气

你在绿叶中，你在红花中，你在果实中，人人赞颂你的美。

你是大地精魂，你是华夏砥柱；自然之神给你生命，道德之神给你爱心，太阳之神给你温暖。

你不怕蟊贼暗暗诅咒，你不怕奸臣苦苦分化，春风的情感渗入骨髓；荷花在水上漂着清香，百鸟在树梢发出和声，智慧在人间绽放真理；万物追求千古的情义，人类追求不朽的正气。

25. 傲骨

人性中的极致境界，虚怀若谷自然流露，从善如流大家风范，高风亮节自成气候。

一生正直自信乐观，任重而道远的追求，崇高而神圣的理想，执着国家的兴与衰。

26. 我是一粒万年沙

贫穷不能使我轻，富贵不能使我重；权威不能使我尊，卑微不能使我贱。
帝王后裔变庶民，商贾子孙成乞丐；我是一棵千年草，我是一粒万年沙。

27. 贤达志

春雨过江山，踏浪是英豪；鹏程万里风，长歌云霄汉。
月色杯中酒，过客走末路；宇宙布恒星，遥指贤达志。

第三十三章

接纳生活

1. 接纳生活

书籍珍藏人类的生活，皇家起居的府邸深院，政要管理的现实社会，智者探究的大千世界，学者研究的人性海洋，科学发现的自然规律，商贾欢聚的繁华之地，艺人出没的高雅沙龙，农人安睡的茅屋小楼，小贩叫卖的街头小巷，工匠忙碌的叮当场所，白领汇集的茶馆酒吧，情侣栖息的花前月下，天地的色彩错落有序。

人与人总有意外相逢，相逢既有翻涌的惊喜，也有满口难言的苦衷；相爱的人有爱也有恨，相握的手有冷也有热；生活本身有酸也有甜，生活本身有荣也有辱，有阳光也有暴风骤雨；我们只有接纳生活。

2. 热爱生活吧

生活，热爱生活吧！生活是导师，生活是诤友；生活是幸福，生活是快乐；生活集天下之美于一身。

请大步走出孤寂的围墙，请融入阳光明媚的自然；风儿为你带来温暖柔情，大地为你献上鲜花美酒，大海为你敞开博大胸襟，江河为你浇灌葱绿原野，天空为你焕发七色光彩；春夏为你耕耘播种开花，秋冬为你结果收割珍藏；恋人为你露出动人笑容，爱情为你繁衍子孙后代。

热爱生活的人精神焕发，热爱生活的人心情欢畅；热爱生活的人天天高兴，热爱生活的人年年平安。

3. 生活

生活是命运，就抗争它；生活是奋斗，就迎接它；生活是挑战，就战胜它；生活是赠予，就接受它；生活是风险，就承担它；生活是悲剧，就面对它；生活是苦难，就吃尽它；生活是悲伤，就消化它；生活是神秘，就揭开它；生活是困惑，就解释它；生活是承诺，就信守它；生活是责任，就履行它；生活是旅程，就走完它；生活是金曲，就欣赏它；生活是壮美，就赞颂它；生活是富贵，就淡泊它；生活是贫穷，就泰然它；生活是罪恶，就扬弃它；生活是善良，就珍藏它；生活是爱人，就热恋它；生活是梦想，就实现它。

4. 生活是一树花

生活是一条河，曲曲折折；生活是一座山，高高低低；生活是袅袅炊烟，倾吐着每一家的悲欢；生活是四季风景，诉说着人世间的美丑。

生活是一树花，一朵一朵开放；生活是一个春天，一天比一天灿烂；生活是一只风筝，一年比一年高飞；生活是一片大海，翻腾着快乐的浪花。

5. 生活不是倒塌的楼阁

生活，不是倒塌的楼阁，不是流水淌走的梦幻。

生活，不是天上的乌云，不是逶迤难行的泥沼。

生活，是黎明的朝霞，是夜晚的星星，见证黑暗与光明。

生活，是一棵参天大树，把风雨留给自己，把温暖福荫人类。

生活，一座开放的花园，延伸出去的色彩，赤橙黄绿青蓝紫。

6. 生活之美的永恒赞许

走过砂砾铺就的小径，踩着飒飒作响的松林；走出朦朦胧胧的薄雾，云彩背后绕着红光的太阳！

岁月不是煎熬，不受西北风的鞭挞，不受沉重夜色的压抑；岁月是磨炼，岁月是洗礼，满脸的皱纹，蕴含着笑意，宽厚开朗慈祥的神情，生活之美的永恒赞许。

7. 生活真实的信号

生活不需要叹息，生活不需要忧郁，生活不需要幻想，生活不需要虚无。

音乐的节奏，舞蹈的韵味；天上蔚蓝的星光，人间幸福的笑脸，生活真实的信号。

山峰浩荡的风，大海汹涌的浪；生命珍藏的雄心，人生远大的抱负；才是自然的生命，才是现实的生活。

8. 咫尺就是生活的顶峰

站起来,挺胸,大步向前走,这才是人的生活。

热爱生活吧!丰盛的大地,从不向鹅卵石,贡献甜蜜祭品。

学会生活!不要在原地徘徊,荆棘之路有鲜花,黑暗之路有黎明。

改变生活吧!当太阳落进黑夜的深井,你必须推开生活之门,耐心打捞失落的光明。

走向生活吧!希望是酵母,汗水是面包;只要向上不息攀登,咫尺就是生活的顶峰。

9. 生活渴求欢笑

唱一支歌吧!让热血沸腾,生活渴求欢笑。

快乐的人,永远不会贫穷;忧伤的人,永远不会富有。

生活爱听,真诚的曲调,真心的韵律;生活赞美,坚贞不渝的爱情,坚定不移的信念;生活需要,自由自在的梦想,踏踏实实的人生。

10. 生活只有今天

玫瑰花园,月儿高悬;皎洁的光,潜入夜幕的密林,月光与春光幽会。

智者,能预言未来;爱者,能预感冷暖;蝴蝶双飞,小鸟双翼,爱恋是生命的魂。

最热是功名,最烈是爱恋,远胜火山喷发;事业不在天堂,爱情不在地狱,生活只有今天。

11. 永恒变化的生活

世界没有一成不变的事物,人生只有永恒变化的生活。

生活像自然,有阳春和金秋,有酷夏和寒冬,每年不同却周而复始向上。

人生的成功和失败,幸运和厄运,贫困和富裕,高贵与卑贱;在时间的长河,都不可能持久。

面对突然的危机,没有充分思想准备,厄运像大海的波涛,在你生活的海岸线，潮起潮落拍打不停；做好最坏的打算，向最好的目标奋斗；挺过最难熬的痛苦，时间会给你仁慈的微笑。

12. 生活 为爱者敞开怀抱

风摇着桃李，落花流水春去也。

它告诉你：奋斗有什么意义，爱情有什么意思；生死由命，富贵在天。

瞧，天下；动物在觅食，植物在生长，江河在奔流，人类在劳动和创造。

太阳照着山巅，赞歌回响大地；明天，为梦想插上翅膀；未来，为理想搭建舞台；生活，为爱者敞开怀抱。

13. 充满震撼的伟大激情

不要抱怨生活，生活是一座山，生活是一条路；山中有仙也有鬼，路上有好人也有坏人。

不要咒骂生活，只要你走进社会；到处能听到歌声，到处能看到鲜花；灯红酒绿的餐馆，山清水秀的乡村；美丽漂亮的女人，儿孙绕膝的家庭，回响着欢声笑语。

不要逃避生活，只要你走进现实，在商品交易的市场，在金钱流通的领域，在权力崇高的会堂，在科技创新的都市，在颁发金杯的舞台，充满震撼的伟大激情。

14. 这是现实不是黑暗

风中有名曲，云中有名画；雪中有精神，雨中有思想；朝野有圣人，大地有英雄。

穷乡有疾病和饥饿，闹市有乞丐和妓女；无知有愚蠢和固执，知识有狡猾和欺诈。

梦境有幸福的虹，天堂有爱情的霞；一言一行有生存的细节，断编残简有历史的真相；冷眼冷语有整齐的时间，春华秋实有新生的小诗。

一声蝉鸣，穿透人间的炎凉；一根拐杖，踏尽世路的坎坷；一顶乌纱，走遍天下的坦途；一把金钱，打通大海的隧道。

这是现实，不是黑暗。

15. 呼吸不能算生活

我们是万物之灵，来到这个世界，呼吸不能算生活，享乐称不上人生；命运注定我们要辛苦，挑起地球沉重的担子。

万木会枯荣，生命有始终；别理会人间小，别害怕人生短；搏风击浪，翱翔长空；尖峰时刻，生死之间，体验巨大的痛苦，领悟极致的幸福；生前做一番崇高的事业，身后留一份恬静的心境。

16. 微笑着生活

抬头吸收太阳的光明，低头摄取大地的精神；光明与精神血脉相通。

凝眸花朵的枯荣，思想圣贤知足常乐之理，省悟幸福是世界律动的瞬间，感觉爱情是摆钟往来的两极。

我微笑着生活，在苦乐里陶醉；内心比音乐美妙，思绪比诗书丰饶；虽然人生之酒别有一番滋味，虽然青春岁月随着长河流逝，只要创造的业绩在大地永存！

17. 要懂得生活

要体验生活，你必须站在高山；学会向高峰攀登，学会向低谷俯视。

要理解生活，你必须投入大海；学会向纵横搏击，学会向深渊探索。

要懂得生活，你必须挖掘生活；愚昧人只见地狱，聪明人发现清泉。

18. 生活有永恒的规律

你一无所长，却腰缠万贯；你一无所能，却名满天下；未来的路很长，总有一天成为笑柄。

不可自吹自擂，不可招摇过市，不可坐享名利；多少人倒在雪地，一个人终究是一粒沙。

山自强而常青，水长流而甘甜，献出天的真诚，赢得地的爱戴，生活有永恒的规律。

19. 生长大海悬崖的小树

生长大海悬崖的小树，忍受风暴无情的打击，忍受天水孤独的磨难，忍受时间绵延的摧残，总是骄傲地大声歌唱。

在短暂和永生的现实，在腐朽和不朽的人间；我们头戴耻辱的冠冕，我们身穿虚荣的西装，我们脚踏诽谤的皮靴，才能迈过善恶的栅栏，到达睿智的亭台楼阁。

贪婪的生活没有宁静，越权的生活没有远景，富贵的生活没有自由，贫贱的生活没有享乐；只有星光能穿越黑暗，只有诗人能淡泊困境，只有哲人能自由生活。

20. 甜蜜的生活

晚餐时，有人喜欢，一点一滴品尝幸福，一杯一杯畅饮欢乐。

喝空了，酒只有一瓶，无法再灌满它；空空的玻璃瓶，除非你给予世界。

葡萄林，只要藤蔓，与你的手向上攀，与你的心开出花，一直到枝叶干枯，果实重新酿出美酒，最后的晚餐不会属于你，甜蜜的生活永远陪伴你。

21. 合理的生活

合理的生活在于：懂得什么是希望、信仰、大爱。

人生实在短暂，天下功业无穷，因此求助于希望。

历史博大的内涵，假恶丑都有危害，真善美都有缺陷，因此求助于信仰。

地球是个大工场，不论多大效率，都不能单独去完成，因此求助于大爱。

22. 家庭

家庭是女人的王国，女人一旦游离家庭，就会与男人处在战争状态。

家庭是男人的堡垒，男人一旦失去家庭，就会失去躲避枪弹的掩体。

家庭给人感觉自在，如想自由就要离开家门；自在者安居，自由者烦恼。

23. 工薪族的焦虑

我们需要工作，我们需要工钱；这是为了生存，这是为了生活；这就是我们的理想，这就是我们的境界。

如果我们下岗，没有公司付我们工资，谁供养住宿吃饭穿衣，谁承担儿女成长的责任，我们为一家人的生活焦虑。

如果我们有工作，如果我们领到工资，回家妻子和儿女会笑脸相迎；我们可以自由自在呼吸空气，生活感到轻松活泼和谐幸福；就像一位主教端坐灯光下，阅读一本人类最神圣的书籍，世界变得光明博爱幽默有趣。

24. 幸福在哪里

幸福在哪里？厨房装满，油盐的坛坛罐罐中；衣柜装满，绒线的团团花绿中；书柜装满，文史的惊魂典籍中；白纸装满，黑字的力透纸背中；喜怒哀乐，真善美的感情中。

快乐在哪里？炉火旁，湖畔边，花草间，小路上；在儿孙的笑靥，在恋人的脸庞；在严肃的课堂，在轻松的咖啡厅；在琳琅的货架，在熙攘的菜场，在朴素的生活。

25. 幸福是位恋人

幸福是件外衣，滑落美人双肩，露出光洁皮肤，内在美妙曲线，吸引渴望眼光。

幸福是位恋人，虽然追求爱情，需要付出艰辛，承担家庭责任，总是携手同行。

第三十四章 尊重苦难

1. 尊重苦难

青春的回声激烈而短暂，冬天的心灵温热而深邃；遭诽谤镇定自若不惊慌，被怀疑自信自强不辩解，面对挫折勇于咀嚼苦果。

全神贯注名利目光短浅，立德立功立人风物宜长；知炎凉知荣辱闲庭信步，登高山激海浪凌云向天，尊重苦难好比珍惜生命。

与村夫相守不离谦恭之态，与王侯相交不露谄媚之颜；干大事不抱希望竭尽全力，处逆境精神高扬襟怀坦荡；岁月流逝情感的魅力递增，生命衰退智慧的光华灿烂。

2. 痛苦的价值

黑暗制造罪恶，黑暗制造恐怖，黑暗制造死亡。

痛苦是磨难的见证，痛苦是困惑的见证，痛苦是贫寒的见证。

黑暗，与其说有价值；穿越它，就有未来的希望，就有新生的光明。

痛苦，与其说有价值；超越它，洞察人性的弱点，获得思想的灼见。

我们渴望光明，追求幸福，却无法躲避黑暗与痛苦，在人类并不完善的世界！

3. 痛苦

痛苦，一把锋利的斧头，砍伐生命之树的枝条。

痛苦，一只不知疲倦的蛀虫，啃噬幸福大树的果实。

痛苦，二个黑白幽灵，无形的手，撕裂一颗搏斗的壮心。

没有痛苦，不知青春的价值；没有痛苦，不知梦想的美好；没有痛苦，不知好运的存在；没有痛苦，不知人生的意义；没有痛苦，不知善恶的标准；没有痛苦，谁来铸造民族的雄魂。

痛苦，我的百草园，我的天然森林；绿色象征希望，红色象征理想，蓝色象征梦想，白色象征诗歌。

4. 对事业的严峻理喻

小草一棵比一棵弱小，却比松柏还有生命力；峡谷一条比一条弯曲，却比大街还生机盎然。

一旦你遇到艰难与坎坷，像种子失落晦暗的白雾，就要始终怀着春的情愫；凭借对永恒之美的信念，从皑皑白雪下开出鲜花，从黑黑土壤上昂扬而立。

这不是今天新添的欢乐，去压倒昨天苦涩的惆怅；这是对大海的浮想联翩，这是对事业的严峻理喻。

5. 大树因飓风喧嚣赢不朽

心灵跌进尘埃的鞋底，金色的命运碾成灰色；梦想的羽翼扶摇直上，负载我的阴霾和风雨，超度我的苦涩和苦难。

黎明前眺望黑色远景，学会一边受罪一边微笑；只要逆风不灭自强之火，毅力会把青春碑石敲响，冰雹会把音符撒落心田。

不论世界如何灰色，不论人生如何黯淡；内在的激情胜过光明，内在的自信温暖心灵；不断旋转的大地舞台，不停轮回的自然四季；鲜花因香飘千里而凋谢，大树因飓风喧嚣赢不朽。

6. 地球沉甸甸压心口

你曾有这样的煎熬，母乳难解肚皮饥饿，爱情难除精神焦虑，千金难填欲望深壑。

你曾有这样的不幸，力量的双脚难远行，智慧的双翅难高飞，天才的花朵难开放。

你曾有这样的悲伤，背了数不清的罪名，把掌声金钱和荣誉，赠送沉睡着的命运。

你曾有这样的苦楚，举着鲜花飘香大地，女人不爱男人不欢，地球沉甸甸压心口。

7. 最受压迫的是鞋子

黑夜再长，黎明总会到来；人生再苦，光明就在脚下。

蜜蜂吮吸花蜜，对着玫瑰诉苦；最受压迫的是鞋子，从来不诉苦不喊痛。

呵，你很忧愁；只要不让阴影，笼罩跳动的心；坦坦荡荡的人，一生把痛苦的监狱，化为心正行洁的闹市。

8. 一朵四瓣的小花

孤雁飞翔的天空，牛羊走过的草原，麦苗长高的田野，有一朵四瓣的豆花。

一片花瓣叫美，一片花瓣叫爱；一片花瓣叫苦难，一片花瓣叫慈悲；花瓣上都有一滴血。

对诗人来说，美就是痛苦，爱就是磨难，慈悲来自苦难，诗歌来自血汗；这就是生活的创意，这就是最高的感情，没有幸福可以超越。

9. 嵌合

痛苦需要欢乐安慰，爱情需要焦灼点燃，春天需要落叶预感，成功需要大山负荷，英雄需要鲜血代价，荣誉需要丰碑证明。

伟大来自丰富性，大地纯粹的美，天空真实的云，只有嵌合在一起，远胜黄色的太阳，远胜光洁的大理石，远胜锈斑的青铜器；在芳香浓烈的世界，果实在暴风雨中成熟。

10. 小鸟开始歌唱

雪片敲击窗棂，风雨推开大门；不要惊慌失措，不要恐惧焦虑；灾难是我们的伙伴，苦难是我们的知己。

一切都会好的，把手捂在心窝，只要这儿不结冰；打开窗，屋檐下，冰凌正在融化，小鸟开始歌唱。

11. 捕捉幸福

美丽的时光，欢乐一晃而过；烦恼的回声，荡漾灵魂的湖泊。

凄风苦雨，落花流水，大雪盈窗；你孤独，我寂寞，世界是寒冷的冬季。

对风，对雨，对雪，没有感觉的人真好；永恒烦恼的大海，一生劳累的现实，我要捕捉属于我的幸福。

12. 空荡荡的房子

空荡荡的房子，没有风的呼吸，没有云的叹息；只有带着伤疤的音乐，围绕一把一把的椅子，倾听蟋蟀爱情的回响，捕捉雨丝飘落的声音。

窗口鸟瞰一个天空，石桥俯视一条长河；时间荡漾无尽烦恼，水流爱抚流血伤口，万物都拥有一颗私心；我从和谐的梦中醒来，只见月亮残缺的身影。

13. 我不是风帆

我不是雪花，我不是美酒；雪飘落不知去向，酒飘香不留踪迹。

我不是欢乐，欢乐不属于我，欢乐不属于你，欢乐与人保持距离。

我不是风帆，没有破译大海的密码，没有参透大海的秉性；乘风破浪，勇往直前，遭遇被吞噬的命运，才学会驾驭大风大浪。

14. 净化时间和生命

被褥长满虱子，柜子爬满蟑螂；幻想窒息、理想禁锢、信心隐居、希望沉寂。

人脆弱，不可缺一点水、一丝空气、一片面包；只有吸收日月的乳汁，只有收集和谐的云彩，只有学习自然的柔韧性，才能立足大地镇定自若。

人类，为了尊严，攀上悬崖，发出野性的嗥叫；站在云端，响起神圣的雷鸣；倒在雪地，喷出鲜红的血液，净化时间和生命。

15. 我们都要至尊如帝王

愁，天地悠悠；苦，险峰耸立；灵魂和肉体摩擦，现实和理想碰撞；痛苦在灾难中安闲，感情在火光中净化。

葱绿的光，温柔的浪，红色的黎明，紫色的黄昏；在自由的地平线，无论谦虚和高傲，我们都要自豪如英雄，我们都要至尊如帝王。

16. 嘴角浮动一抹火焰

冰雹倾落，大雨滂沱，干旱肆虐，海啸汹涌，地震响起，火山喷发；奸商在诈财，列强在争霸，战争在酝酿。

天灾是魔，人祸是鬼；它们生活在地狱，它们爬行在绝壁，它们密谋在洞穴，它们嚎叫在黑夜，诅咒光明的世界。

只有善良的人，只有劳动的人，伸出苦难的手，弹拨心底的琴弦，享受盎然的春意，享受睿智的快感，嘴角浮动一抹火焰。

17. 永远艰涩的顿挫

我是一棵小草，我是一条小鱼；白天与风雨同行，夜晚与潮汐并肩。

我领略山的高峻，悬崖陡壁的绵亘；我品味海的苦涩，浪涛飞舟的凄惶。

天上的风，天下的浪；怎能熄灭烈焰，怎能伤害岛屿；我原本钟爱尘寰，永远艰涩的顿挫。

18. 用真理创造历史雕像

阳光下唱歌跳舞不难，春光下游山玩水不难；有利时一夜暴富不难，有权时发号施令不难，有钱时高朋满座不难，有名时夸夸其谈不难。

难的是面对风暴大笑，难的是面对困苦大喜，难的是面对贫穷不愁，难的是面对卑微不怨；坚守乐观向上的德行，坚守顶天立地的品格，用真理创造历史雕像。

19. 人生痛苦最甘美

人是思想的探索者，人是社会的实践者，人是自然的开拓者，人是艺术的创造者，人是自我的雕塑者。

白天追随太阳，夜晚神往星星，躲避天上的雨，八面吹来的风，不能担保你有勇气；凡事靠运气，成功靠意志，人到万难须放胆，人生痛苦最甘美！

第三十五章 挑战命运

1. 为了将来成龙

以思想为利剑，以智慧为锋芒，以诗歌为砥砺，以哲学为真理，斩断生死缠缚。

为了将来成龙，哪怕此生是虫，也要触摸东方火花；自化凤凰，永享天地之境。

2. 为时代而活

为舆论而活，你有多少毅力，就有多少脆弱；你有多少理想，就有多少幻想；他人是个黑洞。

为时尚而活，你没法摆脱，明星的虚假光环；你没法躲避，世俗的坑蒙拐骗；他人就是地狱。

为时代而活，把创造作为信仰；连感叹的时间也没有，连伤感的时间也没有；人格独立的内外光辉，照亮生活的单调和空虚；我以独创的成就为荣耀。

3. 敢于撞击命运

现代人高喊：我要金钱，我要财富，我要权力，我要荣誉，我要爱情，我要掌声；对幸福的渴望，这是天经地义的。

怀抱功名利禄的梦想，急功近利，欲望大于能力，必将失败；文德武艺，谙熟现实大道，稳步踏实向上，到达高峰的希望。

我相信：信仰、才华、道德、毅力、功业，决定一个人幸福的大小，快乐的长短；血泪和时间，创造时代的骄子！敢于冲撞命运，才是天才，造就伟大！

4. 天才

人们会原谅常人的富贵、常人的门第、常人的才华、常人的名声、常人的学位、常人的权威。

即使天才不为真理献身，不为人类苦恼；即使同行不会恶意嫉妒他，不会敌意毁灭他，命运对天才残酷而无情。

天才为人们夸耀功利，天才为人们庸俗无知；天才为自己存在方式，天才为自己超越凡俗，天才为自己伟大崇高，天才为自己创造发现，一生遭遇坎坷和不幸。

天才人物的历史：画家徐渭、凡·高；哲人苏格拉底、韩非；诗人屈原、但丁；音乐家阿炳、贝多芬；文学家塞万提斯、曹雪芹，一部殉道者的传奇。

5. 我是一位生活的小丑

我是一位生活的小丑，当面看见有人嘲笑我，背后听见有人挖苦我，但我能解读人生的幽默。

我是一位生活的小丑，虽然不会有主角之时，虽然不会有凯旋之日，为自己建造凯旋门，诗人的歌不会停下脚步。

我是一位生活的小丑，我为地位的丑而自豪；我理解丑是一种感情，丑在我体内孕育真善美，真善美流淌丑的现实血液，真善美吸收丑的生活养料；我要完美扮演世界的丑角，我要把丑角美献给天下朋友。

6. 我追求凡人的光荣

我是一件作品，一件自我创造，一件自我雕塑，多么了不起的精品。

我与英雄同心，我与诗神同窗，我与圣哲同道；我与缪斯同行，我与雅典娜同伴，我与维纳斯同乐；天不能使我感觉卑微，地不能使我感觉渺小；山因我的智慧骄傲，海因我的诗文自豪。

我追求凡人的生活，我追求不凡的人生；我重视现世的功利，我按照自然本性生活，我按照现实规律行动：需要爱恋，需要欢乐；需要吃喝，需要睡眠；需要金钱，需要财富；需要权力，需要名利；虽然这一切都离我远去。

我追求凡人的光荣，在激流奔腾的世界，我要拥有自我的尊严，我要拥有崇高的思想，我要拥有远大的抱负，我要拥有独立的精神，我要拥有不朽的灵魂，我要拥有伟大的功业；失去它们我会黯淡无光，拥有它们我将光耀千秋。

7. 诗歌赋予我未来的光明

风雨阻挡我远走，秃鹫阻挡我高飞，豺狼阻挡我驰骋，海浪阻挡我航行；我在黑暗中迎来黎明，我在不幸中收获大幸。

时间告诉我：生命难久留，名利只一时；崎岖的山路，善恶的深谷，神采的森林；目光滑过树梢的新绿，思考融和天空的博爱，憧憬跨越大地的界线，诗歌赋予我未来的光明。

8. 天的崇高　地的厚道

世界是美好的，生活是幸福的；到处是高楼大厦，遍地是车水马龙，傍晚是灯红酒绿，夜深是金钱美女；风光、显赫、荣耀；日子红火，生活红辣，离天堂的美一步之遥。

我比水轻，我比草低；守不住岗位，只守住清贫，只守住纯洁，只守住德行，只守住智慧，只守住诗歌，只守住思想，只守住人生哲学；只守住天的崇高，只守住地的厚道，一个精神的家园。

我的心灵怡然自得，我的思绪走遍天下，虽然感官的幸福快乐，与我的人生擦肩而过，只是在一生的劳苦中，我理解幸福和快乐的内涵，把它镌刻在诗碑供后人分享。

9. 学习沙漠的胡杨向天歌

我不向偶像顶礼膜拜，我不向奸人卑躬屈膝，我不向市侩点头微笑，我不向习俗循规蹈矩。

偶像外表镀金里面是泥，奸人狡诈多变满嘴喷毒，市侩讲究实惠碌碌无为，习俗裹足小脚止步不前。

我知道参天大树必遭风摧，我知道圣贤志士必遭谗言；看小草孜孜不倦描绘大地，看溪流曲折万里创造大海；我学习悬崖的藤蔓向上攀，我学习沙漠的胡杨向天歌。

10. 历尽沧桑到达理想的彼岸

有婴儿在摇篮为你报春，有张嘴在梦中为你微笑，有双眼在暗中为你流泪，有双手在黄昏为你铺床，有颗心在夜晚把你思念，有位儿子祈求母亲的祝福。

我曾经炽热地渴望，彩虹横过月亮的缝隙；给我的脸上抹一道亮色，给我的人生添一点光彩；愿望虽好，现实无情；欢乐生活，人生前途，宛若一道绚丽的彩虹，一转眼消融得不留痕迹。

从此不再追求虚无的幸福，从此不再陶醉短暂的荣誉；我生下来注定在天地间，浪潮中搏击，风雨中成长，历尽沧桑到达理想的彼岸。

11. 拥有自己的世界

我不愿成为一根树枝，我不愿成为一块基石；任凭谁，钩挂安逸的鸟笼；任凭谁，建筑享乐的豪宅。

我是人间的诗人，不愿别人在脸上，练拳头毁损尊容；我是生活的智慧，不愿像驴在磨坊，整天傻乎乎转圈；我是不凋的花朵，要让人生绽放光彩。

我有一颗红色的心，我有一颗绿色的魂；我的理智比感情可靠，我的思想比想象丰富，我的智慧比知识深刻，我的意志比权威有力，我的诗歌比金银高贵。

我的理想在珠峰上，我的博爱在大海中；我比骏马跑得更远，我比雄鹰飞得更高，我比时间走得更快；我拥有自己的大地，我拥有自己的天空，我拥有自己的世界。

12. 平凡生活

平凡生活，我认识时空的意义，把一寸积累成无限，把一秒积累成永恒。

平凡生活，我懂得人生的意义，火焰使木化为灰烬，火焰使铁百炼成钢。

平凡生活，我理解人性的意义，把恋情拓展成博爱，把言行实践真善美。

平凡生活，审视不平凡的价值，沉思不平凡的哲学，开创不平凡的诗歌！

13. 不要抱怨命苦

不要抱怨命苦，不要抱怨穷困，不要抱怨低贱，不要抱怨落魄。

阅读名著，研究百家经典，回望浩瀚历史，走进创造者生活；你就会豁然开朗，你就会怡然自乐。

庙堂背后是枯寂，爱情背后是苦涩，金钱背后是眼泪，权贵背后是焦虑，英雄背后是鲜血，伟人背后是骂名，圣人背后是孤独，诗人背后是贫困。

14. 弱者成就自己运用智慧

鹧鸪步态优美，双脚独行天下；夜莺引吭高歌，音韵缭绕人心。

乞怜使卑微者更卑微，乞讨使乞讨人更穷苦；月亮从太阳的饭桌觅食，心头抹不去恩赐的残缺。

接受恩惠使你失去自由，接受眷顾使你失去价值；你想象的翅膀击中一剑，你崇高的思想削去一截。

存在的酒壶斟酒，时间的钱袋伸手；胜利是力量的象征，成功是勤奋的结晶，弱者成就自己运用智慧。

15. 微笑领悟生活

生活需要幸福的火焰，生活需要快乐的歌声；生活需要痛苦的泪水，生活需要悲伤的哭泣。

命运把绳索套在脖颈，告诉你忍受残酷的打击，告诉你提取严肃的经验，告诉你积聚神圣的力量；把自己抛向伟大的风暴，把自己抛向崇高的雪峰。

从永恒的繁星到瞬间的雷电，从日落的西方到黎明的东方；强健的双脚迈开坚忍的步伐，在沧海桑田中微笑领悟生活。

16. 我珍惜大地的曲折

消瘦忧郁的黄昏，孤独焦虑的夜晚，只要有繁星在天，不怕见不到太阳。

肩负千钧的重担，心怀美好的理想，脚踏实地向前走；我珍惜大海的波涛，我珍惜大地的曲折。

青春的年华远去，热烈的恋情沉寂，美好的梦想破碎，脚下的小路断裂；我依然相信自己，理想的葡萄不会腐烂，信仰的美酒不会枯竭；松柏的种子扎根心田，总有一天屹立高山之巅。

17. 宏愿

即使路上没有坦途，只要有阳光和空气，孤独和寂寞不属于我。

即使大海有风浪，只要精神能搏击风浪，决不放弃到达彼岸的希望。

只有不停地攀登，一定比拈花惹草者，走得更远，登得更高；通向成功的路，竭尽全力敲开，紧闭的理想大门；一生追求心中的宏愿，证明我就是命运的主人。

18. 假若你

假若你追求，享受完美的幸福；从头到脚一整套，玫瑰百合和星光；不知如何转弯抹角，一味编织金色的锦缎，一生打造豪华的宫殿。

谁知天有不测风云，冰雪的道路等待你，风暴的季节迎候你，让你尝尽孤零萧瑟，让你历尽痛苦艰险，明白天道人道相通。

因为太阳和月亮，因为白天和黑夜，因为江湖和大海，因为春夏和秋冬，因为好人和坏人，在世界上各行其道。

还有我蛾子般的心，闪烁在刀光剑影；诗歌迸发的心声，抑制白天的虚荣，克制黑夜的惰性；空空如也的钱囊，装满生活的芳菲，装满无韵的诗行。

19. 智慧是一种力与美

每一次微笑，每一声叹息，每一滴泪水；有看不见的魅力，有说不出的韵味，智慧是一种力与美。

孔子怀才不遇，左丘明双目失明，司马迁遭受腐刑，苏格拉底被毒死，亚里士多德被追捕，千古圣贤皆遭难！

承受厄运的打击，无视死亡的威吓，面对名利的磨难；扛着枷锁要舞蹈，顶着风雪要歌唱，亮出智慧的神采。

我为积累的智慧自豪，遥望草木兴旺的大地，远眺浪花翻腾的大海，相信精神能征服万难！

20. 逆境造就天下豪杰

一只飞鸟，缚住一条腿，只有徒然地展翅；一条航船，被碎石扎伤，只有无奈地搁浅。

巨石在心，毒刺在胸，虽有钢铁意志，难以纵横天下；逆境扼杀人间才俊，逆境造就天下英豪。

21. 真金千年蒙尘埃

明媚阳光，溶溶月色；你恋爱了，你全身透明，这是自然本色。

金榜题名，洞房花烛，不过是夏天，不过是茶壶，一场暴风骤雨。

常人说：你是偶像，木偶一个；你是明星，流星一颗；你是人才，草包一只。

哲人说：真爱，超越爱；真名，不要名；真才，后人评；真金，千年蒙尘埃。

22. 蜡烛见证苦难

我是一粒尘土，太阳一样光明；我是一束火花，星星一样闪耀；我是一滴水珠，海洋一样欢腾；我是一个良知，月光一样明净。

我是一支笔，撩起人生面纱；我是一支歌，唱出天地心声；我是一首诗，一顶王冠价值；我是一只飞蛾，蜡烛见证苦难。

23. 挖出苦胆

昨天，我审视自己，刀在肌肤间犁田，剑在人体上切割，从胸膛挖出苦胆，用盐水洗涤创伤。

今天，我没有精力考虑琐事；因为，我生活在比梦伟大，只有自己理解自己的时间，只有自己拯救自己的世界。

24. 八月的雪

天地沉默，真理孤独！

八月的雪，伤口上的盐，遍体鳞伤的翅膀。

一丝风，吹尽羽毛；二三片云，天下英雄豪杰。

苦难化作大地的山，痛苦化作世纪的歌，艰辛化作时间的美。

无穷无尽的夜晚，跌落世界的中心，无人无名的存在，历史是积累的重量。

25. 把一丝光芒投向未来

灿烂的日子，踏着岩石攀登，从猛禽筑巢的高处，摔在弯曲的山脚下。

艰难而行，因为坎坷；重压在心，因为渺茫；不怕黑夜，因为星光在前方；不怕焦虑，因为信仰在召唤。

彩虹下，有崇山峻岭，有真金白银；暴雨中，有紫色的果实，有绚丽的晚霞；天空，月白风清；大地，沧海桑田；我寻找一条长路，把一丝光芒投向未来！

26. 行动的弧线

崇山峻岭，嶙峋奇崛；蹭蹬山中，坠入雾海；不见月亮，难觅星星；顶着雨雪，危峰耸峙的高山攀登。

乌云遮不住，青山挡不住；不知疲倦的风，不畏艰辛的草，不怕坎坷的溪；苍鹰深邃的目光，洞穿暮色的迷雾，寥廓长天回旋翱翔，巨大翅膀飞出行动的弧线。

27. 小草在朗朗高山

小草在大地上，迎着春夏秋冬，迎着风雨雷电；遭难时像沙漠，痛苦时像藤条；幸福时像溪流，走运时像森林，年年岁岁绿色。

小草在朗朗高山，倔强地嘲笑惰性，骄傲地嘲笑厄运；穿越紫色的天空，沐浴蓝色的笑容，享受天赐的雨露，感恩自己的奋斗。

28. 保持坚韧的潜能

依照别人的思想，去生活，去行动；容易被人剥夺智慧，容易被人剥夺才华；好比走进原始森林，会迷失回家的道路。

依照自己的思想，去生活，去行动；找到安宁和自由，感受孤独和无助；好比海洋的岛屿，大风大浪洗礼，保持坚韧的潜能。

29. 世界向你敬酒祝贺

心灵别沉沦，眼睛别流泪，情绪别抱怨，生活很艰苦，人生九死一生，享受命运赐予的一切。

生命，比预料的壮丽；现实，比想象的深刻；人生，比梦想的欢乐；美的时刻，成功的瞬间，一朵鲜花，一个微笑，一只金杯，世界向你敬酒祝贺。

30. 仰望星空活着

我们有感情，我们有梦想；我们渴望机会，我们渴望幸运。

人生如气候，天空有阴有晴，日子有好有坏；机会稍纵即逝，幸运神出鬼没。

我们要反抗幸运，我们要征服幸运；为了独立天地站着，为了仰望星空活着。

31. 付出一生的心血

谁的梦里，没有镜花水月，空中楼阁；众星拱月的天之骄子，莫让幸运女神谄媚你。

成功的强者，豪门的贵人，闲逸使心灵飘忽，自知自明才是道理，领悟天命才是智慧。

忙碌仕途财富，追求金钱美女，享受荣华富贵，等到功成名就，一切如愿以偿，结果事与愿违。

志得意满名誉天下，一心听百灵鸟的歌唱，不理会东风的絮语，冥冥之中厄运之手，最善于趁你得意忘形，向你袭击，置人死地。

人生的春天，人生的幸福，是在挨过严酷的季候，是在付出一生的心血。

32. 命运是一位乔装打扮的人物

命运，关上一扇门，会打开千百扇窗。

命运，一个天平，平衡人生祸福，权衡人间善恶。

人在逆境，比在顺境更坚强；人遭厄运，比交好运更明智。

贫贱是牛羊，不会伤害同类；富贵是猛虎，会吞噬自己的良知。

穷人，被金钱，当头一棒，失去知觉，这并不奇怪；富人，被幸运打倒，正像铁锤打死牛。

生逢盛世，踏上顺境之路，拥有权力和金钱，如果没有自知之明，会被欲火烤得焦头烂额。

没有比幸运女神，这张脸更会骗人，不知这是运气还是浩劫，命运是一位乔装打扮的人物。

33. 感觉命运

用冬天的心灵，领略松树枝头，那皑皑的白雪。

用寒风的声音，聆听人与自然；存在的虚无，虚无的存在。

松树，高高挺立；枝头，常有鸟栖息；鸟飞走了，松树依旧常青。

松树挺立着，却早已扭曲；大大的地球，小小的王朝，个人与花草，不过是个片段；只有心灵的史诗，永远在天地歌唱。

感觉命运，诡谲而韬略；它让一代代人重复，在时间的舞台，演义英雄美女，伟人超人，黎民百姓；我们为梦想努力，我们为面包受苦，我们为创造奉献，悲泣欢笑呻吟嚎叫，把热血洒在大地！

34. 秋天

明朗的天空，橙色的世界，欢乐洋溢人间。

金香四处飘扬，远景就在眼前；幸福来之不易，汗水结出硕果。

秋天的前身，狂暴的夏天；秋天的来者，严酷的冬天；火与冰的炼狱，诞生智慧力量和财富。

35. 过大丈夫的生活

不要妄想，出去走走；坐等家里憔悴，不如过大丈夫的生活！

一个暴风骤雨，波涛汹涌的大海；强者掌握的世界，不可抗拒地奔流着。

如果我的小船，在你的小河，在你的湖泊，在你的海洋，覆舟而沉没；它是到了另一个海洋，一帆风顺驶向未来。

后记

诗化的致谢词

诗思集

　　我在睡梦中，来到知识的殿堂，它比大雄宝殿雄伟，比卢浮宫庄严，比圣比得大教堂高大，比米兰大教堂壮丽。

　　知识的殿堂有三重门。我刚推开大门，文学馆三个字映入眼帘。

　　缪斯女神飘逸走来："你进来干什么？"她灵动的眼神，柔和的嗓音。

　　我高举《诗思集》，回答："我想让我的《诗思集》，进入知识的殿堂。"

　　缪斯女神惊奇地打量我一番："你有十年寒窗苦吗？"

　　"有过之无不及。"

　　"你认识文学馆的大师吗？"女神严肃地，带着怀疑的语气。

　　"认识"。我朝文学家画像望去，道出中外大师的名字：托尔斯泰、莎士比亚、泰戈尔、曹雪芹、鲁迅……

　　"你觉得用什么飞禽比喻文学家最合适？"她随意问道。

　　我不假思索地说："天鹅，美的精神享受。"女神睁大眼睛，注视着我。"洁白无瑕，静穆庄严，飞行之美，天鹅不愧是高贵纯洁的象征。天下没有其他飞禽能与天鹅比拟。"我不紧不慢地回答。

　　缪斯女神露出惊喜的笑容，动情地说："你有才华，文学家就是高贵的天鹅！"

　　她兴高采烈地亮着嗓门："月亮女神，我给你引荐一位才子。"只听见第二重大门徐徐打开。"你的《诗思集》，飘着纯洁的雪花；向前、向上走吧！"艺术女神缪斯，轻轻推我一把。我慢慢走上九级台阶。

　　月亮女神狄安娜，穿着洁白衣裙，矜持地伸出手："请进吧！"

　　我一眼望去，哲学馆熟悉的面孔：老子、孔子、苏格拉底、柏拉图、培根、康德、尼采……他们经过岁月洗礼，神采奕奕，精神矍铄。

　　"你懂得哲学？"狄安娜问，她漂亮的脸蛋，散发沧桑的芳香。

　　"略知一二，哲学家道尽人间的残缺和圆满，探索世上的规律、奥秘和未知。"

　　"哲学家最大的贡献是什么？"狄安娜神秘地抿笑。

　　"哲学家鞭策人类，消除愚昧，克服惰性，尊重理性，创造文明的世界。"我认真思考，小心翼翼说着。月亮女神绽开笑容，愉快地点点头。

　　"你觉得用什么飞禽比喻哲学家最恰当？"哲学家，在人类心中的地位。

　　我脱口而出"雄鹰！""怎么理解你的思想？"女神兴奋地说。

　　"天空没有飞禽，目光深邃，高瞻远瞩，胸怀博大；翅膀力与飞翔力，能与雄鹰匹敌；雄鹰不愧是飞禽之王。"月亮女神眉角含笑，脸上泛着红光，尖叫道："哲学家的地位，至高至尊。"她略微停顿，悄悄地说："哦！忘了，你找我有事吗？"

"我想让《诗思集》进入知识的殿堂。"我说出来访的目的。

"你离目标只有一步之遥。"美德女神狄安娜，指着第三重门，那里就是诗歌馆，离知识的殿堂很近。

"智慧女神雅典娜，来贵客了，你接待吧！"随着清脆动听的声音，大门吱吱地打开。我登上九级台阶，朝第三重门，诗歌馆走去。

智慧女神身材苗条，步履轻盈，仪态大方。"你穿越二重门，经过二位姐妹的考验，相信你阅历丰富，知识博学。"她赞不绝口。

雅典娜引领我走着，如数家珍讲解："诗歌馆里陈列着，孔子的《诗经》，屈原的《离骚》，李白的《李太白集》，荷马的《荷马史诗》，但丁的《神曲》，弥尔顿的《失乐园》，歌德的《浮士德》……千百年来，光焰万丈，照亮人类的心灵。"

她接过我的《诗思集》，注视着我，问道："你为什么创作诗？"我思索良久："诗歌是文学和哲学浓缩的精华，三者合一就是人学，人类灵魂的家园。"

我随口吟诵："诗如大山，追求高尚；诗如大海，奔腾激情；诗如花朵，芬芳大地；诗如小草，博爱天下；诗如月亮，真善美爱；诗如阳光，照亮心灵。"

智慧女神雅典娜，忘了身份，哈哈大笑，"你真是道出，诗歌小天地，胸怀大智慧，说到我的心境里。"

"那么，你觉得用什么飞禽比喻诗人最好？"她真挚地微笑着问，脸颊泛红，像石榴一样红。

我略微沉思："孔雀！"女神问道："为什么呢？"

"孔雀开屏，雍容大方，美轮美奂，神采飞扬，灵气四溢，就是一首诗。"

女神微微点头，"真是独具慧眼。"

我进一步发掘孔雀的美，"孔雀，滑行不如天鹅，翱翔不如雄鹰；但是，羽毛富丽华贵，前两者略显逊色；孔雀不愧是圣洁的吉祥鸟！"

"诗人，好一只时代的吉祥鸟！"雅典娜伸出大拇指，赞叹道。

"男人的才华智慧，比财富更贵重。"女神颇有内涵地说。

智慧女神雅典娜，扬了扬手中《诗思集》，转身踏上台阶，走向知识的殿堂。

"我会努力的，让散发文学和哲学，浓郁思想馨香的《诗思集》，荣登知识的殿堂！"坚定的声音回荡整个殿堂。

凌建樑
2023 年 12 月 10 日